Pedro de Palol · Gisela Ripoll

Die Goten

Pedro de Palol · Gisela Ripoll

DIE GOTEN

Geschichte und Kunst in Westeuropa

Bechtermünz Verlag

Originaltitel
LOS GODOS EN EL OCCIDENTE EUROPEO
Ostrogodos Visigodos en los siglos V-VIII

Genehmigte Lizenzausgabe für
Weltbild Verlag GmbH, Augsburg 1999

Übersetzung aus dem Spanischen: Anne Sorg-Schumacher
Bearbeitung der lateinischen Quellen: Gisela Zech
Beratung: Odile Ripoll
Umschlaggestaltung: Studio Höpfner-Thoma, München
Umschlagmotive: Adlerfibeln und Ambro des Bischofs Agnellus
in der Kathedrale von Ravenna (Ediciones Encuentro/Isabel Vals)
Gesamtherstellung: Neue Stalling, Oldenburg
Printed in Germany
ISBN 3-8289-0726-1

Bildnachweis:
Fotos: Ediciones Encuentro (Isabel Vals); Karten: M.A. López-Marcos

Inhalt

Vorwort

Bei einer Untersuchung der historischen Reichsgründungen der germanischen Völker – in unserem Fall der Goten, der Ost- und Westgoten – auf dem Boden der alten Provinzen des Weströmischen Reiches werden wir mit einer Reihe wissenschaftlicher Hypothesen konfrontiert, die beeinflußt sind durch den Faktor Zeit und den jeweiligen Stand der Forschung, wobei verschiedene Strömungen und Moden einfließen. Es sind teilweise sich widersprechende und unklare Hypothesen, teilweise Hypothesen ohne eindeutige Richtung, wobei das zeitgenössische Denken im Moment der Formulierung eine sehr große Rolle spielt. Es mag zu historisch erscheinen, auf hinlänglich bekannte Thesen erneut einzugehen, bei dieser Zusammenfassung jedoch, die uns der Verlag vorgeschlagen hat, ist es unumgänglich, sie kurz zu umreißen.

Im Laufe der Zeit haben wir verschiedene Argumente und Auffassungen kennengelernt. Wie oft wurde jede Definition des historischen Augenblicks der Reichsgründungen von Ost- und Westgoten in Zweifel gestellt! In unseren Schulbüchern beginnt das Mittelalter immer noch Anfang des 5. Jh. mit der ersten Ansiedlung der germanischen Völker im römischen Hispanien.

Verschiedene Forschungsansätze bewerten die Germanenreiche auf der Iberischen Halbinsel als den Beginn einer neuen Epoche, der des Mittelalters, und nicht als Ende einer anderen, sich auflösenden Gesellschaft. Die römisch geprägte Antike wird abgelöst von einer neuen, kürzeren, kulturell nicht so hoch entwickelten, aber politisch gesehen jüngeren und dynamischeren Epoche. Diesen Themen liegen bereits zwei Begriffe zugrunde, die zeitweilig als antagonistisch galten, in Wirklichkeit aber die zwei Komponenten einer einzigen und einheitlichen Wirklichkeit sind: der germanische Geist gegenüber dem römischen Geist. In unserer Forschung wird der Akzent entweder auf das *Germanentum* oder auf das *Römertum* gelegt. Rechtsgelehrte oder Literaturwissenschaftler der spanischen Literatur des Mittelalters betonen stärker das Germanische; Kunsthistoriker oder Archäologen beschreiben und analysieren, ohne konkrete Schlußfolgerungen zu ziehen. Ein besseres Verständnis der Spätantike mit ihrer schöpferischen Kraft voller Originalität in der Kontinuität wird das Schwergewicht auf das römische Element legen. Im Bereich der Kunst gibt es keine Zweifel, zu ähnlichen Ergebnissen kommt man auf dem Gebiet des Rechtswesens, wenn man die Verbindung der „germanischen" Welt mit dem römischen Vulgarrecht und dem territorialen Geltungsprinzip untersucht. Bei der Untersuchung der wesentlichen Unterschiede zwischen den verschiedenen „germanischen" Reichsbildungen auf römischem Reichsboden ist allgemein festzustellen, daß sich bei den Reichsbildungen eher eine Beziehung zum Römischen als zum neuen germanischen Geist auffinden läßt. Wir erkennen, daß sich nicht nur das Ostgotenreich und das Westgotenreich prinzipiell unterscheiden, sondern auch das Tolosanische und das Toledanische Westgotenreich. Doch bleibt die Universalität bestehen: Begriffe wie *Ökumene* oder *Katholizismus* stehen über allen Unterschieden. Rom ist in seinem Fortbestehen, in seiner gewaltigen Kraft als alte Realität noch immer ein einheitsstiftender Faktor innerhalb der unverkennbar großen Verschiedenartigkeit der Reichsbildungen, die ein neues Gepräge und andere Ziele haben, in ihrem Territorialitätsanspruch jedoch zurückhaltender sind. Die politische Auflösung des Imperiums wird kein zweites Reich von solch geographischen Ausmaßen, die jetzt zerschlagen sind, zulassen. Doch werden viele der ökonomischen, sozialen und insbesondere kulturellen Errungenschaften weiterwirken. Auch unter der Schirmherrschaft der katholischen – universalen – Kirche, die durch ihren strikten Monotheismus und das daraus folgende Verbot der heidnischen Kulte, die politische Einheit des Imperiums erwirkt hatte und zur Hauptantriebskraft der Kontinuität und Romanisierung wird.

Römertum oder Germanentum, Byzanz oder Rom, Mittelalter oder das Ende des Römischen Reichs, all das sind Thesen gewesen, wissenschaftliche, ideologische Standorte, oftmals die bloße Vorliebe derselben Forscher für eine bestimmte These, die das Ende der Antike oder den Beginn mittelalterlicher Strukturen – unaufhaltsam in Richtung „Moderne" – zu einer einzigartigen Epoche machen, wo, ganz allgemein gesprochen, alle Standpunkte vertretbar und gültig sind.

Man kann feststellen, daß die historische Forschung von der linearen Geschichtsbetrachtung zu einer globalen Geschichtsbetrachtung übergegangen ist, vielleicht mit einer etwas zu anspruchsvollen Terminologie.

Keine der germanischen Reichsgründungen darf heute mit einer nur einseitigen Dokumentation belegt werden. Denn erneut bestünde damit die Gefahr einer einseitigen und unvollständigen Darstellung. Es ist eine schwer zu definierende Epoche, da sie gleichzeitig ein Ende und einen Anfang markiert, und sich in ihr Konservativismus, Tradition oder Kontinuität einerseits, und Originalität, Wandel oder Umbruch des Bestehenden andererseits vereinen. Es ist der Dualismus und das Zusammentreffen zweier Lebensformen – im weitesten Sinne dieses Begriffs – zwischen einer sich allmählich auflösenden Welt, dem weströmischen Imperium, und den eindringenden Germanen, die sich als politische Sieger zwischen den Überresten des Imperiums niederlassen. Doch, wie uns die Geschichte zeigt, vermag es das germanische Volk nicht, die Errungenschaften zu nutzen. Der Sieger wird von der Gesellschaft, die er abgelöst hat, besiegt werden.

Bei dem Versuch einer richtigen Beurteilung dieser Epoche zeigt sich jedoch ihre Komplexität, die durch die einseitige oder lineare Geschichtsbetrachtung nicht erfaßt werden kann.

Es gilt zu erwägen, wie viele Fakten – historische Dokumente im Grunde – zu der überaus wichtigen Untersuchung dieser Epoche beitragen können. Es darf nicht alleine die sogenannte materielle Kultur – bisher vornehmlich im Bereich der Archäologie – untersucht werden, sondern es müssen gleichfalls die bedeutsamen und eingehenden Betrachtungen zu den politischen, kulturellen und religiösen Erscheinungsformen herangezogen werden. Beide Aspekte stehen in unmittelbarem Bezug zur Bevölkerungsstruktur. Neben der Geschichte, welche die sozialen, militärischen, politischen oder geistlichen Eliten bewirken, müssen wir die Wirklichkeit dieser Gemeinschaften und der neuen Reichsgründungen durch eine tiefgreifende Analyse der Bevölkerungsstruktur sichtbar machen, wobei allen Aspekten der materiellen Kultur Rechnung zu tragen ist.

Das bedeutet, von der linearen Geschichtsbetrachtung, orientiert an konkreten Tatsachen und Daten - Bündnisse, Verträge und Gesetze - zu einem breitgefächerten Wissen über die materiellen und geistigen Inhalte zu kommen, die diese zivilisierten Formen des menschlichen Denkens und Handelns gemeinsam möglich machen. Dies bedeutet den Anspruch auf eine globale Geschichtsbetrachtung. Wie schwer ist es jedoch, sie zu definieren, ohne dabei die lineare Geschichtsbetrachtung zu unterschätzen und das Gültige beider historischer Forschungsmethoden anzuerkennen.

Die germanischen Völker, in unserem Fall die Goten, sind das Bindeglied zwischen einer alten, perfekten, mächtigen, römischen politischen und kulturellen Struktur und jungen, barbarischen - im Sinne von fremdartigen, primitiveren oder kulturell unterlegenen - jedoch politisch dynamischeren Formen. Tatsächlich kann sich der Forscher der starken Anziehung dieser besonderen, konkreten Epoche des Umbruchs und des Wandels nicht entziehen.

Das vielschichtige Thema unseres Buches ist der epochale Umbruch, das Geheimnis und die Komplexität zwischen einer hochentwickelten, sich auflösenden Gesellschaft einerseits und einer edlen, jungen und primitiven Gesellschaft andererseits, ist der Zeitraum zwischen der Klassik und dem Neuartigen mit ausgeprägtem Eigencharakter.

Wir sind uns des breiten und komplexen Themas unseres Buches bewußt. Wir mußten uns einerseits an bestimmte, vorgegebene Richtlinien halten, andererseits auf eine gemeinverständliche Darstellung achten. Es bleiben nicht realisierte Absichten und der Zweifel, zum Verständnis der historischen Wirklichkeit der Goten im westlichen Mittelmeerraum nicht die notwendige Ausgewogenheit erbracht zu haben. Wir wissen nicht, ob wir unser Vorhaben völlig umsetzen konnten. Auf alle Fälle liegt aber dieses Buch vor, das den Lesern die Anregung zur eigenen Auseinandersetzung mit einem gehaltvollen Thema geben wird.

Einleitung

Die in einem Band vorliegende Studie über die Reichsgründungen der Goten im Westen kann bei der Beurteilung des sozio-politischen Verhaltens der beiden gotischen Stammesgruppen zu verschiedenen Auffassungen und abweichenden Ergebnissen führen. Die westlichen Herrschaftsformen der Ostgoten in Italien und die der Westgoten, zuerst im gallischen Aquitanien und später im römischen Hispanien, weisen viele Gemeinsamkeiten auf, unterscheiden sich jedoch auch ganz wesentlich in ihren ursprünglichen historischen Gründungen.

Natürlich rechtfertigt eine Reihe von Zusammenhängen diese einheitliche Darstellung, trotz der Divergenzen in bezug auf die Resultate der jeweiligen Herrschaftsform. Ostgoten wie Westgoten haben einen gemeinsamen Stamm, allgemein als „Ostgermanen" bekannt. Sie lebten während bedeutender Etappen ihrer Wanderung nach Westrom friedlich zusammen, und selbst nach ihrer Ansiedlung bestand zwischen ihnen eine reale und außerdem positive Verbindung. Vergessen wir nicht, daß, als die Ostgoten nach Italien kamen, die Westgoten sich bereits im Königreich Tolosa niedergelassen hatten und ihren Brüdern im entscheidenden Augenblick beim Kampf gegen Odoaker beistanden. Als das Königreich Tolosa nach der Schlacht von Vouillé, bei der König Alarich sein Leben verlor, am Anfang einer schweren Krise stand, war es hingegen Theoderich – von der Geschichte der Große genannt –, der für seinen westgotischen Enkel Amalarich die Herrschaft führte. Somit gliederte er seinem römischen und mediterranen Herrschaftsgebiet das Königreich der Westgoten ein und setzte dem Vorstoß der Franken eine Grenze. Dies nahmen einige französische Historiker zum Anlaß, die Möglichkeit in Erwägung zu ziehen, daß unter diesen Umständen das alte Römerreich im Westen dazu bestimmt war, sich unter den gotischen, arianischen Dynastien neu zu ordnen.

Die enge Verbindung zwischen Ostgoten und Westgoten, die sich in der kurzen Herrschaft des Theoderich in Ravenna niederschlug, zeigt sich weiterhin in vollendeter Weise in den Kulturgegenständen, die diesem Stamm eigen sind. Persönlicher Schmuck, Grabbeigaben oder Schätze des Adels belegen den einheitlichen Ursprung dieser Objekte so eindeutig, daß es zuweilen schwierig ist, die rein ostgotischen Kulturgegenstände von den rein westgotischen zu unterscheiden. Form, Farbe und Stil der Gegenstände beider Stammesgruppen unterliegen dem wechselseitigen Einfluß und der Assimilierung im Laufe der Wanderung vom Schwarzen Meer nach Hispanien. Denn dort kamen die Goten mit den hochentwickelten Gesellschaften der Spätantike in Berührung, die in hohem Maße in der Tradition der Griechen und Römer standen.

Aber das Tolosanische und Toledanische Westgotenreich und das italische Ostgotenreich Theoderichs unterscheiden sich ganz wesentlich. Sie waren, neben dem fränkischen Königreich der Merowinger, die drei einzigen wirklichen staatlichen Gebilde im Weströmischen Reich vor der Ausbreitung der Araber und der darauffolgenden Reaktion Europas – im wahrsten Sinne des Wortes. Das Europa des Mittelalters wurde gleichsam als Gegengewicht zur mohammedanischen Welt von Al-Andalus errichtet und als Fortsetzung des Römischen Imperiums, sowohl von Italien als auch vom toledanischen, gotischen Hispanien.

Aber der eigentliche Übergang von der römischen Antike zum Mittelalter – so der geläufige Begriff – vollzieht sich im Westen und zwar durch die germanischen Stammesgruppen.

Wir haben weder die Absicht, zwischen den beiden gotischen Stammesgruppen und ihren Königreichen im Westen eine historische Parallele zu ziehen, noch auf die Gemeinsamkeiten und Unterschiede in bezug auf die Resultate ihrer politischen und sozio-ökonomischen Unternehmungen aufmerksam zu machen. Wir möchten vielmehr untersuchen, inwieweit das Dasein der Germanen im weströmischen Mittelmeerraum nicht nur durch die Gebiete beeinflußt ist, die sie besiedelten, sondern auch durch die Kultur und Zivilisation, die sie dort vorfanden, durch die Anziehungskraft der Überreste der römischen Verwaltung und schließlich durch die soziale und kulturelle Entität der Oberschichten, die – wie besonders der Klerus und die Kirche in ihren verschiedenen Glaubensausrichtungen –, die Strukturen der Produktion und der Verteilung des Reichtums beherrschen. Nicht zu vergessen ist allerdings die bewegende Kraft der Veränderungen: die Goten. Von ihrer Bildung und von ihrem Wissen, das sie erwerben, werden die Struktur und der Geist ihrer Reichsgründungen abhängen.

Selbstverständlich werden wir den Faktor Religion berücksichtigen. Dem Weströmischen Reich war es seit Konstantin I. und vor allem durch den Sieg der Orthodoxie gelungen, die Stellung der Kirche zum Kaiser zu stärken, wie uns *Ambrosius* im Umgang mit *Theodosius* deutlich zeigt. *Ambrosius'* Theorie und Praxis des Verhältnisses Kirche-Kaiser sollte im Mittelalter große Bedeutung erlangen. In diesem Zusammenhang seien ebenfalls die beiden Kirchenväter und -lehrer *Augustinus* im Weströmischen und *Hieronymus* im Oströmischen Reich erwähnt. Das den *Christiana tempora* unterstellte Leben hätte durch die Präsenz der Germanen eine Veränderung erfahren können, wäre der Konfessionsstreit zugunsten des westgotischen und ostgotischen Arianismus entschieden worden und nicht zugunsten des fränkischen Katholizismus. Aber obwohl Reccared das Problem – vom Toledanischen Hof und durch das III. Konzil im Jahre 589 – erkannt hatte, waren es zuerst die kaiserlichen Truppen Justinians in Italien und später die Araber in Hispanien, die die weitere Entwicklung der neuen Reichsgründungen zerschlugen, so daß Europa sie später von Grund auf erstellen und neuordnen mußte. Von alldem blieben allein die *Christiana tempora*, die sich als Fortsetzung der römischen Antike durch das ganze Mittelalter zogen, erhalten.

Die politische Wirklichkeit der Reichsbildungen war von einem „Nationalitätsgefühl" geprägt – wie wir es heute bezeichnen würden –, nämlich der Anpassung einer Gesellschaft an ihre gegebene politische Struktur. Das Toledanische Westgotenreich in Hispanien, von Leovigild neugeordnet und gefestigt, ist hierfür ein gutes Beispiel. Der König erhielt bei der Auseinandersetzung mit seinem katholischen Sohn Hermenegild, Rebell in *Hispalis* (Sevilla), die Unterstützung des katholischen Klerus, weil er das Nationalitätsgefühl über die von Hermenegild verkörperte katholische Glaubensbewegung stellte. Hermenegild wurde später von der Gegenreform heiliggesprochen. Selbst Bischof Leander, religiöser Gegner Leovigilds, der durch den Arianismus eine konfessionelle Einheit erwirken wollte, war von der Nationalidee des Monarchen fasziniert. Dies sollte ihm später einen bedingungslosen Anschluß an den Dissidenten Hermenegild unmöglich machen. Die Byzantiner unter Justinian erfaßte bald ein ähnliches Gefühl. Justinian – der sich als Erben und Fortsetzer des Imperium Romanum fühlte – dachte an eine völlige Wiederherstellung des Römischen Imperiums im Westen. Geschickt nutzte er dynastische Streitigkeiten innerhalb der gotischen Stammesgruppen für seine bewaffnete Intervention aus. Doch das neue Byzantinische Reich wird im Toledanischen Westgotenreich keine Fortsetzung und Erneuerung durch eine spanische, katholische Aristokratie und durch die Kirche und ihr Instrument, den Konzilen finden. Die letzte große lateinische Literatur des Westens, an ihrer Spitze Isidor von Sevilla, ihre Vorgänger und Nachfolger; die künstlerischen Formen sowohl in der Architektur als auch in der Plastik; die Gesetzgebung – Spiegel des römischen Rechts und Brücke vom römischen Recht zur mittelalterlichen Rechtsstruktur – all dies sind die antiken Formen des Weströmischen Reiches, das in der Neu-Romanisierung Justinians ein seltsames und unruhestiftendes Element für ihre eigenen sozialen und kulturellen Errungenschaften sehen mußte.

Die nationale Bewegung der Romantik hat sich den Begriff von der Einheit aus der Zeit der Westgoten und ihren Widerstand gegen Justinian zu eigen gemacht und ihn so eng mit den Westgoten verknüpft, daß in der spanischen Geschichtsschreibung großes Gewicht auf das spanische „Westgotentum" gelegt wird. Bedeutung gewann ebenfalls die germanische Völkerwanderung und – heute noch spürbar – das Germanentum des frühen Mittelalters, vor allem in der Auseinandersetzung mit den Arabern.

Es ist äußerst interessant, wie die moderne Geschichtsschreibung bei der Analyse des Toledanischen Westgotenreiches die zwei Bevölkerungsgruppen bewertet, die das Fundament der westgotischen Gesellschaft bildeten. Einem wissenschaftlichen Antagonismus ist es zuzuschreiben, daß entweder das Römische oder das Germanische überbewertet wird. In der Archäologie sind wir heute der Auffassung, daß das Römische und das Germanische eindeutig bestimmt und voneinander unterschieden werden können. Die Untersuchungen haben zu präzisen Bezeichnungen und Benennungen geführt, weshalb wir, um irreführende Adjektive zu vermeiden, den Terminus „toledanisch aus westgotischer Zeit" oder „hispanisch aus westgotischer Zeit" oder einfach „hispanisch-westgotisch" einführen und verwenden.

In der Gesetzgebung galt der Grundsatz vom Reichsrecht. Die Geistesgeschichte und Geschichtsschreibung baut mit ihren vor- und nachisidorianischen Schriften auf dem heiligen Gelehrten aus Sevilla auf. Wir dürfen nicht vergessen, daß Isidor eine klassische Erziehung und Bildung genossen hatte und seine geistige Herkunft eher im Orientalisch-Byzantinischen zu suchen ist. Seine Familie kam aus *Carthago Nova* (Cartagena), der Hauptstadt der Byzantiner im westgotischen Hispanien. Die klassische Tradition von *Pacianus* in *Barcino* (Barcelona) oder der eindeutige Romanismus des *Prudentius*, des größten aller christlichen Dichter, findet bei den Schriftstellern aus westgotischer Zeit eine vollendete Fortsetzung. Diese Schriftsteller lebten nicht am Hofe des Königs und bekleideten keine öffentlichen Ämter wie jene einflußreiche Plejade am Hofe Theoderichs in Ravenna. Ihre Arbeitsstätten und ihre Herkunft aus verschiedenen Gebieten Hispaniens belegen die Verbreitung der christlich lateinischen Kultur auf der Iberischen Halbinsel. Der Toledanische Hof, der – durch die Kirchenpolitik – bald gegenüber den ältesten spanischen geistlichen Zentren – wie *Tarraco* (Tarragona) eine Vormachtstellung innehat, kann gerade durch den engen Kontakt zu den bedeutendsten lateinischen Schriftstellern politische Glanzpunkte verzeichnen. Es seien hier als Beispiele genannt: Eugenius und

Chindasvinth, Ildefonsus und Reccesvinth, Iulianus und Wamba, sowie Sisebut – Freund des Isidor von Sevilla –, der sich dem lateinischen Schrift- und Gedankengut widmete.

Obgleich Isidor, insbesondere durch das IV. Konzil von Toledo, als Urheber der Idee von einer gotischen Nation oder *regnum gothorum* gilt – gerade in der Regierungszeit des *rex litteratus* Sisebut –, setzt sich diese Idee doch erst im 7. Jh. durch, vor allem unter Reccesvinth. In neuester Zeit hat die Forschung in gewisser Weise einen Rückschritt vollzogen und sich der Nationalismustheorien der Romantik angenommen, wobei sie erneut beurteilte, welche Rolle den Westgoten bei der Bildung des Begriffs „Nation" im Westen zukommt. Dem Begriff liegt zweifelsohne eine rein römische Herrschaftsform und Herrschaftsidee zugrunde.

Die Historiker des frühen Mittelalters halten an der Überbewertung des Germanischen fest. So wird das Phänomen der Wiederbesiedlung im Zuge der Reconquista der seit Anfang des 8. Jhs. von den Arabern besetzten Iberischen Halbinsel mit einer zweifachen historischen Komponente belegt. Zum einen der Kampf des Glaubens gegen den Unglauben, d. h. zwischen Christentum und Islam, veranschaulicht durch die Schlacht bei Clavijo und durch den Apostel Jakobus d. Ä., der hinfort als Sieghelfer gegen die Muslime („Maurentöter") galt. Das Vorgehen wurde *Reconquista* genannt und damit begründet, rechtmäßig das Erbe des Westgotenreiches anzutreten, das jetzt mit dem *regnum hispaniarum* gleichgesetzt worden war und weniger mit dem *regnum gothorum*.

Dasselbe Argument führten andererseits die Könige und Höflinge des entstehenden Königreichs Asturien an. Sie fühlten sich als legitime Nachfolger der westgotischen Herrscher und sahen deshalb als Ziel ihres Kampfes gegen die Muslime die Wiederbesiedlung des Westgotenreiches. Diese Auffassung und ihre schriftliche Fixierung erscheint sehr wahrscheinlich erstmals am Hofe von Alfonso II. – durch Kenner der toledanischen Geschichte – und ist bereits in mittelalterlichen Schriften klar und deutlich formuliert. So charakterisiert der Albendense die Ziele von Alfons II., in Oviedo, wie folgt: *„omnemque gothorum ordinem sicuti Toletum fuerat, tam in eclesia quam palatio in Obeto cuncta statuit"* („die ganze Ordnung der Goten, so wie sie in Toldeo existiert hatte, errichtete er in Oviedo, sowohl in der Kirche als auch im Palast"). Die historische Wirklichkeit, sowohl in bezug auf die Rechtsstruktur, die höfische und königliche Verwaltung als auch auf die Architektur und höfische Kunst, zeigt jedoch eindeutige Unterschiede; die junge Monarchie, die Toledos Erbin sein will, wird Neuartiges und Vielfältiges hervorbringen. In der traditionellen Forschung wurden die neuen Inhalte, die die neue Monarchie zu den großen bahnbrechenden europäischen Strömungen in Beziehung stellt, sehr stark mit Germanischem überladen, was gelegentlich ihre tatsächliche Bedeutung mindert.

So wie das Imperium Romanum die Vorstellungen Karls des Großen von einem Kaiserreich entscheidend geprägt hat, so prägen in Oviedo Römisches und Neues, aus der Hand der Karolinger, die Herrschaftsidee des Monarchen. Gleichzeitig halten die Texte die historische Legitimation der Wiederbesiedlung aufrecht.

Wir sprechen hier natürlich vom spanisch-kantabrischen Zentrum des Frühmittelalters. Im Westen der ehemaligen Provinz *Tarraconensis* und in der Provinz *Narbonensis-Septimaniae* jenseits der Pyrenäen ist das Westgotische von geringer spezifischer Bedeutung, wie insbesondere die Archäologie nachweisen kann. Ihre Eingliederung in die Karolingische Mark 785 – die Einnahme von *Gerunda* (Gerona) – stellt weder ein Problem dar noch zieht es toledanische Erbansprüche nach sich. Dies könnte jedoch interessant sein bei der Frage nach der politischen Identität der gotischen Nation oder genauer, die der Goten der östlichen Peripherie des Reiches, die doch immer „Dissidenten“ und „romanisierter“ waren als das „germanische“ Zentrum der kastilischen Hochebene. Aber diese Frage wollen wir hier nicht stellen.

Unser Buch ist auch kein neuer Versuch, die lineare Geschichte der von den Goten gegründeten Germanenreiche im Westen aufzuzeichnen. Noch können wir gegenwärtig alte oder aktuelle historische Thesen kritisch neu formulieren und aktualisieren, da die historische Forschung noch zu stark von politischen und ideologischen Tendenzen beeinflußt ist.

Die Analyse eines Reiches, das von den neuen Bewohnern auf den bereits vorhandenen entwickelten Strukturen gegründet wird, ist immer ein Gewebe von Hypothesen und Intentionen, die der Wirklichkeit unterlegt werden. Deshalb setzt unser Buch den Schwerpunkt auf die archäologische Dokumentation, mit deren Methoden wir besser vertraut sind und deren Deutung klarer scheint. Gerade anhand der Archäologie als dokumentarische Quelle läßt sich am besten die Gesellschaftsstruktur des Toledanischen Westgotenreiches bestimmen, wie auch die des italischen Ostgotenreiches von Theoderich in Ravenna. Der starke Einfluß der römischen Tradition mit den natürlichen Veränderungen durch die mediterranen Modeerscheinungen der Zeit – die ohne spürbare Auswirkungen bleiben – auf der einen Seite, auf der anderen Seite die Stammes- oder Clanzugehörigkeit und die neue Mentalität: das Gleichgewicht oder Ungleichgewicht zwischen diesen beiden Faktoren, wird prägend und bestimmend für die neuen Reichsgründungen sein. Wir wollen in diesem Kontext von Reichsgründungen und nicht im Sinne der Romantik von der Entstehung von Nationen sprechen.

Gerade in diesem Punkt können mit dem Ostgotenreich des Theoderich in Ravenna gewisse Vergleiche gezogen werden. Die letzte Blüte der spätrömischen Kultur im Westen fällt mit Theoderich unter die Herrschaft der Ostgoten, in die Hand eines gebildeten Barbaren, dessen Erziehung und Bildung ganz im Zeichen der römischen Kultur des Ostreichs stand. Sie wurde durch den Byzantinischen Hof selbst hervorgebracht und später durch sein Zögern, durch seine politische Orientierungslosigkeit, getragen von Mißtrauen und Argwohn, zerstört.

Wir wollen hier nicht die politische Geschichte oder Kulturgeschichte Italiens unter der Herrschaft des Ostgoten Theoderich aufzeichnen. Es ist kein Ostgotenreich, trotz der Präsenz dieses Stammes und seines Königs in den Schlüsselpositionen der Verwaltung und des Herrschaftsapparates. Es ist die deutliche Fortsetzung der römischen Kultur und Zivilisation, ja die Restauration oder Wiederherstellung spätantiker Lebensformen. Die Güter für den Lebensunterhalt werden gleichmäßig verteilt; die Verwaltung des Reichtums liegt in den Händen römischer Beamter und Techniker, die sowohl die Goten, als auch die Römer zufriedenstellen. Die Bemühungen, das königliche Ansehen Theoderichs zu steigern und dem Selbstbewußtsein des Herrschers Ausdruck zu verleihen sind groß, wie Lobreden auf den König oder die Aufstellung von Reiterstandbildern des Königs – Sitte in den bedeutendsten römischen Dynastien – zu erkennen geben. Theoderichs Königtum spiegelt sich gleichfalls in seinem Grabmal, d. h. in seinem Weiterleben im Jenseits, und in seinem Porphyrsarkophag wider. All das zeigt Theoderichs Vorstellungen und Herrschaftsidee, die er sich am Hofe von Byzanz aneignete, trotz seiner germanischen Herkunft und ostgotischen Stammeszugehörigkeit. Nicht zu vergessen ist allerdings, daß das Ostgotenreich gerade durch den byzantinischen Hof und mit seinem Segen gegründet wurde. Aber auch wenn die vorhandene römische Grundlage bestehen blieb, sowie ihre religiösen und kulturellen Werte, so war das Ostgotenreich doch wegen der Instabilität des Reiches nur vorübergehend von Bestand. Mißtrauen und konkrete Drohungen trieben Theoderich am Ende seiner Herrschaft dazu, Teile seiner römisch-gotischen Herrschaftsstruktur aufzulösen. Opfer dieser Auflösung sollten seine intimsten Ratgeber und besten Freunde werden: Albinus, Boëthius und Symmachus. Italien war von der Instabilität und vom Zerfall bedroht, wobei Byzanz, der Papst und die Langobarden eine große Rolle spielten. Erst durch seine Eingliederung in den karolingischen Bereich wurde, wie beim alten westgotischen Hispanien, das Gleichgewicht wiederhergestellt.

Welchen Einfluß hatten Kultur und Bildung auf die Reichsgründungen der Goten im Westen? Welche wichtige Rolle spielten diese Faktoren in der Entstehungsgeschichte des Ravennatischen und des Toledanischen Reiches? Wie kam es zu ihrer Bildung innerhalb der römischen Formen und Formeln und zu ihrer weiteren Entwicklung? Und welche gegebenen oder welche neuen Faktoren waren ausschlaggebend? Oft haben wir uns die Frage gestellt, ob ein hohes kulturelles Niveau die großen historischen Reichsbildungen begünstigt oder gehemmt hat, sowohl was die politischen als auch die sozio-kulturellen Strukturen betrifft.

Wir vertreten die Meinung, daß das Reich Theoderichs für seine Funktionstüchtigkeit alle menschlichen, kulturellen, politischen und administrativen Voraussetzungen besaß. Der barbarische Monarch besaß im höchsten Maße die Fähigkeit, über dieses Reich zu herrschen. Das Bild vom *rex barbaricus inlitteratus* wurde bereits in seiner Jugend korrigiert. Er wurde als Abkömmling eines edlen – wenn auch barbarischen – Geschlechts mit den jungen Höflingen am byzantinischen Hof erzogen. Während seiner Herrschaft wurden in Ravenna die griechische und lateinische Sprache und Literatur gepflegt. Boëthius war vielleicht der letzte römische Übersetzer des Aristoteles. Die Kinder und Enkel des Monarchen, denen in der Politik kein Erfolg beschieden war, waren nicht nur Kenner, sondern auch Gelehrte der griechischen und lateinischen Literatur und Philosophie. Ein Hof mit solch geistigen Werten brauchte nur noch einen strengen und fähigen Mentor. Sehr wahrscheinlich bedeutete dieses hohe kulturelle Niveau für Ravenna vor allem ein Festhalten am spätantiken Erbe, was tatsächlich neue Geistesströmungen unnötig machte. Diese Konstellation sollte aber nach dem Tode Theoderichs das Reich schwächen. Theoderich mußte nicht von Grund auf etwas Neues schaffen, sondern er mußte verordnen und anordnen und dem Reich vorstehen, d. h. über die bereits vorhandenen Strukturen regieren – im weitesten Sinne dieses Begriffes. Die Bemühungen seiner Politik galten folglich der Anpassung seines Volkes an die gegebenen Strukturen, was er mit großer Umsicht durchführte.

Das Reich, das Leovigild in Toledo gründete, hat dagegen eine andere Entstehungsgeschichte. Leovigild baut das Toledanische Reich auf den Erfahrungen seiner Vorgänger auf. In diesem hispanischen Moment sind Bemühungen vonnöten, die einer Koordination, einer Vereinheitlichung und vor allem einem sozio-politischen Verständnis gelten, wie es später unter Leovigilds Sohn und Nachfolger Reccared Wirklichkeit wird. Die Bemühungen hier sind sehr viel größer und durchgreifender als am ravennatischen Hof. Der Aufbau der Macht und die Akzeptanz der zahlenmäßig und kulturell überlegenen römischen Bevölkerung erfordern einen zähen Willen, Durchsetzungsvermögen und auch Mut. Im Gegensatz zum Ostgotenreich in Italien war es dem Westgotenreich in Hispanien nicht gegeben, sich ganz und gar auf die römischen Institutionen und Strukturen zu stützen. Es galt, eine völlige Neuordnung zu begründen, die dem Neuartigen Form und Inhalt geben sollte, und Kontinuität und Originalität zugleich wahrte.

Theoderich fand ein Reich vor, das er leiten und regieren mußte. Leovigild, seine Vorgänger und vor allem seine Nachfolger, mußten einen germanischen Staat und dessen Verwaltungs- und Kulturapparat auf der Grundlage einer römischen Bevölkerung aufbauen; dieses Reich wurde zum letzten Epigonen der Römischen Welt im Westen, wobei ein germanischer Kern mit ausgeprägtem Eigencharakter vorhanden war. Es war ein Staatswesen, das in der damaligen und in der modernen Geschichtsschreibung zum Paradigma für einen neuen Staatsbegriff wurde: Ein zentralistischer Einheitsstaat mit festgelegten Strukturen und streng hierarchisch gegliedert; mit einem Heer und einer Zentralverwaltung; mit festgesetzten Landesgrenzen, im Schatten einer mächtigen Kirche, die einen so starken Einfluß hatte, daß es manchmal schwierig ist, zu unterscheiden, inwieweit der König oder die Kirche den Staat leitete.

Die historische Analyse dieser entscheidenden Phasen in der Entwicklung der Völker und Kulturen muß mehrere verschiedene Ansätze haben. Es ist nicht möglich, sich ausschließlich mit dem Studium historischer Quellen zu beschäftigen, seien es nun Quellen, die über die verschiedenen Herrschergeschlechter oder Schlachten berichten oder juristische Quellen, die ebenso einseitig sein können. Andere Texte wiederum haben die Geschichte in ihrer Gesamtheit im Blickwinkel, wo der Übergang von der führenden Aristokratie einer Gesellschaft zum Selbstbestimmungsrecht des Volkes stattfindet, das nun selbst die Produktion des Reichtums, den Konsum, seine Mechanismen und Verteilungswege bestimmt. Wenn die historischen Quellentexte die ärchäologische Forschung nicht miteinbeziehen – wozu wir auch den künstlerischen Aspekt zählen – sind sie eben nur Geschichten und keine Geschichte. Bei den Forschungen in bezug auf das Toledanische Westgotenreich wurden einerseits Chroniken oder Konzilsakten untersucht und analysiert, und andererseits archäologische Grabungen, ohne daß es zu einer Zusammenarbeit und zu einem Austausch gekommen ist. Manchmal kommen die beiden Forschungsrichtungen zu so unterschiedlichen Ergebnissen, daß sich der Forscher entmutigt fühlt. In bezug auf das Reich Theoderichs z. B. sind wir im Besitz von wertvollen, aussagekräftigen Analysen und Untersuchungen. Die Analyse der Literatur, die letzte große Blüte der lateinisch-römischen Literatur, dürfte eine der wichtigsten sein. Nicht umsonst knüpft die Scholastik des Sidonius Apollinaris an das Werk des Ennodius an, der spätantike Neoplatonismus an Boëthius oder der catonische Rigorismus an Symmachus. Indes wird gelegentlich dieses kulturelle Phänomen eher mit den vorausgegangenen literarischen Strömungen in Verbindung gebracht und mit ihrer Bedeutung für die folgenden Jahrhunderte, nicht aber ihre Bedeutung für die damalige Entwicklung des Westgotenreiches selbst. Dasselbe gilt für den Bereich der Archäologie, der sich mit den persönlichen Schmuckgegenständen beschäftigt, die in einigen wissenschaftlichen Arbeiten mit dem Adjektiv „barbarisch“ belegt werden. Die hervorragenden Untersuchungen dazu lassen häufig die politische und soziale Realität des Reiches wie auch die Bevölkerungsstruktur völlig außer acht.

Analysen solcher Art werden allmählich korrigiert. Ohne vorherige Analysen können wir zu keinen gültigen Aussagen kommen, mit dem Anspruch, eine Darstellung der Gesamtgeschichte zu geben, was oft ein schwieriger und mühsamer Weg ist. In den letzten Jahren sind in dieser Hinsicht viele Anstrengungen unternommen worden, angefangen bei den – heute nicht mehr stattfindenden – „Internationalen Kongressen zur Kunstgeschichte des Hochmittelalters“, die in Linz, Österreich, initiiert wurden, bis hin zu den nie genug geschätzten *Settimane* des Zentrums für Mittelalterliche Studien in Spoleto, wo äußerst vielfältige, sich ergänzende wissenschaftliche und technische Erfahrungen ausgetauscht werden konnten.

Herkunft und Wanderungen der Goten

Bei der Beurteilung der Faktoren, die die historische Epoche, bekannt als die *Spätantike*, beeinflußt haben, ist das Eindringen der verschiedenen germanischen Völker in das Römische Reich von wesentlicher Bedeutung für die Auflösung des Reiches. Zu der tiefgreifenden politischen und geistigen Krise, die das Römische Reich, vor allem seit Ende des 3. Jh. erfaßt hat, kommt nun eine weitere Bedrohung: die Präsenz der „Barbaren“ jenseits der Grenzen, jenseits des *limes*. Die moderne Geschichtsschreibung stellt heute dem Begriff von der Krise des Römischen Reiches, d. h. seinem Zerfall, den Begriff der Neustrukturierung gegenüber und legt den Nachdruck auf den tiefgreifenden Wandlungsprozeß in dieser Epoche. Die „germanische“ oder „barbarische“ Realität – so genannt, weil sie den Römern fremd war – ist von transzendentaler Bedeutung. Die Überschreitung des *limes* durch die germanischen Völker und ihr Vordringen bis zu den mediterranen Provinzen ist maßgeblich an der Auflösung des Weströmischen Reiches, vornehmlich in den Provinzen des westlichen Mittelmeerraums, beteiligt. Gleichzeitig entstehen aber neue politische Strukturen auf der Grundlage der gegebenen römischen sozio-politischen Ordnung.

Der Grund für die Wanderungen der germanischen Stämme dürfte sehr wahrscheinlich in den ungünstigen klimatischen Veränderungen in ihrer Heimat und in der Bevölkerungszunahme zu suchen sein. Beide Faktoren führten zu einer Nahrungsmittelknappheit. Zu den barbarischen Völkern *gens barbara* zählen u. a. die Hunnen, Alanen, Vandalen, Langobarden, Awaren, wobei die Goten, in bezug auf die Geschichte und die Archäologie, eines der bedeutendsten Völker waren.

Diese verschiedenen Völker bildeten aufgrund ihrer idiomatischen und nicht ethnischen Homogenität eine große indoeuropäische Sprachgemeinschaft. Auch die Goten zogen im Laufe der sogenannten *peregrinatio gothica* durch das Römische Reich und brachten in die römische Kultur unzählige „germanische“ Elemente ein, was zu einer Verschmelzung der beiden Kulturen führte, zu einem Akkulturationsprozeß.

Der deutsche Begriff *Völkerwanderungszeit* gibt am besten die Epoche der großen Wanderbewegungen wider. Die germanischen Völker verließen ihr Land und zogen als Nomaden gen Osten, auf der Suche nach neuem Ackerland. Einige Stämme wurden rasch seßhaft. Die Goten indes ließen sich definitiv erst in Italien, Gallien und Hispanien nieder.

Die Anfänge der Völkerwanderung

Römische Schriftsteller und Historiker wie Caesar *(De Bello Gallico)*, Strabo, Tacitus *(Germania)*, Plinius *(Naturalis Historia)*, Ptolemäus *(Geographia)*, Cassiodor *(Historia tripartita)* und Jordanes *(De Getarum sive Gothorum origine et rebus gestis)*

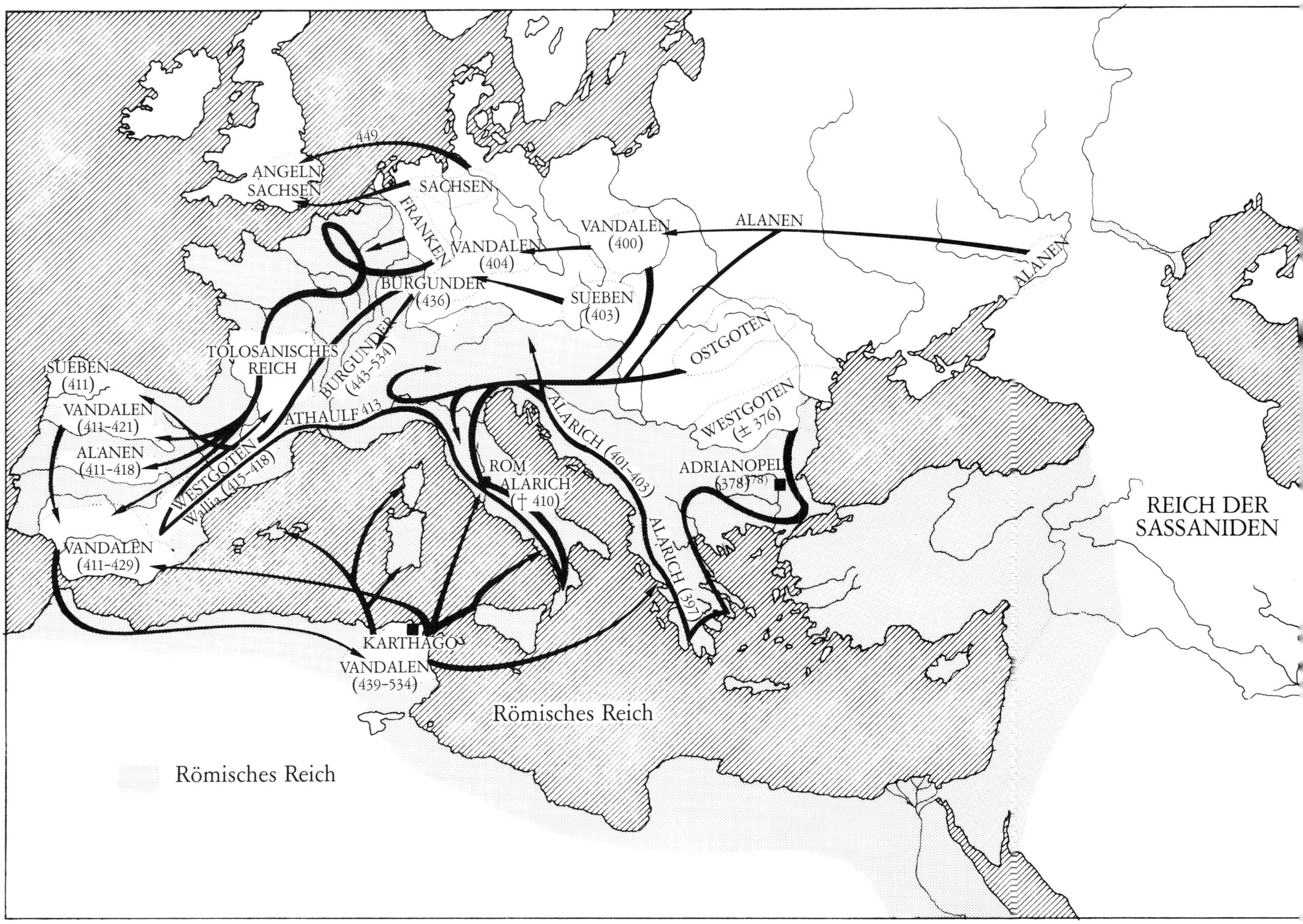

Fig. 1. Germaneneinfälle im 4. und 5. Jh. n. Chr.

berichten in ihren Texten von der Existenz der Goten, aber es ist schwierig, die Legende von der Wirklichkeit zu trennen. Ausgehend von der herrschenden Meinung scheinen sich die Forscher heute darin einig, daß die Goten von der Halbinsel Jütland kommen, deren eigentlicher Name *Götaland* ist – das heutige Skandinavien – oder von der Insel *Scandza*, nach der die polnische Küstenregion *Gothiscandza* benannt wurde. Anhand erster archäologischer Funde, Ende des 19. und zu Beginn des 20. Jhs., konnte der Nachweis für die Anwesenheit der Goten in diesen Gebieten erbracht werden. Aufgrund des unterschiedlichen Fundmaterials nahmen die Archäologen zwei geographische Einteilungen vor: *Västergötland* und *Östergötland* und weisen den Goten zwei Herkunftsländer zu. Die meisten Fundstücke jedoch, die die für die Goten typischen Stilmerkmale aufweisen, stammen aus *Västergötland*, zwischen den Seen Vänern und Vättern. (Die gegenwärtig durchgeführten Ausgrabungen und die entsprechenden Grabungsberichte, zu denen wir keinen Zugang hatten, verändern wahrscheinlich radikal die von uns hier wiedergegebenen Forschungsergebnisse.)

Zwischen dem 1. und 2. Jh. n. Chr. zogen die Goten vom Baltischen Meer zum Schwarzen Meer, die Weichsel stromaufwärts, und wurden mit den verschiedenen barbarischen Völkern konfrontiert, die ebenfalls in Osteuropa auf der Suche nach fruchtbarem Ackerland waren. Fast

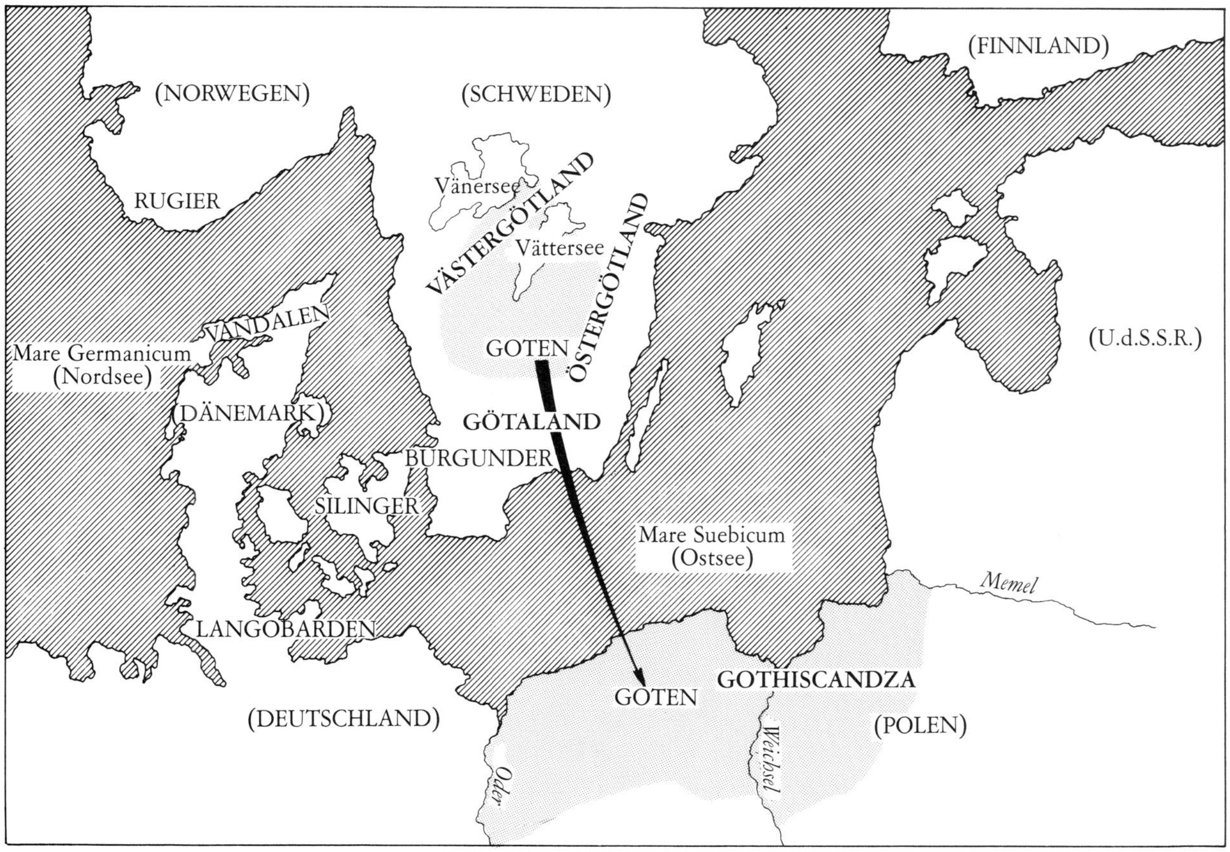

Fig. 2. Die Goten und ihre Nachbarvölker im 1. Jh. n. Chr.

das ganze 1. Jh. n. Chr. waren die Goten an der Küste und im Hinterland vom heutigen Polen und Deutschland ansässig, wie Hunderte von Friedhöfen von der Oder bis zur Memel belegen. Die Beigaben – Keramik und Schmuckgegenstände – weisen die für Nomadenvölker charakteristischen Stilmerkmale auf.

Die Niederlassung am Schwarzen Meer

Anfang des 3. Jh. siedelten sich die Goten am Schwarzen Meer an und bildeten eine gotisch-sarmatische Koalition mit dem Ziel, in Kleinasien und auf der Balkanhalbinsel einzudringen. 244 überquerten sie die Donau und bildeten eine neue Koalition, als die Föderaten die Jahrgelder einstellten. Zwischen 248 und 250 überquerten sie abermals die Donau-Grenze. Wahrscheinlich – obwohl nur unter Schwierigkeiten nachweisbar – vollzog sich hier die geschichtliche Trennung der Stämme in Westgoten und Ostgoten. Einige Autoren setzen sie ins 2. Jh., andere wiederum ins 3. Jh. Auch der etymologische Ursprung der zwei Benennungen ist unklar; noch dauern die Forschungen im Bereich der Linguistik an.

Die Westgoten ließen sich westlich vom Schwarzen Meer nieder, in den Waldgebieten zwischen den Flüssen Dnjestr und Donau, dem alten Dakien und heutigen Rumänien. Dort errichteten sie, vornehmlich in *Transsilvania*, strategische Stützpunkte gegen die Angriffe des römischen Heeres, das in diesem Gebiet Gold zutage förderte. Die Ostgoten ließen sich im Osten nieder, wo sie – nach der Unterwerfung der Sarmaten und Slawen, nach der Eroberung der Stadt Olbia, 238, und kurz darauf der Stadt Tyras – ein großes Reich gründeten. Die römische Regierung zeigte sich von diesen Vorgängen beeindruckt. Chronologisch sind hier die ersten Einfälle der Goten nach Kleinasien über das Ägäische Meer anzusetzen. Es waren Vorstöße mit dem Ziel, neues Ackerland zu gewinnen und nicht mit dem Ziel, das Land zu plündern und auszurauben.

Gothia, das gesamte Land von Westgoten und Ostgoten, war ein Block gegenüber dem Römischen Imperium, auch wenn Einheimische und Römer in den besetzten Gebieten blieben, ein Phänomen, das sich im Laufe der ganzen *peregrinatio* wiederholte und selbst für die endgültige Niederlassung der Goten in Hispanien zutrifft. Ab 270 erhielt die Niederlassung der Goten einen legalen Status, denn Kaiser Aurelian wies ihnen, nach seiner Ernennung zum Kaiser in Sirmium, dieses Land zur Sicherung des Friedens zu.

In dieser Zeit gab es mit Sicherheit eine westgotische Landbevölkerung, die aber durch die Archäologie noch nicht exakt nachweisbar ist. Die Stadtbevölkerung unterstand der römischen Verwaltung, behielt aber bestimmte Traditionen und Sitten bei. Der Archäologie ist in bezug auf eine Dorfarchitektur und Vorrichtungen für Ackerbau und Viehzucht praktisch oder fast nichts überkommen, da die Konstruktionen aus Holz und ähnlichen vergänglichen Baumaterialien verloren sind. In den Städten hingegen bedienten sich die Goten der vorhandenen römischen Bauten und Einrichtungen. Das einzige archäologisch ergiebige Zeugnis dieser Zeit sind die Nekropolen der sogenannten Černjahov-Kultur, die sich von der unteren Donau bis zum Schwarzen Meer erstreckt, mit den Gebieten *Transsilvania, Montenia, Moldavia* und *Scythia*. Die Černjahov-Kultur umfaßt das 3.–5. Jh. Ihre letzte Phase ist zeitgleich mit dem massiven Ansturm der Hunnen, gegen 375. Die Gräberfelder bezeugen die Bestattungsrituale der Goten: Feuer- und Erdbestattung. Die Grabbeigaben wie Glas oder Keramik und persönliche Schmuckgegenstände zeichnen den Weg der Goten von den Donaugebieten über die Balkanhalbinsel bis Hispanien nach.

Ein klassisches Beispiel für Nekropolen die-

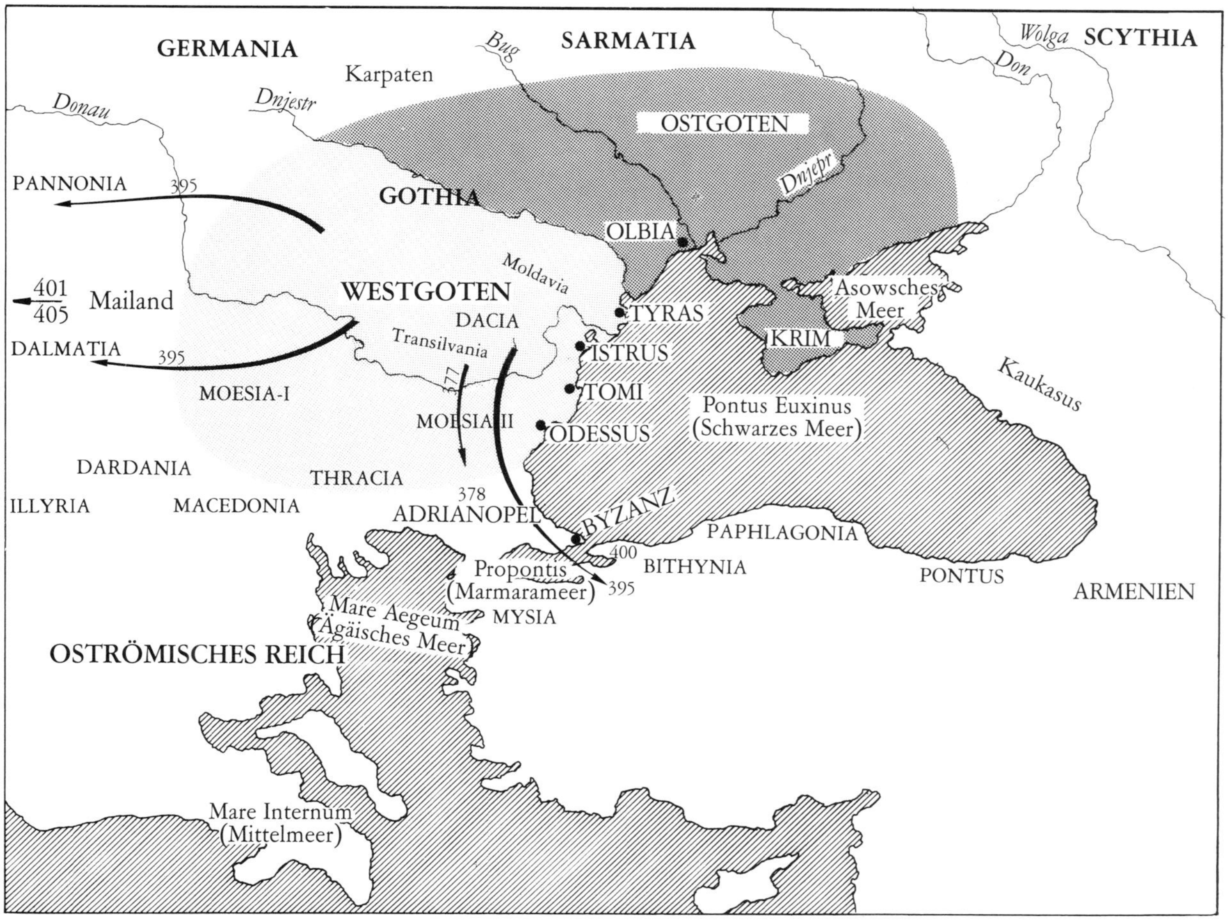

Fig. 3. Die Goten am Schwarzen Meer, 4.Jh. n. Chr.

ser Art ist Poienteci, in Vaslui (Moldau) mit rein gotischen Beigaben, neben anderen aus römischen Werkstätten stammenden Stücken. Die Verbindung beider Kulturen und ihrer Traditionen wird ebenfalls in der Nekropole von Sîntana-de-Mureş (Marosszentana) sichtbar, wie in vielen anderen Nekropolen auch.

Die Ostgoten lebten in den weiten Steppen und waren ein Viehzucht und Ackerbau betreibendes Nomadenvolk. Sie praktizierten eine Vorratswirtschaft, die es ihnen ermöglichte, dauerhafte bäuerliche Ansiedlungen und Werkstätten zu begründen. Sie besaßen eine große Kunstfertigkeit, besonders in der Metallverarbeitung, die sie später nach Italien brachten. Die Techniken der Metallverarbeitung hatten sie hauptsächlich bei syrischen und persischen Kunsthandwerkern gelernt und gaben ihnen einen originellen Eigencharakter. Sowohl in der Kunst als auch in der Kultur der Westgoten und Ostgoten ist deutlich der römische Einfluß zu erkennen. Auch können alle drei künstlerischen und kulturellen Strömungen zusammenfließen, wie Grabungen in Dakien und Thrakien belegen. Dort kamen an westgotisch oder römisch bezeichneten Orten für die Region Kiew typische ostgotische Stücke zutage.

Im Jahre 332 unterzeichnete Konstantin der Große angesichts der ständig drohenden Kriegsgefahr – die Westgoten hatten *Scythia, Thracia* und *Moesia* angegriffen – den ersten Vertrag mit diesem Volk auf der Basis eines Födera-

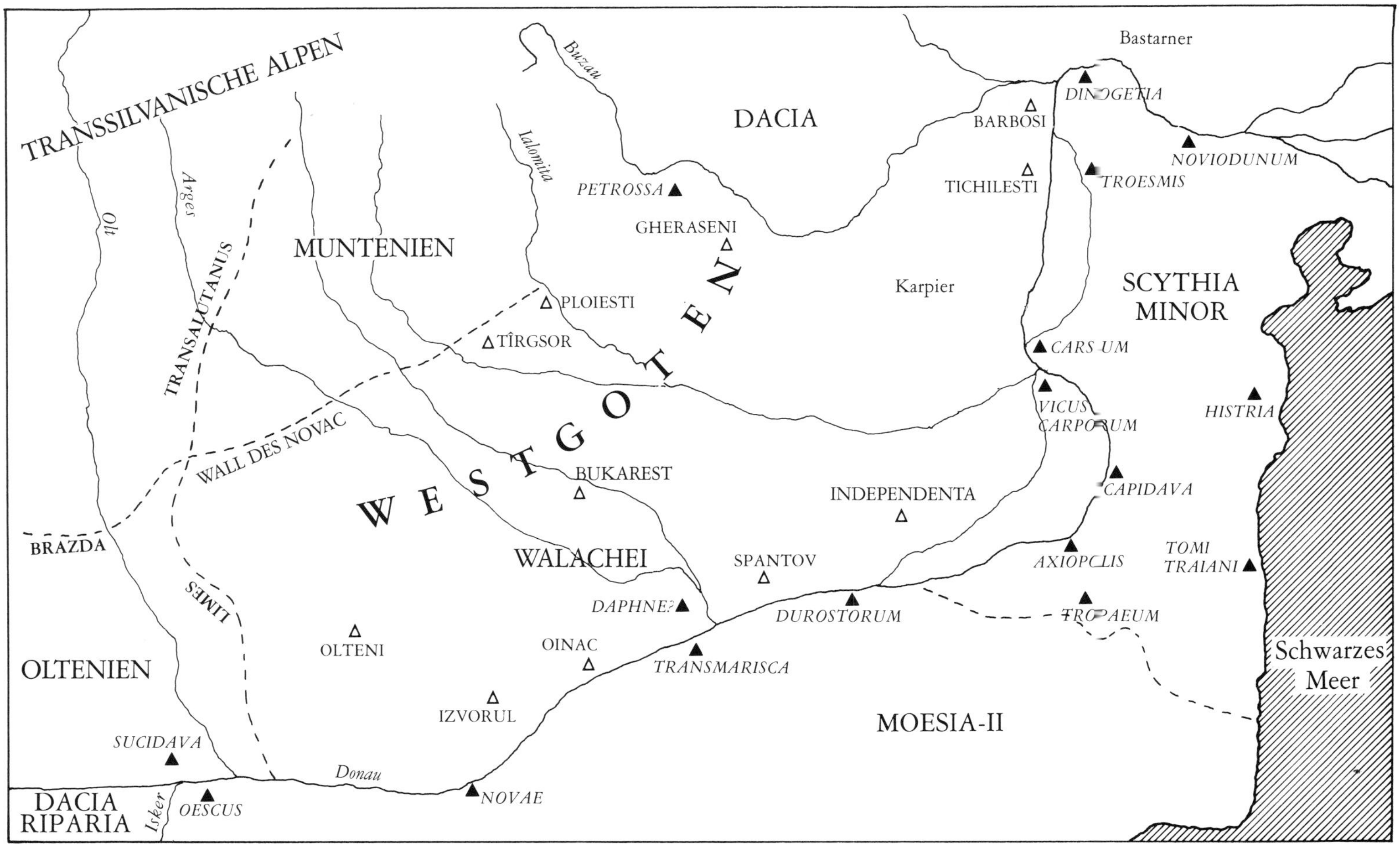

Fig. 4. Die Westgoten an der Donaumündung im 4. Jh. n. Chr.

tenstatus, *status foederati*. Es folgten die ersten dauerhaften Ansiedlungen der Westgoten auf römischem Reichsboden. Die Westgoten erhielten Jahrgelder und verpflichteten sich ihrerseits, die römischen Reichsgrenzen gegen mögliche Angriffe anderer barbarischer Völker zu verteidigen. Eine Veränderung in der Lebensform und Gesellschaftsordnung der Westgoten fand nicht statt. Sie widmeten sich weiterhin der Jagd und dem Ackerbau. Die Bewirtschaftung der Felder erfolgte gemeinschaftlich und immer unter Berücksichtigung der Bedürfnisse der ganzen Gemeinschaft. Archäologisch gesehen kann jedoch der landwirtschaftliche Charakter von *Gothia* nicht belegt werden. Wie die Ostgoten so beherrschten auch die Westgoten die Metallverarbeitung und führten sie zu immer größerer Perfektion.

Die Politik Konstantin d. Gr. begünstigte wesentlich den Handel und Zwischenhandel unter den ansässigen Völkern innerhalb des *limes* und der Mittelmeerprovinzen, wodurch es dem Imperium gelang, ausgedehnte Gebiete nördlich von Dakien in seinen Einflußbereich einzubeziehen.

Konstans, Sohn und Nachfolger Konstantins des Großen, versuchte wiederholt, das Heer der Westgoten zu entwaffnen und zu vertreiben. Wir dürfen nicht vergessen, daß jeder „Barbare" erst einmal Soldat oder Bauer war, und, in der Regel, alles Germanische die „zivilisierte" Bevölkerung in Angst und Schrecken versetzte. Hier zeigt sich der alte Gegensatz zwischen der *rusticitas* der *gens barbara* und der *civilitas* der römischen Bevölkerung, wie wir ihn auch aus den Beschreibungen eines Franken des 5. Jh. durch den aquitanischen Schriftsteller *Sidonius Apollinaris* kennen. Auch in der Religion wird der Dualismus zwischen Kriegern und Bauern aufrechterhalten. Die höchsten germanischen Götter sind der Kriegsgott Odin und seine Frau Freyja, die Göttin der Fruchtbarkeit. Es folgen Thor oder Donar, Gott des Donners und Schutzheiliger der Bauern im Kampf gegen die Giganten, und Tiw oder Tyr, der seine Macht als Kriegsgott mit Odin oder Wotan teilt. Aus dieser ursprünglichen Stammesreligion geht später eine pantheistische Religionsanschauung hervor.

Der Übertritt zum Arianismus

Mitte des 4. Jh. übersetzte der arianische Bischof Wulfila die Bibel in die germanische Sprache *(Codex Argenteus)*, was viele Goten dazu bewog, zum Arianismus überzutreten. Griechische Historiker wie Sokrates, Sozomenus und Theodoret und der bedeutende gotische Chronist Jordanes erwähnen Wulfila mehrmals. Im 2. Jahrzehnt des 4. Jh. als Sohn römischer Gefangener geboren, aufgewachsen und erzogen am Hofe von Konstantinopel, war Wulfila mit der römischen Gesellschaft wohlvertraut. Er erhielt die Bischofswürde zur selben Zeit wie *Eusebius*, ein weiterer glühender Verfechter des Arianismus. Die triumphale Bekehrung der Westgoten zum arianischen Glauben war jedoch nicht allein das Verdienst Wulfilas. Die Westgoten selbst erbaten die Hilfe eines Bischofs, denn innerhalb ihrer Gemeinschaft gab es bereits eine kleine Christengemeinde. Die meisten Mitglieder dieser Gemeinde waren Nachfahren von Christen, die die Goten gefangengehalten und auf ihren Wanderungen von Südrußland an mit sich führten. Wann genau die Westgoten vom Heidentum zum Arianismus übertraten, ob vor oder nach ihrer Donauüberschreitung, 376, ist wissenschaftlich noch nicht abgesichert. Die Historiker scheinen sich darin einig zu sein, daß die Bekehrung der Westgoten nach 380 zu denken ist. Wulfila kann folglich nicht der Apostel des Christentums bei den Goten sein, doch erwirkte er die Bekehrung vieler. Die anderen barbarischen Völker traten erst sehr viel später - in der Regel im 5. Jh. - zum christlichen Glauben über.

Die arianische Doktrin wurde von Arius begründet. Für Arius gab es in der Trinität drei völlig heterogene Wesensheiten: der *logos* ist nicht ewig und wurde von Gott Vater vor der Zeit erschaffen, um ihn bei der Schöpfung als Instrument einzusetzen; er ist von Natur aus veränderbar und zu vervollkommnen. Der Sohn und der Heilige Geist sind mit Gott Vater, dem einzigen und wahren Gott, nicht wesensgleich.

Der im Orient weitverbreitete Arianismus wurde als Häresie verurteilt; zuerst 325 auf dem Konzil von Nicäa und abermals 381 auf dem Konzil von Konstantinopel. Der Arianismus, dem die Goten bis Ende des 6. Jhs. folgten, war natürlich für das Zusammenleben mit der römisch-katholischen Bevölkerung nicht von Vorteil, in einer Zeit, die den Höhepunkt des Katholizismus im Römischen Reich bedeutete. Er war gleichfalls für die Goten die Ursache vieler Konflikte, wie u. a. die Auseinandersetzungen mit den Franken, aus dem Jahre 507.

Das 4. Jahrhundert und die ersten Wanderungen innerhalb des Römischen Reiches

Verfolgen wir die politische Entwicklung der Goten, so können wir feststellen, daß sowohl die Ostgoten als auch die Westgoten eine militärische Hierarchie entwickelten, die Kaiser Valens mit Argwohn betrachtete. Er stellte 367 die von Konstantin d. Gr. bewilligte Zahlung von Jahresgeldern ein. Zu jener Zeit war Athanarich der Anführer der Westgoten. Er wurde – nachdem er wiederholt dem Ansturm der Hunnen aus dem Ural hatte weichen müssen – in Transsilvanien von seinem Volk verlassen. Auch die Ostgoten, unter Ermanarich aus der Ukraine kommend, sahen sich dem Ansturm der Hunnen ausgesetzt, die ihr Reich gegen 275 zerstört hatten. 370 überschritten sie die Grenzen des Westgotenreichs in Richtung untere Donau. Die besiegten Westgoten ersuchten Kaiser Valens um Hilfe, der – laut *Ammianus Marcellinus* – zum Ausbau bestimmter sozialer Schichten mehr Soldaten und Landarbeiter brauchte und sich nicht lange bitten ließ. 376 erneuerte er den *foedus* mit den Goten und wies ihnen Gebiete in Thrakien zu.

Dies wirkte sich günstig auf die Handelsbeziehungen zwischen Römern und Goten aus und es kam zu einem regen und dauerhaften Zwischenhandel, den der Seeweg erleichterte.

Während dieser Zeit behielten die Westgoten ihr traditionelles Gewohnheitsrecht bei, zeigten aber zugleich ein Interesse für das römische Recht. Auch der Geschichtsschreiber Jordanes beschreibt, wie die Westgoten in Thrakien des römischen Rechts wegen bewundert wurden, das für ihre eigene Rechtssprechung, vor allem in bezug auf das Privatrecht, Modell stand, auch wenn sie manche ihrer öffentlichen und privaten Institutionen beibehielten.

Die Mehrheit der Bevölkerung war in Sippenverbänden unter der Befehlsgewalt eines Oberhaupts zusammengeschlossen. Sie bildeten wiederum eine Konföderation, an deren Spitze der höchste Anführer stand: Athanarich. Seine Funktion war strikt auf den militärischen Bereich begrenzt; Rechts- und Glaubensfragen betrafen ihn nicht. Der Anführer wurde von der Konföderation gewählt. Die Nachfolge konnte nie erblich sein. Die politische Organisation war also weiterhin eine germanische im Gegensatz zum Rechtswesen und zur Sprache. Damit soll nicht gesagt werden, daß die Westgoten ihre Sprache aufgaben, sie sich aber in bestimmten Fällen dazu gezwungen sahen, auf die lateinische Sprache als Ausdrucksmittel zurückzugreifen. Sehr wahrscheinlich wurde die germanische Sprache nie bewußt aufgegeben, sondern so lange von der lateinischen Sprache überlagert, bis sie allmählich in Vergessenheit geriet und die Goten ein sehr unnatürliches Latein sprachen.

In den letzten Jahrzehnten des 4. Jh. erhob sich die Mehrheit der westgotischen Bevölkerung und protestierte gegen ihre erbärmlichen Lebensbedingungen wie Hunger, Krankheiten, Epidemien sowie gegen die Ausbeutung durch römische Beamte. Sie durchbrachen den *limes* und fielen erneut in Kleinasien ein. 378 ermordeten sie Valens und versuchten vergeblich Adrianopel und Konstantinopel einzunehmen. Den Goten schlossen sich jene Männer an, die in Thrakien Gold zutage fördern sollten. Die Schlacht bei Adrianopel ist als der „Sieg von Adrianopel“ seitens der Römer bekannt: Theodosius vertrieb die Goten abermals und zwang sie bis an die Donaugrenze zurück. Athanarich und später Fritigern versuchten abermals, mit Konstantinopel einen neuen Siedelungsvertrag auszuhandeln. Der römische Feldherr Saturninus erneuerte 382 den *foedus* in der Diözese von Thrakien. Diese Niederlassung war für die Seßhaftigkeit der Goten ein ausschlaggebendes Moment und bedeutete zugleich die Wiedereinnahme eines Gebietes, das jahrzehntelang geplündert und ausgeraubt worden und praktisch für das Römische Reich verlorenes Land gewesen war.

Die Statistiken über die Bevölkerungszahl der Westgoten im Westen Europas basieren auf den Rechnungen, wie viele Menschen an der Schlacht von Adrianopel beteiligt waren. Die Zahlen schwanken zwischen 100 000 und 200 000 Soldaten; eine sehr unwahrscheinliche

Fig. 5. Büste des Honorius. Musée du Louvre, Paris.

Fig. 6. Kopf des Arkadius. Istanbul Arkeoloji Müzeleri Müdürlügu.

und wenig haltbare Berechnung. Anhand dieser Zahlen sollen fast eineinhalb Jahrhunderte später ungefähr 100 000 Westgoten die Pyrenäen überschritten haben. Eine genaue demographische Untersuchung würde viele Unklarheiten im Zusammenhang mit dem Nomadentum der Westgoten beseitigen.

Der Einfall in Italien

Fast am Ende des 4. Jh., im Jahr 390, erscheint Alarich, der neue Anführer der Goten. Er war für seine dem römischen Heer geleistete Waffenhilfe zum *magister militum* von Illyrien ernannt worden. Die Westgoten fielen Anfang des 5. Jh. - 408 -, ausgelöst durch den Ansturm der Hunnen, in Italien ein. Die Invasoren waren zuvor von Konstantinopel aus dem östlichen Illyrien vertrieben worden. Plündernd und brandschatzend zogen sie durch ganz Nord- und Mittelitalien und wüteten in Rom, der einstigen Hauptstadt des Römischen Reiches. Inzwischen war Ravenna an der Adria Hauptstadt geworden. Ravenna hatte eine strategisch wichtige Lage und einen bedeutenden Militär- und Handelshafen.

Honorius, der damalige Kaiser des Westens, floh von Mailand über Rom nach Ravenna. Die schriftlichen Quellen zeichnen von Honorius ein ziemlich negatives Bild. Der Kaiser war für seinen labilen Charakter und sein politisches Unvermögen bekannt. Der Zeitpunkt für die Invasion in Italien war günstig, denn nur wenige Jahre zuvor - 406 - war das Weströmische Reich mit den Invasionen im Rheingebiet konfrontiert worden; zuerst der Vandalen, Sueben und Alanen, dann der Burgunder und Alamannen. Der Mord an Stilicho, der einen großen Einfluß auf

Arcadius und Honorius hatte, erleichterte und begünstigte ebenfalls die Einnahme Roms durch Alarich.

40 000 Männer, zusätzlich der in Rom lebenden Barbaren-Sklaven – sie öffneten die Stadttore – nahmen Rom ein. Die endgültige Kapitulation Roms fand 410, nach einer langen Belagerung, statt; schließlich mußten die Römer das germanische Volk als Föderaten anerkennen.

Die schriftlichen Quellen dieser Zeit geben eine detaillierte Beschreibung der Besetzung und Plünderung Roms durch die Goten. Die Texte geben die Meinung des jeweiligen Autors wieder, je nachdem, ob er auf der Seite der Goten oder Römer stand. Anhand der Texte von Orosius – hispanischer Kirchenschriftsteller und Historiker –, der Werke des griechischen Schriftstellers Sozomenus aus dem 6. Jh., bis hin zu den Werken des griechisch-byzantinischen Geschichtsschreibers Zosimus lassen sich viele Probleme der Hauptstadt des Römischen Imperiums erkennen: erst Rom, dann Mailand und schließlich Ravenna. Sie spiegeln gleichfalls die Intrigen am Hofe von Honorius und den großen Einfluß von Galla Placidia wider, die die Entwicklung des Weströmischen Reiches und seine Goten-Politik entscheidend mitbestimmte.

Nach dem Tode Alarichs wählten die Westgoten Athaulf zu seinem Nachfolger. Athaulf war Rom über alle Maßen treu ergeben und ein großer Bewunderer der römischen Zivilisation und Kultur. Im Jahr 414 vermählte er sich in Narbonne mit Galla Placidia, der Schwester des Honorius und Tochter des Theodosius, die Gefangene und Geisel der Goten war. Die Hochzeit wurde mit allem Glanz und nach römischem Brauch gefeiert. Paulus Orosius, der Schüler des Augustinus, schildert uns die Ereignisse aus seiner Sicht:

I. Der Anschluß des Westgotenkönigs Athaulf an das Weströmische Reich

„Im Jahr 1168 nach Gründung der Stadt vertrieb der *comes* Constantius, der sich damals in der gallischen Stadt Arles aufhielt, unter Einsatz aller ihm zur Verfügung stehenden Mittel die Goten aus der Provinz Narbonensis und zwang sie, nach Hispanien zu ziehen, wobei er ihnen vor allem jeglichen Schiffsverkehr und Handel mit Fremden untersagte und abschnitt. An der Spitze der gotischen Stämme stand damals König Athaulf. Er hatte nach dem Einfall in die Stadt [Rom] und nach dem Tode Alarichs Placidia …, die in Gefangenschaft befindliche Schwester des Kaisers, zur Frau genommen und war Alarich auf den Thron gefolgt. Wie oft zu hören war und sich durch sein Ende bestätigt hat, war er als überaus eifriger Verfechter des Frieden von dem Wunsch beseelt, dem Kaiser treu zu dienen und zur Verteidigung des römischen Staates die gotischen Streitkräfte einzusetzen. Ich selbst nämlich habe gehört, wie ein gewisser Mann aus Narbonne, der unter Theodosius den Titel *illustris* führte und dem Militär angehörte, ein auch frommer, kluger und angesehener Mensch, in der Stadt Bethlehem in Palästina dem heiligen Presbyter Hieronymus berichtete, daß er in Narbonne mit Athaulf eng vertraut gewesen sei und daß er oft vor Zeugen erfahren habe, wie jener, der sich durch Geist, Kraft und Verstand auszeichnete, wiederholt vorzubringen pflegte: er habe vor allem leidenschaftlich danach getrachtet, daß – wenn erst einmal das *nomen Romanum* in Vergessenheit gebracht sei – das römische Territorium gänzlich zum Reich der Goten gemacht und auch so genannt würde, daß, umgangssprachlich ausgedrückt, ‚Gothia' das wäre, was einmal Romania war, und Athaulf dann das würde, was einst Caesar Augustus war; aber viel Erfahrung habe ihn gelehrt, daß weder die Goten in ihrer unbändigen Wildheit überhaupt Gesetzen zu gehorchen vermögen, noch, daß man dem Staat Gesetze, ohne die der Staat kein Staat ist, verbieten könne; so habe er es vorgezogen, sich durch die völlige Wiederherstellung und Mehrung des *nomen Romanum* mit Hilfe der Goten Ruhm zu erwerben, um bei der Nachwelt als Urheber der Erneuerung Roms zu gelten, nachdem er schon kein Veränderer hatte sein können. Deshalb vermied er den Krieg, deshalb bemühte er sich um Frieden, und zu allen seinen guten Werken wurde er besonders durch die Überzeugungskraft und den Rat seiner Gemahlin Placidia bewegt, einer Frau von scharfem Verstand und großer Frömmigkeit. Während er aber unermüdlich diesen Frieden zu erreichen und ihn durchzusetzen suchte, wurde er in Barcelona, einer Stadt in Hispanien, ermordet – wie es heißt, durch eine List der Seinen." (Paulus Orosius, *Historiarum adversus paganos, libri VII, 43.)*

Die kurze Herrschaft Athaulfs war für die weitere politische Geschichte der Westgoten entscheidend. Der Versuch einer Reichsbildung auf römischer Grundlage und als Fortsetzung der römischen Gesellschafts- und Wirtschaftspolitik in der alten Provinz *Narbonensis* und südlich der Pyrenäen, d. h. das ganze östliche Gebiet der hispanischen *Tarraconensis* umfassend, scheiterte. In der Geschichte der Iberischen Halbinsel ist dieser Versuch nur einer von vielen, ein Reich zu beiden Seiten der Pyrenäen zu begründen, das das unter römischer Verwaltung Geschaffene wahren und fortsetzen sollte. Auch die Herrschaft Wambas unter Paulus von Septimanien und unter Agila hatte dieses Ziel und scheiterte. Athaulf wollte gewissermaßen ein Staatswesen aufbauen wie es kaum ein Jahrhundert später der Ostgote Theoderich beherrschte. Athaulf unterlag jedoch zwei verschiedenen sozio-politischen Oppositionsbestrebungen: Einerseits dem Römischen Reich selbst, das mit Angst und Argwohn die Ansiedlung der Goten in Narbonne verfolgte und einen möglichen Konflikt zwischen Narbonne und Arles befürchtete, andererseits der germanischen Aristokratie, der der Mord an Athaulf, 415, anzulasten ist. Athaulf wurde von Anhängern Sigerichs ermordet. Nach der nur sieben Jahre währenden Herrschaft Athaulfs folgte Wallia auf dem Thron. Wallia mußte sich der römischen Opposition fügen und durch einen *foedus* Aquitanien als Siedlungskern akzeptieren. Zuvor hatte er vergeblich versucht, die fruchtbaren Getreideprovinzen der Römer in Afrika einzunehmen, wobei er die ebenfalls sehr reichen hispanischen Provinzen *Baetica* und *Carthaginensis* kennenlernte.

Die Gründung des Tolosanischen Westgotenreichs verhinderte die Möglichkeit, ein erstes, beständiges prorömisches Reich auf der Iberischen Halbinsel zu errichten und verzögerte die Niederlassung der gotischen Aristokratie in Hispanien. Von Wallia bis Eurich zogen die Goten – als im Dienste Roms stehendes Heer – über die Iberische Halbinsel, ohne den sozio-ökonomischen Status des Imperiums zu ändern. Die Hispanorömer wurden sich während dieses *Interregnums* ihrer Stärke bewußt, die sich gleichfalls in ihrem katholischen Glauben dem gotischen Arianismus gegenüber ausdrückte: Die Sieger unterlagen den Besiegten wie andere Völker im Lauf der Geschichte.

Die Ostgoten in Italien: Das Reich Theoderichs

Die kurze und glanzvolle Herrschaft Theoderichs

Die Präsenz der Ostgoten in Italien und ihre Niederlassung im Norden der Halbinsel mit der Gründung des Theoderich-Reiches in Ravenna ist ebenso eine historische Tatsache wie die Ansiedlung der Westgoten in den alten Gebieten des Imperiums. Die Herrschaft der Ostgoten in Italien war, wenngleich glanzvoll und gewaltig, nur von kurzer Dauer und hatte nie die Kontinuität, wie sie dem Westgotenreich in Hispanien beschieden war. Die Parallelen zwischen beiden Reichen sind jedoch klar zu erkennen.

Die Herrschaft Theoderichs als ostgotische Monarchie zu bezeichnen, ist teilweise richtig. Allerdings dürfen wir nicht vergessen, daß das italienische Ostgotenreich unter sozialem, administrativem und kulturellem Gesichtspunkt betrachtet die Bildung, Erziehung und Persönlichkeit seines Begründers, des Goten Theoderich, widerspiegelt. Zehn Jahre lang – vom achten bis zum achtzehnten Lebensjahr – als Geisel oder Gast am Hofe von Byzanz, durfte Theoderich die Bildung und Erziehung eines durch Geburt privilegierten jungen Mannes genießen, die eines *elegans*. Die Erziehung, die Jünglingen seiner Herkunft zuteil wurde, verhieß ihnen eine glänzende Zukunft. Ennodius schreibt: *educavit te in gremio civilitatis Graecia praesaga futuri* („Griechenland, Wegbereiterin der Zukunft, erzog dich im Schoße des Hofes"). Die Annahme, Theoderich wäre ein *rex barbaricus inlitteratus* gewesen, wie ihn einige gotenfeindliche Schriftsteller der Zeit bezeichneten, u. a. der Nachfolger des Anonymus Valesianus, ist so nicht richtig. Er war stets darum bemüht, am Hofe von Ravenna die Pflege der Künste und Wissenschaften zu erhalten und zu fördern und zog die bedeutendsten Männer an seinen glanzvollen Hof. So stand ihm der Historiker Cassiodor zur Seite, der ihn einen *purpuratus philosophus* nannte.

Die gotisch-byzantinische Dualität in der Erziehung des Monarchen ist das Wesensmerkmal seiner Herrschaft und der politischen wie sozialen Strukturen seines Hofes in Ravenna. Die kurze Herrschaft der Ostgoten in Italien zeigt uns deutlich eine Fortsetzung der Idee des Imperiums, die, obgleich unter anderen Machthabern, eine vollkommene Fortführung der römischen Kultur bedeutet.

Die Ostgoten kamen im Auftrag von Kaiser Zenon 489 nach Italien, um dort als Föderaten gegen die Truppen Odoakers zu kämpfen. Odoaker war zum *patricius* ernannt und von Zenon selbst ins Weströmische Reich geschickt worden. Die Goten hatten für das Oströmische Reich schon immer eine große Bedrohung bedeutet und zwei ihrer größten Siege – im Jahr 378 der Sieg in der Schlacht bei Adrianopel, 410 die Plünderung Roms – waren noch in frischer Erinnerung.

Nach der Niederlage der Hunnen Attilas

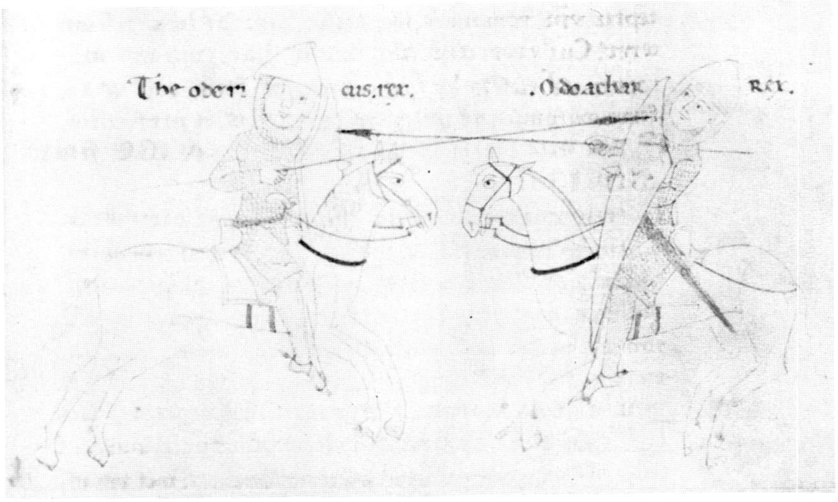

Fig. 7. Kampf zwischen Theoderich und Odoakar. Kodex der Biblioteca Vaticana, 12. Jahrh. Pal. Lat. 922, f. 122.

waren die Ostgoten unter Theoderich, dem Nachfolger Theodemers, in Mösien II und Dakien angesiedelt worden, nachdem sie zuvor Mösien I und Mazedonien geplündert hatten. Trotz der Auszeichnungen Theoderichs wie *magister militum, patricius* und *senator*, stellten die Truppen Theoderichs für die Balkanländer eine ständige Gefahr und für Byzanz eine Bedrohung dar. Zenon wollte Byzanz in Sicherheit wissen, wies den Ostgoten deshalb Gebiete in Italien zu und vertraute Theoderich die Herrschaft an. Laut Jordanes wurde Theoderich durch ein Investiturdekret der Senat und das römische Volk anvertraut. 488 zieht Theoderich nach Italien. Auf ausdrücklichen Wunsch des römischen Senats erkennt Anastasius, der Nachfolger Zenons, später (497) Theoderich als König von Italien an, nicht ohne Vorbehalte und Argwohn.

In Wirklichkeit handelt es sich hierbei um die Abtretung kaiserlicher Territorialrechte an das Weströmische Reich. Justinian wird diese Rechte später zurückfordern, auch bei den Nachfolgern von Theoderich. Die Eroberungsfeldzüge Justinians im Westen bedeuteten die Zerstörung einer glanzvollen Herrschaftsstruktur, die sowohl politisch als auch kulturell in Italien den letzten „klassischen" Glanz vorwegnahm, das byzantinische Exarchat von Ravenna. Die Langobarden und die Franken aus der Dynastie der Karolinger werden Italien am Ende der Spätantike eine ganz andere Prägung geben.

Die Siedlungsbewegungen der Ostgoten in Italien vollziehen sich in zwei unterschiedlichen Zeitphasen. Die erste Phase kennzeichnet den vier Jahre anhaltenden Kampf gegen Odoaker mit den Niederlagen bei Isonzo, Verona und Adda und der Besetzung der Hauptstadt Ravenna im Jahr 493. Die Niederlassung des ostgotischen Hofes in Ravenna markierte die Fortsetzung der theodosianischen Dynastie. Der König lebte zeitweilig in Verona, Pavía und Monza. Die zweite Phase kennzeichnet die Ansiedlung der Ostgoten in der Po-Ebene.

Die Ansiedlung der Ostgoten in Italien hätte für die westlichsten Provinzen des Römischen Reiches eine radikale Veränderung des politischen Gleichgewichts bedeuten können. Denn seit 418 erstreckte sich das Tolosanische Westgotenreich über ganz Aquitanien, von Bordeaux im Norden bis nach Septimanien mit den Städten Narbonne und Arles im Süden. Die Westgoten standen Theoderich beim Kampf gegen Odoaker bei. Als 507 Tolosa in die Hände der Franken fiel, König Alarich auf dem Schlachtfeld sein Leben verlor und die Westgoten sich

+SERVVS
XPIAGNELLVSEPISCHVNCPYRGVM
FECIT

2. Ravenna. Kapitell mit Monogramm Theoderichs
4. Ravenna. Baptisterium der Arianer

3. Ravenna. Kapitell mit Monogramm Theoderichs
5. Ravenna. Sant' Apollinare Nuovo

Vorherige Seite:
1. Ravenna. Ambo des Bischofs Agnellus in der Kathedrale

6. Ravenna. Grabmal des Theoderich

Vorherige Seiten:
7. Villafontana. Vorder- und Rückenansicht eines silbernen Fibelpaars
8. Alto Adige. Silberne Gürtelschnalle mit viereckiger Beschlagplatte
9. Romagna. Gürtelschnalle aus vergoldetem Silber, viereckige Beschlagplatte mit Steineinlage
10. Schatz von Desana (Vercelli). Gürtelschnalle aus vergoldetem Silber, viereckige Beschlagplatte mit Steineinlage

11. Kopf der Amalasuntha

Folgende Seiten:
13. Schatz von Domagnano (Republik San Marino). Goldene Bienenfibel mit mehrfarbigem Zellenschmelz, Teil des Schatzes
14. Schatz von Domagnano (Republik San Marino). Goldene Anhänger mit mehrfarbigem Zellenschmelz, Teil des Schatzes
15. Schatz von Domagnano (Republik San Marino). Goldene Adlerfibel mit mehrfarbigem Zellenschmelz, Teil des Schatzes
16. Schatz von Domagnano (Republik San Mariono). Goldenes Ohrgehänge mit Almandinen, natürlichen Perlen und grünem Glas, Teil des Schatzes
17. Alcagnano. Fibelpaar aus vergoldetem Silber
18. Alcagnano. Fibelpaar aus vergoldetem Silber

12. Rom. Goldenes Medaillon mit Darstellung der Büste des Theoderich

19. Torre del Mángano (Pavia). Gürtelschnalle aus vergoldetem Silber für ein Frauengewand
20. Acquasanta (Ascoli Piceno), Nekropole. Gürtelschnalle aus vergoldetem Silber
21. Landriano (Pavia). Goldene Gürtelschnalle, rechteckige Beschlagplatte mit Zellenschmelz und Raubvogelköpfen

22. Reggio Emilia. Fünfknopffibelpaar aus vergoldetem Silber

Folgende Seiten:
23. Schatz von Desana (Vercelli). Goldkette mit Edelsteinen; Goldring mit Smaragd; goldener Armreif mit pflanzlichen und figürlichen Motiven; goldener Armreif mit Granateinlage
24. Reggio Emilia. Goldene Kreuzfibel mit durchbrochenem Schaft, geometrische und pflanzliche Motive

25. Romagna. Fünfknopffibelpaar aus vergoldetem Silber

26. Schatz von Desana (Vercelli). Kleine Silberlöffel, Teil des Schatzes

Fig. 8. Ostgotische Truppenstützpunkte auf der italienischen Halbinsel.

● Befestigte Städte mit ostgotischen Truppenstützpunkten im byzantinisch-ostgotischen Krieg (nach Prokop)

▲ Befestigungen (nach Cassiodor)

■ Sitz gotischer *comites*

△ Hauptstädte

bis nach Septimanien und auf hispanische Gebiete zurückziehen mußten, übernahm Theoderich für seinen Enkel Amalarich, den zukünftigen König der Westgoten, die Vormundschaft. Jetzt lag die Alleinherrschaft über das ganze Römische Westreich in den Händen Theoderichs, und sie stand ganz im Zeichen des Arianismus. Die römische Präsenz drückte sich, wenn auch unter der Vormundschaft Theoderichs und trotz seines arianischen Glaubens, durch das Papsttum aus. Aber der Vorstoß der Franken, die Instabilität des Ostgotenreiches am Ende der Herrschaft Theoderichs wie auch das erneute Eingreifen der Truppen Justinians im Westen der Mittelmeerwelt zerbrachen die ehrgeizige Herrschaftsstruktur und stärkten endgültig das Toledanische Westgotenreich.

Der Anonymus Valesianus bezeichnete die Jahre zwischen 493 und 526 „als dreißig Jahre des Friedens in Italien“. Die Lobredner Theoderichs sprechen von der friedlichen Landnahme durch die Ostgoten. Man schätzte, daß sich unter der Herrschaft Theoderichs in Italien etwa 100 000 Ostgoten niedergelassen hatten, hauptsächlich in der Po-Ebene und an der Adriaküste. Laut byzantinischen Berichten aus der Zeit der Feldzüge Justinians in Italien gab es in Kalabrien und Apulien keine ostgotischen Siedlungsorte. Die Ostgoten betrieben hauptsächlich Ackerbau und Viehzucht auf den großen spätrömischen *fundi*, ähnlich den Westgoten in Hispanien auf den Latifundien der Kastilischen Hochebene. Im Gegensatz zur reichhaltigen Dokumentation über die ostgotischen Siedlungsbewegungen wissen wir weder etwas über die westgotischen Siedlungsbewegungen noch etwas über die direkte Intervention königlicher Präfekten, wie sie in Italien durch Liberius und Venantius der Fall war. Liberius verdiente das Lob des Ennodius, denn bei der Landverteilung „stellte er sowohl Sieger als auch Besiegte zufrieden“ (*Epist.* 9,23: M. G. H. VII, 307).

Die große Mehrheit der Bevölkerung bemächtigte sich also der landwirtschaftlichen *fundi*, ohne die bestehenden römischen Strukturen und landwirtschaftlichen Methoden zu verändern. Nur ein geringer Teil der Bevölkerung lebte in den Städten, vornehmlich in der Hauptstadt Ravenna, abgesondert von der römischen Bevölkerung, so daß es zur Bildung einer *urbs barbarica* kam.

Die Beibehaltung römischer Strukturen, gefestigt durch den römischen Unterbau der Verwaltung und die Übernahme der römischen Gebrauchs- und Kultgegenstände, zeigt ein Festhalten an römischen Traditionen und nicht den Ansatz zu neuen Entwicklungen. Anhand literarischer Quellen ist die Anwesenheit der Ostgoten in Italien gut nachweisbar, anhand der materiellen Kultur allerdings nur schwierig.

Wie alle Nomadenvölker besitzt auch das ostgotische Volk keine eigene Architektur, und es greift auf die Architektur der von ihm besetzten Gebiete zurück. Durch die Präsenz der Römer durchdrangen römische Traditionen die Sitten und das Brauchtum der germanischen Bevölkerung, u. a. die Bestattungsrituale. Die Merowinger und vor allem die Westgoten beerdigten ihre Toten nicht mehr mit den traditionellen Schmuckgegenständen und Beigaben. Inwieweit eine Germanisierung als Folge der Ansiedlung der Ostgoten in Italien zu denken ist, kann nur durch sehr wenige Gräberfunde und Schätze der gotisch-römischen und gotisch-byzantinischen Aristokratie belegt werden.

Das kulturelle Erbe der Ostgoten kann einzig und allein anhand persönlicher Schmuckgegenstände, insbesondere Gold- bzw. Silberschmiedearbeiten, bestimmt werden. Aber nicht immer ist es leicht, die Stücke der Ostgoten eindeutig von denen anderer germanischer Gruppen, besonders der Westgoten und Merowinger, zu unterscheiden und sie von oströmisch-byzantinischen Stilrichtungen zu trennen. Der byzantinische Einfluß hellenistischer Prägung auf das Kunstschaffen der Ostgoten begann mit ihrer

Wanderung vom Schwarzen Meer durch die römischen Donauprovinzen und Balkanländer und hat ihr Kunsthandwerk dadurch entscheidend geprägt. Bei den Gräberfunden ist das spezifisch Ostgotische unverkennbar, nicht aber bei Schatzfunden wie dem von Desana oder dem von Reggio Emilia, wo das Nebeneinander von römischen und ostgotischen Stücken keine sicheren Anhaltspunkte dafür gibt, ob die Besitzerin der ostgotischen Aristokratie angehörte oder einer römischen Familie.

Die Politik Theoderichs wird durch zwei große, schwerwiegende Probleme maßgeblich bestimmt. Die Garantie der Versorgung des Volkes ist ein Problem, das jeder „germanische" Anführer kannte. Im Falle Theoderichs kam aber noch die Instabilität des Weströmischen Reiches seit Beseitigung des weströmischen Kaisertums hinzu. Neben einer Katastrophenliteratur, so gesehen auch als literarische Gattung dieser Zeit, die beschreibt, wie ganze Landstriche und unfruchtbares Ackerland von den Bewohnern verlassen werden, gibt es konkrete Angaben von ertragreichen, aber unbewohnten landwirtschaftlichen Gebieten, wie Kampanien, die Abruzzen, das reiche Kalabrien oder Apulien. Cassiodor nannte die Bewohner der Abruzzen *opulenti* (reich) und die von Kalabrien *peculiosi* (begütert). Die Steuerbefreiungen für die *naviculari* (Frachtschiffer), die Weizen nach Italien brachten, die Teilhabe an den Ernten aus Hispanien in der Zeit der Vormundschaft Theoderichs für seinen Enkel Amalarich und eine reichhaltige Literatur belegen, wie besorgt sowohl ein „germanischer" König als auch ein römischer Kaiser in einer Krisenzeit um die Versorgung des Volkes waren.

Das zweite große Problem war für Theoderich, an seinem Hofe die glanzvolle Bildungstradition spätrömischer Herkunft aufrechtzuerhalten. Wir wissen heute, daß der ravennatische Hof eines der letzten Zentren für die Philosophie und Literatur der Antike war. Namen wie Liberius, Ennodius, Cassiodor, Symmachus, Boëthius u. a. m. weisen auf den Glanz des Hofes hin, sowohl in bezug auf seine Verwaltung als auch auf die literarische Produktion. Diese Persönlichkeiten bildeten die Gruppe der *quaestores sacri palati*, ein Amt, das Cassiodor in jungen Jahren innehatte. Sein Vater, ein *praefectus praetorio*, hatte ihn an den Hof gebracht, wo er auf den König eine Lobrede im Stile der antiken Laudatio verfaßte. Cassiodor wurde zu einem der herausragendsten Berichterstatter der Ereignisse und Persönlichkeiten am Hofe von Ravenna. Der zweite bedeutende Mann am Hofe Theoderichs war Boëthius, dessen philosophische und theologische Studien zu den berühmten Schriften antiker Weisheit gehören. Wir wissen, daß es am Hof große Bibliotheken gab und das Studium der Rhetorik, der Dichter und Philosophen der Antike, inbesondere Vergils, gepflegt wurde. Theoderich verstand es, um sich einen Kreis erlesener Gelehrter zu sammeln – Spiegel seiner zehnjährigen Erziehung in Byzanz.

Die künstlerischen Strömungen, die aus Byzanz nach Ravenna eindrangen und sich dort auf dem Gebiet der Kunst äußerten – für einige Autoren geht dieses Phänomen auf Justinian zurück – sollten Gegenstand einer kritischen Untersuchung sein. Dabei dürfen wir den Dualismus Rom-Byzanz gerade in der Kunstübung nicht außer acht lassen. Ohne in eine polemische Diskussion eingreifen zu wollen, halten wir es für sehr wahrscheinlich, daß die Bestrebungen Theoderichs die unmittelbare Folge seiner Erziehung sind, wobei Byzanz Pate gestanden hat. Die Künstler aber, die er an seinen Hof holte, kamen aus dem Weströmischen Reich, ein Phänomen, das wir schon aus der Bildhauerkunst kennen. Das Grabmal des Monarchen indes – wir werden später darauf zurückkommen – wird für immer ein Rätsel bleiben.

Das Interesse an den kaiserlichen Bauwerken des Ewigen Rom und an der Erhaltung seiner

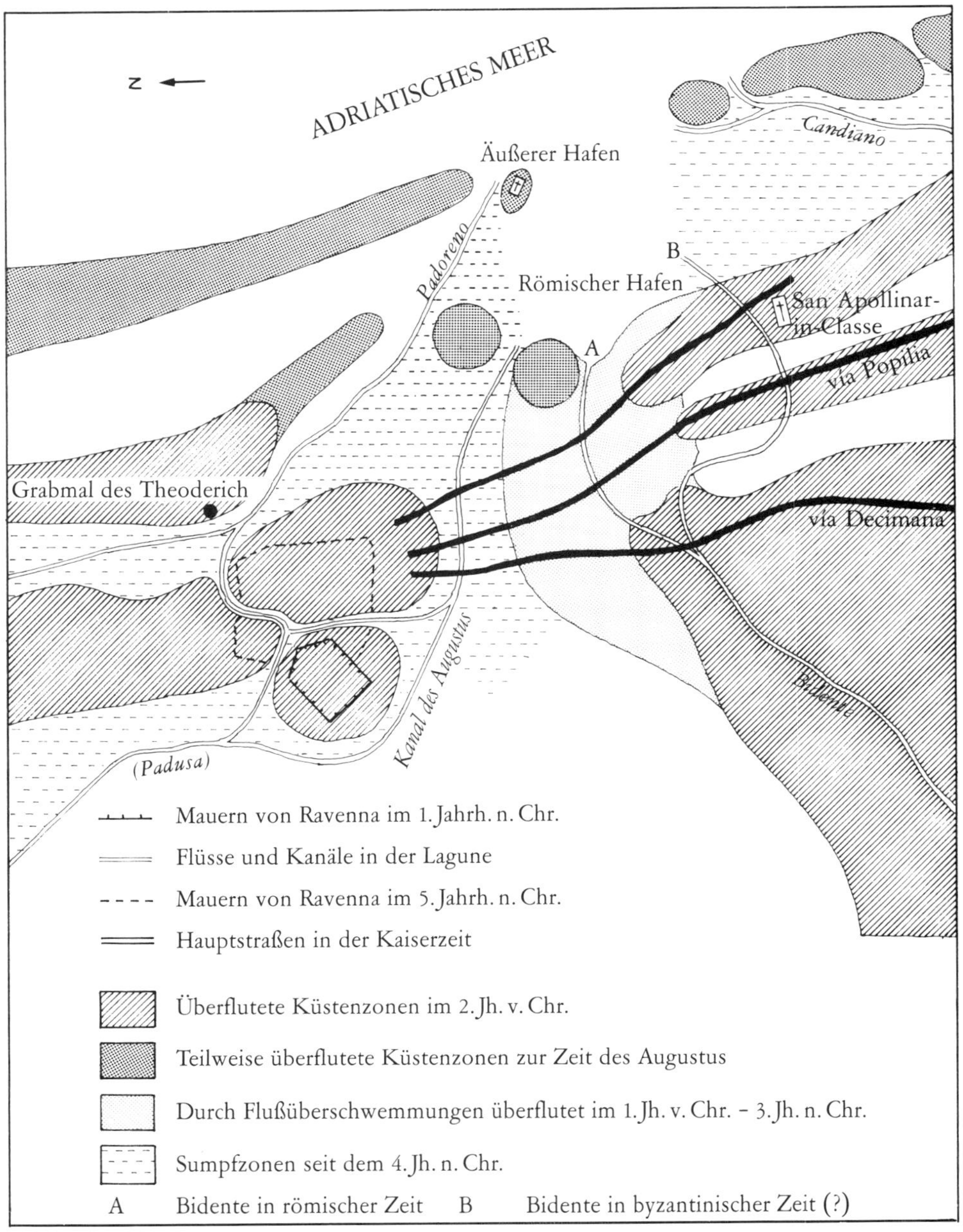

Fig. 9. Ravenna. Topographie der alten Stadt (nach L. Gambi, 1961)

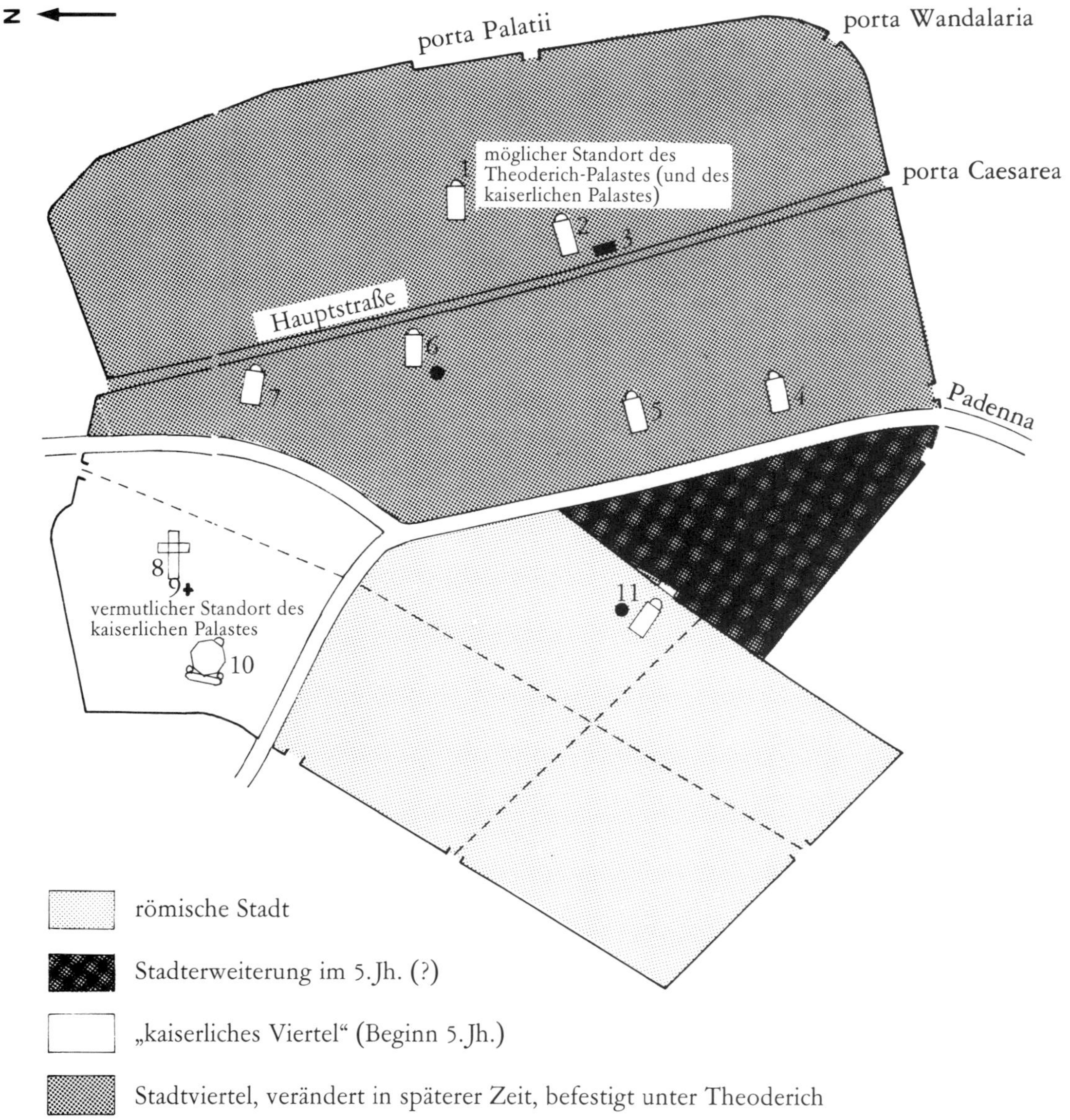

1. San Giovanni Evangelista; 2. San Apollinare Nuovo; 3. „Theoderich-Palast"; 4. Santa Agata Maggiore; 5. San Francesco; 6. Kathedrale der Arianer (Spirito Santo) und Baptisterium der Arianer; 7. San Giovanni Battista; 8. Santa Maria della Croce; 9. Mausoleum der Galla Placidia; 10. San Vitale; 11. Dom, Erzbischöfliche Kapelle und Baptisterium der Orthodoxen.

Fig. 10. Ravenna. Schematisierter Plan und Entwicklung der Stadt (nach T. Rasponi)

Fig. 11. Ravenna. Fassade des sog. Palastes des Theoderich (Scala, Archiv).

Kunstwerke spiegelt die imperiale Herrschaftsidee der Regierung Theoderichs wider, die sich an das spätantike Erbe hält und die strikte Fortsetzung der bestehenden plastischen Formen mit dem Neuen im späteren Exarchat verknüpft. Cassiodor bemerkt hierzu: *während der glücklichen Herrschaft des Theoderich wurden Städte wiederaufgebaut, wohlbefestigte Burgen und prächtige Palastbauten erstellt.* Es gab einen regen Austausch von Künstlern zwischen Rom und Ravenna, die Restaurierung bedeutender Bauten, von Mauern, Thermen, Aquädukten, Kirchen in Rom, Ostia, Spoleto, Verona, Pavia, Monza und natürlich in Ravenna selbst; neue Bauten wurden sowohl in Rom als auch in Ravenna errichtet, das weiterhin das bedeutende Zentrum für die Erneuerung und Erhaltung der imperialen Kunst dieser Zeit war. Vorhandene Ziegel mit dem königlichen Wappen Theoderichs oder Athalarichs, seinem Enkel und Nachfolger, sind ein Beleg für bedeutende Wiederherstellungs- und Bauvorhaben.

In Ravenna selbst ließ er im gotischen Viertel

im Norden von der *Regio Caesarum*, aus dem 1. und 2. Jh. n. Chr., eine Kultstätte errichten und ein arianisches Baptisterium mit oktogonalem Grundriß und Chorumgang. Sehr wahrscheinlich wurde das Baptisterium ebenfalls von den Baumeistern des katholischen Baptisteriums neben der Kathedrale errichtet. Die Datierung der *Anastasis Gothorum* oder der Kathedrale der Arianer (heute *Sancto Spirito*) stimmt mit dem Beginn der Herrschaft Theoderichs überein. Die Basilika S. Apollinare Nuovo, die anfänglich dem Erlöser geweiht war, später aber neu geweiht und verändert wurde, fällt ebenfalls in diese Etappe reger Bautätigkeit. Andreas Agnellus schreibt im *Liber Pontificalis Ecclesiae Ravennatis*, daß rund um die Apsis eine Inschrift angebracht war, die besagte, es handle sich um eine Konstruktion Theoderichs *a fundamentis: THEODORICUS REX HANC ECCLESIAM A FUNDAMENTIS IN NOMINE DOMINI NOSTRI JEHSU CHRISTI FECIT.* Außerdem ließ er in der Basilika S. Apollinare Nuovo sein *palatium* errichten, mit Mosaikbildern neben anderen Bilderzyklen in Mosaik, die auf großen Friesen christliche Themen darstellen. Die übrige Ausschmückung wurde bald von den Beauftragten Justinians „ersetzt", und so verschwanden die Bilder unter der architektonischen Struktur des *palatium*. Dennoch kann man heute an den verbliebenen Händen auf den Säulen der Portikus erkennen, daß hier einst menschliche Figuren dargestellt waren. Es gab folglich eine imperiale Ikonographie höfischen und königlichen Ursprungs, zu der ebenfalls die Reiterstandbilder des Monarchen gehören. Selbst in der Hauptstadt des Ostreichs, in Byzanz, wurde Theoderich ein Reiterstandbild gewidmet.

II. Die Umgestaltung der von Theoderich erbauten Basilika San Apollinare Nuovo durch den Bischof Agnellus

„So hat dieser heilige Mann [Agnellus] alle Kirchen der Goten rekatholisiert, nämlich diejenigen, die zur Zeit der Gotenherrschaft oder unter Theoderich erbaut worden waren und die der arianischen Irrlehre ... angehört hatten ...
Innerhalb dieser Stadt [Ravenna] rekatholisierte der heilige Bischof Agnellus die Kirche des heiligen Bekenners Martin, die der König Theoderich gegründet hatte und die *Caelum aureum* (Goldener Himmel) genannt wird. Die Apsis und beide Seitenwände schmückte er mit Mosaiken, nämlich Darstellungen von schreitenden Märtyrern und Jungfrauen. Außerdem brachte er auf den harten Stuck Gold auf, verkleidete die Wände mit verschiedenartigen Steinen und legte einen wunderbar inkrustierten Steinfußboden. Wenn man die innere Stirnseite betrachtet, kann man dort in vergoldetem Mosaik die Bildnisse des Justinian Augustus und des Bischofs Agnellus finden. Keine Kirche, kein Gebäude läßt sich, was die Deckenkassetten oder die Deckenbalken betrifft, hiermit vergleichen. Nachdem er sie geweiht hatte, wurde im Bischofspalast dieser Kirche des Bekenners gespeist. Wenn man genau hinsieht, entdeckt man in der Apsis über den Fenstern in steinernen Buchstaben folgendes: ‚König Theoderich errichtete diese Kirche a fundamentis im Namen unseres Herrn Jesus Christus' ..."

(Andreas Agnellus. *Liber Pontificalis Ecclesiae Ravennatis, „De Agnello", XXVIII, 86–88.*)

Diese imperiale Ikonographie soll hier nicht näher untersucht werden, da ihre Merkmale die byzantinische Ikonographie, wie sie seit der Theodosianischen Dynastie ihre Entwicklung nahm, wiedergeben.

Das Grabmal Theoderichs

Se autem vivo fecit sibi monumentum ex lapide quadrato mirae magnitudinis opus, et saxum ingentem quem superponeret inquisivit („Er baute sich zu Lebzeiten ein Monument aus Quaderstein, ein Werk von erstaunlicher Größe, und er suchte einen riesenhaften Felsstein, um ihn darüberzulegen"),

Fig. 12. Ravenna. Mausoleum des Theoderich. Italienische Zeichnung eines unbekannten Autors, 16. Jahrhundert. Wien, Graphische Sammlung Albertina.

schreibt zwischen 546 und 552 n.Chr. der Anonymus Valesianus. Damit besitzen wir die erste Nachricht von dem Mausoleum, das sich Theoderich, wie wir glauben *a fundamentis*, also von Grund auf, und *extra muros*, außerhalb des antiken Ravenna, errichten ließ. Es ist Ausdruck der höfisch-imperialen Machtkonzeption Theoderichs durch ein *Heroon*, das die Kontinuität der antiken Welt symbolisieren soll.

Wahrscheinlich inmitten der ostgotischen Nekropole der Reichshauptstadt Theoderichs gelegen, erhob sich das Mausoleum in monumentaler Würde und großer Schlichtheit bei aller plastischen Durchgestaltung. Erste Grabungen erfolgten um die Mitte des 18. Jh., aber erst 1810 systematisierte Francesco Nanni die Arbeiten im Umkreis des Monuments, wobei ein reliefierter Pfeiler mit Weinranken und -trauben zutage kam. 1844 erstellte Kummer einen detaillierten Plan des Areals um die damals sog. „Rotunde", und daraufhin konnten die eigentlichen Untersuchungen zum Grabmal des Theoderich beginnen.

Im Gegensatz zu den meisten Bauten Ravennas – wie San Vitale, dem Mausoleum der Galla Placidia u. a. m. – ist das Grabmal Theoderichs in behauenen Steinquadern ohne Verwendung von Mörtel aufgeführt. Der Zentralbau, Spiegel der Herrschaftsidee Theoderichs, erhebt sich in zwei Geschossen, die dem Grabkult Rechnung tragen.

Der Außengrundriß ist jeweils dekagonal, erst in der Gebälkzone geht er ins Rund über. Im Untergeschoß wird jede der zehn Seiten durch eine tiefe Bogennische gebildet, deren rhythmische Gliederung und Abfolge der Baumasse die Schwere nimmt. Der untere Innenraum, das *cubiculum inferius*, zeigt einen kreuzförmigen

Grundriß und sollte höchstwahrscheinlich in seiner Mitte den Porphyrsarkophag des Herrschers sowie in den Kreuzarmen die der nächsten Verwandten aufnehmen. Außen markiert die Grenze zwischen den beiden Geschossen ein terrassenförmiger Umgang, der das obere Geschoß mit seinem geringeren Durchmesser umzieht. Das *cubiculum superius*, der runde Innenraum des Obergeschosses, war für den Grabkult eines vielleicht aus Syrien stammenden römischen Architekten.

Auf dem Gesims liegt als „Kuppel" der Deckstein auf, ein etwa 300 t schwerer Monolith von 10,90 m Durchmesser und 2,50 m Höhe. Die 12 rechteckig vorspringenden „mensulae" dienten wohl als Versatzhilfen und zur Entlastung. Sie tragen - vielleicht in Anlehnung an das Grab Konstantins d. Gr. - die Namen der vier Evange-

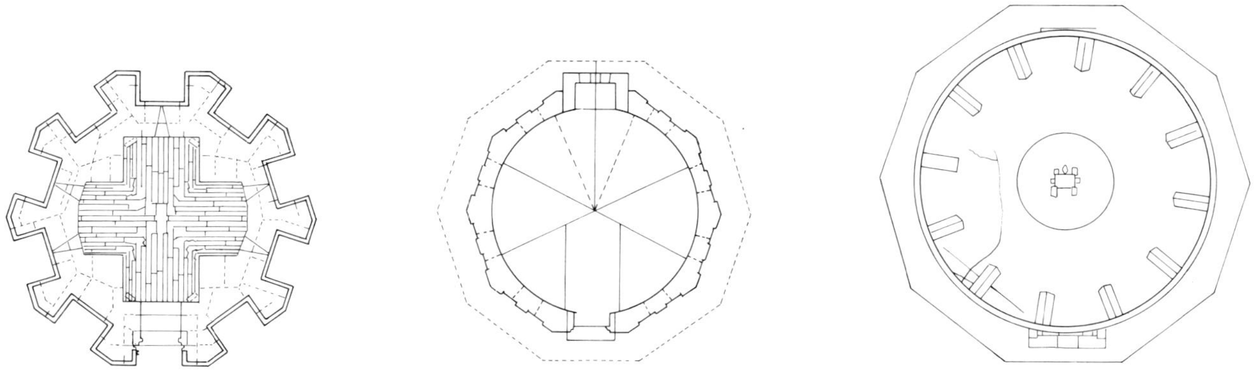

Fig. 13. Ravenna. Mausoleum des Theoderich.
Grundrisse von Untergeschoß, Obergeschoß und Kuppel (nach G. Bovini).

bestimmt. Allerdings bestehen nach wie vor Zweifel über den ursprünglichen Standort des Porphyrsarkophags. In den großen Herrschermausoleen finden wir die Sarkophage gewöhnlich im Untergeschoß. Hier aber steht er in der oberen *cella* - in Anlehnung an die Theorie, derzufolge diese obere *cella* ihrer schweren Zugänglichkeit wegen als Begräbnisstätte, die untere der Liturgie gedient habe. Wir allerdings sind, wie schon oben geäußert, gegenteiliger Ansicht.

Den Bauabschluß bildet das rund umlaufende Gesims mit dem „Zangen"-Motiv. Seine Ähnlichkeit mit dem des etwa 400 m entfernt in einem Grab gefundenen, fälschlicherweise als „Panzer" bezeichneten Sattelbesatzes ist verblüffend. Dies führte zu der Annahme, daß das Obergeschoß das Werk eines Architekten gotischer Herkunft sei, das übrige Gebäude das listen und von acht Aposteln. Wie Dyggve nachgewiesen hat, erinnert die Struktur dieser Kuppel stark an die der Hagia Sophia in Konstantinopel, während andere Autoren in ihr die romantische Reminiszenz Theoderichs an die Zelte seiner Vorfahren oder an die Megalithgräber des Nordens sehen wollen.

Weitere Kontroversen entzündeten sich an der Frage, ob es sich beim Mausoleum des Theoderich um einen Bau *a fundamentis* handle oder nicht. Einige Wissenschaftler vertreten die Meinung, der Bau habe bereits vorher existiert und sei in der Zeit Theoderichs auf Veranlassung des Herrschers vollendet worden. Wir halten es angesichts der politischen Ambitionen Theoderichs für unwahrscheinlich, daß er sich mit einer Weiterverwendung zufriedengegeben hätte. Das Bauwerk muß vielmehr von Grund auf neu geplant gewesen sein - als eines der außergewöhnlichsten Monumente antiker Architektur, anknüpfend an die Tradition einer Herrschaftsidee, die in einem als zweigeschossigem Zentralbau konzipierten Mausoleum ihren Ausdruck finden sollte. Die gleiche imperiale Herrschaftsidee verkörpert auch die Verwendung eines Porphyrsarkophags, ein Brauch, wie man ihn aus den kaiserlichen Familien Konstantins oder Theodosius' kannte. Diese Vorstellung von einem kaiserlichen Grabmal in Porphyr wird das ganze frühe Mittelalter hindurch bestehen, zum Beispiel am Hof der Staufer und Jaimes II. von Aragon. Jaime II. ließ nach seiner Rückkehr aus Sizilien seinen Vater, Pedro el Grande, in einem Porphysarkophag aus Santes Creus (Tarragona), in Anknüpfung an die kaiserliche Tradition bestatten.

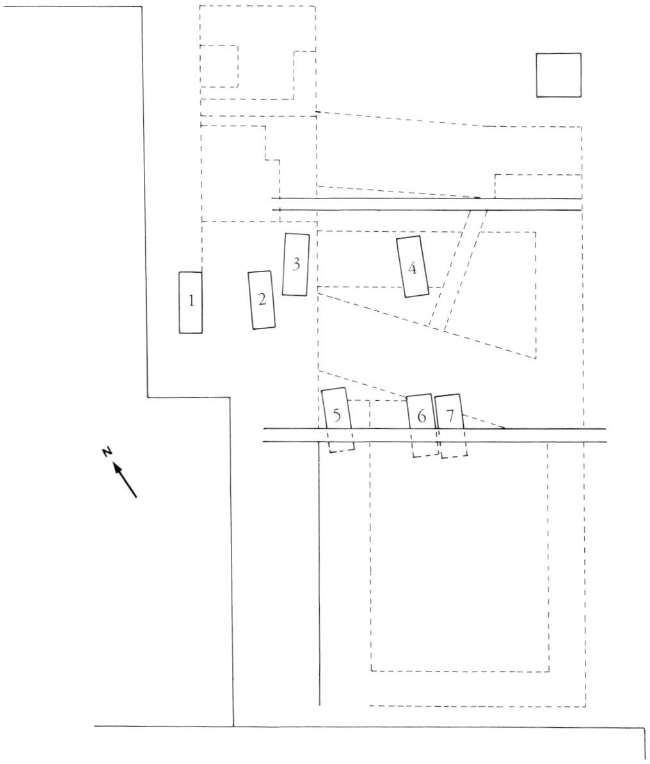

Fig. 14. Acquasanta. Lageplan der Gräber in der Nekropole (nach V. Bierbrauer, 1975).

Metallverarbeitende Künstler und Kunsthandwerker im ostgotischen Italien

Nur unter Schwierigkeiten ließen sich die ostgotischen Niederlassungen in Italien anhand der rein „germanischen" Nekropolen bestimmen. Denn die lediglich kleinen Gräbergruppen – im Gegensatz zum westgotischen Hispanien gab es keine großen Friedhöfe – liegen weit verstreut. Darüber hinaus gibt es aber Schatzfunde wie den vom bekannten Typus von Reggio Emilia oder solche wie der nordafrikanische von Ténès (Algerien) aus der Zeit der Galla Placidia u. a. m. Solche der höfischen Hocharistokratie zugehörigen Schatzfunde mit ihren der römischen wie der gotischen Oberschicht gemeinsamen Elementen geben weder über die Siedlungsplätze Aufschluß noch über ihren Charakter.

Die verstreuten Gräberfunde – Acquasanta (Ascoli Piceno) bildet mit sieben Gräbern eine Ausnahme – genügen aber als Beleg für die Anwesenheit der Ostgoten in Italien. Bisweilen ist diese schwer faßbar, denn wie die Römer praktizierten die Ostgoten die Erdbestattung in Ost-West-Ausrichtung mit nur wenigen Beigaben. Nur die Frauengräber geben uns Kenntnis über Mode und Kunsthandwerk dieser Zeit sowie über die möglichen Siedlungsorte überhaupt.

Archäologisch belegen läßt sich die Anwesenheit – oder Landnahme – der Ostgoten vor allem für Norditalien, in der Po-Ebene, mit bedeutenden Funden in den Provinzen Mailand, Pavia und Reggio Emilia. An der Adriaküste kommen ab Aquileia und Udine kleine Gräbergruppen und Einzelfunde vor, wobei die Reichshauptstadt Ravenna ein wichtiges Zentrum ist. Nach Süden hin verteilen sich die Fundorte auf die Provinzen Forli, Ancona, Perugia, Ascoli Piceno und Teramo bis nach Chieti und L'Aquila; hinzu kommen die Funde aus der Republik San Marino und natürlich die aus Rom.

Die verschiedenen „germanischen" Völker,

die mehrmals und zu unterschiedlichen Zeiten in Italien eindrangen, hinterließen kaum Gräber, anhand derer sich chronologisch und typologisch eine den Ostgoten vorausgehende Stammesgruppe definieren ließe. Die Ostgoten selbst können nur anhand weniger persönlicher Schmuckgegenstände nachgewiesen werden. Diese Stücke, die in die 1. Hälfte des 6. Jh. datiert werden und in die Herrschaftszeit Theoderichs fallen, zeigen auffallende Ähnlichkeit mit den Erzeugnissen aus dem heutigen Jugoslawien und natürlich mit denen aus Südgallien und Hispanien. In allen diesen Gebieten sind wesentliche Aufschlüsse den Frauengräbern zu verdanken. Da die Männer mit der alten Tradition, sich mit ihren Waffen bestatten zu lassen, gebrochen hatten, sind ihre Gräber für uns heute unergiebig.

Wir haben bereits gesehen, daß die Herrschaft Theoderichs für die künstlerische und kulturelle Entwicklung einen Höhepunkt bedeutete. Einen Beitrag zu dieser höfischen Kunst, die für die Hocharistokratie und den ravennatischen Hof bestimmt war, leistete auch die Kleinkunst, wie persönliche Schmuckgegenstände aus Edelmetallen, Gold und Silber, seltener aus Bronze. Dies gilt nicht für Gallien oder Hispanien, wo man, trotz eindeutiger Bezüge zu den Ostgoten, erheblich stärker in Bronze arbeitete, ohne der visuellen Wirkung und künstlerischen Qualität Abbruch zu tun. Die italischen Stücke der Ostgoten haben einen ausgeprägten Eigencharakter und zeigen nach dem heutigen Befund keinerlei Gemeinsamkeiten mit den Donaukulturen von Černjahov und Sîntana-de-Mureş, wohl aber mit der ostgotischen Toreutik, wie sie von den am Schwarzen Meer ansässigen Kunsthandwerkern entwickelt wurde. Die Gürtelbeschläge aus Kertsch, Pannonien und vornehmlich aus Dalmatien sind größer und in ihrer plastischen Gestaltung ausgereifter und differenzierter.

Auch andere Fundstücke sind auf die mittleren Donauprovinzen zurückzuführen, z. B. die Gürtelbeschläge mit rhomboider Beschlägplatte aus Acquasanta (Ascoli Piceno). Deren Datierung weist in die letzten Jahrzehnte des 5. Jh.; dieser *terminus ante quem* ist durch eine Schließe gleicher Art in Bácsordar (Karavukovo, Backa) mit einem *Solidus* Theodosius' II. aus dem Jahr 443 gegeben. Die Datierung stützt sich auch auf Funde des gleichen Typs in Ungarn und Jugoslawien, wie z. B. Kiskunfélegyháza (Pest), Gáva (Szábolcz), Domolospuszta (Baranya) und Dombovár (Tolna). Die Ähnlichkeit aller dieser Stücke geht so weit, daß sich eine gemeinsame Werkstatt – wahrscheinlich im Donaugebiet – vermuten läßt. Diese Gürtelbeschläge mit rhomboider Beschlägplatte und Kerbschnittornamentik erreichten Italien mit der Invasion von 489. Ebenfalls aus dem Ende des 5. Jh. und aus dem gleichen Fundzusammenhang von Acquasanta stammt ein Gürtelbeschlag mit Schnalle und Beschlägplatte mit Zellwerk.

Die Kerbschnitt- und die Cloisonné-Fundstücke in Acquasanta belegen, daß diese Techniken mit Theoderich kamen. Sie waren für die weitere Entwicklung der Kleinkunst in der 1. Hälfte des 6. Jh. grundlegend und bestimmten das Kunstschaffen der Ostgoten bis in die Mitte des 6. Jh., dem Ende des Ostgotenreiches. Nicht nur auf Gürtelbeschlägen und Fibeln vom Typ Acquasanta finden wir die Kerbschnittechnik mit stilisierten Maskendarstellungen und Spiralrankendekor, sondern auch auf den Fibeln aus Aquileia, Grottamare, Ravenna, Reggio Emilia, Torriano, Salino u. a. m. Gürtelbeschläge aus u. a. Aquileia, Pavio, Torre del Mangano, Vecchiazzano weisen ebenfalls diese Technik auf.

Die deskriptivsten und zahlreichsten Stücke der ostgotischen Toreutik, die die westgotische Toreutik stark beeinflußte, dürften jedoch die Gürtelschließen mit ovaler Schnalle sein – durch ein Scharnier an der rechteckigen Beschlägplatte befestigt – aus gegossenen, kerbschnittverzierten Schauseitenplatten mit geometrischen oder

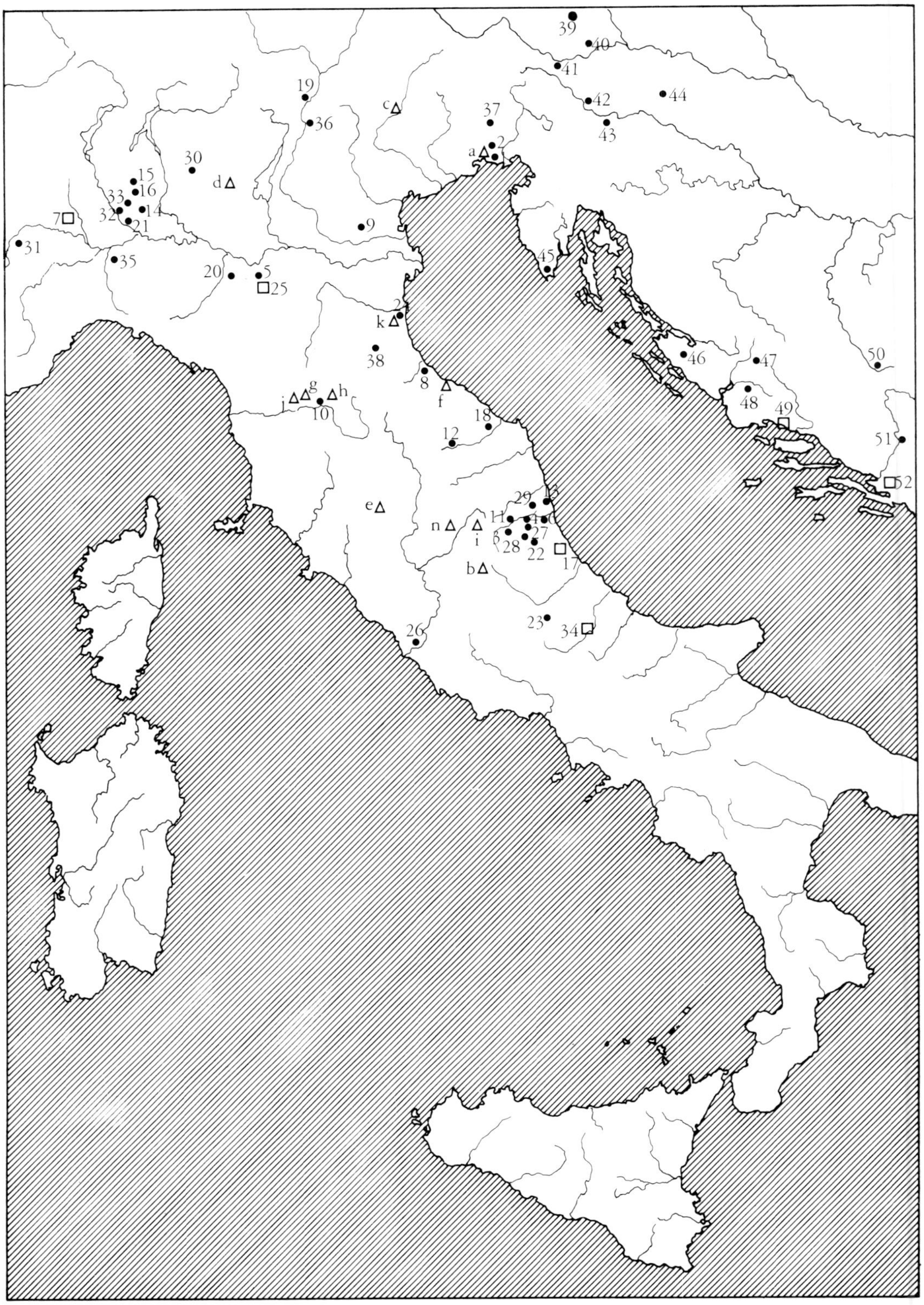

Fig. 15. Ostgotische Funde auf der Italienischen Halbinsel, in Österreich und Jugoslawien (nach V. Bierbrauer, 1975)

● Grabbeigaben
□ Schatzfunde
△ nicht genau zuzuordnende Funde

pflanzlichen Motiven oder Steineinlage. Die interessantesten Schatzstücke sind die von Desana (Vercelli), Aquileia-Monastero (Udine) und Romagna. Sie müssen in die ersten Jahrzehnte des 6. Jh., ja sogar ins Jahr 500 datiert werden. Die Fundstücke von Desana und Brescia - hier weist die Beschlägplatte keinen Dekor auf - könnten in eine noch frühere Zeit - bis in das Jahr 489 - datiert werden. Diese Datierung gilt ebenfalls für die Gürtelbeschläge von Barete (L'Aquila), von Campeggine (Reggio Emilia) und von Fano (Pesaro) mit ihren punzverzierten Schauplattenseiten vom jugoslawischen Schnallentyp Ljubljana-Dravlje. Punzverzierungen, bisweilen Kerbschnittverzierungen, in Verbindung mit Steineinlage finden sich sehr häufig auf

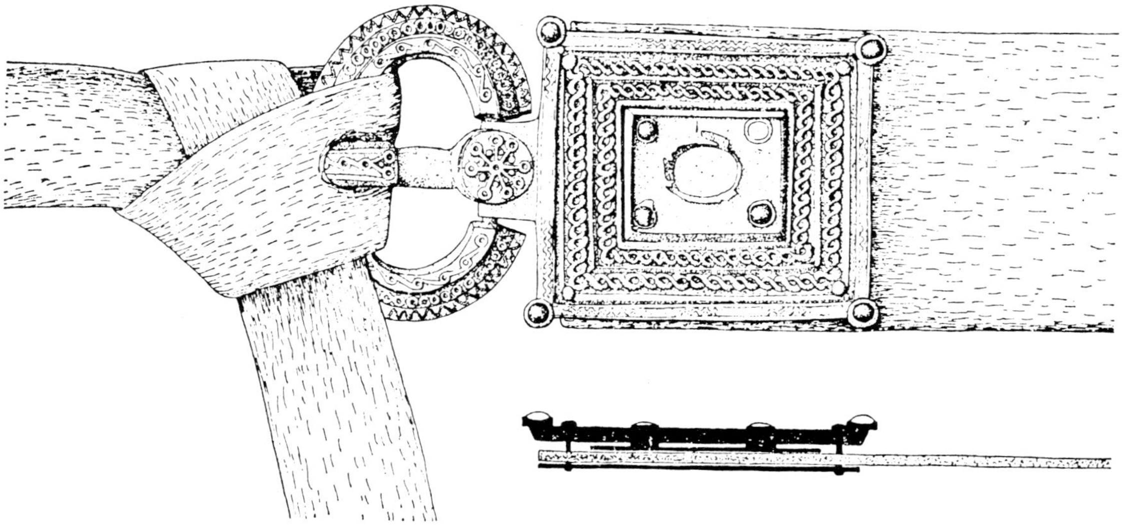

Fig. 16. Romagna. Schema einer Gürtelschnalle (nach V. Bierbrauer, 1975).

Zu Fig. 15:
1. Aquileia-Monastero, Prov. Udine; 2. Aquileia, Prov. Udine; 3. Acquasanta, Prov. Ascoli Piceno; 4. Ascoli Piceno; 5. Campeggine, Prov. Reggio Emilia; 6. Contraguerra, Prov. Teramo; 7. Desana, Prov. Vercelli; 8. Domagnano, Republik San Marino; 9. Este, Prov. Padua; 10. Florenz; 11. Forcella, Prov. Ascoli Piceno; 12. Frasassi, Prov. Ancona; 13. Grottamare, Prov. Ascoli Piceno; 14. Landriano, Prov. Pavía; 15. Mailand, San Ambrosio; 16. Mailand; 17. Montepagano, Prov. Teramo; 18. Morro d'Alba, Prov. Ancona; 19. Val di Non, Prov. Trient; 20. Parma; 21. Pavía; 22. Piancarani, Prov. Teramo; 23. Pratola Peligna, Prov. L'Aquila; 24. Ravenna; 25. Reggio Emilia; 26. Rom; 27. Rosara, Prov. Ascoli Piceno; 28. Salino, Prov. Teramo; 29. San Secondo, Prov. Ascoli Piceno; 30. Stezzano, Prov. Bergamo; 31. Testona, Prov. Turin; 32. Torriano, Prov. Pavía; 33. Torre del Mangano, Prov. Pavía; 34. Torricella Peligna, Prov. Chieti; 35. Tortona, Prov. Alessandria, 36. Trient; 37. Udine; 38. Vecciazzano, Prov. Forli; 39. Kraig, Kärnten (Österreich); 40. Grafenstein, Kärnten (Österreich); 41. Freistritz-Duel, Kärnten (Österreich); 42. Krainburg, Slowenien (Jugoslawien); 43. Ljubljana-Dravlje, Slowenien (Jugoslawien); 44. Rifnik, Slowenien (Jugoslawien); 45 Pula, Istrien (Jugoslawien); 46. Kasic, Dalmatien (Jugoslawien); Plavno, Dalmatien (Jugoslawien); 48. Unesic, Dalmatien (Jugoslawien); 49. Solin, Dalmatien (Jugoslawien); 50 Mihaljevici, Bosnien (Jugoslawien); 51. Potoci, Herzegowina (Jugoslawien); Vid, Dalmatien (Jugoslawien).

a. Aquileia, Prov. Udine; b. Barete, Prov. L'Aquila; c. Belluno; d. Brescia; e. Chiusi, Prov. Siena; f. Fano, Prov. Pesaro, g. Florenz und Umgebung; h. La Lima, Prov. Pistoia; i. Norcia, Prov. Perugia; j. Pistoia; k. Ravenna; l. Reggio Emilia und Umgebung; m. Romagna; n. Spoleto, Prov. Perugia.

dem Schnallentyp von Spoleto und von Krainburg.

Einige – wenn auch nur wenige – Gürtelbeschläge zeigen auf ihrer Platte über die Fläche geordnete Schmelzflüsse in mehreren Farben zwischen Metallstegen. Diese Beschlägplatten werden bis in das Jahr 500 datiert und sind ostgotischer Herkunft. Die Parallelen zu den westgotischen Gürtelbeschlägen aus Südgallien und aus Hispanien sind offenkundig, so daß man von einem homogenen gotischen Stilempfinden der Goldschmiede der beiden Stammesgruppen sprechen kann, die in politischer Hinsicht eine unterschiedliche Entwicklung nehmen, in künstlerischer Hinsicht aber Gemeinsamkeiten aufweisen.

Spätrömische Einflüsse und Sitten, vorwiegend hellenistischer und mediterraner Prägung, durchdrangen in der 1. Hälfte des 6. Jh. das spezifisch Ostgotische. Der Akkulturationsprozeß und die Romanisierung der neu in den Mittelmeerraum vordringenden Völker wird durch die zahlenmäßige Überlegenheit der römischen Bevölkerung gegenüber den „germanischen“ Gruppen noch beschleunigt.

Die Adlerfibeln, die in einem ostgotischen Frauengrab in Rom, Via Flaminia, gefunden wurden, bezeugen den mediterranen Einfluß. Die *Cloisonné*-Technik mit Steineinlage in leuchtenden Farben – von einigen Kunsthistorikern „kolorierter Stil“ genannt – zeigt sich ebenfalls in dem Einzelstück aus Mailand (Piazza San Ambrogio). Die Stücke aus Lagucci, in Domagnano (Republik San Marino) gehören zur Gruppe der qualitätvollsten Zellarbeiten, die durch die geometrische Konzeption ihres Zellwerkes, durch bestimmte Steg- und Zellformen und durch technische Besonderheiten einen Höhepunkt „germanischer“ Goldschmiedekunst darstellen.

Der Schatz von Domagnano wurde 1893 entdeckt und auf verschiedene europäische Museen verteilt, wie so viele Schatzfunde aus dem Ende des 19. Jh. Die persönlichen Schmuckgegenstände sind alle aus 22karätigem Gold gearbeitet, mit Zellenschmelz, untermischt mit Perlen, roten und grünen Glasflüssen auf Gold. Das Schmuckensemble besteht aus einem Paar Adlerfibeln, einem Paar Ohrgehänge, einer Bienenfibel, neun zweigliedrigen Kollieranhängern, einer zweiteiligen Goldkette, einer Nadel mit granatverziertem Scheibenkopf und einem goldenen Ring mit Granat sowie drei Beschlägen oder Gürtelhaften unbekannter Funktion.

Adlerfibeln, Ohrgehänge, Kollier und Bienenfibel bilden nach Material, Form und Dekor unzweifelhaft ein werkstattgleiches Schmuckensemble. Es ist die Grabausstattung einer Dame der ostgotischen Aristokratie aus der 1. Hälfte des 6. Jh. Unklar bleibt, ob die übrigen Stücke dem Schatz zugehörig sind, wie u. a. die Goldnadel mit cloisonniertem Scheibenkopf und Goldkette und ein goldener Fingerring, achteckig gekantet mit hoher profilierter Fassung und pyramidenförmig geschliffenem Granat.

Schmuckgegenstände dieser Art waren zweifelsohne für Frauen der ostgotischen Hocharistokratie bestimmt. Aus den zugehörigen, fast höfischen Werkstätten stammt zweifellos auch der fälschlicherweise als Panzer des Theoderich bezeichnete Sattelbesatz aus Ravenna. Einige Forscher vertreten sogar die Meinung, daß aus denselben Werkstätten die berühmte Fibel von Testona (Turin) komme, die 1878 in einem Grab des langobardischen Friedhofs gefunden wurde und nicht genau datierbar ist.

Der sog. „Panzer Theoderichs“ wurde auf dem ostgotischen Friedhof nordöstlich von Ravenna und etwa 400 m südlich vom Grabmal Theoderichs gefunden. Man stieß auf ihn, als man 1854 ein Rundgrab ausgrub, das mit großen Granitplatten abgedeckt war und in dessen Innern sich ein menschliches Skelett und einige Goldobjekte fanden; diese Fundstücke sind verloren. Was man zuerst für einen Panzer hielt, ist heute nachweislich ein Sattelbesatz aus dersel-

Fig. 17. Desana (Vercelli). Löffel aus dem Schatz des 6. Jahrhunderts.

ben Zeit wie der aus Grab 1782 aus dem fränkischen Friedhof von Krefeld-Gellep und der aus Grab II von Apahida, Siebenbürgen. Die drei cloisonnierten Sattelbesätze müssen in die Zeit Theoderichs datiert werden und stammen anscheinend aus ein und derselben, wahrscheinlich einer ostgotisch-ravennatischen, Werkstatt.

Zwei weitere verwandte, außergewöhnliche Fundstücke sind die zwei Helme, die den Spangenhelmen vom Typ Baldenheim entsprechen: der Helm von Montepagano (Teramo), der aus einem Schatzfund stammt, und der Helm von Torricella Peligna (Chieti). Ähnliche Exemplare wurden in Dalmatien, in Deutschland und Gotland gefunden. Aufgrund ihrer konischen Form, ihren geometrischen Punzverzierungen und ihren *cruces gemmatae* gehören die Helme von Montepagano, Planig und Stößen zur selben Gruppe und kommen aus ein und derselben ostgotischen Werkstatt. Allein aufgrund der Helme aus Montepagano und Torricella Peligna können wir eine aristokratisch-militärische Schicht annehmen, was gleichfalls für den Sattelbesatz aus Ravenna gilt.

Die ostgotischen und römischen Werkstätten wären nur ungenügend behandelt, wenn wir nicht die Schatzfunde von Desana (Vercelli) und Reggio Emilia anführten. Diese Schatzfunde bezeugen die wechselseitige Einflußnahme dieser zwei Bevölkerungsgruppen und den Grad der Integration, zumindest in den höheren Gesellschaftsschichten. Sowohl die beiden oben erwähnten Helme vom Typ Baldenheim, als auch die Schatzstücke von Desana und Reggio

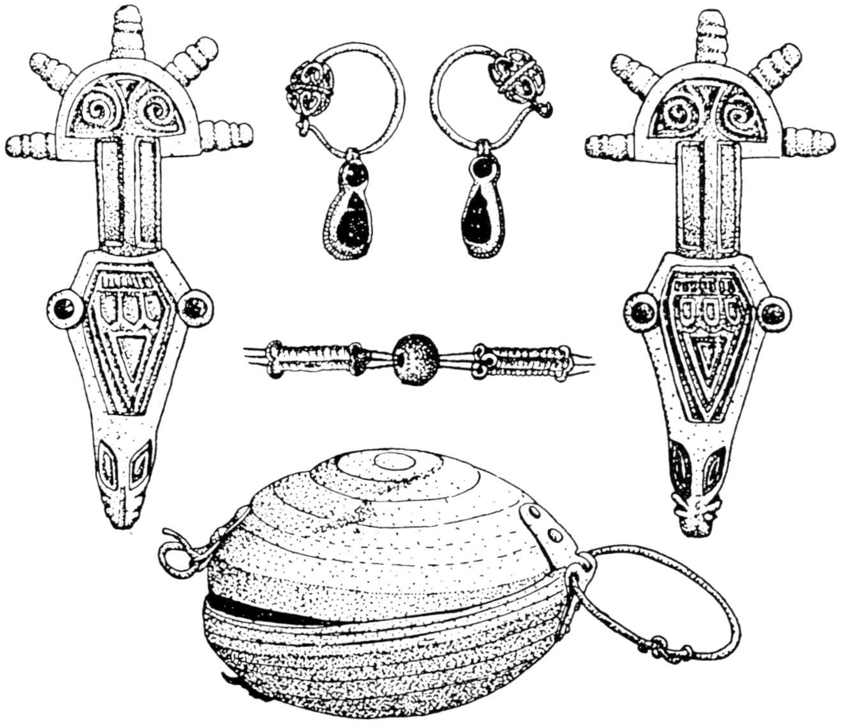

Fig. 18. Han Potoçi (Jugoslawien). Grabbeigaben aus einer Kinderbestattung.

Emilia gehören in die Zeit der justinianischen Feldzüge in Italien, vor dem endgültigen Zerfall des italischen Ostgotenreiches.

Der Schatzfund von Desana besteht aus fast 50 Stücken; er stammte vermutlich aus einer römisch-germanischen Mischehe. Von Bedeutung für die Frage nach der Zugehörigkeit des Besitzers ist der Goldring mit den eingravierten Personennamen *Stefani(us)* und *Valatru(da)*. Dies wäre eine Erklärung für die Zusammensetzung des Fundes aus römischem und ostgotischem Trachtzubehör des Mannes und der Frau.

Zum Trachtzubehör des Mannes gehört eine kostbare Zwiebelknopffibel; Fibeln dieser Gattung sind im römischen Reich hohen Würdenträgern vorbehalten gewesen. Sie ist in die 2. Hälfte des 5. Jh. bis in die Mitte des 6. Jh. datierbar, muß aber in die ersten Jahrzehnte des 6. Jh. gehören, denn die übrigen Schatzstücke, vor allem die ostgotischen, lassen keine frühere Datierung zu. Zur Frauentracht gehören ein ostgotisches, cloisonniertes Fibelpaar und zwei Gürtelbeschläge mit rechteckiger Beschlägplatte, die an der ostgotischen Abstammung der Trägerin dieser Objekte keinen Zweifel lassen. Zeugnisse des Christentums sind das Toilettengerät, die Amulettkapsel sowie im weiteren Sinne die als Tafelgerät zu interpretierenden insgesamt 18 silbernen Löffel. Davon besitzen zwei am Übergang von der abgedrehten Laffe zum Stiel eine rechteckige Platte mit der dreizeiligen Inschrift: *VIVACES / VIVAS IN DEO / UTERE FELIX*.

Die übrigen Löffel haben an ihrem Stielansatz gravierte Monogramme. Als Datierung dieser Löffel kann Mitte des 5. Jh. bis 7. Jh. angenommen werden. Sie waren hauptsächlich nördlich der Alpen, im heutigen Süddeutschland verbreitet. Auf dem Mittelstück des dreiteiligen Toilettgeräts ist die Niello-Inschrift... *ANI / VIVAS / IN DEO* angebracht. Ein weiterer Beleg für das christliche Bekenntnis des Besitzers ist die Amulettkapsel aus getriebenem Goldblech, die keinen Vergleich mit den erhaltenen *bullae* vom Typ Han Potoci (Jugoslawien) oder El Carpio de Tajo (Toledo, Spanien) zuläßt. Zusammen mit diesen Fundstücken von römisch-christlichem Charakter kamen weibliche Schmuckstücke von unleugbar ostgotischem Charakter zum Vorschein, deren Technik z. T. Verwandtschaft mit der Fibel von Testona bzw. dem Schatz von Desana aufweist.

1957, fast 20 Jahre nach dem Schatzfund von Desana, entdeckte man bei Reggio Emilia einen weiteren Schatz mit ähnlichen Stilmerkmalen. Bei der Freilegung eines römischen Gebäudes fand man dort eine gut verschlossene Bleiröhre, die insgesamt dreißig Objekte barg: Ringe, Ohrringe, Ohrgehänge, Halsketten, eine Zwiebelknopffibel römischen Typus sowie ein kerbschnittverziertes Fibelpaar. Diese Elemente belegen den ethnischen Dualismus, wie wir ihn schon von Desana kennen. Die Namen der Besitzer der Schmuckstücke, *Ettila* und *Stafara*, sind in einem goldenen Ehering eingraviert. Aufgrund des Typus der persönlichen Schmuckstücke kann das Schatzensemble von Reggio Emilia in die 1. Hälfte des 6. Jh. datiert werden.

Diese Erzeugnisse der künstlerischen Werkstätten, die bei Grab- oder Schatzfunden zutage treten, sind ein Beweis für die wechselseitigen kulturellen Anleihen der beiden Bevölkerungsgruppen: der ostgotischen und der römischen, wobei die römische Kultur, zumindest innerhalb der höchsten sozialen Schichten, von größerer Bedeutung ist.

Die für den römischen Hochadel bestimmten Stücke der Goldschmiedekunst und Toreutik wurden auch von den Ostgoten benutzt, die ihnen einen bestimmten „germanischen“ Charakter gaben. Die langobardischen Werkstätten übernahmen sodann nicht nur die künstlerischen Techniken der italisch-ostgotischen Werkstätten, sondern auch die von Byzanz überkommenen.

Das Ende der Herrschaft Theoderichs

Die von Schriftstellern wie dem Scholastiker Ennodius, dem Chronisten Cassiodor oder dem aristotelischen Philosophen Boëthius so oft gepriesene Friedenszeit und soziale Sicherheit zerbrachen am Ende der Herrschaft Theoderichs. Die Verteidigung seines Reichs und die Befürchtungen eines römischen Aufstandes konfrontierten ihn mit einem mutmaßlich römischen, antigotischen Komplott. Die Verschwörung unter dem *patricius Albinus* brachte diesen ins Gefängnis. Wenig später wurde er wie auch sein Verteidiger Boëthius zum Tode verurteilt und hingerichtet. Auch der Philosoph Symmachus der Jüngere, Boëthius Schwiegervater, wurde hingerichtet. Der von Theoderich verhaftete Papst Johannes I. starb im Gefängnis; sein Nachfolger wurde Felix III.

III. Boethius kritisiert die Haltung Theoderichs

„... Wie oft bin ich Conigastus entgegengetreten, wenn er gegen das Vermögen irgendeines Wehrlosen seine Angriffe richtete! Wie oft habe ich Trigguilla, den Vorsteher des königlichen Haushaltes, von eingeleiteter, schon fast vollendeter Rechtsverletzung abgehalten! Wie oft habe ich mein Ansehen für die Armen eingesetzt, die unaufhörlich durch die nie bestrafte Habgier der Barbaren gequält wurden, und habe sie durch meine Autorität vor Gefahr beschützt! Nie hat mich etwas vom Recht zum Unrecht abgelenkt. Daß die Vermögen der Untertanen durch private Räubereien wie durch Steuern des Staates zugrunde gerichtet wurden, habe ich ebenso, wie die es litten, mit Schmerz empfunden. Als zur Zeit schwerer Hungersnot ein harter, ja unausführbarer Aufkauf befohlen war, der die Provinz Campanien ins Elend gestürzt haben würde, nahm ich im Interesse des Gemeinwohls den Kampf mit dem Präfekten des Prätoriums auf, stritt vor dem Ohr des Königs und setzte es durch, daß die Lieferung nicht eingetrieben wurde. Den Consular Paulinus, dessen Güter die Hunde des Palastes durch ihre Ränke schon zu verschlingen hofften, habe ich aus ihrem gähnenden Rachen gerettet. Damit den Consul Albinus die Strafe aus der voraus entschiedenen Anklage nicht treffe, habe ich mich dem Haß des Anklägers Cyprianus ausgesetzt. Habe ich so nicht Feindschaft genug auf mich gehäuft? Aber bei den andern hätte ich um so sicherer sein sollen,

ich, der ich mich bei den Höflingen aus Gerechtigkeitsliebe nie um meiner Sicherheit willen geschont habe. Auf wessen Anzeige hin sind wir aber nun gestürzt? Einen Basilius, der längst aus dem königlichen Dienst weggejagt war, hat die Schuldenlast zur Anzeige unseres Namens getrieben. Über Opilio und Gaudentius war wegen unzähliger verschiedener Betrügereien durch königliches Urteil die Verbannung verfügt worden; als sie dann, nicht willens zu gehorchen, sich im Schutz heiliger Gebäude deckten, gab der König, als er dies erfuhr, den Befehl, wenn sie sich nicht innerhalb der vorgeschriebenen Zeit aus Ravenna entfernten, sollten sie an der Stirne gebrandmarkt und weggejagt werden. Was könnte solcher Strenge wohl noch zugefügt werden? Doch an demselben Tage gaben dieselben Leute uns an, und die Anzeige unseres Namens wurde angenommen. Wie also? Haben unsere Bestrebungen dies verdient? Oder hat jene die eben erfolgte Verurteilung zu glaubwürdigen Anklägern verwandelt? So schämte sich Fortuna nicht nur vor der angeklagten Unschuld nicht, sondern nicht einmal vor der anklagenden Gemeinheit? Aber du fragst, welchen Verbrechens wir nun eigentlich angeklagt sind? Wir sollen die Rettung des Senates gewollt haben ..."
(Boëthius, *De consolatione philosophiae 1,4* [zit. nach E. Gengenschatz, O. Gigon, Zürich/München 1986(4), 1949(1)].)

Die Ereignisse wurden sehr wahrscheinlich durch die latenten Drohungen seitens des byzantinischen Hofes ausgelöst. Während Theoderich sich auf eine militärische Auseinandersetzung vorbereitete, starb er (526). Dieses Datum sollte nicht mit dem Ende einer glanzvollen sozialen und kulturellen Entwicklung gleichgesetzt werden. Cassiodors Bestrebungen galten der Zerschlagung der letzten antirömischen Reaktion und der Wiederherstellung des politischen Gleichgewichts. Die Intrigen in bezug auf die Thronnachfolge waren für Byzanz geradezu eine Aufforderung, in Italien einzudringen und es im Sinne seiner Expansionspolitik im westlichen Mittelmeerraum zurückzuerobern. Amalasvintha, die Regentin Athanarichs (526–534), verband sich mit ihrem Vetter, dem Philosophen Theodahad, der sie ins Exil schickte und auf der Insel Bolsena ermorden ließ. Das diente Justinian als Motiv und Alibi, als *casus belli*, 535 in Italien einzufallen.

IV. Die Rückeroberung Justinians in Italien – Ostgoten und Byzantiner im Jahr 537 n. Chr.

„... Ihr Römer habt uns unrecht getan, weil ihr ohne jede Veranlassung gegen Freunde und Bundesgenossen zu Felde gezogen seid. Was wir jetzt zu sagen haben, ist wohl jedem von euch bekannt: Nicht mit Gewalt haben die Goten das Land Italien den Römern geraubt und in Besitz genommen, vielmehr hat Odoaker einst den Kaiser gestürzt und die Staatsverfassung in eine Tyrannis verwandelt. Der damalige oströmische Kaiser Zenon wollte nun seinen Mitherrscher rächen und dieses Land von dem Tyrannen befreien. Doch da er nicht imstande war, die Macht Odoakers zu stürzen, überredete er unseren König Theodorich [sic], obwohl dieser sich eben anschickte, ihn selbst und Byzanz zu belagern, er solle doch die Feindschaft gegen den Kaiser begraben und eingedenk der erwiesenen Ehrungen – Theodorich war römischer Patricius und Konsul – Odoaker für sein Verbrechen an Augustulus bestrafen und dann selber mit seinen Goten nach Ordnung und Recht das Land für alle Zeit in Besitz nehmen. So haben wir die Herrschaft in Italien übernommen und Gesetze wie auch Verfassung getreulich bewahrt, so redlich, wie es nur je ein römischer Kaiser getan. Weder unter Theoderich noch unter irgendeinem Nachfolger auf dem gotischen Königsthron ist auch nur ein einziges geschriebenes oder ungeschriebenes Gesetz erlassen worden. Was Gottesdienst und Glauben betrifft, haben wir auf das Empfinden der Römer so gewissenhaft Rücksicht genommen, daß bis auf den heutigen Tag kein Italiker weder freiwillig noch unfreiwillig seinen Glauben wechselte. Ebenso blieben Goten, die zum anderen Glauben übertraten, deshalb unbehelligt. Auch die heiligen Stätten der Römer haben wir in höchsten Ehren gehalten. Niemals wurde einem, der dorthin seine Zuflucht genommen hatte, irgendwie Gewalt angetan. Nicht genug damit, auch sämtliche Staatsämter haben dauernd in der Hand von Römern gelegen und nie wurde ein solches von Goten bekleidet. Wenn jemand meint, wir hätten nicht die Wahrheit gesprochen, soll er vortreten und uns Lügen strafen! Man könnte auch noch darauf hinweisen, daß die Goten den Römern erlaubten, Jahr für Jahr, sich ihre Konsuln durch den oströmischen Kaiser bestellen zu lassen. Gleichwohl habt ihr damals auf Italien, als es von Odoaker und seinen Barbaren – nicht eine kurze Zeitspanne, sondern ganze zehn Jahre – heimgesucht wurde, keinerlei Anspruch erhoben, wollt jetzt aber in durchaus unbilliger Weise die rechtmäßigen Besitzer daraus verdrängen ..."
[Antwort Belisars:]
„... Theoderich wurde doch von Kaiser Zenon zur Bekämpfung des Odoaker abgesandt, indessen nicht um selbst die Herrschaft über Italien auszuüben. Was hätte auch dem Kaiser daran liegen können, einen Gewaltherr-

scher gegen einen anderen einzutauschen? ... Theoderich ist wohl richtig gegenüber dem Tyrannen verfahren, hat sich aber nachher im übrigen recht rücksichtslos gezeigt, indem er das Land seinem rechtmäßigen Besitzer nicht zurückgeben wollte. Meinem Dafürhalten nach ist zwischen einem Räuber und einem Menschen, der das Eigentum des anderen nicht freiwillig zurückgibt, kein Unterschied. Was mich nun betrifft, ich würde das Land des Kaisers niemals in fremde Hände geben ...
Und wir wollen den Goten ganz Britannien überlassen, das noch viel größer als Sizilien ist und einst den Römern untertan war. Wohltaten und Gefälligkeiten muß man ja mit Gleichem vergelten ..."
(Procopius Caesariensis, *Bellum gothicum VI 6, 14–28* [zit. nach O. Veh, München 1966].)

Von 535 bis 553 wurde Italien von einem langen und wechselvollen Krieg zwischen Goten und Byzantinern heimgesucht, der das Ostgotische Reich endgültig zerstörte. Die besiegten Ostgoten wurden nach Byzanz geschickt, um die Söldnerheere des Kaisers zu ergänzen, aus denen zwei Generationen zuvor ihre Vorfahren hervorgegangen waren. Der Krieg und die Intrigen der Gesellschaft und am Hofe hatten auf beiden Seiten ihre Anführer: Witigis, der Nachfolger Theodahads, ein ausgezeichneter Krieger, der den nicht minder brillanten byzantinischen Feldherrn Belisar in Schach hielt. 540 besiegte Belisar Witigis und brachte ihn zusammen mit dem Schatz von Ravenna nach Byzanz. Oder Totila, der gute und großzügige Regent, von dem der *Liber Pontificalis* behauptet: *... habitavit cum romanis quasi pater cum filiis* („... er lebte mit den Römern wie ein Vater mit seinen Söhnen"). Oder Teja, der letzte Ostgotenkönig. Seine Gegner Belisar und Narses hatten eine neue „barbarische" Stammesgruppe rekrutiert, die Langobarden. Diese sollten in Italien die byzantinische Macht übernehmen und das Land mit ihren Raubzügen und Plünderungen erschüttern, wie es die Theodorizianische Friedenszeit nicht gekannt hatte.

Die Westgoten in Aquitanien: Das Tolosanische Reich

Das erste beständige Westgotenreich

Im Namen des Kaisers Honorius hatte Constantius den Westgoten Land zugewiesen, vorwiegend in *Aquitania Secunda*, in *Aquitania Prima*, in *Novempopulania* und in der *Narbonensis*.

Wir wissen nicht, inwieweit die Anwesenheit der Westgoten in Aquitanien angesichts der durch die germanischen Wanderbewegungen am Anfang des 5. Jh. ausgelösten Krise stabilisierend wirkte, eine Krise, die von der damaligen und selbst von der modernen Geschichtsschreibung recht unklar beurteilt wird. Die Goten hatten zuvor in dieser Provinz versucht, ihre Versorgungsschwierigkeiten zu lösen und *Tolosa* (Toulouse) eingenommen, das sie später zur Hauptstadt ihres Reiches machten. Die Einnahme von *Burdigala* (Bordeaux) geschah ohne Zuhilfenahme von Waffen. Diese Einfälle der Goten erfolgten zeitlich vor den Bestrebungen Athaulfs, *Narbo* (Narbonne) zu besetzen, von wo ihn dann die Römer nach Barcelona zurückschlugen. Die Niederlassung, im Jahr 418, eines vorwiegend Ackerbau und Viehzucht betreibenden Volkes in einem Gebiet großer Latifundien hätte ein gewisses Maß an Gleichgewicht und Stabilität bedeuten können. Die Römer sahen sich - aufgrund des *foedus* - dazu gezwungen, den Goten nicht nur ein Drittel ihrer Güter und Sklaven zu überlassen, sondern ihnen zwei Drittel des Landes als steuerfreies Grundeigentum zuzuweisen. Die Ansiedlung der Westgoten bedeutete weder ihre Unterwerfung noch die Überlagerung zweier Bevölkerungsgruppen. Wie das Zusammenleben von Germanen und Römern geregelt war, geht aus der neuen Gesetzgebung des gotischen Volkes hervor. Die dualistische Bevölkerungsstruktur bleibt bis zum III. Konzil von Toledo im Jahr 589 aufrechterhalten.

Der von Constantius gewährte *foedus* beinhaltete die Landvergabe an westgotische Soldaten durch das System der *hospitalitas*: hatten sich die Soldaten für eine gewisse Zeit niedergelassen, waren sie die Besitzer des Landes und eines Teils der Sklaven. Die Westgoten waren folglich *hospites* und unterstanden der römischen Gesetzgebung.

V. Die Aufteilung der Ländereien zwischen Westgoten und Gallo-Romanen

Über die Landteilung zwischen Goten und Romanen nach dem Alten Gesetz. Die Landteilung zwischen einem Goten und einem Romanen hinsichtlich des Anteils an Ackerland und Wald darf auf keinen Fall angetastet werden, vorausgesetzt, der Vollzug der Teilung ist erwiesen, auf daß ein Romane keinen der beiden Teile eines Goten in Besitz nehme oder beanspruche und auch ein Gote von der *tertia* eines Romanen nichts sich anzueignen oder für sich zu beanspruchen wage, es sei denn, daß es ihm durch unsere Freigebigkeit geschenkt sei. Was aber unter Verwandten oder Nachbarn geteilt ist, soll die Nachwelt nicht zu verändern suchen.

Über die zwischen Goten und Romanen ungeteilten Wälder. Was die Wälder betrifft, die ungeteilt geblieben sind und die sich nun entweder ein Gote oder ein Romane angeeignet und vielleicht gerodet hat, so verfügen wir, daß, wenn noch genügend Wald vorhanden ist, mit dem, der entschädigt werden soll, ein Ausgleich geschaffen werden kann, der dem Wert des Landes entspricht, er die Annahme des Waldes nicht verweigern darf. Wenn aber gleichwertiger Wald nicht vorhanden sein sollte, dann soll das gerodete Land geteilt werden.
(Liber Iudiciorum X,1,8 und *X,1,9.)*

Die Hauptstadt des Westgotenreichs wurde die römische Stadt Tolosa vor der Stadt Burdigala am Atlantik. Tolosa, das heutige Toulouse, war der Schwerpunkt von Südgallien, obwohl es extrem südlich und fern der westgotischen Besitzungen in Gallien lag. Die Stadt hatte eine strategisch wichtige geographische Lage, denn sie lag nahe der Mittelmeerküste, die für die Westgoten ein Garant für ihre Versorgung war.

Die Schätzungen in bezug auf die genaue Bevölkerungszahl der Westgoten schwanken, doch nimmt man an, daß sich in Südgallien, hauptsächlich im Tal der Garonne, zwischen 50 000 und 100 000 Menschen ansiedelten. Aus ersichtlichen Gründen wollten weder Honorius noch Constantius den Westgoten einen Zugang zum Meer geben. Der Atlantik und die Atlantikküste waren durch den *Tractus Armoricanus* gegen mögliche Einfälle der von der englischen Küste kommenden Völker in römisches oder westgotisches Gebiet geschützt.

Die Jahre nach der Gründung des tolosanischen Westgotenreiches galten der Ansiedlung der westgotischen Bevölkerung und ihrer Anpassung – nicht nur an das Land, sondern auch an die römische Gesellschaft – sowie der Eroberung neuer Gebiete. Die schriftlichen Quellen dieser Zeit lassen vieles im Dunkeln. Weder den Beschreibungen von Prosper aus Aquitanien noch denen von Hydatius ist zu entnehmen, unter welchen Bedingungen die Westgoten mit den Römern zusammenlebten. Tatsache ist, daß der Föderatenstatus den Goten erlaubte, Land und Lebensmittel zu erhalten, und sie sich, trotz der Bemühungen der römischen Verwaltung, ihren Eigencharakter bewahrten.

Die ersten Vorstöße nach Hispanien und die Herrschaft Eurichs

Theoderich I., Nachfolger von Wallia, nahm das ganze südliche *Aquitania Secunda*, d. h. *Novempopulania* ein. Er kämpfte neben Aetius gegen die Hunnen in der Schlacht auf den Katalaunischen Feldern, wo er ums Leben kam. Unter Theoderichs Herrschaft gingen die Westgoten, 442 von Rom geschickt, auf der Iberischen Halbinsel unerbittlich gegen die Sueben vor mit dem Ziel, sie niederzuwerfen.

Theoderich II., dem Bruder König Thurismunds, gelang 461 nach zahlreichen Versuchen die vollständige Einnahme der Provinz *Narbonensis* bis zur Rhône-Linie und dem nordöstlichen Gebiet von *Aquitania Prima*. Dieser Monarch, der dem Römischen Imperium treu ergeben war, kam dem römischen Kaiser Avitus zu Hilfe und stieß in einem Feldzug gegen die Sueben nach Hispanien vor. Der Höhepunkt der suebischen Macht fiel unter Rechila. Durch die Feldzüge in Hispanien erwarben die westgotischen Truppen gute Kenntnisse des Landes, und einige Forscher sehen hier bereits die erste Einnahme der Iberischen Halbinsel durch die Westgoten. Sie nahmen erfolgreich die Städte Braga, Palencia und Mérida ein. Mérida, das antike *Emerita Augusta*, das im Hispanien des 4. Jh. eine bedeutende Rolle gespielt hatte, war eines der Hauptangriffsziele der westgotischen Truppen, denn die Stadt hatte eine strategisch wichtige Lage, die die Kontrolle der Verkehrswege zwischen der *Baetica* und *Lusitania*, d. h. zwischen den heutigen Provinzen Estremadura und Andalusien und Portugal erlaubte.

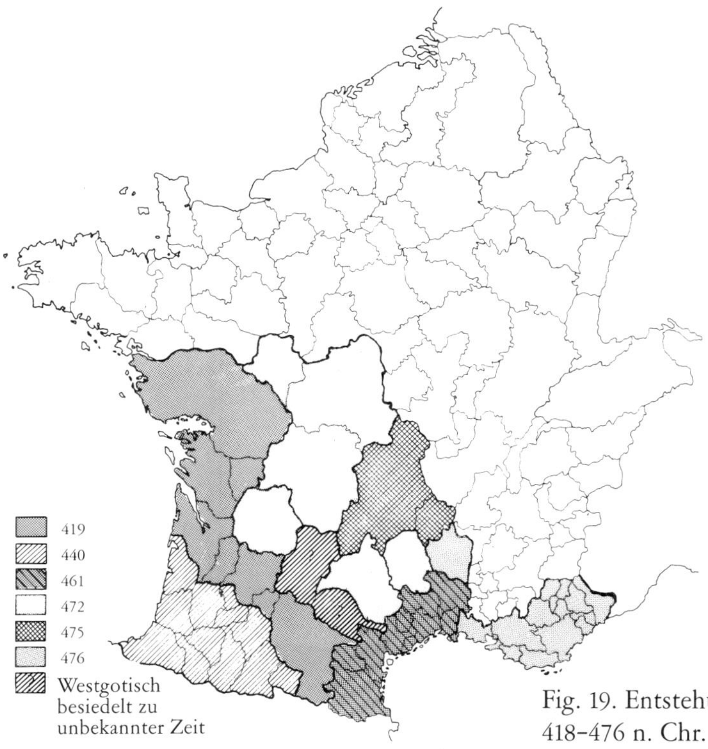

Fig. 19. Entstehung des Westgotenreichs in Gallien, 418–476 n. Chr. (nach M. Roúche, 1979).

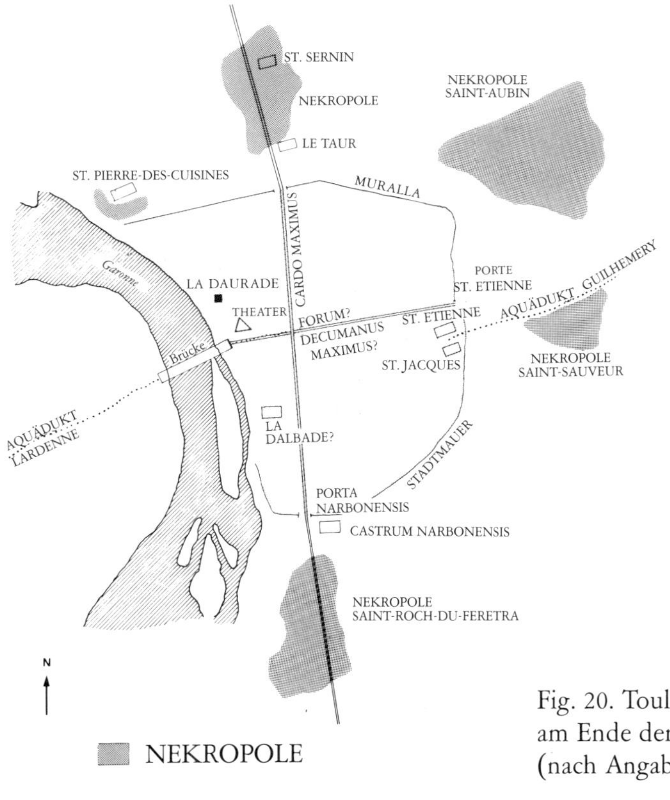

Fig. 20. Toulouse. Topographischer Plan der Stadt am Ende der Antike und im Frühmittelalter (nach Angaben von D. Cazes, 1985).

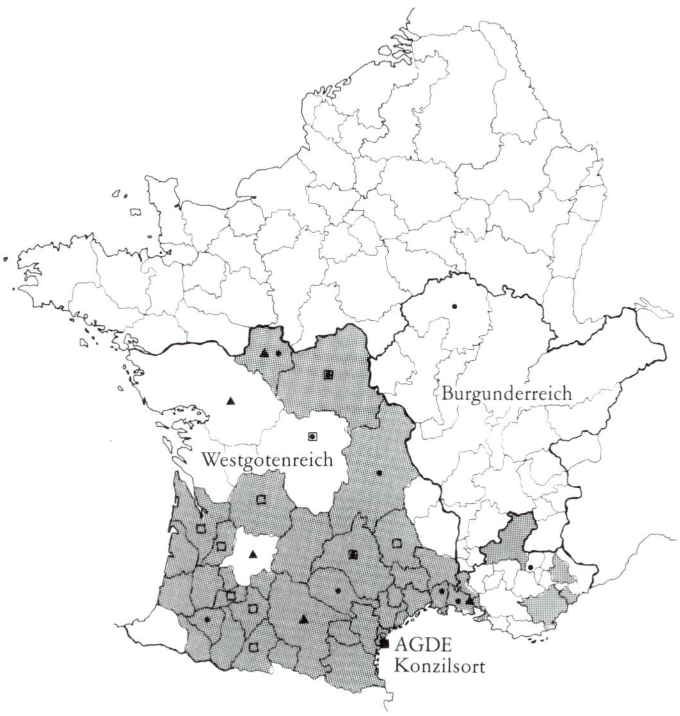

□ seit Eurich (472) vakanter Bischofssitz
● feindlicher oder exilierter Bischof vor oder im Jahr 506
▲ Bischofssitz, in dem der Kampf gegen den Arianismus des 4. Jhs. noch spürbar ist
▒ Bischofssitz mit Bischof oder Repräsentant

Fig. 21. Das katholische Episkopat und der Antiarianismus in Südgallien im Jahr 506 n. Chr. (Nach M. Rouche, 1979)

VI. Die Verteidigung der Pyrenäenpässe und die kaiserlichen Truppen in Hispanien zwischen 408 und 418 n. Chr.

„... Anläßlich des Aufbruchs des *patricius* Savinianus nach Hispanien wegen Unruhen verschiedener Barbarenstämme: Honorius, *imperator gloriosus, perpetuus triumphator, semper augustus*, an die Gesamtheit unserer Soldaten, die Adcarii seniores, iuniores, Sagitarii Nervii, Speculatores, die Exculcatores iuniores, Tubantes, Felices seniores, Invicti seniores, die Victores iuniores, Invicti iuniores und die Britannici: freut euch, ihr unsere geheiligten Waffengefährten, über euren gemeinschaftlich verdienten Lohn, und freut euch alle mit gleicher Begeisterung. Denn der bei weitem strahlendste Glanz ist der, der sein Licht gleich hell über alle verbreitet. Kraft unserer Gnade seid ihr zu *magnifici comites* ernannt und den *magistri utriusque militiae* beider Gallien gleich. Als Lohn für eure Treue gewähren wir euch den Sold, den auch die Gallicani erhalten, damit dessen Wert dem derer gleichkomme, die sich durch so vortreffliche Treue auszeichnen. Nachdem ihr nun derart ausgestattet seid und uns in Hispanien alles untersteht, erkennen wir sowohl die angemessene Vergrößerung der *annona* als auch die Erhöhung des Ranges, die Unsere Serenität euch zum Nutzen bestimmt hat, mit Freuden an, damit ihr, wenn einmal die Zeit zum müßigen Leben gekommen ist, den Quartieren und der Gastfreundschaft, die euch geboten werden, mit aller Heiterkeit und Tapferkeit entsprechen könnt; und eben deshalb vertrauen wir darauf, daß diese Befreiung von Abgabeleistungen eure Begeisterung eher anfacht als erstickt. Wir wünschen euch, unseren Waffengefährten, ein langes, schönes Leben. *et alia manu* (von anderer Hand). Lebt wohl."
(Brief des Kaisers Honorius an seine Truppen in Spanien.)

Wie wir später sehen werden, war *Emerita Augusta*, die Hauptstadt von Lusitanien, eine sehr reiche Stadt und ihrer stolzen hispanisch-römischen Bevölkerung wegen für die Niederlassung des westgotischen Hofes nicht gerade geeignet. Die Wahl fiel auf Toledo, wo das Römische weit weniger stark vertreten war.

Sidonius Apollinaris, Geschichtsschreiber des 5. Jh., der am Hofe Theoderichs II. ein und aus ging, schildert in seinem Brief an Agricola die äußere Erscheinung des Monarchen. Die Beschreibung erinnert an die Beschreibung Theoderich d. Gr. durch Cassiodor. Wie Theoderich d. Gr. verkörpert auch Theoderich II. das Ideal des philosophischen Königs.

7 a + b. Toulouse. Schmalseiten eines
arkophags, Löwenjagd und der Gute
Hirte mit seinen Schafen

28. Toulouse. Sarkophag der Aquitanischen Schule mit szenischer Darstellung Christi und der Apostel

29. Narbonne, Lapidarium. Reich ornamentierte Steinplatte mit Kreuz und Personendarstellung

30. Narbonne. Steinplatte mit geometrischen Ornamenten und Tiermotiven

31. Toulouse. Silberne Gürtelschnalle mit zungenförmiger Beschlagplatte und konzentrischen Kreisen in ihrem Innenfeld, Dorn mit schildförmigem Ansatz

32. Narbonne. Fries mit geometrischen Motiven, wiederverwendet am Portal der Basilika Saint-Paul-Serge

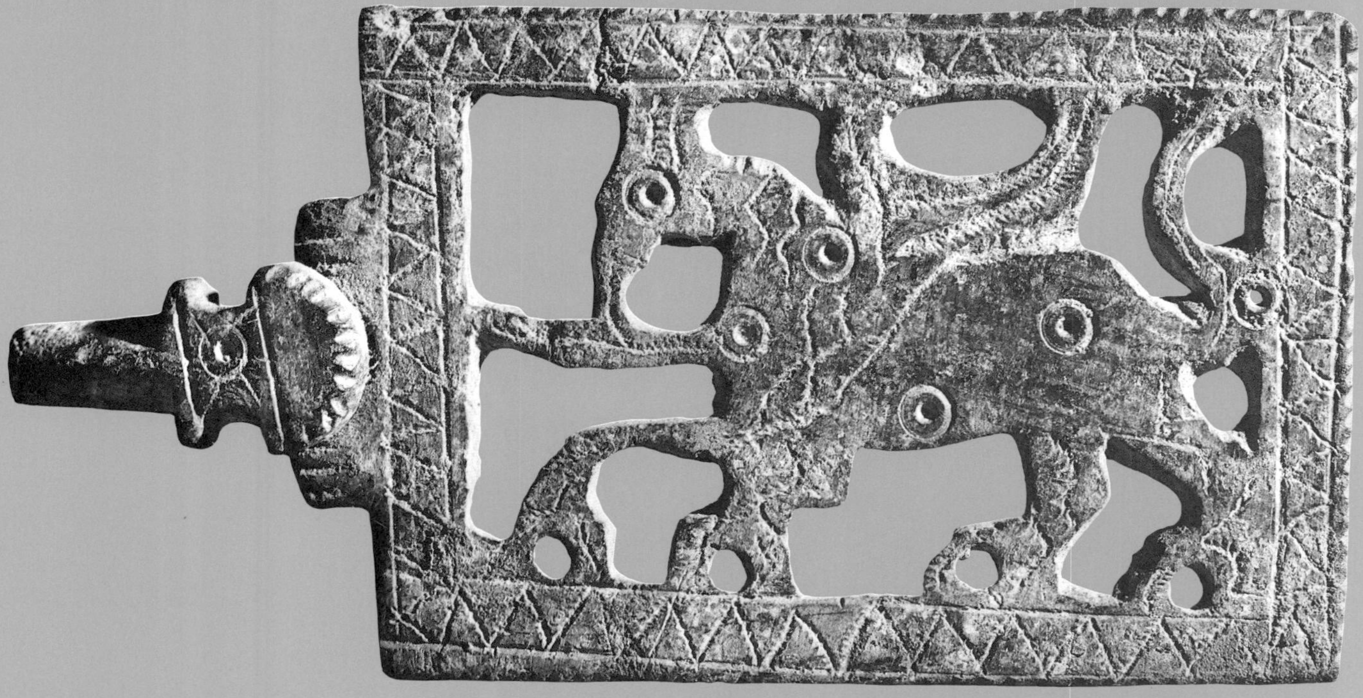

33. Revel (Haut-Garonne). Durchbrochene Gürtelschnalle mit Tierdarstellung, wahrscheinlich einem Greifen

34. Arnesp. Fibel mit vogelartigem Kopf, gefunden in der Villa der Valentina

VII. Porträt des Westgotenkönigs Theoderich II.

„... Sein Körper ist genau richtig geraten; er ist kleiner als die Größten, aber höher und stattlicher gewachsen als der Durchschnitt. Der Kopf ist wohlgerundet, und das Haar fällt von der ebenmäßigen Stirn lockig nach hinten. Seinen Nacken schwellen nicht Wülste, sondern Muskeln. Die Augen krönt der dichte Bogen der Brauen, und wenn die Lider sich senken, reichen die Wimpernenden fast bis zur Wangenmitte. Die Ohrläppchen werden, der Sitte dieses Volkes entsprechend, von darüberfallenden Lockensträhnen verdeckt. Die Nase ist sehr fein gekrümmt... Täglich werden die unter den Nasenlöchern sprossenden Haare gestutzt... Vor Tagesanbruch begibt er sich mit kleinstem Gefolge in den Kreis seiner Priester und folgt der Zeremonie sehr gesammelt, obwohl man, unter uns gesagt, bemerken kann, daß er diese Andacht eher aus Gewohnheit als aus Überzeugung abhält. Der restliche Morgen bleibt seinen Regierungsgeschäften vorbehalten. Neben seinem Thronsessel ist der *comes armiger* postiert; die in Pelze gekleidete Leibgarde erhält nur Zutritt, um sich von seiner Anwesenheit zu überzeugen, entfernt sich dann aber, um nicht zu stören... Inzwischen sind die ausländischen Gesandtschaften vorgelassen worden; er hört viel zu und antwortet wenig... Ist die zweite Stunde gekommen, erhebt er sich vom Thron und widmet seine freie Zeit der Besichtigung seiner Schätze und Stallungen... Was seine Mahlzeiten betrifft, die außer an Festtagen denen eines Privatmannes gleichen, so häuft hier kein keuchender Diener mengenweise altes Silber auf einen Tisch, der sich unter solcher Last biegt; das meiste Gewicht liegt dann auf den Worten, zumal man hier entweder nichts oder nur Ernsthaftes spricht... Wird ihm das Spielbrett gebracht, greift er geschwind zu den Würfeln, prüft sie sorgfältig, wirft sie mit Schwung... Bei guten Würfeln schweigt, bei schlechten lacht er, niemals gerät er in Zorn, immer verhält er sich philosophisch-gleichmütig... Zum abendlichen Gastmahl werden zwar Witze und Spöttereien von Komödianten zugelassen, aber selten und nur so, daß kein Gast durch bissige Gehässigkeiten aus ihrem Munde beleidigt wird... Niemand schlägt die Leier, niemand bläst die Flöte... Nachdem er sich von der Tafel erhoben hat, nehmen die Nachtwachen vor dem königlichen Schatzhaus Aufstellung. Bewaffnete beziehen an den Toren des Palastes Aufstellung, um die Stunden des ersten Schlafes zu bewachen..."

(Sidonius Apollinaris, *Epistulae 1,2.*)

Für ihn war die römische Welt eine „zivilisierte"; er besaß große menschliche Qualitäten, die seinem Bruder Eurich Anlaß waren, ihn mit Gewalt zu beseitigen. Eurich, auf den wir später zurückkommen werden, war ein glühender Gegner alles Römischen und ein fanatischer Kämpfer für die Unabhängigkeit.

Unter Eurich, der von 466 bis 484 die Herrschaft innehatte, erreichte das Westgotenreich seine größte Ausdehnung. 475 brach er eigenmächtig handelnd den Föderatenvertrag mit den Römern, denn er wollte als westgotischer König vom Römischen Imperium unabhängig sein. Er überquerte die Rhône, die natürliche Grenze, drang bis in die Seealpen vor und besetzte ganz *Aquitania Prima*. Er drang ebenfalls auf die Iberische Halbinsel vor und gliederte seinem Reich endgültig die Provinzen *Lusitania*, *Tarraconensis* und die mittlere *Carthaginensis* ein. Der Wiederaufbau der Brücke von Mérida unter Eurich bezeugt anhand einer Inschrift, die wir transkribieren, seinen Vorstoß nach Hispanien:

VIII. Verlorene Inschrift (dat. 483 n. Chr.) der Römerbrücke von Mérida.

Solberat antiquas moles ruinosa uetustas,
lapsum et senio ruptum pendebat opus.
Perdiderat usum suspensa uia per amnem
et liberum pontis casus negabat iter.
Nunc tempore potentis Getarum Eruigii (Eurici) regis
quo deditas sibi precepit excoli terras,
studuit magnanimus factis extendere nomen,
ueterum et titulis addit Salla suum.
Nam postquam eximii nobabit moenibus urbem,
hoc magis miraculum patrare non destitit.
Construxit arcos, penitus fundabit in undis
et mirum auctoris imitans vicit opus.
Nec non et patrie tantum creare muminen
sumi sacerdotis Zenonis suasit amor.
Urbs Augusta felix mansura per saecula longa
nobate studio ducis et pontificis. Era DXXI.
(J. Vives, *Inscripciones Cristianas ...*, 363).

„Zerstörerische Zeitläufe hatten den ehrwürdigen, mächtigen Bau geschwächt; eingestürzt und durch sein Alter zerborsten lag das Werk. Die über den Fluß gespannte Straße hatte ihren Nutzen verloren, und den freien Weg unterbrach der Einsturz der Brücke. Nun aber, zur Zeit Eurichs, des mächtigen Königs der Geten, der es sich zur Aufgabe gemacht hat, für die ihm anvertrauten Länder zu sorgen, und der großherzig bestrebt ist, seinen Namen durch Taten zu verbreiten, fügt Salla seinen Namen den Inschriften der Ahnen hinzu. Denn nachdem er die Stadt durch mächtige Mauern erneuert hatte, ließ er nicht ab, dies noch beträchtlichere Wunderwerk zu vollbringen. Er errichtete Bögen, verankerte sie tief unten in den Fluten. Und so übertraf er als Nachahmer das Werk des ursprünglichen Erbauers, das an sich schon bewunderungswürdig war. Und auch die Vaterlandsliebe des höchsten Priesters Zeno riet zur Schaffung eines solch mächtigen Bauwerks. So wird die *urbs Augusta felix* jahrhundertelang bestehen, erneuert durch die Bemühungen von *dux* und *pontifex*. *Im Jahre* DXXI [521] der Zeit“

Die Herrschaftszeit Eurichs war von Religionskämpfen gekennzeichnet. Die zwei großen Glaubensgruppen, die Arianer und die Katholiken, setzten ihren christlichen Glauben als politisches Machtmittel ein. Eine starke Opposition bildete vor allem der römische Adel. Isidor schreibt hierzu sehr aufschlußreich: *[...] post captam Pampilonam Caesaraugustam invadit totamque Hispaniam superiorem obtinuit, Tarraconensis etiam provinciae nobilitatem, quae ei repugnaverut (...)*; obwohl der *dux Hispaniarum Vicentius*, römischer Abstammung, sich in den Dienst des Westgotenkönigs gestellt hatte. Diese Auseinandersetzungen fanden in den Jahren zwischen 470 und 475 statt. Die Herrschaft über die östliche Tarraconense - wo sich die proromische Herrschaft hatte festsetzen wollen - dürfte zur Zeit Eurichs nicht sehr gefestigt gewesen sein, denn Alarich II., sein Nachfolger, mußte kurze Zeit später gegen die Besitzer der großen Latifundien in der Ebroebene vorgehen. Burdunelus, ihr Anführer, wurde 496 in Tolosa brutal hingerichtet und Pedro, der Anführer der Widerstandsbewegung von Dertosa 506, enthauptet. Sowohl der Landadel als auch die Städte am Ebro leisteten den Eroberungszügen Eurichs und Alarichs II. heftigen Widerstand.

Eurich, Rom-feindlich und überzeugter Arianer, schuf 476 eine Gesetzessammlung, die als *Codex Euricianus* teilweise auf uns gekommen ist und die blutige Unterdrückung des orthodoxen Katholizismus und das Verbot von Mischehen vorsah. Die Gesetze des *Codex Euricianus* waren nur auf die Westgoten anwendbar; die römische Bevölkerung unterstand weiterhin den Gesetzen Theodosians und ab 506 der *Lex Romana Visigothorum (Breviarium Alaricianum)*. Dem westgotischen Reichsrecht des *Codex Euricianus* stand folglich die für Westgoten und Römer geltende Reichsgesetzgebung gegenüber, die wahrscheinlich seit Leovigild bestand, gewiß aber seit Reccared, 589. Der *Codex Euricianus* wurde durch das *Breviarium Alaricianum* abgelöst und diente Leovigild später als Grundlage für seinen *Codex Revisus*.

Unter den drei oben erwähnten Monarchen und unter Thurismund und Alarich II. war Toledo bis zu Beginn des 6. Jh. Sitz des westgotischen Hofes, der dann unter Gesalech und Amalarich nach Narbonne verlegt wurde.

Der Vorstoß der Franken und der Verlust des westgotischen Aquitanien

Die Quellentexte dieser Zeit beschreiben Alarich als ausschweifenden und unglückbringenden König; allerdings sind die Kommentare sehr knapp gehalten und für uns nur wenig ergiebig, mit Ausnahme der Schlacht bei *Vogladum* (dem heutigen Vouillé, nahe Poitiers). Das Jahr 507 markiert das Ende des Westgotenreichs und die Verlegung des Hofes nach Narbonne. Die Franken wollten mit Hilfe der Verbündeten, darunter die Mitglieder des *Tractus Armoricanus*, und der Alanen, Burgunden, Römer u. a. m. das mächtige Tolosanische Westgotenreich und ihre Hauptstadt *Lutetia*, das heutige Paris, vernichten. Alarich zog mit seinen Truppen zum Kampf gegen Chlodvig aus. Chlodvig eroberte das

Westgotenreich bis zu den Pyrenäen. Der „Befreiung“ des westgotischen Aquitanien durch die Franken war auch deshalb ein so rascher Erfolg beschieden, weil die Franken seit Ende des 5. Jh. das einzig katholische Volk waren und ihnen folglich die Unterstützung breiter Bevölkerungskreise und sozialer Schichten sicher war. Die Taufe Chlodvigs im Jahr 498 oder 499 verschaffte dem fränkischen König große Sympathien der römisch-aquitanischen Bevölkerung. All diese Faktoren ermöglichten den Sieg der Franken über die Westgoten bei Vouillé.

Alarich, Herrscher über eines der ausgedehntesten Reiche im Westen der Mittelmeerwelt, stellte die *Lex Romana Visigothorum (Breviarium Alaricianum)* auf, die sowohl für die westgotische als auch für die römische Bevölkerung Geltung hatte. Diese Gesetzessammlung aus dem Jahre 506 war eine Erweiterung des *Codex Euricianus*, dessen *Leges* spezifisch, die des *Breviarium Alaricianum* indes allgemeiner gehalten waren. Beide Gesetzessammlungen schöpften überwiegend aus dem römischen Recht; so kommt es zu einer Verbindung des römischen Vulgarrechts und des westgotischen Rechts germanischer Prägung. Einige Juristen sehen im *Codex Euricianus* ein Monument des römischen Rechts. Dieses Argument gilt ebenso für die *Lex Romana Visigothorum*, denn den Goten standen römische Juristen als Berater bei. Der Charakter einer Reichsgesetzgebung wie er für das *Breviarium Alaricianum* zu denken ist, veranlaßte einige Historiker zu der Annahme, daß der *Codex Euricianus* doch nicht völlig von dem *Breviarium* abgelöst worden ist. Doch wenn ein Herrscher ein neues Rechtswesen in Verbindung mit bereits bestehenden Gesetzen schafft, dann wird sein Codex für die ganze Bevölkerung Gültigkeit besitzen.

Trotz seiner Gesetzessammlung war Alarich ein eher mittelmäßiger Herrscher. Die Niederlage bei Vouillé bedeutete für die Westgoten der Verlust der Provinzen, die sie einst zugewiesen bekamen und jener, die sie später eroberten. Sie besaßen jetzt nur noch Septimanien und stießen nach Hispanien vor, wo sie unter Amalarich 526 Barcelona zur neuen Hauptstadt machten.

Die künstlerische Tradition in der römischen Plastik

Die Anwesenheit der Westgoten in Südgallien läßt sich archäologisch nur sehr schwer belegen. Könnten wir nicht auf Quellentexte und historische Daten zurückgreifen, so müßten wir sagen, daß es die Westgoten archäologisch gesehen gar nicht gegeben hat. Der sehr gleichmäßige Fortschritt der Bodenforschung und deren Befunde erbringen jedoch den Nachweis für die Anwesenheit der Westgoten in Aquitanien. Die systematischen Ausgrabungen einer großen Anzahl von Nekropolen in Septimanien und in den verschiedenen Provinzen der Iberischen Halbinsel sowie das Fundmaterial zeigen die enge Zusammengehörigkeit der Fundprovinz Septimanien mit Hispanien.

Wie auf der Iberischen Halbinsel, so bestand auch in Gallien ein römisches Kunsthandwerk, das der germanischen Eigenart eine untergeordnete Rolle zuwies. Dies macht es schwierig, das rein Germanische zu erkennen und zu bestimmen. Die persönlichen Schmuckgegenstände stammen aus den örtlichen Werkstätten Aquitaniens. Dennoch dürfen wir die dem Begräbniskontext zugehörigen plastischen Elemente aus Werkstätten der Provinzen *Narbonensis, Septimania* und *Aquitania* und in spätmerowingischer Zeit aus Poitiers nicht als westgotische Kunst bezeichnen. Die Datierung dieser wichtigen Gruppe innerhalb der Plastik stimmt mit der Ansiedlung der Westgoten in Aquitanien und ihrem Vordringen nach Süden überein, nach der Schlacht bei Vouillé mit Narbonne als Zentrum von Septimanien.

Es ist nicht möglich, diese ornamental-plastischen Elemente als westgotische Kunst zu bezeichnen und sie mit den auf der Iberischen Halbinsel hergestellten Stücken zu vergleichen, denn sie weisen zwei Stilformen oder zwei plastische Merkmale auf, die in keinerlei Beziehung zueinander stehen. Der einzige Berührungspunkt wäre ihr römischer Ursprung. Denn auch hier fließen römische Strömungen zusammen, aus denen dann die neuen Stilformen der Plastik hervorgehen. Wenn wir die Sarkophage dieser Religion aus dem 5. und vornehmlich 6. Jh. als westgotisch bezeichnen wollen, so müssen wir ihren Eigencharakter gegenüber der westgotischen aus Hispanien stammenden Bildhauerei des 6. und 7. Jh. aufzeigen.

Das römische Kunsthandwerk von Südgallien – ganz besonders das dem Begräbniskontext zugehörige – entstand in den spätkonstantinischen römischen Werkstätten in Arles. Sie waren die Wegbereiter für künstlerisch bedeutsame Werkstätten in Marseille, Narbonne, Toulouse und Poitiers, deren chronologisch noch umstrittene Einordnung das 5. bis 8. Jh. umfaßt. Gewisse plastische Formen werden sich nicht in der höfischen tolosanisch-westgotischen Kunst niederschlagen, wie die hispanisch-spätrömische Plastik mit ihren schöpferischen Zentren in den Provinzen *Baetica* und *Lusitania*, die den höfischen Formen von Toledo seit der 2. Hälfte des 6. Jh. künstlerischen Ausdruck gab.

Beim Tolosanischen Reich liegt die Vermutung nahe, daß plastische Grabbeigaben primär der römischen Bevölkerung zugedacht und den Westgoten in Aquitanien fremd waren. Wir dürfen nicht vergessen, daß die hispanisch-westgotische Bevölkerung die aquitanischen Stücke importierte, wie Funde aus *Emporion* (Gerona) und *Lorenzana* (Lugo) beweisen.

Nach der Niederlassung des westgotischen Hofes in Toledo und der Entstehung einer höfischen Kunst tauchen einige toledanische Stücke nördlich der Pyrenäen auf. So ist die Bauplastik aus Narbonne das Ergebnis der Verbreitung der höfischen Kunst von Toledo bis in die entferntesten Provinzen des Reiches. Im Lapidarium von Narbonne finden wir reich ornamentierte Steinplatten, zu denen auch der Fries in der Vorhalle der Kirche Saint-Paul-Serge zu zählen ist, der wiederum große Ähnlichkeit mit dem ins 7. Jh. datierten Ornamentfries der Kirche San Juan de Baños in Palencia hat. Seine Ornamentierung knüpft an den Altarpfeiler aus der Moschee von Córdoba an, ebenfalls 7. Jh. Dieser Fries und die ornamentierten Steinplatten aus Narbonne sind für die ornamentale Bauplastik der Iberischen Halbinsel des 7. Jh. charakteristisch. Gewisse ornamentale Fragmente, u. a. auch die Steinplatten im Lapidarium von Narbonne, zeigen, daß die Entwicklung der Plastik noch nicht ihren Höhepunkt erreicht hat: es fehlten der plastische Ausdruck und die künstlerische Vollendung. Wir sprechen in diesem Zusammenhang von einer „plastischen Dekadenz" oder „provinziellen Plastik". Die Provinzen *Septimania* und *Tarraconensis* hatten Ende des 7. und Anfang des 8. Jh. enge künstlerische Kontakte, und aufgrund der Ähnlichkeit ihrer Bauplastik ist die aus Narbonne ins frühe 8. Jh. datierbar. Ein weiterer wichtiger Indikator für diese Datierung sind nicht nur die Kontakte zum heutigen Katalonien, sondern die mediterranen Modeerscheinungen, die, wie wir später sehen werden, das Kunstschaffen, vor allem auf der Iberischen Halbinsel nachhaltig beeinflußt haben. Die mediterrane Kunstübung drang über die seit langem bestehenden Kolonien orientalischer Händler an der westlichen Mittelmeerküste und an der Atlantikküste ins Reich ein. Narbonne, Sitz einer dieser Kolonien, war im 6. und 7. Jh. ein wichtiges Handels- und religiöses Zentrum. Eine weitere bedeutende Bauplastik aus Südfrankreich ist der große Altarpfeiler aus Oupia (Hérault). Seine künstlerische und technische Ausführung stellen ihn in Beziehung zu den ornamentalen Fragmenten aus Narbonne.

Metallverarbeitung – die Werkstätten der Kleinkunst

Die engen Beziehungen und die künstlerische Einflußnahme zwischen dem westgotischen Gallien und der Iberischen Halbinsel finden ihren plastischen Ausdruck in den bereits erwähnten Fragmenten aus der *Narbonensis* sowie in den persönlichen Schmuckgegenständen, die bei Ausgrabungen westgotischer Gräberfelder zutage kamen. Obgleich von geringer Anzahl, ermöglichen sie eine umfassende Untersuchung.

Als typisches Beispiel einer westgotischen Nekropole wird die Nekropole von Estagel (Dép. Pyrénées Orientales) angeführt, die in den 40er Jahren von dem bekannten Archäologen Raymond Lantier ausgegraben worden ist. Anhand des Fundmaterials kann die Anwesenheit der Westgoten in Septimanien und ihre Verbindung zu Aquitanien erstmalig genauer untersucht werden. Die erste chronologische Gruppe von persönlichen Schmuckgegenständen besteht aus Gürtelbeschlägen mit gegliederter rechteckiger Platte. Die Platten sind mit Zellenschmelz und Inkrustation von farbigem Glas – meistens rotem Glas – versehen und mit Malachit wie rundgeschliffene Cabochons. Beschläge dieser Art werden immer ausschließlich den Bügelfibeln und Blechfibeln zugeordnet. Alle Stücke zeigen praktisch dieselbe große künstlerische und technische Perfektion, weshalb wir annehmen dürfen, daß sie aus septimanischen Werkstätten stammen. Aus Gallien besitzen wir bemerkenswerte Schmuckgegenstände aus Grab 8 von Estagel, aus Saint Pierre, in Brens (Tarn) und aus dem Département Hérault: Horts-Lunel Viel, Loupian und Saint Jean-le-Pouget. Weiteres Fundmaterial kommt aus merowingischen Gräberfeldern und, im Norden, aus Hondan (Oise), Saint Denis (Paris), Monceau-le-Neuf und Versigny im Département Aisne, wie auch aus dem Frauengrab 756 von Vicq (Yvelines). Fundstücke aus der merowingischen Nekropole von Vicq, bei denen das spezifisch Westgotische in seiner reinsten Form auftritt, bezeugen, daß es Mischehen gab. Diese Tatsache ist auch für die Iberische Halbinsel durch persönliche Schmuckgegenstände belegt, die den Ehefrauen der in hispanisches Gebiet eindringenden Männer gehörten. In Hispanien dürften diese Schmuckstücke aus septimanischen Werkstätten ab 480/490 oder noch früher vorkommen; sie wurden allerdings nicht sehr lange, vielleicht nur eine oder zwei Generationen lang, verwendet.

Den Höhepunkt der westgotischen Toreutik in Südgallien bilden die in der 1. Hälfte des 6. Jh. auftretenden Gürtelbeschläge mit rechteckiger Platte mit Steineinlage oder Kerbschnittdekor. Verzierungen dieser Art finden wir ebenfalls auf den aus einem Stück gegossenen Fibeln mit Applikationen. Die wichtigsten Exemplare stammen aus Laurens, Tressan, Quarante im Département Hérault; ähnliche Exemplare im Département Tarn, aus Cestayrols, Fiac und der Nekropole von Martels, in Giroussens. In Castelsagrat (Tarnet-Garonne) fand man mit dem Gürtelbeschlag ein Paar Adlerfibeln, wahrscheinlich italisch-ostgotischer Herkunft wie die Adlerfibeln aus Ville-sur-Cousance (Meuse), deren technische Ausführung sehr große Ähnlichkeit mit den Adlerfibeln von Talavera de la Reina in Toledo aufweist.

Wir stellen fest, daß die Anwesenheit der Westgoten in Septimanien durch ein reichhaltigeres Fundmaterial belegt werden kann als in Aquitanien, wo jedoch zusehends mehr Grabfunde ans Licht kommen. Im Unterschied zum spezifisch Westgotischen in den Fundstücken aus der Provinz *Narbonensis* zeigen die Fundstücke aus Aquitanien ausgeprägte römische Stilmerkmale; eine Romanisierung wie sie auch die Bauplastik kennt. Ein als westgotisch bezeichnetes, tatsächlich aber skythisches Fundstück, das auch in den Donaugebieten und den

Fig. 22. Estagel (Pyrénées Orientales). Lageplan der Nekropole von Las Tumbas (nach R. Lantier, 1941).

ostgotischen Siedlungsorten vorkommt, beweist die gegenseitige Einflußnahme der Völker, insbesondere die Anleihe an im westlichen Mittelmeerraum wenig bekannte Modeerscheinungen. Wir beziehen uns auf das Gürtelbeschläg mit Vogelkopf aus der römischen Villa bei dem Palast zu Arnesp, in Valentine (Haute-Garonne). Ein weiterer wichtiger Nachweis für die Anwesenheit der Westgoten in Aquitanien ist die Nekropole von La Turraque in Beaucaire-sur-Baïse (Gers), die den merowingischen Nekropolen zugeordnet werden muß. Unter den vielfältigen Beigaben befanden sich spezifisch westgotische Stücke. Der Einzelfund eines Kammes aus Knochen, der östlichen Kultur von Černjahov zugehörig, ist ein weiterer Beleg für die Anwesenheit der Westgoten in Aquitanien. Diese Kultur allein gilt als Indikator für das spezifisch Gotische. Obgleich der Besitzer dieses Kammes kein Gote gewesen sein muß, zeigt dieses Fundstück den großen Einfluß einer Mode, die bis nach Südgallien vordrang.

Einzelfunde mit westgotischen Stilelementen kommen in großer Zahl aus den merowingischen oder fränkischen Nekropolen von Nordfrankreich. Erwähnt seien hier die Nekropolen von Frénouville (Calvados), von Maule, Muids und Envermeu (Eure), wie auch von Nouvion-en-Ponthieu (Somme). Ein Gürtelbeschläg mit einteiliger, rechteckiger Platte wurde auf dem Friedhof von Mouy (Oise), nördlich von Paris gefunden, mehrere im Département Aisne, in Ville-en-Tardenois (Marne) und einer in Grab 221 von Lavoye (Meuse). Die Gürtelbeschläge bezeugen die ständigen Siedlungsbewegungen der Goten, die Tatsache, daß es Mischehen gab und Aufträge an Werkstätten in Südgallien.

Zusammenfassend können wir sagen, daß im 5. und 6. Jh. in Südgallien persönliche Schmuckgegenstände vorkommen, die entweder in den örtlichen Werkstätten angefertigt oder aus Hispanien importiert wurden. Auch Ende des 6. Jh. und das ganze 7. Jh. hindurch fand zwischen Gallien und Hispanien ein reger Austausch statt, wie ihn die Archäologie anhand zahlreicher Fundstücke nachweisen kann. Wir beziehen uns hier auf die kleinen zungenförmigen, durchbrochenen oder kompakten Gürtelbeschläge langobardischer Herkunft, wahrscheinlich aus einer italienischen Werkstatt. Es gab sie bereits in Pannonien, wo einige langobardische Truppen installiert waren. Die überaus zahlreichen gallischen Exemplare gehören zur Gruppe der Gürtelbeschläge mit römisch-mediterranen Stilmerkmalen, Ende 6. Jh., die nach ganz Europa drangen und insbesondere die Kunstübung der merowingischen und westgotischen Werkstätten beeinflußt haben.

In den letzten Jahren des 6. Jh., hauptsächlich jedoch im 7. Jh. bis zum Einfall der Araber, bestimmte der byzantinische Einfluß maßgeb-

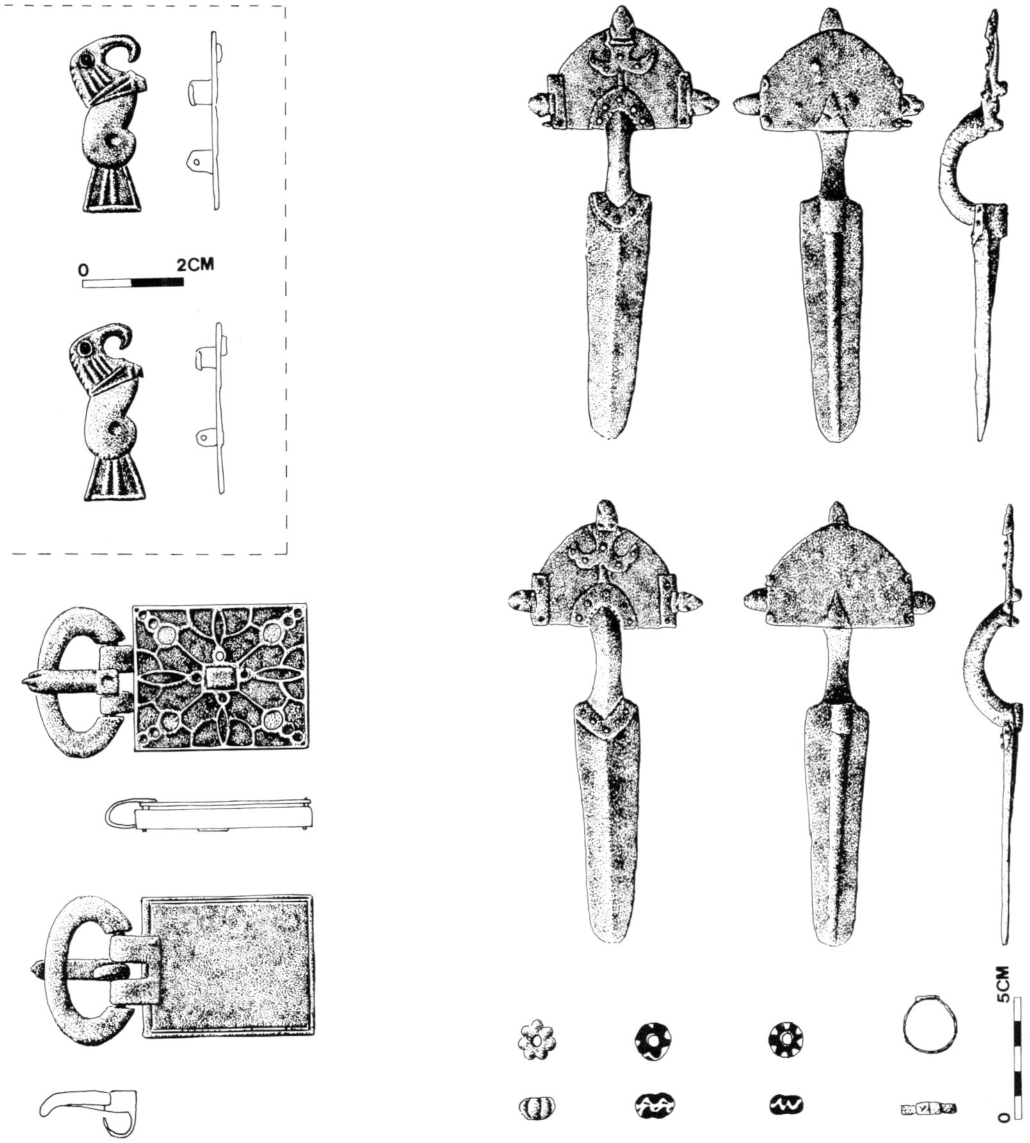

Fig. 23. Vicq (Yvelines). Frauengrab Nr. 756 der Nekropole (nach E. Servat, 1979).

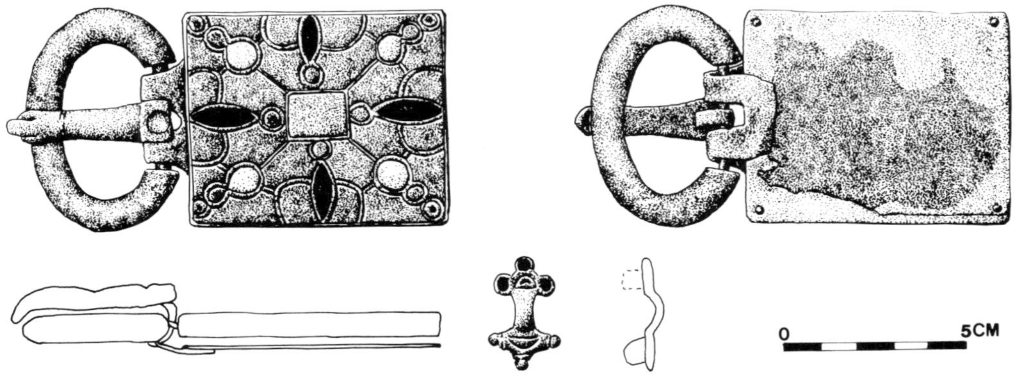

Fig. 24. Lunel - Viel (Hérault). Grab Nr. 84 der Nekropole von Les Horts (nach C. Raynaud, 1986).

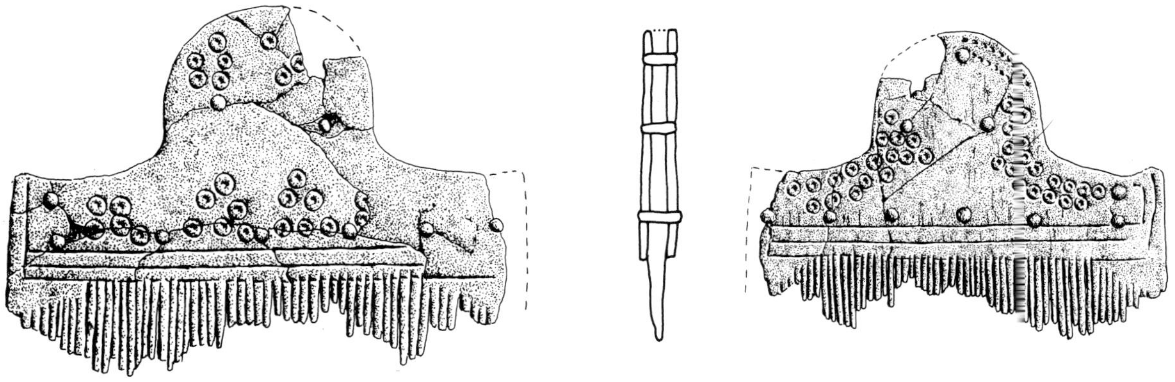

Fig. 25. La Turraque (Gers). Kamm aus Knochen , aus der Nekropole (nach M. Larrieu u. a., 1985).

lich das Kunstschaffen der westgotischen Werkstätten. Byzantinische Strömungen kamen in Form von persönlichen Schmuckgegenständen über das östliche Mittelmeer zu den westlichen Hafenstädten, wo sie mit meisterhafter und individueller Kunstfertigkeit von den örtlichen Werkstätten, vornehmlich in Hispanien, nachgeahmt wurden. Diese leierförmigen Gürtelbeschläge waren von allen westgotenzeitlichen Stücken aus Metall die am weitesten verbreiteten. Die Exemplare aus dem merowingischen Gallien sind hispanische Erzeugnisse, die bis zur Vernichtung des Toledanischen Reiches durch die Araber über die Hafenstädte und Pyrenäenpässe exportiert wurden.

Die Westgoten in Hispanien

Die kurze Schutzherrschaft Theoderichs des Ostgoten in Hispanien

„Regnum Tolosanum destructum est", sagte die *Chronica Caesaraugustana*, doch auf dieses Reich wird ein neues Reich folgen, das Reich der Westgoten in Hispanien.

Der Tod Alarichs und der Niedergang des Tolosanischen Westgotenreichs stellten erneut eine große Gefährdung für die endgültige Niederlassung des westgotischen Hofes in Toledo dar. Seit langem – insbesondere seit Alarich – bemühten sich die Westgoten sowohl um eine territoriale als auch politische Grundlage im westlichen Mittelmeerraum. Diese Bemühungen galten einmal einer nicht mediterranen hispanisch-germanischen Führung, die sich in Toledo niederließ und zum anderen dem natürlichen Rückzug nach Septimanien. Das Reich der Westgoten untersteht der Herrschaft und dem Einfluß Theoderichs, der sein ostgotisches Reich im Sinne der „Romanisierung" zu erweitern sucht. Durch seine Vormundschaft treten erneut die beiden Tendenzen in Erscheinung: die germanische, von Eurich geprägte, und die Römische im Sinne Alarichs I. Erst mit Leovigild, dem bedeutenden Gründer der hispanisch-westgotischen Monarchie, und der endgültigen Niederlassung des westgotischen Hofes in Toledo wird diese Dualität aufgehoben.

Das neue Reich bleibt, wie am Ende des 3. Jh., auf die unter Diokletian gegründeten römischen Provinzen *Baetica, Lusitania, Carthaginiensis, Gallaecia und Tarraconensis* begrenzt. Der Vorstoß der fränkischen Truppen aus dem Norden zwang die Westgoten, die Pyrenäen, die natürliche Grenze zwischen Hispanien und Gallien, zu überschreiten.

Man nimmt an, daß 70 000 bis 90 000 Menschen über verschiedene Pässe die Pyrenäen überquerten, d. h. verglichen mit der hispanisch-römischen Bevölkerung eine Minderheit. Diese Zählung basiert auf der Schlacht bei Adrianopel. Einige Forscher wiederum vertreten die Meinung, daß ungefähr 200 000 Westgoten in das 12 Millionen Hispanorömer zählende Hispanien kamen. Neuesten Schätzungen zufolge betrug die Zahl der eindringenden Westgoten 100 000 gegenüber 9 Millionen Hispanorömern.

Der Hof läßt sich zu beiden Seiten der Pyrenäen in den Mittelmeerstädten Narbonne und Barcelona nieder, womit den Provinzen *Narbonensis* und Ost-*Tarraconensis* politisch eine führende Stellung zukommt, wie auch später *Lusitania* durch Mérida, das antike *Emerita Augusta*.

Mérida war für das toledanische Westgotenreich von großer Bedeutung und ein Zentrum der gotischen Aristokratie. Es gab mehrere Versuche, Mérida zum Sitz des königlichen Hofes zu machen (vor allem zwischen 549 und 554 unter Agila), aber nach der Wahl zwischen Toledo (554–567 unter Athanagild) und Narbonne (567–573 unter Liuva) wurde Toledo unter Leovigild (571–72, 586) endgültig zum Sitz des Hofes bestimmt. Mérida mit einer vorwiegend katholisch hispanisch-römischen Bevölkerung und einem mächtigen katholischen Bischof war in dieser Zeit neben Toledo ein wichtiges künstlerisches und geistiges Zentrum, vor allem nach dem III. Konzil von Toledo 589. Im Hinblick auf die Kunst sei hier die Plastik, wie z. B. die ornamentale Bildhauerkunst genannt. Sowohl in den Grabbeigaben vom Typ Turuñuelo (Medellín, Badajoz) als auch in der spätantiken Steinskulptur überwiegt das spezifisch Römische, und die Unterschiede zu den unverkennbar germanischen Beigaben aus den Nekropolen der Kastilischen Hochebene von Herrera de Pisuerga, Castiltierra, Duratón oder El Carpio de Tajo sind offenkundig. In Mérida konvergieren die verschiedenen künstlerischen und kulturellen Tendenzen, die Toledo stark beeinflussen, insbesondere auf dem Gebiet der Plastik, jedoch nicht im Bereich der gotischen, kastilischen Bevölkerung.

Mit dem Tod Alarichs II. und dem Ende des Tolosanischen Westgotenreichs beginnt unter Theoderich dem Großen ein kurzes, doch bedeutsames Zwischenspiel, das sog. ostgotische *Interregnum*.

Nach Alarichs Nachfolger Gesalech (507–526) lag die politische Zukunft des Westgotenreiches in den Händen Theoderichs. Gesalech wurde von dem ostgotischen Heermeister Ibba bei Barcelona geschlagen, wo er sich vor dem Ansturm der Franken in Schutz bringen wollte. Nach seiner Niederlage floh er nach Burgund und wurde dort heimtückisch ermordet.

Theoderich übernahm die Vormundschaft für seinen Enkel Amalarich von 510 bis 526, wozu die *Chronica Caesaraugustana* (223, ad. a 513) sagt: *post Alaricum Theodoricus, Italiae rex Gotthos, regit in Hispania an. XV, Amalarici parvuli tutelam gerens* („nach Alarich herrschte Theoderich, König der Goten von Italien, 15 Jahre lang in Hispanien im Sinne der Vormundschaft für seinen Enkel Amalarich"). Er nahm den westgotischen Kronschatz, das Symbol der Königsmacht, an sich, den die Könige selbst unterwegs mit sich führten und bereicherte ihn um weitere Stücke. Er verfügte über die als Tribut für Rom abzugebenden Ernteerträge aus Hispanien und verhielt sich bis zu seinem Tode wie der wahre König über das Westgotenreich.

In dieser kurzen Herrschaftszeit war die katholische Kirche ein für die Romanisierung wichtiger Faktor. Caesarius, der Bischof von Arles, war damals Erzbischof von ganz Gallien. Papst Symmachus wollte die Machtstellung Roms über die Monarchie Theoderichs bis zu den westgotischen Provinzen in Hispanien ausdehnen. Es ist die große Zeit der Konzile in der Provinz Tarraconensis, die später so großen Einfluß auf die toledanischen Konzile haben sollten, vor allem das IV. Konzil. 516 wird das Konzil von *Tarraco* einberufen, ein Jahr später das Konzil von *Gerunda*. Und 540 unter Theudis das I. Konzil von *Barcino* und 546 das Konzil von *Valentia*. Die Bischöfe von Agde, in der Provence, versammeln sich im Jahr 506; 589 findet das Konzil von Narbonne und das III. Konzil von Toledo statt. 561 und 572 folgen zwei weitere Konzile in *Bracara Augusta* und, ebenfalls 572, ein Konzil in *Lucus Augusti*. Die Konzile bezeugen die führende Rolle der katholischen Kirche in der Geschichte Hispaniens.

Die Kirche dürfte bereits in der sozialen Verwaltung eine bedeutende Rolle gespielt haben, denn im 4. Kanon des Konzils von Tarraco im Jahre 516 (col. 541) lassen sich bestimmte juristische Machtbefugnisse des Klerus deuten: *illa quae iusta sunt habeant licentiam iudicandi: excepto criminalia negotia* („Sie haben das Recht über jene Dinge zu befinden, die Rechtens sind, außer bei Straftaten"). *De fisco Barcinonensi*, aus dem Jahr 592 n. Chr., bringt andererseits die Bedeutung der Kirche im 6. Jh. in den Staatsbeschlüssen zum Ausdruck:

IX. De fisco Barcinonensi (592 n. Chr.)

„Artemius und alle zum *fiscus* in der Stadt Barcelona beitragenden Bischöfe an die hohen und erhabenen Herren; Söhne und Brüder *numerarii*: Nachdem ihr nun kraft der Ernennung durch unseren Herrn, Sohn und Bruder Scipio, den *comes Patrimonii*, im glückvollen siebten Regierungsjahr unseres glorreichen Herrn und Königs Rekkared für das Amt der *numerarii* der Stadt Barcelona in der Provinz Tarraconensis berufen seid und von uns, der Sitte entsprechend, für die unter unserer Verwaltung stehenden Gebiete einen Beschluß begehrt habt, verfügen wir deshalb durch den Wortlaut dieses unseres Beschlusses, daß sowohl ihr als auch eure Leute und Helfer vom Volk nach dem rechtmäßigen Scheffel neun Siliquae und zusätzlich einen für eure Mühe fordern sollt und für unvermeidbare Schäden oder Preisschwankungen bei den Naturalien vier Siliquae, was zusammen, einschließlich der Gerste, 14 Siliquae macht. Das soll nach unserer Bestimmung, wie wir gesagt haben, sowohl von euch als auch von euren Leuten und Helfern verlangt werden; aber sie dürfen sich nicht anmaßen, etwas darüber hinaus zu fordern oder zu nehmen. Wenn allerdings jemand mit unserem Beschluß nicht einverstanden sein oder überhaupt nicht dafür sorgen sollte, dir [sic] in Naturalien zukommen zu lassen, was dir zusteht, so soll er sich bemühen, seinen zum *fiscus* gehörenden Anteil aufzubringen. Und wenn von unseren Leuten mehr eingetrieben worden sein sollte, als der Wortlaut dieses unseres Beschlusses besagt, möget ihr dafür sorgen, daß dem, dem widerrechtlich zuviel abverlangt wurde, Wiedergutmachung und Ersatz geleistet werde.
Wir, die wir diesem Beschluß zustimmen, unterschreiben eigenhändig ...
Ich habe unseren Beschluß unterschrieben:
Artemius, Bischof im Namen Christi.
Ich habe unseren Beschluß unterschrieben:
Sifronius, Bischof im Namen Christi."

Als Theoderich d. Gr. 526 starb, stellte König Amalarich die Tributzahlungen ein und nahm den Kronschatz wieder an sich. Der Vertrag zwischen Amalarich und Athanarich beendete die ostgotische Schutzherrschaft über die Westgoten und setzte definitiv die Grenzen des Westgotenreichs in Gallien fest. Das ganze Gebiet bis zur Rhône gehörte zu Hispanien. Septimanien stand bis zur Auflösung des Westgotenreichs im 2. Jahrzehnt des 8. Jh. unter westgotischer Herrschaft.

Die Entwicklung bis zur endgültigen Hispanisierung des Toledanischen Westgotenreiches

Amalarich vermählte sich mit der fränkischen katholischen Prinzessin Chlotilde, was zu heftigen religiösen Auseinandersetzungen mit den Franken führte. Die Schlacht bei Narbonne, 531, beendet die Herrschaft Amalarichs. Viele westgotische Familien flohen aus Südwestgallien auf die Iberische Halbinsel.

Der ostgotische Feldherr Theudis war von Theoderich nach Hispanien entsandt worden. Durch seine Heirat mit einer Römerin aus der hispanisch-römischen Aristokratie – er folgte wahrscheinlich dem Beispiel von Galla Placidia und Athaulf – gewann er innerhalb dieser Klasse eine führende Stellung und zählte zu den reichen Großgrundbesitzern. Häufig wird die Textstelle zitiert, aus der hervorgeht, daß Theudis mit dem Geld seiner Frau ein Privatheer von 2000 Mann aufbieten konnte. Es handelt sich um die Eingliederung der hispanisch-römischen Großgrundbesitzer in die gotische Gesellschaft. Selbst Alarich verstieß gegen das Verbot von Mischehen zwischen Goten und Römern, das von Valentinian erlassen und von Alarich in sein *Breviarium* aufgenommen worden war. Bis zur endgültigen Aufhebung des Verbots unter Leovigild ist es nunmehr ein kleiner Schritt, der gewissermaßen auch die demographische Einheit bedeutet.

Der Thronusurpator Theudis riß bereits vor dem Tode Amalarichs die Macht an sich. Seine um Unabhängigkeit bemühte Politik stärkte maßgeblich die westgotische Königsmacht gegenüber der ostgotischen. Das von Theudis erlassene Gesetz über die Gerichtskosten wurde ins *Breviarium Alaricianum* aufgenommen und hatte für Goten und Römer Geltung. Dieses Gesetz setzte einen Höchstbeitrag fest, der von den zwei Parteien zu zahlen war, noch bevor ihr Fall vor Gericht entschieden worden war. Theu-

Fig. 26. Cartagena (Murcia). Stein des Comenciolus, von einem der Tore der Stadt. Museo Arqueológico Municipal.

dis wollte mit diesem Gesetz die Bestechung der Richter verhindern, die anscheinend damals an der Tagesordnung war. Eines der wichtigsten Ziele Theudis' war es, alle hispanischen Gebiete unter seine Herrschaft zu bringen. Hart und unerbittlich ging er gegen die Unabhängigkeitsbestrebungen der Aristokratie in der *Baetica* vor. Von seiner Residenz in Barcelona aus wollte Theudis - wie Theoderich - Recht und Einigkeit im Westgotenreich herstellen. Seine Bemühungen wurden indes durch seinen Tod - 548 - jäh zunichte gemacht; Theudegisel, sein Feldherr, folgte ihm auf dem Thron.

Theudegisel wurde in Sevilla zum König gewählt und bald darauf von seinen Wählern ermordet. Der neue Thronprätendent hieß Agila und ließ sich in Mérida nieder. Auch gegen ihn erhob sich bald eine Opposition, welcher primär der katholische Hochadel der Baetica angehörte. Von Sevilla aus wollte Agila Córdoba einnehmen, wurde aber geschlagen. Athanagild - aus einer gotischen Adelsfamilie - trat als Gegenkönig der katholisch-römischen Opposition hervor und bat bei der Auseinandersetzung mit Agila im Jahr 551 Konstantinopel um Hilfe. Justinian erklärte sich zur Unterstützung der Aufständischen bereit und schickte im Zuge seiner Expansionspolitik ein Expeditionsheer unter dem Patricius Liberius nach Hispanien. Das byzantinische Eingreifen erfolgte nicht von ungefähr, sondern war durch unterschiedliche Handelsbeziehungen östlicher Kaufleute vorbereitet.

X. Die um die Mitte des 7. Jh. übliche Anwesenheit orientalischer Handelsleute in Mérida

"Als er [Bischof Paulus] sich schon vieler glücklicher Jahre mit seiner Gemeinde erfreute und sich in gottgefälligem Leben immer durch Tugenden auszeichnete, geschah es eines Tages, daß griechische Kaufleute aus der Gegend, der er selbst entstammte, mit ihren Schiffen aus dem Orient kamen und an der Küste Hispaniens anlegten. Als sie in die Stadt Mérida kamen, statteten sie, der Sitte entsprechend, dem Bischof ihren Besuch ab. Nachdem sie von ihm gütig empfangen worden waren und nach Verlassen seines Palastes in ihre Unterkunft zurückgekehrt waren, schickten sie ihm am folgenden Tag zum Dank ein Geschenk, das ein Knabe namens Fidelis überbrachte ..."
(Vitas Sanctorum Patrum Emeritensium IV,3,1.)

Die Truppen Justinians landeten in Málaga und vereinigten sich in Sevilla mit den Truppen Athanagilds und schlugen Agila. Die erfolgreiche byzantinische Invasion, der die innere Uneinigkeit der Westgoten zunutze kam, markiert den Beginn der byzantinischen Besitzungen auf der Halbinsel. Die Byzantiner ließen sich in den Küstenlandschaften von Cartagena und Baza nieder und machten Cartagena zu ihrer Hauptstadt und zu einem wichtigen Handelshafen. Damit war die byzantinische Provinz *Spania* begründet.

XI. Inschrift von der durch Comenciolus unter byzantinischer Herrschaft errichteten Befestigung Cartagenas (589/90)

QUISQUIS ARDUA TURRITUM MIRALIS CULMINA
VESTIBULUMQUE URBIS DUPLIC PORTA FIRMATUM
DEXTRA LEVA BINOS PORTICOS ARCOS
QUIBUS SUPERUM PONITUR CAMERA CURIA CONVEXA
COMENCIOLUS SIC HAEC IUSSIT PATRICIUS
MISSUS A MAURICIO AUG CONTRA HOSTES BARBARO
MAGNUS VIRTUTE MAGISTER MIL SPANIAE
SIC SEMPER HISPANIA TALI RECTORE LAETETUR
DUM POLI ROTANTUR DUMQ SOL CIRCUIT ORBEM
ANN VIII AUG IND VIII
(*J. Vives, Inscripciones Cristianas* ..., 362.)

Wer auch immer du bist, der du die hochaufragenden Spitzen der Türme bewunderst und den durch ein doppeltes Tor gesicherten Zugang zur Stadt, zur Rechten wie zur Linken die beiden Portikus, die beiden Bögen, auf die ein hochgewölbter Raum gesetzt ist: Solches veranlaßte der *patricius* Comenciolus, von Kaiser Maurikios gegen die barbarischen Feinde gesandt, der an Tugend große *magister militum* Spaniens. Möge sich Spanien immer eines solchen Lenkers erfreuen, solange die Pole sich drehen und die Sonne die Erde umkreist.

Im Jahre VIII des Kaisers, indictio VIII

Die Spannungen zwischen Westgoten und Byzantinern veranlaßten Athanarich und Justinian, die Grenzen der byzantinischen Besitzungen genau festzulegen. Das byzantinische Gebiet erstreckte sich von Dénia nach Málaga und dem südlichen Portugal, einschließlich der beiden strategisch wichtigen Stützpunkte der westlichen Mittelmeerwelt, Balearen und Gibraltar. Die Byzantiner besetzten mithin die römische Provinz *Baetica*, die sie *Spania* nannten, und *Mauretania Secunda*. Damit hatten sie das *Mare Balearicum* und das *Mare Ibericum* unter ihrer Kontrolle.

Die ideologische Zuspitzung des Konflikts zwischen Katholiken und Arianern könnte durchaus auf die Tatsache zurückzuführen sein, daß Afrikaner zu unterschiedlicher Zeit in die südliche *Baetica* flüchteten. Auf die erste Flüchtlingswelle im 5. Jh., ausgelöst durch die Verfolgungen durch die Vandalen, folgte eine zweite in der 1. Hälfte des 6. Jh., als die Afrikaner sich der byzantinischen Rückeroberung der Halbinsel anschlossen. Die anhaltenden Auseinandersetzungen innerhalb der zwei Glaubensrichtungen bedeuteten für die Bevölkerung ständige Unruhen und Spannungen.

Unter Athanagild wurde im Jahr 567 aus dem römischen *Toletum* die *urbe regia*, die Hauptstadt des Westgotenreiches. Nach dem Tode Athanagilds teilten seine Brüder angesichts einer schweren Wirtschaftskrise untereinander das Reich auf. Liuva war in Narbonne zum König ernannt worden und sah sich nicht in der Lage, Alleinherrscher dieses riesigen Reiches zu sein, weshalb er seinen Bruder Leovigild zum Mitregenten erhob mit dem Recht auf Thronnachfolge. Leovigild ging mit Gosvintha, der Witwe Athanarichs, die Ehe ein. Diese Heirat führte ihm die Anhänger seines Vorgängers zu und sicherte seine Stellung in Hispanien.

Nach dem frühen Tod Liuvas war Leovigild Alleinherrscher über das westgotische Hispanien. Die Historiker vertreten einstimmig die Meinung, daß mit Leovigild der wohl bedeutendste Neuerer in der westgotischen Geschichte an die Spitze des Reiches trat und der eigentlich erste König des Toledanischen Westgotenreiches. Deshalb machen wir die Unterscheidung zwischen dem spanischen

Westgotenreich *vor* Leovigild und dem Toledanischen Westgotenreich *seit* Leovigild.

Es mag sein, daß das vorzeitige Abtreten Liuvas das Scheitern eines gründlich romanisierten westgotischen Staates nach dem Vorbild eines Athaulf bedeutete, während mit Leovigild sich eine „germanische“ Konzeption durchsetzte, die mit dem Machtfaktor Byzanz rechnete.

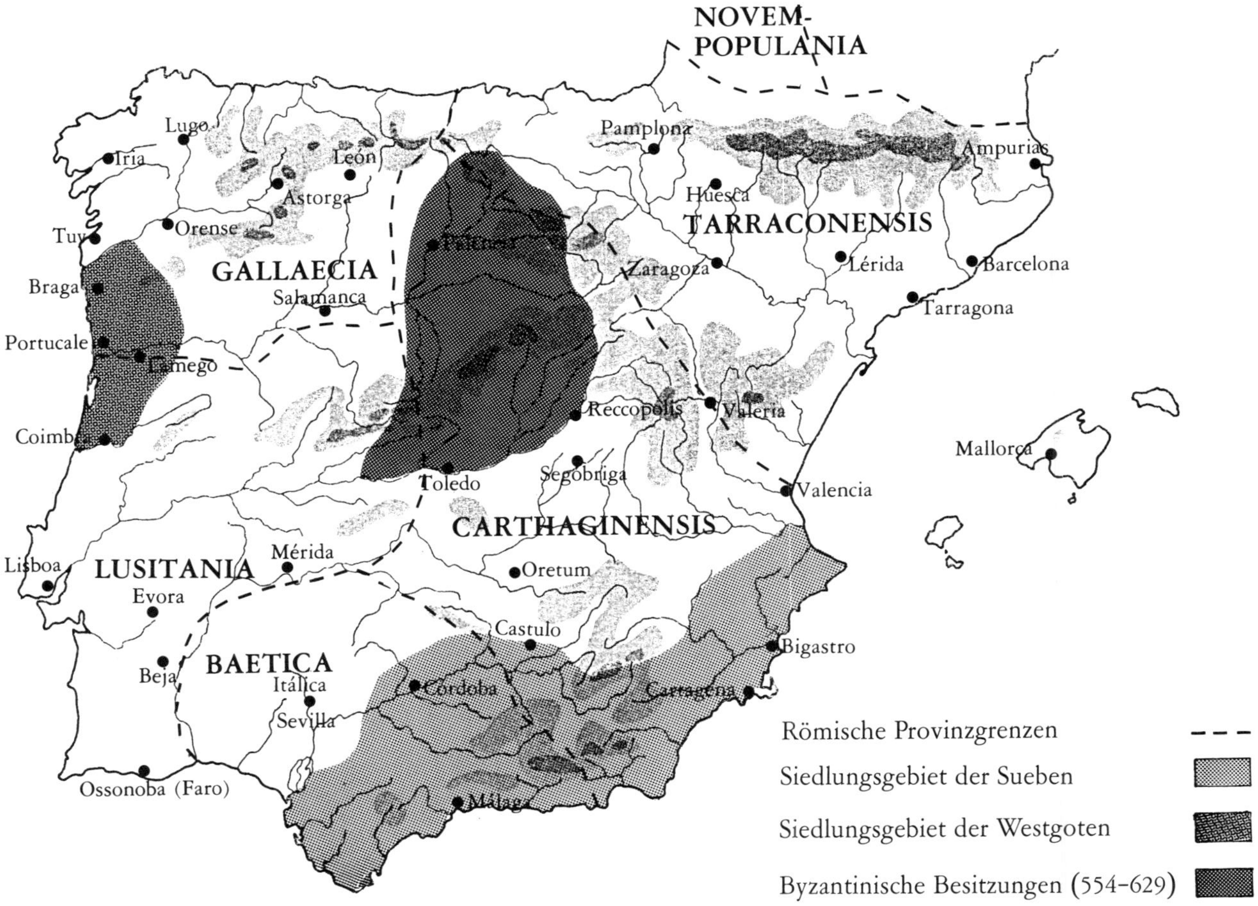

Fig. 27. Die Iberische Halbinsel in der 1. Hälfte des 6. Jh. n. Chr.

Das Westgotenreich von Toledo

Leovigild, der Begründer des Toledanischen Reiches

Leovigild war ein glühender Verfechter des Arianismus und hatte eine sehr „germanische" Herrschaftsidee. Er wollte ein unabhängiges Staatswesen gründen und verfolgte dabei drei Ziele: die territoriale Einheit, die demographische Einheit – mit der Aufhebung des im *Breviarium Alaricianum* verankerten Verbots von Mischehen zwischen Goten und Römern, das nur noch theoretisch bestand – und die konfessionelle Einheit im Zeichen des Arianismus. Das legale Mittel zur Durchführung seiner Ziele war sein neues Gesetzgebungswerk *Codex Revisus* und die Abschaffung des *Breviarium Alaricianum*. Die endgültige Niederlassung des westgotischen Hofes in Toledo mit dem ganzen Hofstaat nach byzantinischem Vorbild oder die Gründung neuer Städte wie die Stadt Reccopolis bei Zorita de los Canes (Guadalajara) – nach Reccared, seinem Sohn und Nachfolger benannt – spiegeln seine Herrschaftsidee wider.

Die geschwächte Machtstellung der Westgoten zu Beginn der Herrschaft Leovigilds wurde durch zahlreiche Feldzüge wiederhergestellt. Die größten Erfolge konnte Leovigild in der Provinz *Baetica* verzeichnen, wo sein Heer gegen das byzantinische kämpfte und kurz darauf Córdoba einnahm. Im Norden der Iberischen Halbinsel ging er gegen Galicien, Kantabrien und Vasconien vor und gliederte erfolgreich das Reich der Sueben in sein Toledanisches Reich ein. Der Westgote Johannes Biclarensis, dessen *Chronica* unsere wertvollste Quelle zur Geschichte Leovigilds darstellt, betont die wichtigsten politischen Ambitionen von Leovigild, die der territorialen und der ethnischen Einheit gelten.

Die territoriale Einheit oder die Erneuerung des Westgotenreiches wurde durch die verschiedenen Feldzüge und Gebietseroberungen herbeigeführt. Ein erster Schritt zur ethnischen Einheit war das Gesetz, das Mischehen erlaubte, d. h. die Ehe zwischen Westgoten und Römern:

XII. Leovigild hebt das Mischehenverbot Valentinians I. auf und gestattet Mischehen zwischen Goten und Hispano-Römern

„Hiermit sei gestattet, daß sich sowohl ein Gote und eine Römerin wie auch ein Römer und eine Gotin ehelich verbinden.

Aufmerksame Fürsorge wird beim Herrscher erkannt, wenn dem Volk zu seinem künftigen Glück Wohltaten erwiesen werden; mächtig freuen sollen sich die frei Geborenen darüber, daß die Kraft des alten Gesetzes gebrochen und seine Geltung aufgehoben ist, das bei Eheschließungen zwischen Personen, die ihrer Abstammung nach von gleichem Stand waren, einen unangemessenen Unterschied machen wollte. Indem wir deshalb vernünftig und heilsam zum Besseren hin uns entscheiden, verfügen wir kraft Gesetzes unter Aufhebung des Wortlauts des alten Gesetzes auf immer folgendes: wenn ein Gote eine Römerin oder auch ein Römer eine Gotin, um die er

gefreit hat und die würdig ist, zur Gemahlin haben möchte, so sei ihnen die Erlaubnis zur Heirat gegeben, und es stehe dem Freien frei, eine Freie, die er begehrt, nach reiflicher Überlegung in ehrenhafter Verbindung und bei feierlicher Zustimmung ihrer Sippe zur Gemahlin zu nehmen."
(Liber Iudiciorum III,1,1.)

Das in das *Breviarium Alaricianum* aufgenommene Verbot von Mischehen wurde ursprünglich von Kaiser Valentinian erlassen. Dem Verbot wurde wenig Beachtung geschenkt, und die Heirat zwischen Westgoten und Römern war schon seit längerer Zeit üblich. Die Abschaffung dieses Gesetzes durch Leovigild legalisierte somit lediglich eine Gepflogenheit der Gesellschaft der 2. Hälfte des 6. Jh.

Aufgrund seiner eindeutig arianischen Kirchenpolitik gelang es Leovigild nicht, die völlige Einheit Hispaniens wiederherzustellen. Die Realisierung seiner Pläne in bezug auf eine Zentralisierung und Einheit des Reiches beruht vorwiegend auf seinem unumstrittenen Königtum, auf dem Übergang vom Wahlreich zum Erbreich, auf der Beseitigung ethnischer Unterschiede und auf der Neuordnung der Verwaltung nach byzantinischem Vorbild. Auch bei der Münzprägung orientierte sich Leovigild an Byzanz. Er übernahm das byzantinische Münzgewicht und setzte seinen eigenen Namen auf die Münzen. Das Brustbild Leovigilds und sein Name als umlaufende Legende dienten der Steigerung des königlichen Ansehens und der westgotischen Königsmacht, die sich – wenn auch nur *de iure* – von jeglicher rechtlichen Bevormundung von Byzanz losgelöst hatte. Die imperialistische Propaganda, die sowohl die Römer als auch die Byzantiner mittels der Münzprägung verfolgten, wurde mit Leovigild ebenfalls von den westgotischen Herrschern übernommen und unterstrich so das Münzregal.

Ein schwerwiegendes Problem für die Durchführung der territorialen Einheit waren die fortwährenden Rebellionen in den Provinzen *Tarraconensis, Aquitania* und *Baetica*. Aus außenpolitischen Gründen hatte sich Hermenegild, Leovigilds Sohn, mit Ingunde, einer merowingischen Prinzessin, vermählt. Sein Vorgehen führte innerhalb der königlichen Herrscherfamilien zu Konflikten, vornehmlich religiöser Art; bekanntlich war Gosvintha Arianerin und Ingunde Katholikin. Leovigild versuchte das Problem zu lösen und entsandte seinen Sohn und seine Schwiegertochter mit bestimmten Missionen nach *Baetica*. Sie ließen sich in Sevilla nieder und lernten dort den Bischof Leander kennen. Dessen Einfluß und der Einfluß seiner Frau Ingunde bewogen Hermenegild, zum katholischen Glauben überzutreten. Er wurde somit zum Feind seines Vaters, der ein leidenschaftlicher Verfechter des Arianismus war. Die schriftlichen Quellen dieser Zeit lassen die Haltung Leovigilds seinem Sohn gegenüber nicht klar erkennen und ebensowenig die tieferen Gründe der *Baetica* für die Loslösung vom Toledanischen Reich. Im Grunde genommen ging es um zwei unterschiedliche Vorstellungen von einem Staatswesen: Römertum und Germanentum oder anders ausgedrückt, *fides gothica* und *fides romana*. Den Anhängern eines selbständigen Westgotenreiches standen die Anhänger einer Erneuerung des Imperiums unter der Führung von Byzanz gegenüber. Hermenegild brachte vermutlich nur den religiösen Aspekt eines komplexen Problems des betischen Adels zum Ausdruck. Vermutlich kämpfte Leovigild unerbittlich gegen seinen Sohn, der sich ganz auf die Unterstützung des hispanisch-römischen Adels verließ, was wiederum seine großen Besitztümer im Tal des Guadalquivir und seine Beziehung zum Reich sichern sollte.

Tatsache ist indes, daß das katholische Episkopat jeden Zusammenhang mit der Rebellion bestritt, während Hermenegild die katholische Ideologie als Banner für seine Rebellion gewählt hatte. Leovigild, der sich sehr wohl des religiö-

5. Santo Domingo de Silos, Burgos. Alto
le Yecla. Aus den Felsen gehauene
Zugangswege zur hochgelegenen west-
otischen Festungsanlage

Folgende Seite:
36. Tierra de Campos (Palencia). Die alten
„campigothorum" bildeten die natürliche
Grenze zwischen Sueben und Westgoten

37. Toledo. Blick auf den nordwestlichen Teil der Stadt

38. Toledo. Blick auf den südwestlichen Teil der Stadt

39. Toledo. Im Turm wiederverwendete westgotische Werkstücke

40. Toledo. Turm der Kirche San Salvador

41. Reccopolis (Guadalajara). Blick auf Cerro de la Oliva, einst Standort der westgotischen Stadt Reccopolis

43. Reccopolis (Guadalajara). Teil der Stadtmauer, freigelegt bei den neuesten Ausgrabungen

42. Reccopolis (Guadalajara). Münzen des in der Kirche gefundenen Schatzes

44 a + b. Córdoba, Mezquita. Teil des Gründungsbaus von Abd al-Rahman I., errichtet um 784, mit Kapitellen aus der westgotischen Kirche San Vicente

sen Hintergrunds dieser Bewegung bewußt war, bereitete zwei Jahre lang seine Truppen und die arianische Bevölkerung auf die Auseinandersetzung mit den Rebellen vor. Im Jahr 580 berief er ein Konzil für die arianischen und katholischen Bischöfe nach Toledo, mit dem Ziel, so die Sympathien aller Bischöfe, insbesondere der katholischen, zu gewinnen. Als er beschloß, mit seinem Heer nach Süden vorzudringen, konnte er Hermenegild - inzwischen von einem Großteil seiner Anhänger verlassen - erfolgreich schlagen. Er ließ Hermenegild nach Valencia und später nach Tarragona bringen, wo ihn Sisbetius ermordete.

Leovigild starb 586. Mit großem Erfolg hat er sein politisches Ziel, die Erweiterung des Westgotenreiches, erreicht und zugleich die ersten Ergebnisse in bezug auf die Einheit des Reiches. Die völlige Einheit wurde unter seinem Sohn Reccared herbeigeführt - wenn auch durch ein völlig anderes Vorgehen.

Die Konzile zu Toledo und der Sieg der katholischen Orthodoxie

Die Erbfolge sah Reccared, Leovigilds Sohn, als rechtmäßigen Thronfolger vor. Hinsichtlich der politischen und religiösen Vorstellungen seines Vaters verkörperte Reccared die Antithese, verfolgte aber dieselben Ziele; die Einheit des hispanisch-westgotischen Volkes und die Stärkung des Königtums.

Seine Politik war nicht auf Feldzüge gegen die Byzantiner ausgerichtet, wohl aber gegen die Franken. Reccared hatte dem fränkischen König Childebert den Vorschlag unterbreitet, einen Friedensvertrag zu unterzeichnen, der die Außenpolitik beider Reiche und vor allem die Stellung des westgotischen Septimanien sichern sollte. Besagter Vertrag kam nicht zustande und Gontran, der weder die guten Absichten Reccareds noch dessen Bekehrung zum Katholizismus sehen wollte, führte einen Feldzug gegen das Heer der Westgoten. Die Westgoten trugen bei dieser Auseinandersetzung den absoluten Sieg davon, und Septimanien blieb weiterhin beim Toledanischen Westgotenreich. Dieses Ereignis müssen wir im Zusammenhang mit der im Zeichen der Religion stehenden Rebellion des Athalocus sehen, auf die später zurückzukommen ist.

Laut den schriftlichen Quellen dieser Zeit lag der Bekehrung Reccareds die leidvolle Erfahrung zugrunde, daß das theologische Wissen und das spirituelle Vermögen des arianischen Klerus nicht jene große Kraft besaßen wie sie dem Katholizismus innewohnte. Andererseits war Reccared enttäuscht, daß die politische Einheit, die sein Vater unter dem Zeichen des Arianismus erwirken wollte, gescheitert war. Die Einberufung des III. Konzils von Toledo im Jahr 589 und die kurz zuvor erfolgte Bekehrung Reccareds zum katholischen Glauben waren die ersten Anzeichen für die konfessionelle Einheit:

XIII. Reccared tritt zum katholischen Glauben über und beruft das III. Konzil von Toledo ein (589 n. Chr.)

„Die heilige Synode der Bischöfe von ganz Spanien, Gallien und Galizien tritt in einer Zahl von 72 Bischöfen auf Geheiß des Königs Reccared in der Stadt Toledo zusammen. An dieser Synode nahm der berühmte allerchristlichste Reccared teil, der den Bischöfen den Vollzug seines Übertritts dartat und die von ihm eigenhändig in einem Band niedergeschriebene Glaubenserklärung aller Priester und des gotischen Volkes sowie die orthodoxe Bekenntnisformel und alles damit Verbundene vorzeigte. Die heilige Synode der Bischöfe nahm dies zur Kenntnis und beschloß, den Inhalt des Bandes in die Reihe der Kanones aufzunehmen. Die Leitung der gesamten synodalen Beratungen lag bei dem heiligen Leander, dem Bischof der Kirche von Hispalis (Sevilla), und dem seligen Eutropius, Abt des Klosters Servitanum. Wie wir bereits sagten, nahm der berühmte König Reccared an dem heiligen Konzil teil. So erneuerte er für unsere Zeit das Wirken des ehrwürdigen Kaisers Konstantin des Großen, der das heilige Konzil von Nicäa durch seine Anwesenheit erhellte, und auch die Beharrlichkeit des allerchristlichsten Kaisers Marci-

anus, die zur Bestätigung der Beschlüsse der Synode von Calchedon geführt hat. Wenngleich die arianische Häresie in Nicäa begann und ihre verdiente Verurteilung erfuhr, obwohl ihre Wurzeln nicht gekappt wurden, und in Calchedon Nestorius und Eutyches zusammen mit ihrem Beschützer Dioscorus und mit ihren Häresien verurteilt wurden, so hat doch erst diese heilige Synode von Toledo nach langjährigen Morden und Blutbädern an Katholiken und anderen Unschuldigen die Gottlosigkeit des Arius durch Einwirken des berühmten Königs Reccared so in der Wurzel zerstört, daß sie nirgendwo mehr aufkeimen kann, wo den Gemeinden der katholische Friede gegeben ist. Diese frevelhafte Häresie wurde von der Kirche Alexandrias durch ihren heiligen Bischof Alexander aufgedeckt – es steht ja geschrieben: ‚de domo domini exiet temptatio' (aus dem Hause des Herrn wird die Versuchung weichen) –, doch ihr weiteres Wachstum wurde durch den Presbyter Arius gefördert, der im 20. Regierungsjahr Konstantins des Großen auf der Synode von Nicäa durch das Urteil von 318 Bischöfen zusammen mit seiner Irrlehre synodal verdammt wurde. Diese Häresie besudelte dann nicht nur die westlichen und östlichen Gebiete, sondern verstrickte auch den Süden und Norden und selbst die Inseln in ihre Gottlosigkeit. Seit dem 20. Regierungsjahr des Kaisers Konstantin, als die arianische Häresie ihren Anfang nahm, bis zum achten Jahr des Mauricius, des Kaisers der Römer, dem vierten Regierungsjahr Reccareds, sind es also 280 Jahre, daß die katholische Kirche unter dieser Anfeindung zu leiden hatte. Aber durch die Gnade des Herrn hat sie gesiegt, denn sie ist auf Fels gegründet."
Johannes Biclarensis, *Chronica*, 590.

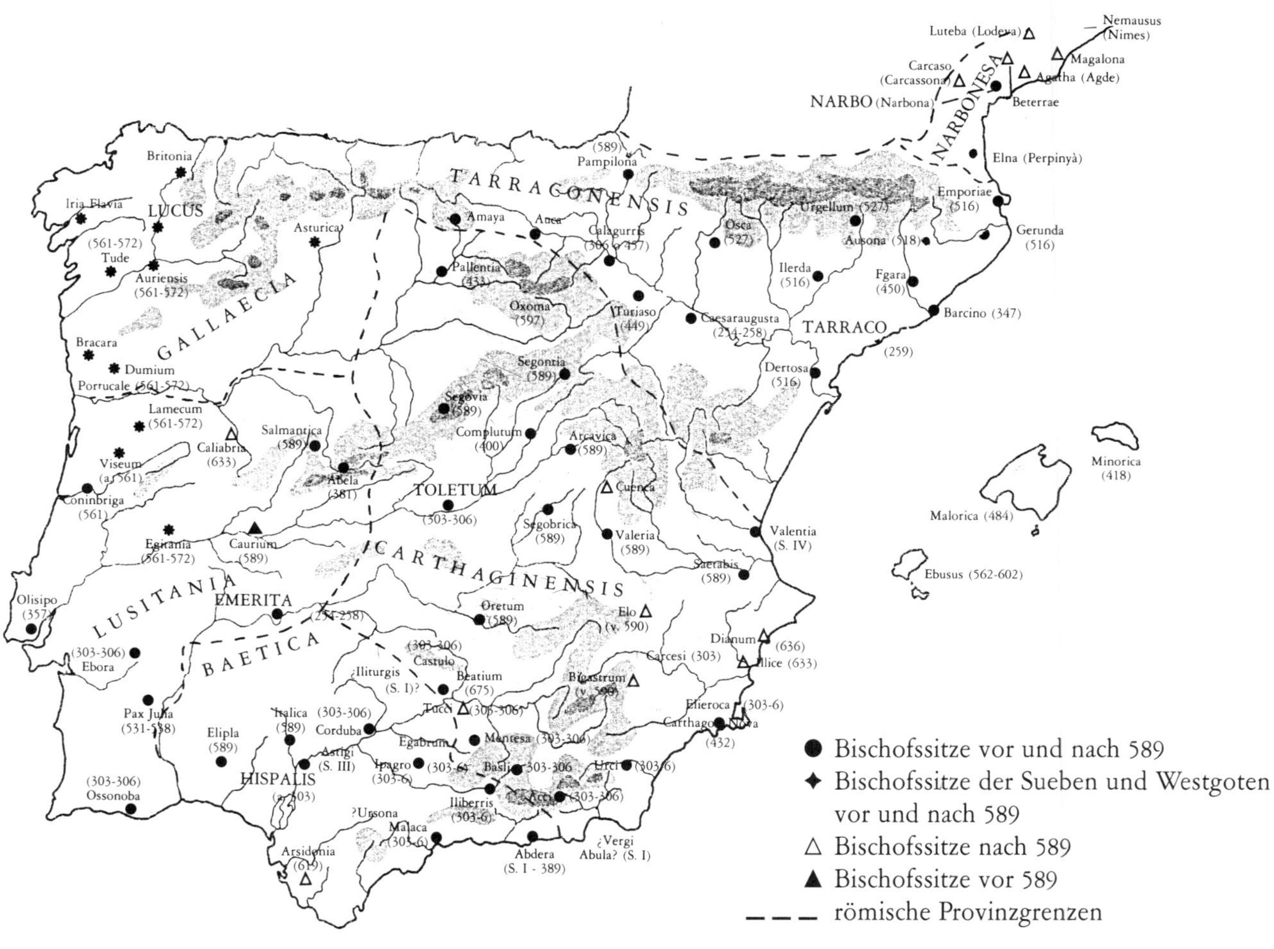

Fig. 28. Bischofssitze in westgotischer Zeit (Nach R. d'Abadal, 1969–70)

Die Konstituierung des Toledanischen hispanisch-westgotischen Reiches war das Ergebnis einer gelungenen Symbiose zwischen der römisch-katholischen und der arianisch-westgotischen Gesellschaft.

Der Übertritt Reccareds zum katholischen Glauben verdient eine detaillierte Analyse, wobei die literarischen Quellen eine wertvolle Hilfe sind. Gregor von Tours gibt in seiner 590 kurz nach der Bekehrung Reccareds verfaßten *Historia Francorum* eine genaue Beschreibung dieses religiösen Ereignisses, ohne weiter auf dessen politische Tragweite einzugehen.

Vom Inhalt her nicht wesentlich anders ist die Beschreibung von Isidor von Sevilla in seinem Werk *Historia Gothorum* aus der 1. Hälfte des 7. Jh. Wie ein Panegyrikon, ja sogar mit einem gewissen triumphalen Unterton verfaßt, legt sein Text mehr Gewicht auf die politische als auf die religiöse Bedeutung der Bekehrung Reccareds. Diese wie auch andere Schriften Isidors lassen erkennen, wie nahe er dem Toledanischen Hof stand, der sich seiner Literatur bediente und sie als Propaganda benutzte, um die Aussöhnung und Einheit der Bevölkerungsgruppen der Iberischen Halbinsel zu erwirken.

Einige arianische Bischöfe hatten nicht am III. Konzil von Toledo teilgenommen. Ihre politische und religiöse Zielsetzung, die sich von Reccareds Bestrebungen stark unterschied, war das ausschlaggebende Moment für ihre Rebellion, in der gleichsam eine Fortführung der Kirchenpolitik Leovigilds zu sehen war:

XIV. Akten des III. Konzils von Toledo (589 n. Chr.), Fragment

„DAS DRITTE KONZIL VON TOLEDO, AUF DEM IN ANWESENHEIT VON 62 BISCHÖFEN DIE ARIANISCHE HÄRESIE IN SPANIEN VERURTEILT WIRD.
Im Namen unseres Herrn Jesus Christus. Im vierten Regierungsjahr des allerruhmreichsten, frömmsten und Gott ergebensten Herrn und Königs Reccared wurde am achten Tage des Mai, Ära 627, in der Königsstadt Toledo diese heilige Synode von den Bischöfen aus ganz Spanien und Gallien abgehalten, die hier unterzeichnet haben ...
Nachdem dieser ruhmreichste Herrscher in der Lauterkeit seines Glaubens alle Bischöfe seines Reiches hatte zusammenkommen lassen, damit sie sich sowohl über seinen Übertritt als auch über die Erneuerung des Volkes der Goten im Herrn erfreuten und der göttlichen Gnade für eine solche Gunst dankten, sprach dieser unser erhabenste Herrscher zu dem verehrungswürdigen Konzil und sagte: „Es ist euch, ehrwürdigste Priester, wie ich glaube, nicht unbekannt, daß ich euch vor unser erhabenes Angesicht gerufen habe, um die kirchliche Disziplin zu erneuern. Und da in der voraufgegangenen Zeit der katholischen Kirche infolge der Bedrohung durch die Häresie die Abhaltung von Synoden nicht möglich war, hat Gott, dem es gefiel, diese Häresie durch uns zu beseitigen, uns angehalten, die kirchlichen Einrichtungen der überlieferten Ordnung gemäß wiederherzustellen.
Freut euch also, frohlockt, daß mit Gottes Hilfe und kraft unserer Herrlichkeit die kanonische Überlieferung der Väter wieder Geltung erhält; vorher aber ermahne und ermutige ich euch gleichermaßen, durch Fasten, Wachen und Gebet dazu beizutragen, daß uns die kanonische Ordnung, die so lange vergessen und auch der Kenntnis der Priester entzogen war, und alles, was unsere Zeit an Nichtwissen erdulden muß, durch Gottes Gabe erneut offenbar werde ...
Wir glauben, daß der Vater den Sohn aus seiner Substanz gezeugt hat, sich selbst wesenseins und gleich ewig, daß aber Geborener und Erzeuger nicht dieselbe Person ist, sondern daß der Vater, der gezeugt hat, eine Person ist, eine andere der Sohn, der gezeugt wurde, und dennoch bestehen beide in einer göttlichen Substanz: Aus dem Vater ist der Sohn hervorgegangen, und er ist nur aus ihm. Der Sohn hat ihn zum Vater, aber er ist ohne Anfang und ohne Minderung der Göttlichkeit, durch die er mit dem Vater wesenseins und gleich ewig ist. Ebenso glauben und bekennen wir, daß der Heilige Geist vom Vater und vom Sohn ausgeht und eines Wesens ist mit dem Vater und dem Sohn. In der Trinität nämlich ist der Heilige Geist eine dritte Person, die aber an göttlicher Essenz dem Vater und dem Sohn gleich ist. Denn diese heilige Trinität ist ein einziger Gott, Vater, Sohn und Heiliger Geist, durch des-

sen Güte alle Menschen als gut erschaffen sind, doch erst dadurch, daß der Sohn Menschengestalt angenommen hat, werden wir von sündigem Ursprung zur alten Glückseligkeit zurückgeführt. Aber wie es ein Zeichen wahren Heils ist zu glauben, daß die Dreifaltigkeit in der Einheit ist und Einheit in der Dreifaltigkeit, so wird es ein Zeichen vollzogener Gerechtigkeit sein, wenn wir in der ganzen Kirche einen Glauben haben und wenn wir die apostolischen Mahnworte wahren, weil wir auf apostolischem Fundament stehen. Gerade ihr als Priester Gottes dürft nicht vergessen, unter wieviel Bedrängnis bis heute die katholische Kirche Gottes in ganz Spanien seitens des Gegners gelitten hat, solange sie beständig an ihrem katholischen Glauben festhielt und dessen Wahrheit verteidigte, während sich die Häretiker mit wahrhaft hartnäkkiger Verbissenheit auf ihre eigene Ruchlosigkeit stützten. Nachdem der Starrsinn des Unglaubens und das Wüten der Zwistigkeit gebannt waren, hat mich, den ihr vom Feuer des Glaubens entflammt vor euch seht, der Herr dazu berufen, das Volk, das der Religion zu dienen glaubte und dem Irrtum verfallen war, zur Erkenntnis des Glaubens und in die Gemeinschaft der katholischen Kirche zurückzuführen.
Anwesend nämlich ist das gesamte berühmte Volk der Goten, das überall wegen seiner ihm eigenen Mannhaftigkeit geschätzt wird und das, nachdem es bislang durch die Schlechtigkeit seiner Kirchenlehrer vom Glauben und der Einheit der katholischen Kirche getrennt war, nun zusammen mit mir aus tiefem Herzen an der Gemeinschaft dieser Kirche teilhat, die die unterschiedlichsten Völker in ihrem mütterlichen Schoß birgt und mit der Fülle ihrer Liebe nährt, wie es ja aus dem Mund des Propheten heißt: ‚Domus mea domus orationis vocabitur omnibus gentibus' (Mein Haus wird Haus des Gebetes heißen für alle Völker). Und nicht allein die Bekehrung der Goten mehrt unser Übermaß an Lohn, vielmehr auch die unzählbare Menge des suebischen Volkes, das wir mit dem Beistand des Himmels unserem Reich eingegliedert haben. Durch fremde Schuld war es zur Häresie verführt worden, wir aber haben es nun durch unser Bemühen zurückgeführt zum Ursprung der Wahrheit."

J. Vives, *Concilios Visigóticos e Hispano-Romanos* (1963) 12.

Anführer der verschiedenen Rebellionen waren: in Toledo Argimondus, in Narbonne Athalocus, in Mérida Sunna. In *De vita et miraculis patrum sanctorum emeritensium* erfahren wir Näheres über Sunna und das Komplott der Arianer gegen den Bischof von Mérida, 588, vor dem III. Konzil von Toledo und nach der Bekehrung Reccareds:

XV. Die arianische Verschwörung gegen Masona, den Bischof von Mérida (588 n. Chr.)

„Vom Teufel verführt, gewann der gotische Bischof Sunna ... Einfluß auf einige Goten, die vornehmer Herkunft und sehr vermögend waren. Einige von ihnen waren sogar vom König zu Comites gewisser Städte ernannt worden. Auf teuflischen Rat lockte er sie zusammen mit einer großen Zahl von Gläubigen aus der Reihe der Katholiken und dem Schloß der katholischen Kirche und entwarf hinterlistige Pläne gegen den Bischof Masona, den Diener Gottes, um ihn töten zu lassen ... Als sie dort (am Haus des Bischofs) ankamen und sogleich eintreten wollten, gebot man ihnen Einhalt und wies sie an, kurze Zeit vor der Tür zu warten, bis der heilige Masona nach dem ruhmvollen Claudius, dem Dux der Stadt Emerita, habe schicken lassen, damit man sich in dessen Beisein von Angesicht zu Angesicht gegenübertrete. Dieser Claudius stammte aus vornehmer Familie und war Sohn römischer Eltern. Durchdrungen vom katholischen Glauben und mit ihm durch die Bande der Religion eng verbunden, war er entschlossen im Kampf, höchst eifrig in seiner Ehrfurcht vor dem Herrn, kenntnisreich im Kriegswesen und auch in Kriegsfällen um nichts weniger erfahren. Gleich nachdem man ihm die Nachricht überbracht hatte, traf er mit einer großen Menschenmenge ein, weil sein Haus dem Palast des Bischofs benachbart war.
Als der Vir Illustris Claudius den Palast betrat, folgten ihm die oben Erwähnten mit einer großen Menschenmenge und setzten sich nieder, nachdem sie den heiligen Mann der Sitte gemäß begrüßt hatten. Als sie schon eine Zeitlang über vieles miteinander gesprochen hatten, versuchte Witterich, ein überaus starker und mutiger junger Mann, der hinter dem ruhmreichen Dux Claudius stand, ... mit aller Kraft, sein Schwert, mit dem er gegürtet war, aus der Scheide zu ziehen, um, wie geplant, den heiligen Masona wie auch Claudius zu ermorden. Aber nach Gottes Willen blieb das Schwert so fest in der Scheide haften, daß er glaubte, es sei mit ihr durch eiserne Nägel verbunden.

De Vita et Miraculis Sanctorum Patrum Emeritensium V, 10, 5.

Die von uns hier wiedergegebene Textstelle erklärt, warum Masona später der erste Signatar des III. Konzils von Toledo war und den Haß der Arianer auf sich zog. Die Verschwörung von Sunna – den Leovigild als Bischof nach Mérida gesandt hatte –, von Segga und Vagrila galt primär dem Sturz des Königs. Doch konnte Reccared mit Hilfe seiner Verbündeten auch diesen Aufruhr ersticken.

Die Rebellionen der Arianer gegen den katholischen Glauben konnten aber nicht verhindern, daß die Bevölkerung nach und nach dem Beispiel Reccareds folgte und zum katholischen Glauben übertrat. Als erstes traten diejenigen zum katholischen Glauben über, die Reccared am nächsten standen, d. h. Persönlichkeiten aus der Führungsschicht, gefolgt vom Adel und den Intellektuellen aus Mérida, Sevilla, Valencia und, natürlich, Toledo. Die städtische Bevölkerung ließ sich von den Rebellionen der Arianer nicht beeinflussen und folgte freiwillig dem Beispiel des Königs und der Oberschicht, in deren Abhängigkeit sie meist stand. Auch die Landbevölkerung – Bauern, Viehzüchter usw. – trat zum katholischen Glauben über, was in hohem Maße die Integration und die Symbiose der beiden Bevölkerungsgruppen, die auf hispanischem Reichsgebiet zusammenlebten, erleichterte.

Die Einheit der Iberischen Halbinsel wurde ebenfalls durch das Rechtswesen begünstigt. Es gilt als wissenschaftlich gesichert, daß seit Reccared die ganze Bevölkerung, d. h. sowohl die Westgoten als auch die Hispano-Römer derselben Gesetzgebung unterstanden, die keine ethnischen Unterschiede machte; davon ausgenommen waren die Juden.

Ein Gesetz Reccareds verbot den Juden jeglichen Umgang mit den anderen Mitgliedern der Gesellschaft und machte sie somit zu Außenseitern. Handelten die Juden dem Gesetz zuwider, erwartete sie eine extrem harte Bestrafung. Unter Sisebut und unter Sisenand wurde die Gesetzgebung in bezug auf die Juden noch verschärft, wobei das IV. Konzil von Toledo, 633, richtungsweisend war. Die drastischsten Beschlüsse finden sich in den Kanones LVII, LXV und LXVI. Kanon LVII besagt, daß kein Jude dazu verpflichtet sei, den katholischen Glauben anzunehmen, daß aber jeder Jude, der katholisch sei – auch wenn er zwangsbekehrt wurde – den katholischen Glauben behalten müsse. Kanon LXV verbot den Juden, öffentliche Ämter zu bekleiden, weil befürchtet wurde, sie würden gegen die Christen Repressalien ergreifen. Dieses Verbot war ebenfalls auf den merowingischen Konzilen erlassen und bekräftigt worden. Der von Sisenand aufgestellte Kanon LXVI untersagte den Juden, Christen als Sklaven zu halten.

Die von Reccared geschaffene Einheit führte zum Verzicht auf gewisse Sitten und Gebräuche, wie es die Archäologie z. B. am Trachtzubehör und an den Bestattungsbräuchen nachweisen kann. Das typisch gotische Trachtzubehör – große, reich verzierte Fibeln und Gürtelbeschläge – entfällt, was sich aus der Übernahme einer einfacheren Kleidung erklärt, die eher mediterranen Modeerscheinungen als germanischen folgte. In der Mode zeigte sich erneut der Einfluß der Handelsbeziehungen zwischen den verschiedenen Völkern der Mittelmeerküste. Das Kunstschaffen im hispanisch-westgotischen Reich hatte einen ausgeprägten Eigencharakter und war die Verschmelzung von hispanisch-römischen und germanisch-westgotischen Traditionen, die wiederum stark von einem Byzantinismus durchdrungen waren, an dem sich Leovigild orientiert hatte. Dieser Byzantinismus sollte später – nach der Niederlassung der Byzantiner und ganz besonders im 7. und 8. Jh. – als „Mode" eine große Rolle in Kunst und Handel spielen. Wir erinnern daran, daß Leovigild die Thronfolge erstmals durch das Erbrecht sicherte und den Begriff vom theokratischen Königtum in Anlehnung an Byzanz einführte. Diese Herrschaftsidee gab er an seinen Nachfolger Reccared weiter.

Die westgotische Monarchie unter Leovigild und Reccared bedeutete nicht nur für die Wirtschaft, sondern auch für Kunst und Kultur eine große Blütezeit. Wir wollen nur eine herausragende Persönlichkeit dieser Zeit nennen: Isidor von Sevilla (570–636), Bischof, Autor, Literat und Geschichtsschreiber unter der Herrschaft Reccareds (einige Forscher haben diese Epoche die „Isidorianische Renaissance" genannt). Er war eine außergewöhnliche Persönlichkeit und der Toledanische Hof ist ohne ihn nicht vorstellbar. Isidors zahlreiche Werke sind eine unserer wertvollsten historischen und literarischen Quellen dieser Zeit. Sein erstes Werk - erst 627 veröffentlicht - umfaßt 20 Bände mit dem Titel *Originum seu Etymologarium libri XX*. Sein großes Geschichtswerk *Historia Gothorum Wandalorum Suevorum* verfolgt die Ereignisse bis zum Jahre 625. Von weiterem Interesse für das Verständnis dieser Zeit und des großen Gelehrten ist die Biographie *De viris illustribus*.

Das Gesamtwerk Isidors von Sevilla stellt eine der wichtigsten Quellen über die Westgoten auf der Iberischen Halbinsel dar und ist von einem leidenschaftlichen Patriotismus geprägt. In diesem Zusammenhang sei *De laude Spaniae* („Eloge auf Hispanien") zu nennen, Isidors Vorwort zur „Geschichte der Goten". Das Vorwort ist der Ausdruck von Gefühlen, die die Historiker der Romantik als nationalistisch bezeichnen. Für das Verständnis der Epoche nach der Einheit des Toledanischen Reiches entnehmen wir Isidors Schriften wichtige, wenngleich knapp gehaltene Informationen.

Nachfolger Reccareds wurde gemäß der erblichen Thronfolge sein Sohn Liuva II. Liuvas Herrschaft war nur von kurzer Dauer, denn er wurde von Witterich entthront, der ihn als Usurpator ansah, da er nicht gemäß der westgotischen Tradition vom Adel zum König gewählt worden war. Witterich ernannte sich zum König im Zeichen des Arianismus. Aber es bleibt unklar, ob er den Arianismus als offizielle Religion wiederherstellte oder nicht. Sollte der Arianismus die offizielle Religion gewesen sein, dann ganz gewiß nur für kurze Zeit. Es sei daran erinnert, daß Witterich einer der Aufrührer war, die sich im Jahr 588 gegen den Bischof von Mérida erhoben. Auch er versuchte mit den Franken in Verhandlungen zu treten, wie schon zuvor die westgotischen Könige ihre Hausmacht durch dynastische Verbindungen zu stärken suchten.

Die sieben Herrschaftsjahre Witterichs waren mit Ausnahme eines Feldzuges gegen die Byzantiner politisch bedeutungslos. Es ist anzunehmen, daß seine zwielichtige antiklerikale Haltung der Grund für seine Ermordung im Jahr 610 war.

Die kurze Regierungszeit Gundemars (610–612) wurde von erneuten Auseinandersetzungen mit den Franken bestimmt. Er befürchtete neue Feldzüge und versuchte mit den Franken zu verhandeln. Seine Kuriere wurde jedoch von den Franken gefangengenommen, und ein Bündnis kam nie zustande. Erst mit Sisebut (612–621) ergibt sich dann eine neue, entscheidende Phase für das Reich.

Sisebuts Politik galt der Verdrängung der Byzantiner von der Iberischen Halbinsel und der Unterwerfung der Kantabrier, Asturier und Vasconen, die immer zu Rebellionen gegen die Toledanische Zentralmacht neigten. Der Militärpolitik und der Hilfe Suinthilas, einem seiner bedeutendsten Feldherren, war es zuzuschreiben, daß seine Feldzüge vom Erfolg gekrönt waren. Zweimal zog Sisebut gegen die Byzantiner ins Feld, aber kein drittes Mal; sein Glauben und seine Frömmigkeit wußten weiteres Blutvergießen zu verhindern und die Gefahr, weitere Gefangene auf dem Gewissen zu haben, und waren es auch Byzantiner. Sisebut wollte dem Bekehrungseifer ein Ende setzen, nicht aber durch Verfolgungen, sondern durch die

Fig. 29. Die Iberische Halbinsel im 7. Jh. n. Chr., von Suinthila (621–631) bis zum Einfall der Araber (711)

Zwangsbekehrung zum katholischen Glauben. Dieses politische Vorgehen wurde von den katholischen Würdenträgern überaus scharf verurteilt, insbesondere von Isidor von Sevilla, der die antisemitischen Maßnahmen Sisebuts hart kritisierte. Die antisemitische Haltung Sisebuts stand im starken Gegensatz zu seiner Persönlichkeit, denn er war nicht nur ein leidenschaftlicher Verfechter des Katholizismus, sondern ebenso ein großer Gelehrter, der sich als Poet, Epistolograph und Hagiograph hervortat. Man könnte ihn als den „Mäzen der Isidorianischen Epoche" bezeichnen. Isidor von Sevilla widmete ihm sein Werk *De natura rerum*. Das literarische Werk Sisebuts war der Verteidigung der kirchlichen Ideologie und des katholischen Glaubens gewidmet, wie es sich in der *Vita Sancti Desiderii* widerspiegelt. Seine tiefe Religiosität veranlaßte ihn, sich den lombardischen Herrschern als Retter vor den Arianern anzubieten. Aber sein Tod im Jahr 621 setzt seinen vielseitigen Ambitionen ein jähes Ende.

Suinthila, *dux* unter Sisebut, übernahm nach dem frühen Tod von Sisebuts Sohn die Herrschaft über das Toledanische Reich. Während seiner zehnjährigen Herrschaft suchte er die

Auseinandersetzung mit den aufständischen Vasconen, die jedoch erfolglos blieb, denn es gelang ihm nicht, sie zu unterwerfen. Sein Feldzug gegen die Byzantiner indes, gegen 625, vertrieb die Byzantiner endgültig von der Iberischen Halbinsel. Somit fand das hispanische Reichsgebiet der Westgoten unter Suinthila seine größte Ausdehnung.

Die schriftlichen Quellen berichten, daß sich Suinthila beim Volk großer Beliebtheit erfreute, vom Adel aber nur wenig geschätzt wurde. Der Adel entsandte einstimmig Sisenand zum König der Franken, um mit dessen Hilfe Suinthila zu stürzen.

Der Monarch wurde dem Einmarsch der Franken nicht Herr und war gezwungen abzudanken. Die Akten des IV. Konzils von Toledo im Jahr 633 erläutern des weiteren, daß Suinthila später verbrannt wurde. Das IV. Konzil war eines der wichtigsten Konzile der westgotischen Kirche und galt der Ordnung und der Vereinheitlichung der Liturgie und der kritischen Überprüfung der kirchlichen Haltung. Es ist somit das bedeutendste Konzil zu Fragen der Liturgie und Theologie.

Nach dem Tode Suinthilas übernahmen Sisenand und Tulga die Herrschaft, über die es nur wenig Informationen gibt. Isidor von Sevilla war gestorben und die Dokumentation des anonymen Chronisten, der das Werk des großen Gelehrten fortsetzte, ist nicht sehr ergiebig. Aufschlußreicher ist die Untersuchung der nachfolgenden Konzile von Toledo, wo nicht nur religiöse, sondern auch politische Fragen behandelt wurden. Die Bischöfe der Reichskonzile hatten eine unbestreitbare politische Bedeutung gewonnen, und das Konzil wurde zu einem maßgeblichen politischen Machtinstrument unter der Schirmherrschaft der katholischen Kirche.

Sisenands Rebellion gegen Suinthila brachte ihm für kurze Zeit die Thronherrschaft, wenngleich anscheinend nicht die ganze Bevölkerung mit seiner Thronbesteigung einverstanden war. Das archäologische Fundmaterial von Münzen mit der Prägung *Iudila Rex* legt die Vermutung nahe, daß die Provinzen *Lusitania* und *Baetica* unter Iudila gegen Sisenand rebellierten. Zur selben Zeit erhoben sich die Franken und nutzten die unsichere politische Lage, um Zaragoza einzunehmen. Genaueres läßt sich nicht sagen, da in bezug auf Iudila jede weitere historische oder archäologische Dokumentation fehlt.

Auch Sisenand nahm sich der Situation der Juden in Hispanien an. Er verurteilte die unter Sisebut verfolgte Politik der Zwangsbekehrungen, schritt aber selbst zu drastischen Maßnahmen. Er bekräftigte und erneuerte das Gesetz, das den Juden verbot, ein öffentliches Amt zu bekleiden, Christen als Sklaven zu halten und das die Ehe zwischen Katholiken und Juden untersagte.

Das IV. Konzil von Toledo stellte u. a. einen Kanon auf, der bestimmte, daß die Thronfolge nicht durch das Erbrecht, sondern durch das allgemeine Wahlrecht des Adels bestimmt werden müsse. Als erster Wahlkönig kam Chintila auf den Thron. Die von ihm in der Kirche Santa Leocadia in Toledo einberufenen Konzile – das V. und das VI. Konzil – sind der einzige Nachweis seiner Herrschaft. Die Konzile dienten ihm zur Stärkung seines königlichen Ansehens und zur Bekräftigung des Wahlkönigtums – zum Schutz vor Thronusurpationen und Rebellionen, die (u. a. in Galicien) zusehends die ganze Iberische Halbinsel heimsuchten. Seine antisemitische Gesinnung, die auf den Konzilen von allen Bischöfen und selbst vom Papst in Rom unterstützt wurde, bestimmte maßgebend seine Politik. Die Juden sahen sich unter Androhung der Verbannung dazu gezwungen, zum katholischen Glauben überzutreten.

Das goldene Zeitalter der toledanischen Monarchie

Trotz des Verbots der Thronübernahme durch Erbfolge übernahm Tulga, Sohn Chintilas, die Herrschaft. Eine Gruppe von Adeligen erhob sich gegen die Mißachtung der Bestimmungen des IV. Konzils von Toledo und wählte im Jahr 642 Chindasvinth zum Gegenkönig. Die seit Reccared anhaltenden Rebellionen verursachten eine weittragende Wirtschaftskrise, die die hispanisch-westgotische Bevölkerung erschütterte und die Chindasvinth mit drastischen Maßnahmen einzudämmen versuchte.

Das harte politische Durchgreifen Chindasvinths – eine tiefgreifende Neuordnung der Verwaltung und ihre Militarisierung – führten das Reich aus der Wirtschaftskrise und stellten das soziale Gleichgewicht wieder her. Seine erste Maßnahme galt der Beseitigung – sei es durch Mord, sei es durch Verbannung – all derer, die gegen seine Ernennung zum König und das von ihm verkörperte Königtum waren. Eine weitere Maßnahme zur Verhinderung von Konspirationen und Aufständen war ein Gesetz, das den Verrat unter harte Bestrafung stellte. Seine nächsten Untergebenen sahen sich gezwungen, auf dieses Gesetz einen Eid zu leisten. Dieser Treueschwur erfolgte auf dem VII. Konzil von Toledo.

Chindasvinth nahm die Verabschiedung dieses Gesetzes zum Anlaß, den von Leovigild erstellten *Codex Revisus* zu überprüfen. Sein Tod ließ ihn diese Aufgabe nicht zu Ende führen. Reccesvinth, sein Sohn und Nachfolger, setzte die unter Chindasvinth – dem Erneuerer der Toledanischen Hispanisch-Westgotischen Monarchie – begonnene Gesetzesarbeit fort.

Nicht die gesamte katholische Kirche und hispanische Aristokratie war mit dem Verbot von der Erblichkeit der Thronfolge einverstanden. Eine Gruppe von Adeligen, darunter *Braulius*, der Bischof von Zaragoza, waren der Meinung, die Thronübernahme müsse durch Reccesvinth, Sohn Chindasvinths, erfolgen, was gleichsam eine Lösung der innen- und außenpolitischen Probleme versprach. Somit wurde Reccesvinth im Jahr 649 zum Thronfolger bestimmt und übernahm nach dem Tod seines Vaters 653 die Herrschaft.

Reccesvinth führte die Revision des *Codex Revisus* und die Schaffung einer neuen Gesetzessammlung fort. Die auf dem VIII. Konzil von Toledo versammelten Bischöfe wurden zu den Gesetzen des *Liber Iudiciorum* befragt. Das *Liber Iudiciorum* bestand aus zwei Teilen, die überschrieben sind mit *Flavius Chindasvintus Rex* und *Flavius Reccesvintus Rex*. Sie enthielten die mit dem Namen des jeweiligen Gesetzgebers bezeichneten Novellen. Die Bischöfe zeigten sich mit bestimmten Punkten des neuen Codex nicht einverstanden und verfaßten eine Erklärung an den König. Dieser überging jedoch die Einwände und Anweisungen des Episkopats und zeigte somit einmal mehr seine unbestrittene absolutistische legislative Macht. Die 510 Gesetze des *Liber Iudiciorum* betonen das sogenannte westgotische Reichsrecht, d. h. sie hatten für Goten und Römer Geltung und stellten eine Reichsgesetzgebung dar. Durch die Abschaffung des *Breviarium Alaricianum* und die Vereinheitlichung des Rechtes ordnete Reccesvinth das Rechtsleben des Westgotenreiches neu.

Die Gesetze Reccesvinths verurteilten die Häresie hart und ebenso den jüdischen Glauben, dessen Anhängern die Ausübung liturgischer Rituale und der Umgang mit der katholischen Glaubensgemeinschaft strengstens untersagt war. Die lange Herrschaft Reccesvinths bedeutete für das Reich eine relative Friedenszeit und für Kultur, Architektur und Kunsthandwerk eine Blütezeit. Denken wir nur an die Bauten, die wir näher untersuchen werden, wie u. a. San Juan de Baños, San Pedro de la Nave, Quintanilla de las Viñas, und an das Kunstschaffen der höfischen Werkstätten mit ihren Votivkronen und Prozessionskreuzen, die zahllose Merkmale der höfisch-byzantinischen Kunst zeigen und eine bewundernswerte Geschicklichkeit und Originalität der Kunsthandwerker in der Verarbeitung der Metalle und Edelsteine bezeugen.

Die Blüte des Reichs unter Chindasvinth und Reccesvinth zeigt sich in der Prägung westgotischer Trienten, die das offizielle Münzgewicht von 1,516 g hatten. Seit Wamba zeichnet sich eine Wirtschaftskrise ab, die sich gleichfalls in der Verringerung des Münzgewichtes widerspiegelt; von 1,516 g über 1,46 g unter Wamba auf 1,25 g unter Witiza. Neben der Verringerung des Münzgewichtes gab es eine Verringerung im Feingehalt: von 18 Karat Mitte des 7. Jh. auf nur 10 Karat unter Witiza.

Der Nachfolger Reccesvinths wurde Wamba, durch allgemeine Wahl von Adel und Volk zum König gewählt. Der *Historia Wambae Regis*, einer Chronik der Herrschaft Wambas, verfaßt von Julian von Toledo, entnehmen wir, daß der Monarch sich einer schweren Krise gegenübersah: der politischen und sozialen Auflösung des Reiches. Bevor er gegen die Vasconen zu Felde ziehen konnte, mußte er gegen die Rebellen Septimaniens vorgehen, deren Anführer Ildericus, *comes* von Nîmes, fast die ganze Provinz mit Ausnahme von Narbonne unter seiner Kontrolle hatte. *Dux* Paulus, der im Auftrag Wambas die Rebellion eindämmen sollte, sah sich selbst als Thronprätendenten. Unterstützt von mehreren einflußreichen Persönlichkeiten, ließ er sich 673 in Narbonne zum König über die Provinzen *Septimania* und *Tarraconensis* ernennen. Auf seinen Feldzügen von Kantabrien nach Barcelona, von Gerona und nach Septimanien schlug Wamba alle Rebellionen nieder. Sobald er die Pyrenäen überquert hatte, nahm er Ranosindus, *dux* der Provinz *Tarraconensis*, und den Königsanhänger Eldigisus in Gefangenschaft, die zwei wichtigsten Anhänger des Usurpators Paulus neben dem Bischof Jacintus von Llivia oder Urgel. Die Bewegung des Paulus, *qui erat de graecorum nobili natione* („der dem edlen Volk der Griechen entstammte") war nur ein weiteres Phänomen der alten sezessionistischen Bewegungen im Reich, die die Unterstützung wichtiger Persönlichkeiten und der Kirche fanden. Wamba beschloß ein Heeresgesetz, das den altgermanischen Grundsatz von der allgemeinen Waffenpflicht wieder aufnahm und auf die Zivilbevölkerung ausdehnte.

Die Handelsbeziehungen mit Gallien und Britannien wurden unter Wamba verstärkt, wie ein Fund von westgotischen Trienten in Bordeaux Anfang des 19. Jh. beweist. Die Münzvorderseite zeigt das Bildnis Wambas. Obwohl der Münzschatz existiert, bezweifeln die Numismatiker noch immer seine Echtheit, da er nie mit Genauigkeit untersucht und analysiert wurde.

Die Akten des XII. Konzils von Toledo im Jahr 681 berichten, daß Wamba – in dem Glauben, er leide an einer tödlichen Krankheit – durch Ervig seine schriftliche, firmierte Abdankung aussprechen ließ. Wamba genas von seiner schweren Krankheit, die Abdankung jedoch war vollzogen. Anscheinend hatte Wamba versucht, die Herrschaft wieder zu übernehmen, was Ervig zu verhindern wußte. Der Tod Wambas im Jahr 683 liegt noch im dunkeln, was eine objektive Untersuchung der letzten Herrschaftsjahre Wambas und der seines Nachfolgers erschwert. Die nachfolgende Geschichtsschreibung – die Chronik Alfons' III. bis ins Jahr 900 – schreibt die Krankheit Wambas einer Vergiftung durch Ervig zu, mit *herbam cui nomen est spartum*, ein Kraut mit dem Namen Spartum.

XVI. Ervig folgt Wamba auf dem Thron
Akten des XII. Konzils von Toledo (681 n. Chr.)

„Nachdem wir in tiefem inneren Frieden und mit Hingabe dieses heilige Glaubensbekenntnis abgelegt hatten, wandten sich unsere Gedanken zunächst dem heilbringenden Verhandlungspunkt zu, der um so stärker aller Herzen im Feuer der Liebe einte, als er, wie wir alle wußten, in der Versammlung des Generalkonzils vordringlich zu behandeln war. Denn in solchem Frieden und solcher Ordnung sollte der allererhabenste König Ervig zu höchstem Rang in Reich und Herrschaft emporsteigen und durch die hochheilige Salbung die Herrschermacht empfangen, wie uns die uns vorliegenden Schriftstücke eindeutig lehren. Denn sie beweisen, daß der vorherige König Wamba sich der letzten Buße unterzogen hat, und daß die Königswürde abgegeben und diesem unserem gegenwärtigen Herrscher übertragen wird. Denn König Wamba hat, als er durch ein unausweichliches und unumgängliches Schicksal darniederlag und er pflichtgemäß das Mönchsgewand genommen und das verehrungswürdige Zeichen der heiligen Tonsur empfangen hatte, sogleich schriftlich diesen unseren hochberühmten Herrn Ervig dazu bestimmt, nach ihm zu regieren und mit priesterlichem Segen zum König gesalbt zu werden. Jeder einzelne von uns nahm nämlich diese Schriftstücke mit der bereits erwähnten Verfügung genau in Augenschein, d. h. das handschriftlich festgehaltene Zeugnis der Seniores Palatii, in deren Beisein der vorherige König das Mönchsgewand und das verehrungswürdige Zeichen der heiligen Tonsur angenommen hatte: das Schriftstück mit der von ihm ergangenen Bestimmung, in dem er seinen brennenden Wunsch kundtut, daß unser Herr Ervig nach ihm König werden solle: sowie die weitere Anweisung dieses Herrschers an unseren ehrwürdigen und allerheiligsten Bruder Julian, den Bischof von Toledo, daß er dort unter gebotener Beachtung aller rituellen Vorschriften unseren Herrn Ervig zum König salben möge und daß die Feier dieser Salbung dem Ritus entsprechend vonstatten gehen sollte; diese Schriftstücke tragen für uns offenkundig die Unterschrift des Königs Wamba und ihre Verbindlichkeit zeigt sich eindeutig."
J. Vives, *Concilios Visigodos e Hispano-Romanos*, (1963, 31).

Das XII. Konzil von Toledo anerkannte Ervig als rechtmäßigen König des Toledanischen Reiches. Diese Anerkennung bedeutete jedoch, daß Ervigs Politik fortan der absoluten Zustimmung des Adels und des Episkopats bedurfte. Nach beiden Seiten mußte er unzählige Konzessionen machen, um sein Königtum wahren zu können. Wie viele seiner Vorgänger, so war auch Ervig ein fanatischer Verfolger der Juden und stellte den Bekehrungseifer unter schwere Bestrafung, was von den katholischen Bischöfen sehr begrüßt wurde; selbst von Julian von Toledo, der - obgleich seine Eltern Christen waren - jüdischer Abstammung war.

Auch Ervig führte eine Revision der bestehenden Gesetzessammlungen durch, die sich an das römische, das byzantinische und - wenn auch in geringerem Maße - an das germanische Recht anlehnten. Er revidierte fast den ganzen *Liber Iudiciorum*, um Rebellionen und Konspirationen durch Zensur zu verbieten und gänzlich abzuschaffen und um des weiteren das Verhältnis der Besitzenden und der Sklaven gesetzlich zu regeln, d. h. die Todesstrafe zu legalisieren. Die von Ervig ergriffenen Maßnahmen, die später von Egica und Witiza fortgeführt wurden, zeigen deutlich wie sehr die unteren Klassen aufbegehrten und das Land mit Unruhe erfüllten, was zu ernsten Konflikten innerhalb der Gesellschaft führen konnte.

Ervig bestimmte seinen Schwager Egica zu seinem Nachfolger. Noch zu Lebzeiten Ervigs hatte Egica sich dazu verpflichtet, die königliche Familie unter seinen Schutz zu nehmen, als er jedoch unwiderruflich als König anerkannt war, unterstellte er die Mitglieder der königlichen Familie derselben Ordnung wie alle Bewohner der Iberischen Halbinsel auch. Egicas Politik war ganz auf die Konsolidierung seiner Macht abgestimmt; der Thron galt ihm heilig, als göttlich sein Ursprung. Seine rigorose Politik war seine Waffe gegen Konspirationen und Rebellionen, wie z. B. die von Sisebert. Er führte erneut die dynastische Erbfolge ein. Egicas Haltung den Juden gegenüber war nicht anders als die seiner Vorgänger. Aus Angst, die Juden könnten sich gegen die Zentralmacht erheben, setzte er sie gnadenlosen Verfolgungen aus.

Die Iberische Halbinsel wurde von Hungerkatastrophen und Epidemien aus Gallien heimgesucht, die große Teile der Bevölkerung hinwegrafften und eine schwere Wirtschaftskrise auslösten. Die Nahrungsmittelknappheit ist höchstwahrscheinlich auf die Verringerung des Warenaustausches zwischen der östlichen und westlichen Mittelmeerwelt zurückzuführen. Egica verbot den Juden, mit Christen fortan Handel zu betreiben und ihre Waren zu kaufen. Einige Forscher sind der Annahme, daß in den letzten Jahren des 8. Jh. kein Außenhandel mehr stattgefunden habe. Dies ist jedoch ein Irrtum, denn die Niederlassungen der orientalischen Händler blieben weiterhin bestehen wie auch die Gesetze der *negotiatores transmarini*.

Egicas Nachfolger wurde sein Sohn Witiza, mit dessen Herrschaft sich eine relative Prosperität verbindet. Unter dem heftigen Widerstand des Adels übernahm Witiza den Thron. Um diesen Widerstand zu brechen, „lockerte“ er viele Gesetze seines Vaters, die den Adel in seiner Macht beschnitten hatten, und sicherte sich so die breite Unterstützung des Adels, der jetzt sogar einen seiner Söhne als Nachfolger sehen wollte. Aber Roderich – *dux* der Provinz *Baetica* – usurpierte den Thron und ernannte sich zum König. Seine Herrschaft war nur kurz, denn er unterlag in der Schlacht von Guadalete gegen die Araber unter General Tarik Ibn Ciyad.

Auflösung und Untergang des Westgotenreiches

Eine der Hauptursachen für den Zusammenbruch des Westgotenreiches war die militärische Schwäche und die Korruption innerhalb des Heeres nach einer langen Epoche innerer Auseinandersetzungen bis zur Machtübernahme Roderichs und gegen Witiza und seine Söhne. Weitere Gründe für den Zerfall des Reiches waren die inneren Machtkämpfe zwischen König und Adel, der immer mehr politische Gewalt auszuüben begehrte, neben den Auseinandersetzungen mit der Kirche, die sich ebenfalls in die Reichspolitik einmischen wollte. All diese Faktoren, zusammen mit dem Problem der Thronfolge, begünstigten einen schwerfälligen Staatsapparat und eine äußerst unzulängliche Verwaltung, die eine zügige Bearbeitung der innen- und außenpolitischen Fragen verhinderten.

Die schwere Wirtschaftskrise, die sich bereits unter Wamba abgezeichnet hatte und unter Ervig und Egica unabwendbar geworden war: die Pest, die Hungerkatastrophen, die Epidemien, das Elend, die verminderte Nutzbarmachung des Bodens und der Rückgang im Außenhandel, hatten die inneren Strukturen des Reiches am Ende des 7. Jh. und Anfang des 8. Jh. überaus geschwächt und ihre Auflösung bewirkt.

Das Toledanische Westgotenreich war von den Arabern unterworfen worden. Neben Roderich regierte Akhila – ein zweiter Monarch und mutmaßlicher Sohn Witizas – im Nordosten der Iberischen Halbinsel wahrscheinlich über die ganze *Tarraconensis* und *Narbonensis*. Roderich wurde vom Adel der *Baetica* zum König ernannt, Agila soll von vielen Pro-Witizanern zum Gegenkönig ernannt worden sein.

Münzprägungen der Prägestätten von Narbonne, Gerona, Tarragona und Zaragoza wie auch die jüngsten Münzfunde in Bovalar (Serós, Lérida) belegen, daß dieser Dissident wahrscheinlich bis zum Jahr 717 herrschte, als die Mauren unter Al-Hurr die Provinz *Tarraconensis*, das heutige Katalonien, zu erobern suchten. Das genaue Datum ihrer Eroberungszüge ist ungewiß – vielleicht gegen 719 oder 720. Sie besetzten ein Gebiet, das vom heutigen Zaragoza, dem unteren Lauf des Ebro folgend, das heutige Katalonien und ganz Septimanien umfaßte.

Laut den späten Quellen über das Ende des Westgotenreiches, wie der sogenannten *Continuatio Hispana*, bekannter als „Crónica del

Pacense“ oder „Crónica mozárabe del 754“ – vermutlich von einem in Córdoba wohnenden Kleriker aus Toledo verfaßt –, bewirkte die Zerstörung der hispanisch-westgotischen Monarchie die völlige Auflösung der Gesellschaft und den Zerfall des ganzen Reiches.

Die Begründer des Königreichs von Asturien ernannten sich zu den unmittelbaren Erben der westgotischen Könige, in deren Namen sie rechtmäßig die Wiedereroberung der Iberischen Halbinsel betrieben. Der Überlieferung zufolge waren alle Zerstörungen und historischen Begebenheiten Entscheidungen Gottes, weshalb die Asturier und die Geschichtsschreiber der Zeit des Untergangs des Toledanischen Reiches glaubten, daß der Niedergang des Reiches ein unumstößliches *iudicium Dei* (Gottesurteil) sei.

Architektur: Kontinuität und Innovation

Das Toledanische Westgotenreich fällt zeitlich mit einer Veränderung der traditionellen künstlerischen Formen zusammen, in der die römische Provinzkunst und die sie durchdringenden christlichen Ideen und Werte Form und Inhalt finden. In ihnen konvergieren die aktuellen mediterranen künstlerischen Strömungen. Das rein Römisch-Italische hat gegenüber den protobyzantinischen orientalischen Strömungen, die direkt aus Byzanz oder über die mächtigen schöpferischen Zentren in Nordafrika kommen, nur wenig Bedeutung. Das römische Hispanien der Spätantike steht in ständigem Kontakt zu den großen Städten Afrikas, mit denen es Waren und auch geistiges und religiöses Gut austauscht.

Der toledanische Hof gibt diesen reichhaltigen und vielfältigen örtlichen Tendenzen aus den großen städtischen Zentren Ende des 6. Jh. und vor allem im 7. und 8. Jh. durch seine höfische Kunst Form und Gestalt. Dabei handelt es sich genaugenommen um die Weiterführung und Ausprägung einer vorhergehenden künstlerischen Entwicklung. Das gleiche Phänomen können wir am ravennatischen Hof unter Theoderich beobachten, obgleich die Modelle für die neuen plastischen Formen – Architektur und Bauplastik – in Ravenna selbst zu finden waren. Die Niederlassung des Hofes in Toledo ist etwas Neues, nicht so aber die Niederlassung des Hofes in Ravenna. *Toledo*, auf einem felsigen Hügel oberhalb des Tajo gelegen, wurde erstmals unter Athanagild (554–567) und später unter Leovigild (573) offiziell zum Sitz des Hofes bestimmt. Von da an war Toledo außer dem politischen Zentrum der Monarchie das geistige Zentrum, insbesondere seit der führenden Rolle der katholischen Konzile mit dem Übertritt Reccareds zum katholischen Glauben im Jahr 589.

Noch bis vor kurzem wurde einzig und allein eine kleine Gruppe von Kirchen, hauptsächlich aus Kastilien und León, als westgotische oder hispanisch-westgotische Kunst bezeichnet. Dank der Weihinschrift Reccesvinths in der Kirche San Juan Bautista de Baños de Cerrato in der Provinz Palencia aus dem Jahr 661 konnten diese Kirchen in die westgotische Zeit datiert werden. Diese Kirchen haben einige Charakteristika gemeinsam, die sie von den übrigen Sakralbauten aus früherer Zeit unterscheiden. Außerdem lassen die Ähnlichkeiten in ihrer Ausschmükkung sie zu einer geschlossenen Gruppe zusammenfassen. Anhand der architektonischen und plastischen Gemeinsamkeiten dieser Kirchen wird die „westgotische" Architektur definiert und – als einzig existierende oder zumindest geschaffene Architektur – in die letzte Phase des Westgotenreichs, d. h. in die 2. Hälfte des 7. Jh. bis zum Niedergang des Reiches datiert. Maßgebend für diese Datierung ist die Weiheinschrift Reccesvinths von San Juan de Baños.

Neueste archäologische Ausgrabungen

beweisen, daß es eine Anzahl Bauten – fast ausnahmslos Sakralbauten – gibt, die praktisch in dieselbe Zeit fallen, nämlich die Gruppe der Kirchen, die unserer Definition gemäß den Übergang zu hispanisch-westgotischen Architekturformen kennzeichnen. Wir wissen heute, daß beide Gruppen von Kirchen in derselben Zeit entstanden sind. Es handelt sich hier um das gleiche Phänomen der Dualität, das wir im Laufe unserer Untersuchung bei der katholisch hispanisch-römischen Bevölkerungsgruppe und den eindringenden, dominierenden „germanischen" Stammesgruppen aufgezeigt haben. Die hispanisch-römische Bevölkerung baut weiterhin ihre Kult- und Sakralbauten mit traditionellem Grundriß unter mediterraner Anleihe. Es sind Basiliken mit dreiteiligem Ost- bzw. Westabschluß, einander gegenüberliegenden Apsiden oder Gegenchören und den zugehörigen liturgischen Räumen und Einrichtungen wie Atrien, Baptisterien, Altäre etc., in vollkommener Anlehnung an die traditionellen mediterranen Strukturen. Interessant ist die Feststellung, daß die Datierung der frühchristlichen Kirchen praktisch mit der Herrschaft der Westgoten zusammenfällt.

Es ist nicht einfach, die zwei großen Gruppen von Kirchen der hispanischen Architektur, die frühchristliche und die hispanisch-westgotische, exakt zu trennen und zu definieren. Es sind uns von beiden Gruppen nur wenige Kirchen erhalten, weshalb eine eindeutige Zuordnung nur sehr schwierig ist.

Gewiß begünstigte die durch das III. Konzil von Toledo erfolgte konfessionelle Einigung und die Beseitigung des Widerstreits der Religionen den Bau weiterer Kirchen mit traditionellen frühchristlichen Strukturen, vor allem in der *Baetica*. Wir haben diese römische Provinz, die sich unseren archäologischen Forschungen über die frühchristlichen und westgotischen Denkmäler verschließt, „die schöne Unbekannte" genannt.

Eine Reihe von Weihinschriften oder *despositio reliquiarum* aus der *Baetica* bezeugen eine rege Aktivität auf dem Gebiet der Baukunst. Aus der Zeit vor 589, dem III. Konzil von Toledo, ist uns nur das Datum der Kirche von Jerez de los Caballeros (Badajoz) bekannt, die im Jahr 546 gegründet wurde. Einige andere Weihinschriften sind ohne Jahreszahl. Es bleibt ungeklärt, zu welchem Kirchentyp die Bauten, auf die sich diese Inschriften beziehen, gehören. Wir vermuten aber, daß sie den frühchristlichen Anlagen und nicht toledanischen Formen entsprechen.

Die genannten epigraphischen Texte weisen auf später ausgeführte Bauten hin: Granada (594), Medina Sidonia, Cádiz (630); Ibahernando, Cáceres (635); Dos Hermanas, Sevilla (636–641); Vejer de la Frontera, Cádiz (644); Salpensa, Sevilla (648?); Guadix, Granada (656); Cabra, Córdoba (660); Bailén, Jaén (691), neben anderen epigraphischen Texten ohne Daten.

Sowohl bei den Kirchen aus frühchristlicher Zeit als auch bei den Kirchen aus hispanisch-westgotischer Zeit kennen wir nur kleine Landkirchen, was es äußerst schwierig macht, eine Stilanalyse oder Gruppen von Kirchen aufzustellen, die in bezug auf Struktur und Ästhetik exakte Schlüsse zulassen. Die Frage nach den Monumentalbauten in den Städten, insbesondere in den wichtigsten politischen oder kirchlichen Zentren, bleibt weiterhin offen.

In den heutigen Städten lassen sich nur noch sehr wenige Fragmente bestimmen, wie z. B. Teile einer basilikalen Anlage mit großem Baptisterium, die in die Mitte des 6. Jh. datiert wird, in *Barcino* (Barcelona); eine Taufpiscina, ebenfalls aus späterer Zeit, in *Hispalis* (Sevilla); zahlreiche Ornamentfragmente von Profan- und Sakralbauten, u. a. in *Corduba* (Córdoba), *Emerita Augusta* (Mérida) und *Toletum* (Toledo). Allein diese ornamentalen Fragmente können uns helfen, Moden, Techniken und Stilrichtungen dieser Zeit zu bestimmen.

5. Bovalar (Lérida). Blick auf die Ausgrabungen

ig. 30. Bovalar (Lérida). Lageplan mit Basilika und eigenen Häusern der westgotischen Siedlung (Nach P. Palol, 1987)

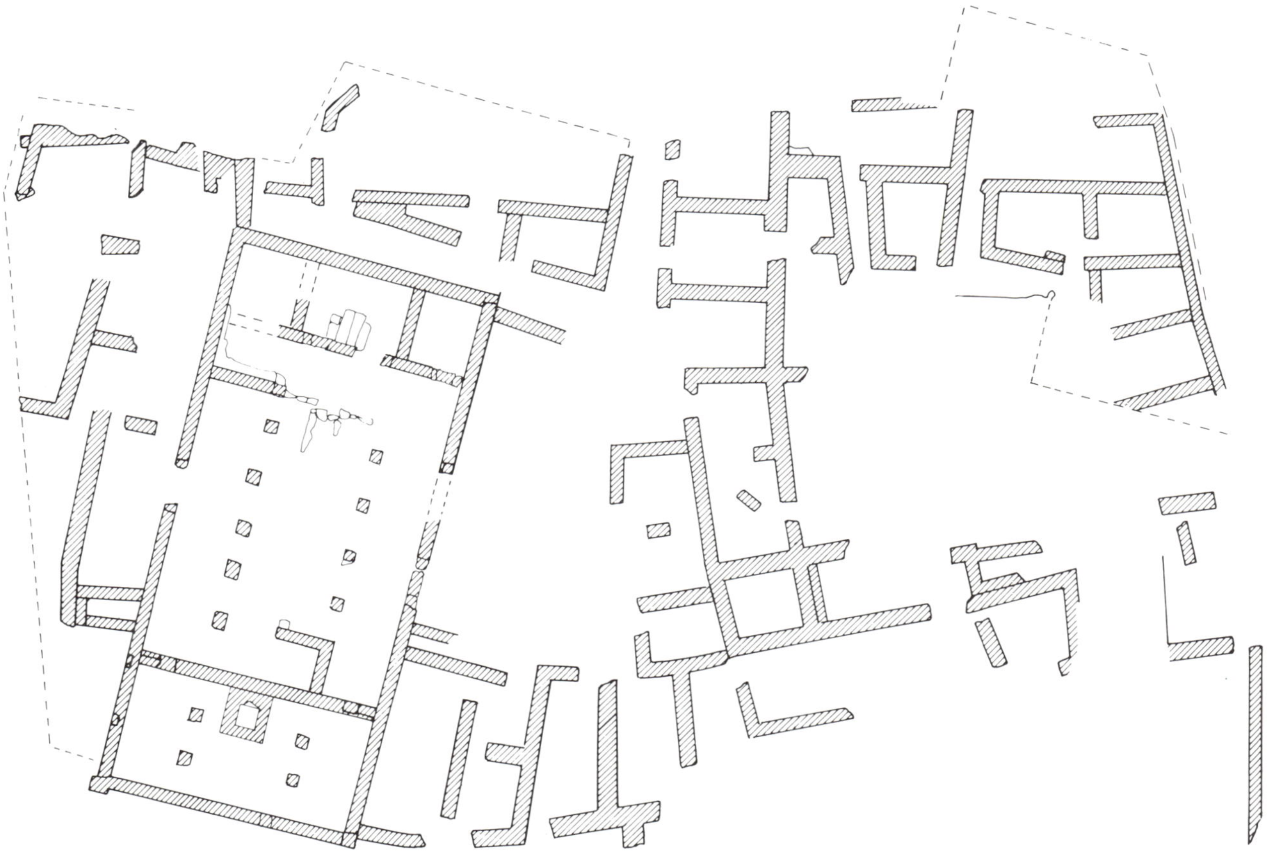

46. Bovalar (Lérida). Steinplatte (Ausschnitt)

47. Gerena, Huerta de Nicomedes (Sevilla). Gesamtansicht der Basilika mit ihren gegenständig angeordneten Apsiden und der Nekropole

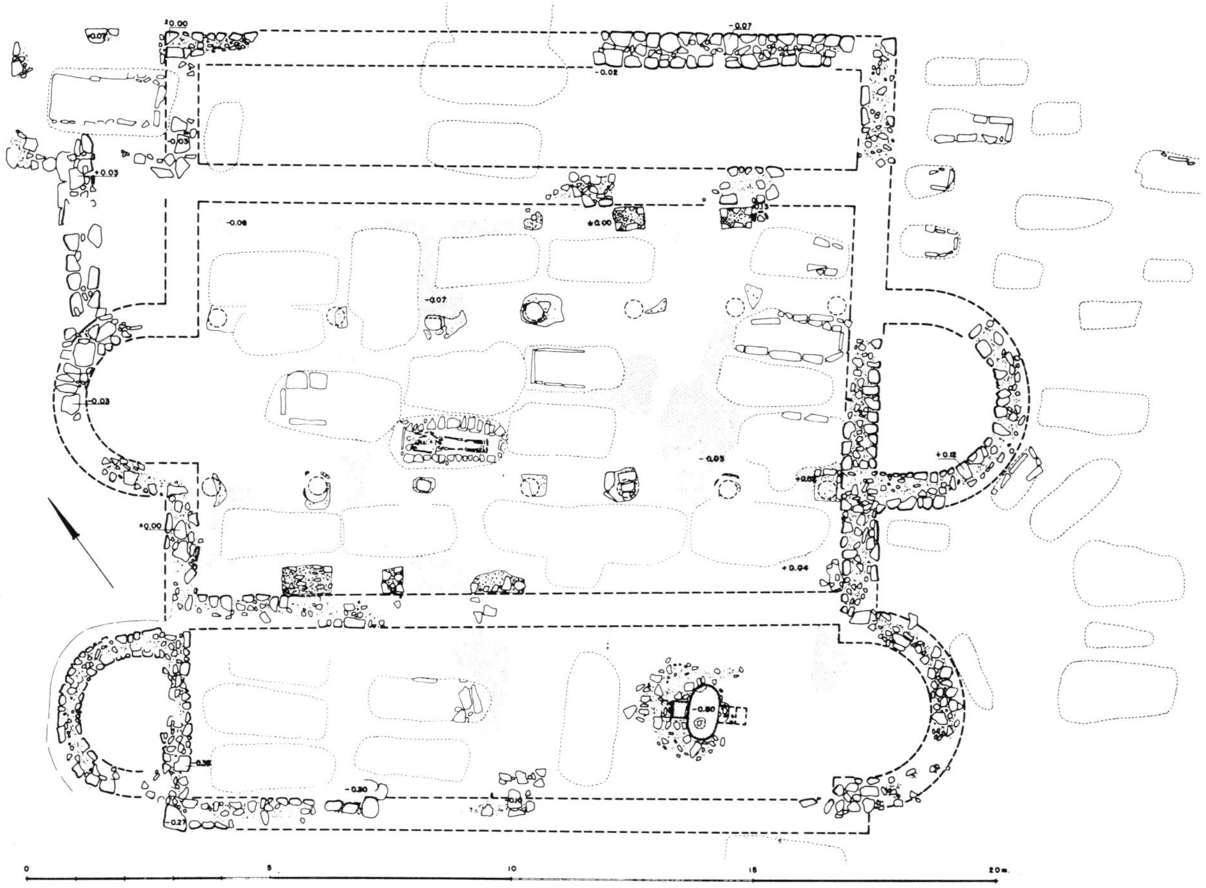

Fig. 31. El Germo (Córdoba). Grundriß der Basilika mit eingezeichneten Gräbern (nach T. Ulbert, 1968).

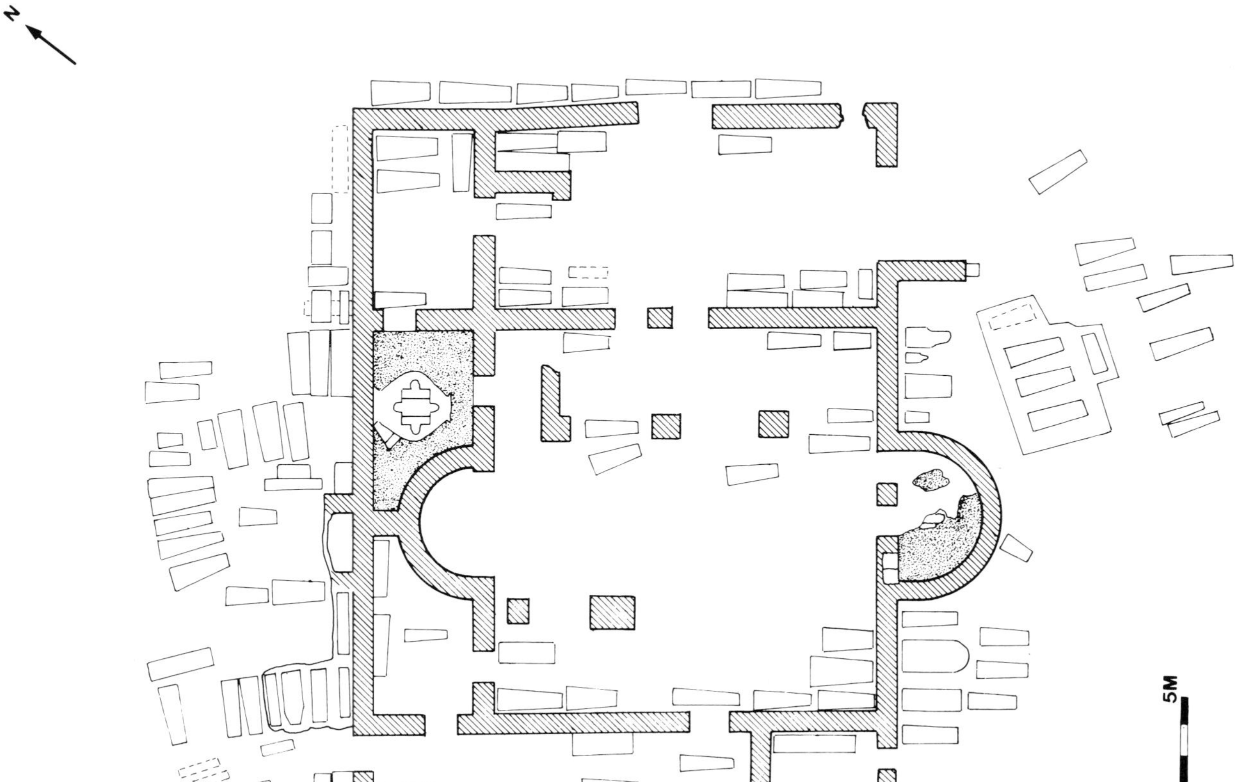

Fig. 32. San Pedro de Alcántara (Málaga). Grundriß der Basilika und Lageplan der Grabstätten der Nekropole (nach J. Pérez de Barradas, 1934 u. P. de Palol, 1967).

48. Son Bou (Menorca). Teilansicht der Basilika

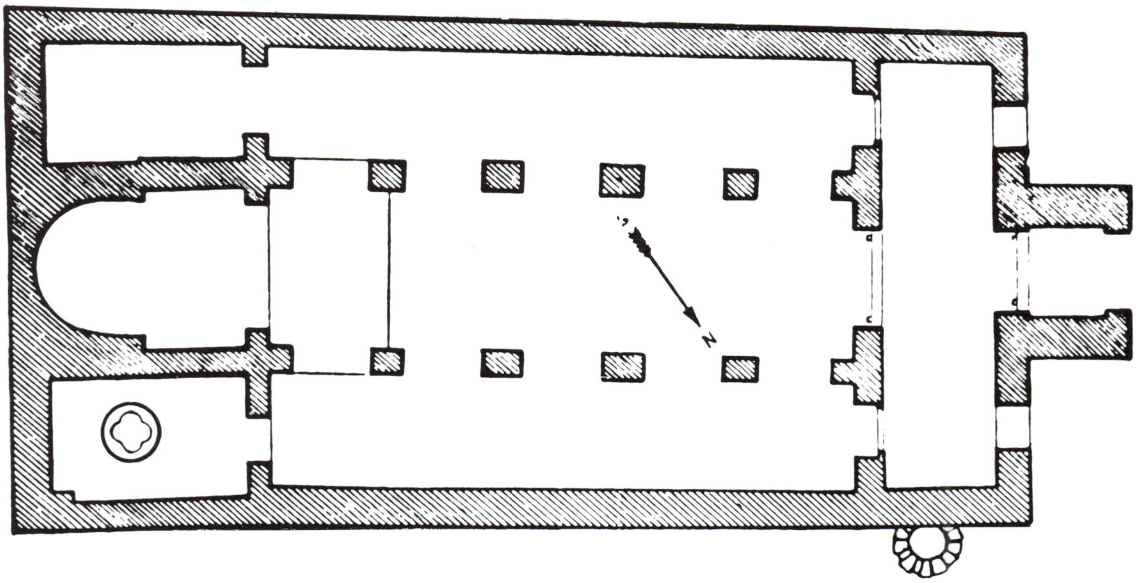

Fig. 33. Son Bou (Menorca). Grundriß der Basilika (Nach P. de Palol)

49. Casa Herrera (Badajoz). Blick auf die Säulenbasilika mit ihren gegenständig angeordneten Apsiden

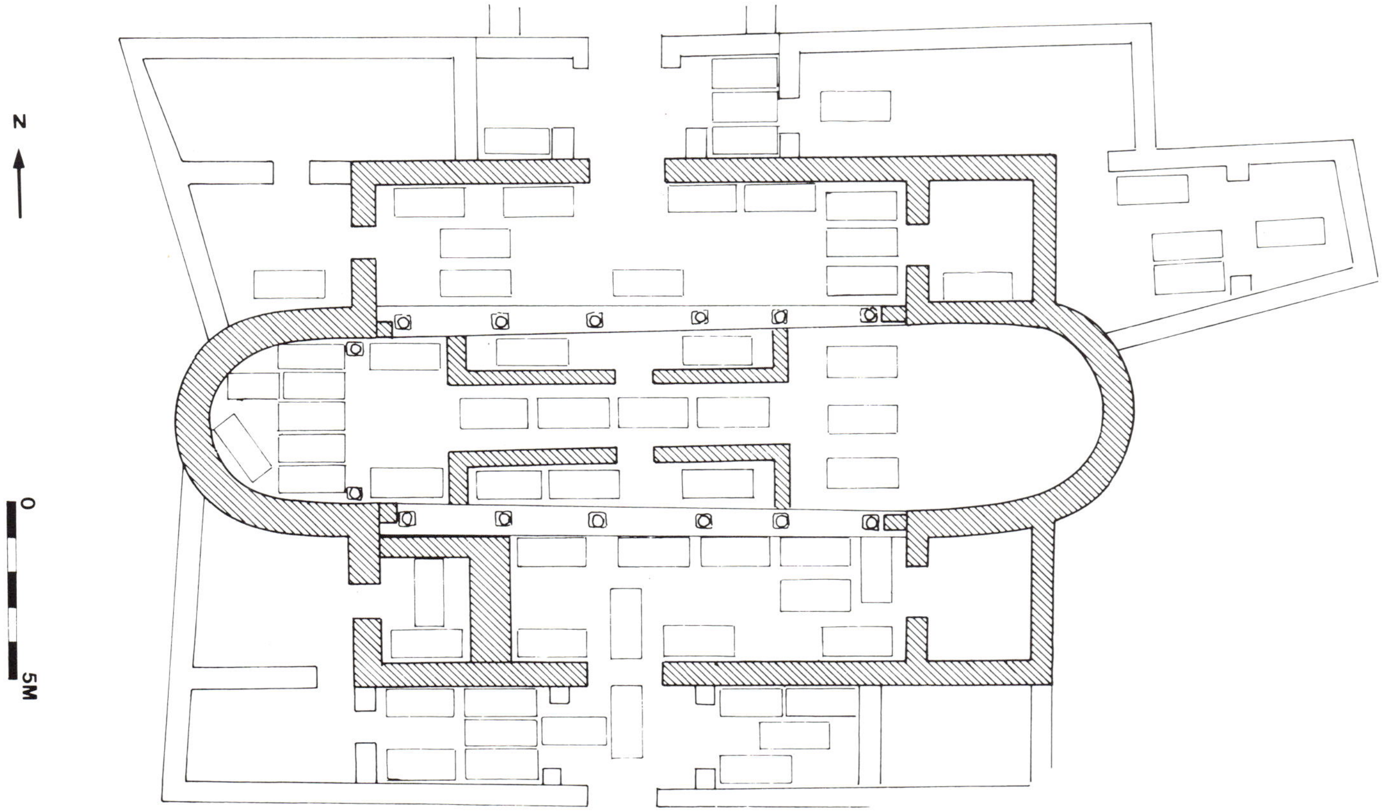

ig. 34. Casa Herrera (Badajoz). Grundriß der Basilika und Lage der Gräber in ihrem Innern (Nach T. Ulbert, 1978)

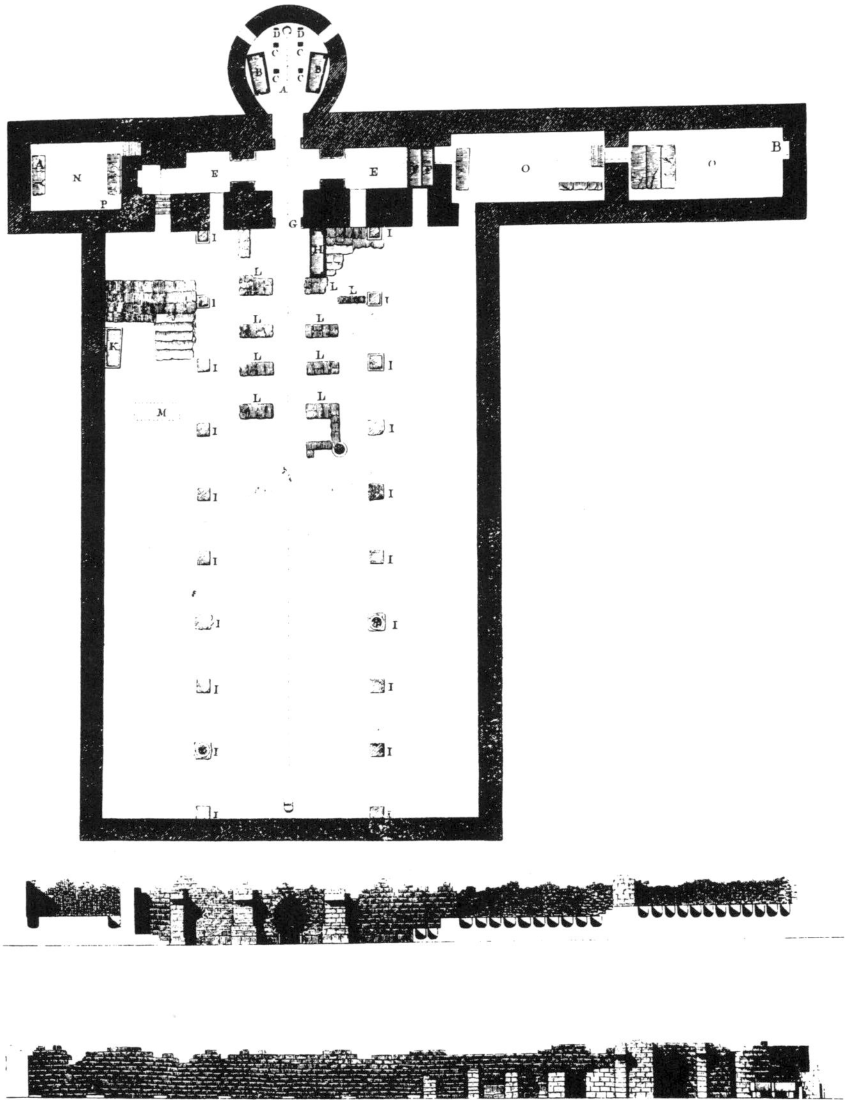

Fig. 35. Cabeza de Griego, Segóbriga (Cuenca). Basilika, Grundriß und Längsschnitt [?] der Anlage (Nach J. Córnide, 1799)

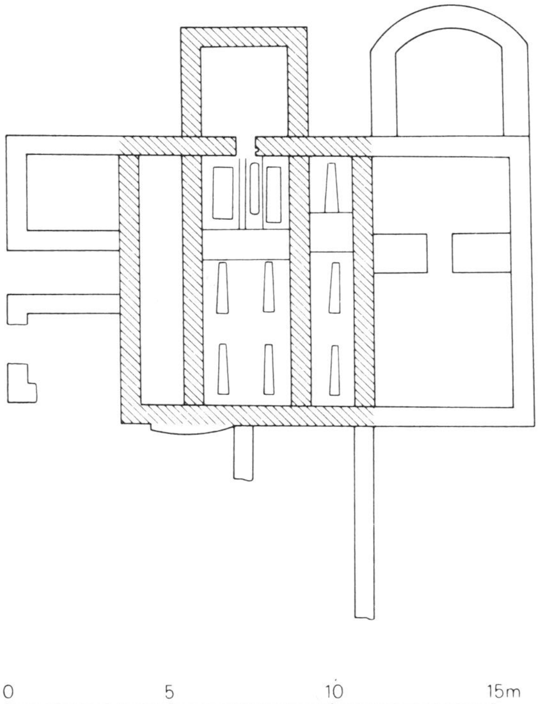

Fig. 36. Alcalá de los Gazules (Cádiz). Grundriß der nicht mehr erhaltenen Basilika (Nach H. Schlunk, 1945)

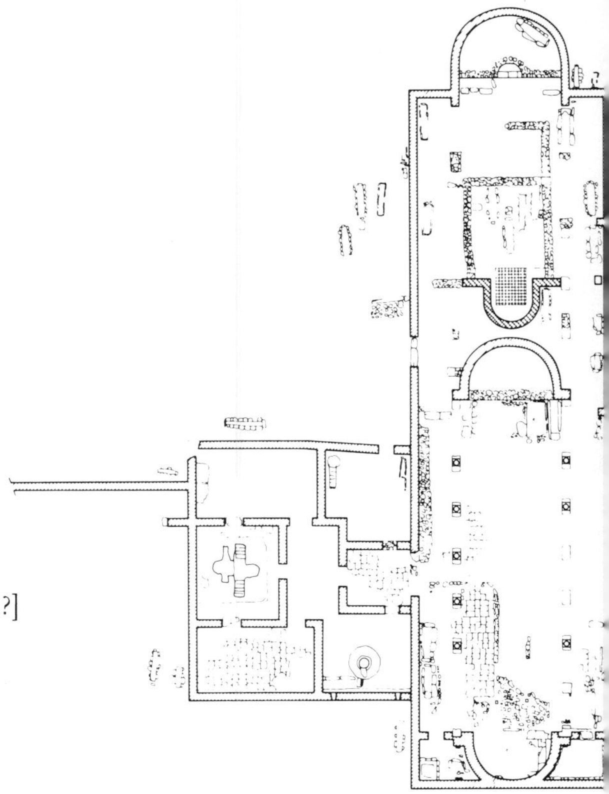

Fig. 37. Torre de Palma (Monforte
Portugal). Grundriß der Basilika mi
Angabe der Gräber und des Baptisterium
(Nach T. Ulbert, 1978

50. Torre de Palma (Monforte, Portugal
Gesamtansicht der Basilika mit ihre
gegenständig angeordneten Apsid

51. Tarragona. Reste des römischen Amphitheaters und der Kirchen aus westgotischer und romanischer Zeit

Fig. 38. Tarragona. Basilika in der Arena des Amphitheaters
(Nach T. Hauschild, 1972)

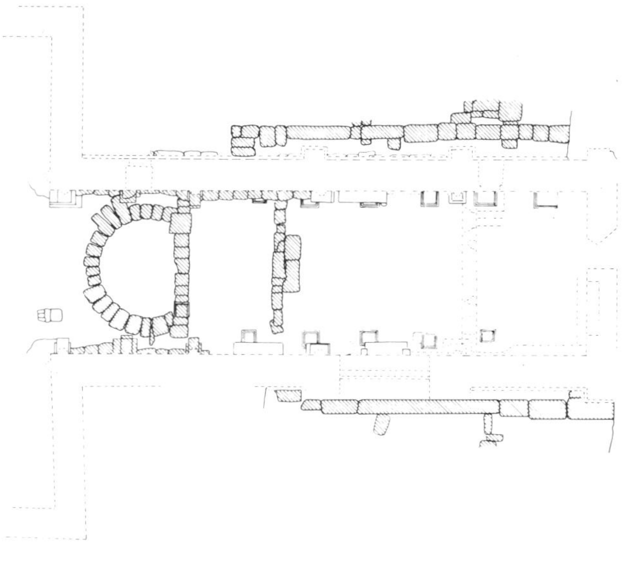

Auch die literarischen Quellen geben uns nur wenig Aufschluß über Funktion und Bedeutung der Bauten. In bezug auf Mérida verfügen wir über Texte aus dem 5. Jh. von Prudentius, der den der Märtyrerin Eulalia geweihten Tempel beschreibt und über die berühmte *De vita et miraculis sanctorum patrum emeritensium*, der Biographie der drei emeritensischen Bischöfe Paulus, Fidel und Masona. Hier werden die Bauten genannt, die unter dieser Bischofstrias errichtet wurden, wie z. B. die Kirchen von Santa Eulalia, Santa Mariá oder Santa Jerusalén, d. h. die Kathedralkirche mit Atrium und Baptisterium, das dem Heiligen Johannes geweiht ist.

In bezug auf Toledo müssen verschiedene Texte herangezogen werden, wie die Werke des Heiligen Ildefonsus, die Konzilsakten oder sogar die späteren Texte der sogenannten „Pacense“ oder „Mozarabische Chronik des Jahres 745“ oder die *Continuatio Hispana* (nach Mommsen).

In bezug auf Córdoba müssen die Texte des Heiligen Eulogius herangezogen werden. Aber alle genannten Werke sind nur Referenzwerke auf die Patronate der Kirchen und bieten auf keinen Fall verläßliche Daten, um Funktion und Standort der Kirchen zu bestimmen. So spricht z. B. die „Mozarabische Chronik“ von der Einberufung des XI. Konzils durch Wamba „in der Kirche von Santa María, der Mutter Gottes, im Atrium, das als Versammlungsraum diente (...)“.

Die frühchristlichen Kirchen, die wir in die Zeit des Toledanischen Westgotenreichs datieren, stellen eine ziemlich geschlossene Gruppe dar. Zum ersten Mal können wir diese Kirchenbauten der christlichen hispanisch-römischen Bevölkerung nach strukturellen Merkmalen einordnen.

All diesen Kirchen liegt der Grundriß einer im allgemeinen dreischiffigen Basilika zugrunde. Darunter gibt es eine größere Gruppe mit rechteckiger Anlage, dreiteiligem Ost- bzw. Westabschluß mit gerader Presbyteriumsrückwand und großem Baptisterium an der Rückseite des Mittelschiffes, weshalb der Kircheneingang an der Seite ist.

Die strukturellen Verbindungen zu Kirchen im christlichen Afrika und im östlichen Mittelmeerraum werden durch typgleiche Kirchen auf den Balearen belegt. Hier handelt es sich um Abwandlungen des sogenannten syrischen Grundrisses, wie ihn die Kirche am Strand von Son Bou, auf Menorca, zeigt. Bekannt sind uns bisher die Kirchen von Bovalar, Serós (Lérida), in völliger architektonischer Entsprechung zur Kirche von Son Peretó, Manacor, auf Mallorca. Diesen Kirchen gemein ist der dreiteilige Ostabschluß mit einer Grabkammer zu beiden Seiten des Presbyteriums, die im Gegensatz zu den orientalischen *Pastophoria* keine liturgische Funktion haben. Die Trennung der Schiffe erfolgt durch Säulenreihen. Das *Sanktuarium* wird durch Schrankenplatten abgetrennt und ein Gang führt direkt zur Rückseite des Mittelschiffes, wo später ein Gegenchor für die dialogistische Liturgie errichtet wurde, ohne Märtyrerfunktion, die für afrikanische Kirchen mit gegenständig angeordneten Apsiden oder Gegenchören charakteristisch ist. An der Westseite findet sich ein großes Baptisterium mit quadratischer Piscina, überdacht von einem wunderschönen Baldachin, der auf sechs durch Hufeisenbögen voneinander getrennten Säulen ruht. Ein Kerbschnittornament ziert die Kapitelle und flachen Karniese. Die kerbschnittverzierten Schrankenplatten zeigen große Kreuze, deren Arme sich nach außen hin verbreitern. Diese Reliefs orientalischen Typus' sind für das 6. Jh., vielleicht schon für die 2. Hälfte des 6. Jh. typisch.

Die Beziehungen der Kirchen von Bovalar (Lérida) und Son Peretó (Balearen) sind deutlich, wenn auch ihre Taufpiscinen anders gestaltet sind und bei Son Peretó die das Presbyterium flankierenden Räume ein Anbau nach der

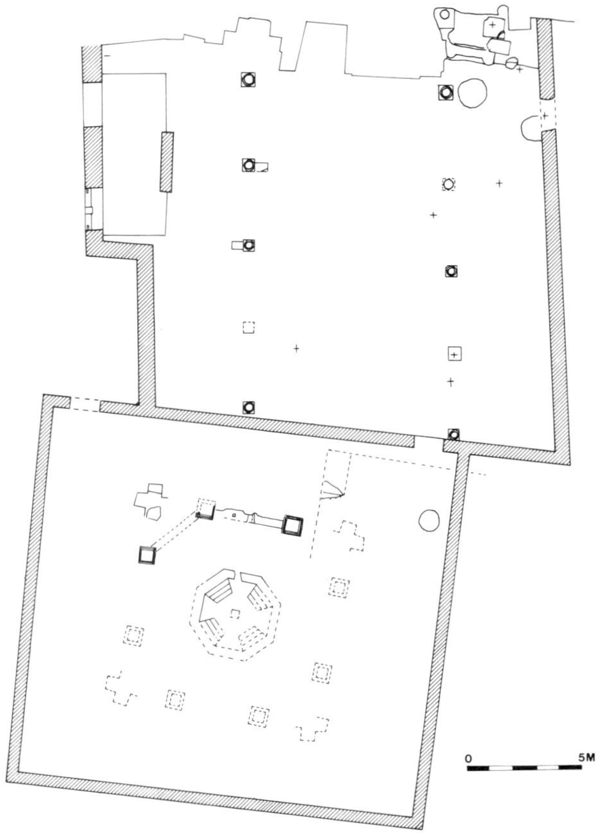

Fig. 39. Barcelona. Grundriß von Basilika und Baptisterium (nach F. P. Verrié, 1969).

2. Hälfte des 6. Jh. sind. Der Gebrauch der gleichen liturgischen Gefäße belegt die religiösen Verbindungen der beiden Kirchen und ihrer Gemeinden.

Den gleichen Kirchentyp finden wir im Herzen der christlichen *Baetica* aus westgotischer Zeit. In Huerta de Nicomedes, in Gerena (Sevilla) steht eine dreischiffige Kirche mit dreiteiligem Abschluß und einem Baptisterium im Innern, an der Rückseite des Schiffes. Zu diesem Kirchentyp gehört ebenfalls die heute nicht mehr existierende Kirche von Alcalá de los Gazules (Cádiz), erbaut unter Bischof Pimenius (662). Ihre Rechteckapsis ist jedoch freistehend, ohne sich seitlich anschließende Räume. Die Struktur des Auflagers der die Schiffe trennenden Säulenreihen mit umlaufender Mauer entspricht jener von Gerena.

In der Anlage ähnlich, aber mit dem wesentlichen Unterscheidungsmerkmal der gegenständigen Apsiden, ist eine Gruppe von Kirchen, die sich von der Mittelmeerküste bis ins Landesinnere, bis in die Provinz Lusitanien ausdehnt. Hierzu gehören die Kirchen San Pedro de Alcántara, in Vega del Mar (Málaga), eine fast rechteckige und gleichzeitig dreiteilige Anlage mit Baptisterium im südlichen Seitenraum der Apsis und Cerro de El Germo, in Córdoba, mit drei durch Säulenreihen voneinander getrennten Schiffen und hervorstehenden, seitlichen Halbrundapsiden. An die Südseite lehnt sich ein weiteres Seitenschiff an mit vorspringender Apsis im Osten und einem Taufbecken. Vom gleichen Typus ist die Kirche Casa Herrera, außerhalb Méridas. Es ist eine dreischiffige Säulenbasilika, an deren Nordseite in einer zweiten Bauphase ein Baptisterium errichtet wurde. An das Baptisterium schließt sich ein Raum, in dem sich ein zweiter Altar über einem Grab fand. Des weiteren gehört in die Reihe der Kirchen mit gegenständigen Apsiden an den Endpunkten der Gebäudeachsen die in eine große rechteckige Anlage eingeschriebene Basilika von Torre de Palma, Monforte (Portugal).

Ob diese Kirchen in Hispanien früher zu datieren sind als die typgleichen in Afrika oder umgekehrt die afrikanischen Kirchen früher als die ihnen gleichenden hispanischen, bleibt noch ungeklärt. In jedem Fall ist als Datierung der hispanischen Kirchen Ende 6. Jh., nahe dem Jahr 600, zu nennen, als der Katholizismus im Toledanischen Reich seine größte Entfaltung erlebte.

Die Bischofskirche außerhalb von Cabeza de Griego, dem römischen Segobriga, ist ein weiteres Beispiel für eine basilikale Anlage aus spätfrühchristlicher Zeit. Die rechteckige, dreischiffige Anlage besitzt im Ostabschluß eine Krypta von fast rundem Grundriß, vor der ein langer, quer zu den Schiffen verlaufender Gang liegt, der sich wie ein Querschiff beidseitig herausschiebt. In dieser Krypta wurden gegen 550 die

Bischöfe Nigrinius, Sefronius und Caonius von Segobriga bestattet. Ältere Ausgrabungen und verschiedene Grabungspläne haben zu unterschiedlichen Aussagen in bezug auf die Bischofsbasilika geführt. So vertrat man u. a. die Meinung, der spätere Ausbau zur Basilika sei auf die bereits vorhandene Krypta zurückzuführen. Demzufolge ist die bischöfliche Grablege vor die Errichtung der Basilika zu datieren.

Eine weitere dreischiffige Anlage mit einem möglichen Querschiff ist die Basilika der mutmaßlichen Stadt Reccopolis in Zorita de los Canes (Guadalajara), die Leovigild nach seinem Sohn Reccared benannte. Die Anlage müßte von neuem sorgfältig untersucht werden.

Der Märtyrerkult führte in katholischen Gebieten zum Bau weiterer Sakralbauten, die gleichfalls der frühchristlichen Architektur zugeordnet werden. Das beste Modell hierzu ist die Märtyrerkirche auf dem Areal des Amphitheaters von Tarragona, wo am 21. Februar 259 Fructuosus, Augurius und Eulogius unter Gallienus und Valerian den Märtyrertod erlitten. Es handelt sich um einen kleinen dreischiffigen Memorialbau mit hufeisenförmiger Apsis. Auch in anderen Siedlungsorten der katholischen Bevölkerung finden wir Grabkammern dieser Zeit, wie z. B. im Kreuzgang des Klosters von Sant Cugat del Vallés (Barcelona), wo der Afrikaner Cucufate unter Diokletian den Tod fand.

Gleichfalls aus dieser Zeit erhalten sind die Landkirchen der spätrömischen *fundi*. Das beste Beispiel ist die kleine Kirche von Fraga (Huesca), die Villa des *dominus Fortunatus*, die in zwei Bauabschnitten erbaut wurde. Der dreigeteilten Anlage wurde in westgotischer Zeit eine kleine Rechteckapsis hinzugefügt.

Daß es neben den *villae* der aristokratischen *fundi* auch Landkirchen gab, erstaunt nicht. Diese Landkirchen wurden unter der Schirmherrschaft der Bischöfe von privater Hand errichtet. Die Kanones der Konzile zu Toledo verboten den Bischöfen ausdrücklich, die Pachterträge aus den Besitzungen der Landkirchen an sich zu nehmen.

Die zweite große Gruppe von Kirchen aus westgotischer Zeit sind die sog. westgotischen oder hispanisch-westgotischen Kirchen. Sie weisen gegenüber den genannten Sakralbauten der frühchristlichen Architektur, die in dieselbe Zeit fallen, andere Charakteristiken auf. Einige strukturelle Elemente finden sich jedoch bereits bei den Kirchen frühchristlicher Architektur, insbesondere bei den mallorquinischen Bauten. Erwähnt sei hier die heraustretende Rechteckapsis, die die Kirchen von Santa María del Camí, in Palma und – vor dem späteren Umbau – Son Peretó, in Manacor aufweisen. Beide Kirchen können aufgrund ihrer Mosaikfußböden, aus afrikanischen Werkstätten oder von afrikanischen Kunsthandwerkern geschaffen, in die 2. Hälfte des 6. Jh. datiert werden. Auch der Hufeisenbogen, ein Wesensmerkmal der hispanisch-westgotischen Architektur, dem zahlreiche Untersuchungen galten, findet sich in frühchristlichen Bauten, wie z. B. in der Kirche von Bovalar (Lérida) (Baldachin der Taufpiscina im Baptisterium). Beiden Gruppen von Kirchen sind bestimmte Merkmale der Bauweise gemeinsam, wobei an erster Stelle das typische Quadergestein zu nennen ist.

Die erste umfassende Untersuchung zu den Kirchen der hispanisch-westgotischen Architektur verdanken wir Emilio Camps Cazorla. Er ordnete die Kirchen nach ihrem geographischen Standort ein und unterschied somit verschiedene geographische Gebiete oder Zentren mit besonderen architektonischen Stilmerkmalen. Diese Klassifizierung kann heute nicht mehr aufrechterhalten werden. Denn die – manchmal über weite Entfernungen verstreut liegenden Kirchen – besitzen bestimmte Merkmale, die ihnen innerhalb der großen Formenvielfalt, die sie von den späten frühchristlichen Kirchen in Hispanien übernommen haben oder die über Ravenna, Sizilien oder das christliche

Afrika zu ihnen drangen, eine Homogenität verleihen. Das gilt aber nicht für ihre plastische Ausgestaltung, die Stilrichtungen und Eigenheiten der örtlichen Werkstätten der wichtigsten Städte zu erkennen gibt. Aus diesem Grunde widmen wir den großen schöpferischen Zentren ein eigenes Kapitel.

Selbst die in Hexametern verfaßte Weihinschrift in der Kirche San Juan de Baños de Cerrato, in Palencia, läßt den Einfluß Toledos in der Dekoration westgotischer Kirchen des 7. Jh. erkennen. Die Weihinschrift König Reccesvinths für Johannes den Täufer ist in einem Codex des 10. Jh., dem sog. Codex Azagra, aufgenommen, in dem unter anderem weitere in Toledo von Erzbischof Eugenius gedichtete Verse enthalten sind. Zuerst wurde die in Hexametern verfaßte Weihinschrift von San Juan de Baños Eugenius, Zeitgenosse Chindasvinths und Hofdichter, zugeschrieben. Er starb im Jahr 657 und die Weihinschrift wird ihrer Metrik nach ins Jahr 661 datiert. Als Verfasser der Weihinschrift wurde dann ein anderer toledanischer Dichter genannt, der Heilige Eugenius, Zeitgenosse Reccesvinths. Dieser Annahme trägt die Tatsache Rechnung, daß der Codex Azagra auf eine Toledaner Handschrift zurückgeht. Insofern ist der Hof von Toledo im Zeichen der Poesie bei diesem bedeutsamen Bauwerk zugegen.

XVII. Weihinschrift Reccesvinths in der Kirche San Juan de Baños (661 n. Chr.)

† PRECURSOR. DN̄I MARTIR BABTISTA JOHANNES
POSSIDE CONSTRUCTAM. IN ETERNO MUNERE SEDE
QUAM DEVOTUS EGO REX RECCESVINTHUS AMATOR
NOMINIS IPSE TUI. PROPRIO DE IURE DICAVI
TERTII POST DECM̄. REGNI COMES INCLITUS
ANNO SEXCENTUM DECIES.
ERA NONAGESIMA NOBEM

„Johannes der Täufer, Märtyrer und Vorläufer des Herrn,
Nimm diesen Dir zu ewigen Geschenk errichteten Bau in Besitz
Den ich, der ergebene König Reccesvinth und Verehrer Deines Namens
Im 13. Jahr als ruhmreicher Gefährte des Reiches
Aus eigener Machtvollkommenheit geweiht habe
Im Jahre der Aera 699 (661 n. Chr.)."

Schlunk, H., Hauschild, Th., *Hispania Antiqua: Die Denkmäler der frühchristlichen und westgotischen Zeit (1978) 204.*

Seit den Arbeiten Camps sind bis heute keine weiteren Bauten entdeckt und bestimmt worden. Ausnahmen hierzu sind Kirchen, deren richtige Einordnung in die Gruppe der hispanisch-westgotischen oder der hispanisch-frühchristlichen Architektur fraglich erscheint, da sie keinen basilikalen Grundriß aufweisen.

Die Bauten der hispanisch-westgotischen Architektur lassen sich anhand ihrer technischen Strukturen bestimmen wie auch anhand ihres Grundrisses – vornehmlich in der Form des lateinischen Kreuzes –, anhand der Aufteilung des Innenraums und der Innen- und Außendekoration, wobei es sich fast ausschließlich um ornamental-plastische Elemente handelt. Die Wandmalerei und die polychromen Mosaikfußböden aus der Tradition der römisch-christlichen Welt verschwinden praktisch ganz. Wir begegnen jetzt einem Nebeneinander von hispanisch-römischen Traditionen – zugleich verlieren sich andere – und neuen liturgischen Tendenzen. In bezug auf die Bauweise gibt es Gemeinsamkeiten in den Konstruktionstechniken und in den verwendeten Baumaterialien. Im Gegensatz zu der Verwendung von Ziegeln in Mauerwerk und Gewölben – einer weitverbreiteten römischen, ravennatischen und byzantinischen Technik – wurden diese Kirchen aus großen, quadratisch behauenen Quadern erbaut, die schmucklos und mörtellos aufeinandergeschichtet wurden.

Die Art der Steinsetzung, die als typisch westgotisch bezeichnet wird, ist ebenfalls bei römischem Quadermauerwerk zu sehen, u. a. bei der Mauer von *Lucus Augusti* (Lugo) aus spätrömischer Zeit. Man ist versucht, diese Ausführung mit der berühmten *more gothico*, wie sie Isidor nennt, gleichzusetzen. Ein weiteres Charakteristikum der hispanisch-westgotischen Bauten ist die Tatsache, daß sie praktisch ohne Fundamentierung sind. Unsere Grabungen in der Kirche San Juan de Baños haben dies eindeutig belegt. Auch gibt es kein ins Fundament eingelassenes Säulenauflager mit umlaufendem „römischen" Mauerwerk wie in den Kirchen Alcalá de los Gazules oder Huerta de Nicomedes, in Gerena.

Ein weiteres Charakteristikum, insbesondere der emeritensischen oder allgemein lusitanischen Gruppe [Mérida, Badajoz, Lissabon, Sines (Portugal) u. a. m.] ist die Verwendung von Pfeilern anstelle von Säulen. Bekannteste Beispiele dafür sind die römischen Gebäude im römischen Mérida mit ihren wunderschönen venezianischen Pfeilern östlicher Herkunft und die großartigen Bauten im christlichen Afrika, z. B. die Kirche von Tébessa (Algerien), die deutlich nach Hispanien verweisen. Die Tendenz, Elemente aus anderen Epochen wiederzuverwenden, - erwähnt seien hier nur die Säulen und Kapitelle aus westgotischer Zeit in der Mézquita von Córdoba, die ab Abderrahman I. wiederbenutzt wurden -, wird auch von Toledo aufgegriffen, wo uns zahlreiche wiederverwendete Pfeiler bekannt sind.

Bei einer Untersuchung der Grundrisse dieser Kirchen beobachten wir unverkennbare Neuerungen in Grundriß und Struktur: die elementare, klassische Planung der basilikalen Anlage wird zugunsten einer kreuzförmigen Anlage in Form des lateinischen Kreuzes mit ungleich langen Kreuzarmen zurückgedrängt. Wir beziehen uns auf die Kirche San Juan de Baños, die für die christliche Architektur und Liturgie charakteristisch ist. Vorherrschend ist die Tendenz zu einer Anlage in Kreuzform mit ungleich langen Kreuzarmen und zu einer vollständigen Eindeckung der Räume mit Tonnengewölben, so daß wir von einer richtigen Einwölbung des Innenraums sprechen können. Eine Anlage in Kreuzform existiert eindeutig nur von außen, wie z. B. bei der schönen Kirche San Pedro de la Nave (Zamora). Die Abschnürung der Apsis, die den einzigen Altar birgt, ist im Zusammenhang mit einer eucharistischen Liturgie zu sehen, die Abgeschlossenheit und Dunkelheit sucht. Selbst bei den vorromanischen Kirchen der sog. mozarabischen Epoche ist die Apsis vom übrigen Kirchenraum abgetrennt. Eine Diaphanie der architektonischen Struktur wird erst mit der Einführung der romanischen Liturgie im 11. Jh. geschaffen, was gleichsam eine erneute Hinwendung zur offenen Struktur von Architektur und Liturgie darstellt.

Ein letztes Charakteristikum der hispanisch-westgotischen Kirchen ist der Hufeisenbogen, der indes nie als Grundriß vorkommt. Sein Ursprung und seine Form wurden in zahlreichen Untersuchungen behandelt. Sein Ursprung ist in der orientalischen, kleinasiatischen, armenischen oder syrischen Baukunst zu finden, die in Hispanien eindrang. Wir begegnen ihm sehr oft in den Ornamentierungen und Grundrissen der Bauten hispanisch-römischer Tradition, insbesondere seit der Wiederbelebung der Antike in der Tetrarchen- und konstantinischen Zeit, wie z. B. im Grundriß der römischen Häuser dieser Zeit in Clunia (Burgos). Im 6. Jh. ist der Hufeisenbogen in den Apsiden einschiffiger Kirchen gebräuchlich; Beispiele hierfür finden wir u. a. im Amphitheater von Tarragona, in San Cugat del Vallés (Barcelona), in der Krypta von Segóbriga (Cuenca), bei den christlichen Bauten von Dehesa de la Cocosa (Badajoz), die nicht zur hispanisch-westgotischen Kunst des 7. Jh. zählen. Den Baldachin über der Taufpiscina von Bovalar haben wir bereits erwähnt. Die ornamentale Funktion des Hufeisenbogens tritt u. a. auch bei den spätrömischen

Stelen in Kastilien auf. Allgemein gilt für den westgotischen Bogen, daß der Halbkreis nur etwa ein Drittel des Radius überzogen ist, im Gegensatz zum muselmanischen Bogen, der geschlossener und überhöhter ist.

Wir haben diese Sakralbauten immer anhand der Kirchen untersucht, die uns in Grundriß und Aufriß völlig erhalten sind, trotz mancher baulichen Veränderungen nachwestgotischer Zeit. Wir können nur wenig Neues über diese Kirchen sagen. Nur neue Grabungen werden zu einer kritischen Überprüfung der Begriffe, Einordnungen nach Gruppen und, vor allem, der Datierung führen. Die Kirchen wurden nach ihrem jeweiligen Grundriß und Aufriß bestimmt und somit wurde die geographische Einordnung nach Camps aufgegeben. Aber wir wissen heute, daß der genauen Bestimmung dieser Architektur viele Zweifel und Unsicherheiten im Wege stehen.

Unsere Untersuchung muß bei den Kirchen beginnen, wo Zweifel und spätere Umbauten klar zutage treten. Die besten Beispiele hierfür sind unserer Meinung nach die Basilika San Juan de Baños sowie die in Valdecebadar (Olivenza, Badajoz) freigelegte kreuzförmige Anlage, deren Aufriß wir nicht kennen. Trotz der verschiedenen Grundrisse lassen die beiden Kirchen Gemeinsamkeiten in ihren ursprünglichen Anlagen und in den Renovierungsarbeiten erkennen.

Die Kirche San Juan de Baños, in Baños de Cerrato (Palencia) – Johannes dem Täufer geweiht –, ist der einzige Bau, dessen Datum wir aus der Widmungsinschrift entnehmen können, die auf Anordnung des Königs Reccesvinth im Jahre 661 verfaßt wurde. Eine der Votivkronen aus dem Schatz von Guarrazar ist von Reccesvinth gestiftet, unter dessen Herschaft das Toledanische Reich eine neue Blüte erlebte. Es ist die einzige eindeutig basilikale Anlage im Sinne der frühchristlichen Tradition. Das Mittelschiff ist breiter und höher als die Seitenschiffe. Die drei Schiffe sind durch vier auf Säulen ruhenden Hufeisenbögen voneinander getrennt. Die Säulen einschließlich ihrer Kapitelle stammen vielfach aus römischen Bauwerken. In San Juan de Baños ist das erste Kapitell der linken Säulenreihe, vom Altarraum aus gesehen, spätkonstantinischen Ursprungs, die restlichen sind hispanisch-westgotische Nachbildungen. In der Verbindung der Schiffe mit dem rechteckigen Kreuzhaupt tritt ein unharmonischer Stilbruch auf, eine leise Unsicherheit bei der Verknüpfung von zwei unterschiedlichen Formen, was, wenn nicht zwei Bauabschnitte, zumindest den Versuch erkennen läßt, Grundrisse und Aufrisse zu erneuern, dabei aber den basilikalen Charakter zu wahren. Auch Altarraum und Hauptportal wurden spürbar verändert. Den Hufeisenbogen des Hauptportals, dessen Schlußstein mit einem griechischen Kreuz und pflanzlichen Motiven geschmückt ist, umzieht ein Fries mit geometrischen Blüten. Das gleiche Motiv finden wir auf den zwei Blockkapitellen des Haupteingangs und auf dem Triumphbogen mit Scheitelkreuz. Vier Kragsteine tragen die Gründungsinschrift oberhalb des Triumphbogens. Es ist schwierig, die auf ihnen dargestellten stilisierten Vogeldarstellungen zu deuten. Einige Forscher vertreten die Meinung, es seien Adler, Symbol der Königswürde, andere wiederum meinen, es seien Pfauen in überaus germanischer Stilisierung. Ein sich wiederholendes Motiv innerhalb der Ornamentik sind die vier Blütenblätter, die um den Hufeisenbogen des Hauptportals und um den Triumphbogen laufen und die ebenfalls auf einem umlaufenden Fries oberhalb der Weihinschrift zu finden sind, der das Mittelschiff oben, innen wie außen, schmückt. Wir werden später auf diesen Fries, ein typisches Beispiel westgotischer Ornamentierung, zurückkommen.

Die Originalität dieser Anlage ist ihr dreiteiliger Ostabschluß mit drei durch einen Zwischenraum voneinander getrennten Kapellen. Die beiden seitlichen Kammern sind aus der Flucht der Seitenschiffe herausgerückt. Es ist ein Grundriß in Form eines Dreizacks und mit ähnlichen Anlagen, insbesondere in den Diözesen von Noricum und Pannonien, vergleichbar. Wir sind der Meinung, daß die beiden seitlichen Kammern sich nicht mit den orientalischen Pastophorien gleichsetzen lassen. Unter dem Gewölbeansatz der nicht mehr vorhandenen Kammern verlief ein Fries mit spiralförmigem Motiv in Kerbschnittechnik.

Wir glauben nicht, daß es sich bei den Seitenkammern um Seitenkapellen mit Altären handeln kann, da sich drei Altäre erst in Kirchen vorromanischer Zeit finden und kaum in christlichen Bauten westgotischer Zeit. Gleichwohl gibt es seltene Beispiele mit zwei Altären. Bis zur Entdeckung der gut erhaltenen Reste einer Landkirche in Alcuéscar (Cáceres), nicht weit von Mérida, sind Seitenkapellen mit zugehörigen Altären in unserer Architektur ein *unicum* gewesen. Man entdeckte drei durch einen Zwischenraum voneinander getrennte Kapellen mit Altarschranken. Santa Lucía del Trampal weist gegenüber San Juan de Baños ein Querschiff mit drei Gewölbekuppeln auf und ist architektonisch präziser strukturiert als dies in San Juan de Baños der Fall ist. Für die Rekonstruktion von Santa Lucía del Trampal wird ein einziges schmales Schiff mit zahlreichen Ausbesserungen, die genauestens untersucht werden müßten, angenommen. Die wahrscheinliche Datierung von Santa Lucía del Trampal in westgotische Zeit könnte die Vermutungen über die Seitenkammern von San Juan de Baños dahingehend konkretisieren, daß die Seitenkammern an einen bereits bestehenden Komplex, nämlich an das Kirchenschiff angebaut wurden und die zwei weiteren Anbauten, zuerst am Hauptportal, später an das Presbyterium, unverkennbar Umbauten sind.

Beim Bauschmuck von San Juan de Baños, auf den wir später zu sprechen kommen, lassen sich zwei Gruppen unterscheiden, die Ausschmükkung *in situ* sowie die Fragmentstücke von Altarschranken, die bei Ausgrabungen der nahen Nekropole zum Vorschein kamen und eher dem toledanischen Stil als dem emeritensischen Stil zugehörig sind. Ein Fragment wiederholt das Rahmenornament des Credo von Toledo.

San Juan de Baños ist das beste und eindrucksvollste Beispiel einer traditionellen, basilikalen Anlage mit zwei neuen architektonischen Elementen, während die sog. hispanisch-westgotischen Formen noch unvollkommen zu nennen sind. In der Architektur dieser Zeit wird es kein weiteres Kirchenschiff von so eindeutig basilikaler Struktur geben, das, der römischen Baukunst gemäß, die Schiffe voneinander trennende bogentragende Säulenreihen aufweist.

Den Übergang der traditionellen, frühchristlichen Architekturformen zu hispanisch-westgotischen Architekturformen veranschaulicht beispielhaft die Kirche von Valdecebadar (Olivenza, Badajoz), von der wir leider nur den Grundriß kennen. Der Grundriß hat die Form eines Kreuzes mit gleich langen Kreuzarmen und mit Haupteingang im Süden. Spätere Anbauten stellen uns vor die Frage nach einer Neuordnung der Liturgie und, in konstruktiver Hinsicht, nach baulichen Veränderungen. Von dem Kreuzarm vor der Apsis geht nach Süden ein quadratischer Raum ab, der nur innen, vom Altarraum aus, zugänglich ist. Vom nördlichen Kreuzarm her tritt eine zweite Kammer mit einer Taufpiscina neben den Altarraum, von dem sie in ganzer Länge ein Zwischenraum trennt. Die rechteckige Taufpiscina, die der Taufpiscina der kleinen Kirche von San Pedro de Mérida, von Casa Herrera (Mérida) und Alconétar (Cáceres) gleicht, legt die Datierung der Anlage in eine frühere Epoche nahe. Es zeigt sich, daß man Wert auf einen Taufprozessionsweg legt, der in der traditionellen vorwestgotischen Liturgie begründet liegt. Die Apsis hat im

Grundriß die Form eines überzogenen Halbkreises, wie sie uns bei frühchristlichen Anlagen und Profanbauten u. a. in Segóbriga (Cuenca), Tarragona, San Cugat del Vallés (Barcelona) bereits begegnete.

Im Hinblick auf Konstruktion und Raumaufteilung gibt es auf alle Fälle eine Innovation gegenüber der traditionellen frühchristlichen Architektur. In die Reihe der vorgenommenen Veränderungen gehören die Trennung der vier Kreuzarme durch Scheidbögen, was eine Vierungskuppel vermuten lassen könnte, die Eckverstärkungen aus großen Blöcken und die Fundamentierungen der Pfeiler- oder Säulenstellungen, auf denen die Scheidbögen aufliegen. Unverkennbar sind die Parallelen zu San Fructuoso de Montelios, nahe Braga (Portugal). Dennoch deutet der Archaismus dieser Kirche keinesfalls auf die Mitte des 7. Jh., wie man annehmen wollte, sondern vielmehr auf das Ende des 6. Jh., gegen 600. Während die traditionellen Zentralbauten, z. B. das Mausoleum der Galla Placidia in Ravenna die Offenheit des Raumes betonen, ist das Innere von Valdecebadar sowie von Montelios deutlich gegliedert.

Einige wenige Grabstätten im Kircheninneren, vornehmlich neben der Taufpiscina und am Kirchenäußeren, werfen erneut die Frage auf nach dem Gesetz, das Beisetzungen im Kircheninneren und in Baptisterien unter Verbot stellte. Wir wissen, daß dieses Gesetz in anderen der frühchristlichen Architektur zugehörigen Kirchen, von Son Peretó (Mallorca) bis Bovalar (Lérida), nicht befolgt wurde. Auch kommen Grabstätten im Innern der hispanisch-westgotischen Kirchen des 7. Jh. sehr selten vor.

Mit Ausnahme von San Fructuoso de Montelios, in Braga (Portugal) werden die übrigen Kirchen dieser großen und originellen Gruppe nach ihrem Grundriß oder nach verschiedenen Kirchenformen bestimmt. Beinahe alle Kirchen haben Nebenräume – manchmal sogar ein Emporengeschoß –, die keine Verbindung zum Kircheninneren haben und deren Funktion wir nicht kennen. Diese Nebenräume werden für die Wohnräume der Presbyter oder einfacher Kirchenaufseher gehalten oder sie waren Sakristeien oder Pastophorien, aber nie in der Funktion der orientalischen *prothesis* und *diaconicon*. Bei einigen dreischiffigen Kirchen zeigt sich im Innern, daß die beiden Seitenschiffe vom übrigen Kirchenraum völlig abgetrennt sind. Nicht selten aber wird durch ein Querschiff, das dem Ganzen den Grundriß eines lateinischen Kreuzes gibt, der Eindruck einer Pseudobasilika erweckt. Deshalb ordnet die Wissenschaft diese Kirchen nach verschiedenen Gesichtspunkten, wobei sie bestimmte Charakteristiken besonders bewertet und hervorhebt.

Die einzige kreuzförmige oder zentrale Anlage mit griechischem Kreuz und Gewölbekuppeln ist San Fructuoso de Montelios. Die Kirche wird dem Heiligen Fructuosus als Bau seiner eigenen Grabstätte im Jahr 665 zugeschrieben. Später ließ er sich aus Demut in einem Arkosol an der nördlichen Außenmauer, links neben dem Altar, bestatten. Auch von außen ist das Gebäude als griechisches Kreuz erkennbar und entspricht so vollkommen der römischen Grabstättenarchitektur. Die Gliederung der Außenwände aus enggefügten Quadern mit Blendarkaden setzt den Bau in Beziehung zum Mausoleum der Galla Placidia in Ravenna. Unter dem Ansatz des Daches verläuft ein Fries aus kleinen Hufeisenbögen. Im Kircheninneren mit seinen Gewölbekonstruktionen über den hufeisenförmigen Kreuzarmen erhebt sich über dem Zentralraum eine Kuppel. Der überkuppelte Zentralraum wir durch Säulenarkaturen gebildet, die den Eingang zu den Kreuzarmen markieren, wie wir es aus ravennatischen Bauwerken des 6. Jh. kennen. Es überwiegt das immer noch sehr klassische korinthische Kapitell. Ein Fries mit Akanthusranken ziert das ganze Kircheninnere wie die Friesbänder von San Juan de Baños, San Pedro de la Nave

52. San Juan de Baños (Palencia). Außenansicht der Kirche in ihrem jetzigen Zustand

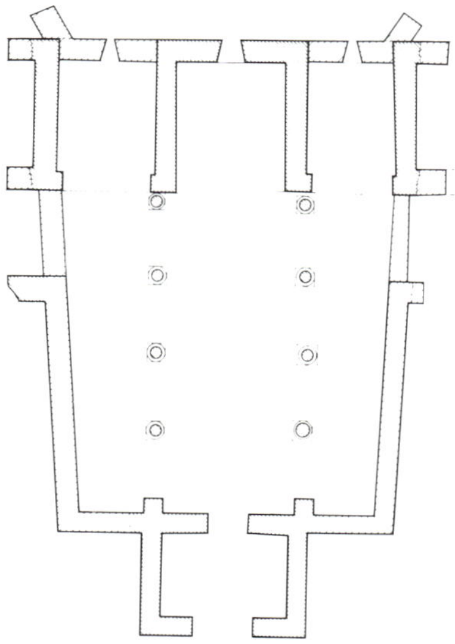

Fig. 40. San Juan de Baños (Palencia). Grundriß der Basilika (Nach T. Hauschild, 1972)

53. San Juan de Baños (Palencia). Eingang mit zwei geometrisch ornamentierten Blockkapitellen und Schlußstein mit Kreuz

54. San Juan de Baños (Palencia). Frontalansicht des Eingangs mit späterem Aufsatz über dem Portal.

5. San Juan de Baños (Palencia). Innenan-
cht des Mittelschiffs und der Apsis; über
em Scheitel des Triumphbogens befindet
ch die Weihinschrift Reccesvinths aus
em Jahre 661.

Folgende Seiten:
56. San Juan de Baños (Palencia). Arkade und Scheidbogen zwischen Mittelschiff und linkem Seitenschiff.
57. San Juan de Baños (Palencia). Lichtöffnung in der Apsis. Zwei schmale Reliefs markieren den Ansatz des Hufeisenbogens. (Das Fenstergitter ist nicht original).

58. Alcuéscar (Badajoz). Teilansicht der Vierung mit späteren Zusätzen

59. Alcuéscar (Badajoz). Blick auf die Rückseite, die dreiteilige Apsis der Basilika

60. Alcuéscar (Badajoz). Teilansicht der Vierung mit Apsis- und Querarmbögen

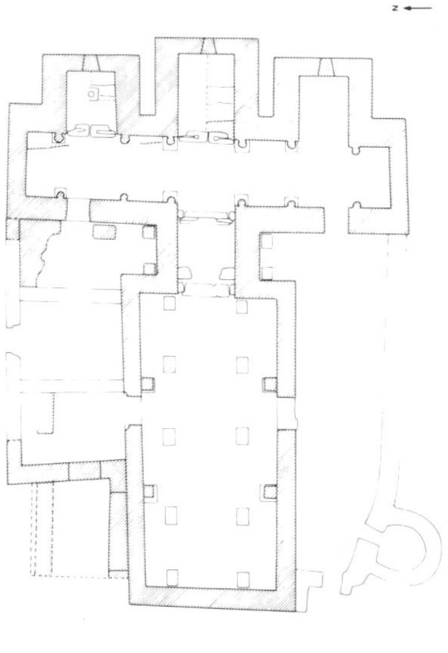

Fig. 41. Alcuéscar (Cásares). Grundriß der Kirche Santa Lucía de El Trampal (Nach L. Caballero, 1986)

61. Idanha-a-velha (Castelo Branco). Apsisbogen der vermutlich westgotischen Kirche

62. Idanha-a-velha (Castelo Branco). Blick auf die heutige Ortschaft

und – denen am Außenbau – von Quintanilla de las Viñas. Das Ravennatische ist in San Fructuoso stets gegenwärtig; von den oben abwechselnd rund und spitz schließenden Blendarkaden an den Außenwänden wie am Mausoleum der Galla Placidia bis zu den Säulenarkaturen wie in San Vitale und den korinthischen Kapitellen mit ihren prächtigen Akanthusranken.

Doch die kleinen Gewölbekuppeln, die die Zwischenräume zwischen den hufeisenförmigen Kreuzarmen überspannen und auf kleinen Säulen ruhen, stehen zu keinem anderen Bauwerk in konkreter Beziehung. Vielleicht zeigte das Innere der Kirche Santa Eulalia von Bóveda, in Lugo, in spätrömischer Zeit dieselben konstruktiven Elemente.

In einem gewissen Sinn stellt San Fructuoso de Montelios innerhalb unserer Architektur des 7. Jh. eine einzigartige Anlage dar, die an die klassische Tradition und an ravennatische Bauten anknüpft.

Im Zusammenhang mit San Fructuoso de Montelios wird stets die Krypta von San Antolín in der Kathedrale von Palencia erwähnt. Als Datierung wird die Zeit Wambas genannt, der die Reliquien des Heiligen von Narbonne nach *Palantia* überführen ließ. Beide Bauten sind der Memoria eines Heiligen geweiht und besitzen eine dreiteilige von einem großen Bogen überfangene Säulenarkatur, von der wir in bezug auf die Krypta von San Antolín nicht mit Sicherheit sagen können, ob sie zu einer basilikalen Anlage gehörte oder ob es sich um eine Zentralstruktur wie bei San Fructuoso de Montelios handelte. Als westgotisch können nur die Säulen mit ihren Kapitellen, auf denen hohe und steile, aus demselben Block gearbeitete Kämpfer sitzen, bezeichnet werden. Diese Kapitelle mit ihren starken Karniesen entsprechen dem cordobesischen Stil (Korbkapitell) und dem emeritensischen Stil (Kämpfer). Ihr mutmaßliches Datum stimmt mit der geschichtlichen Situation überein, d. h. mit dem Pontifikat von Askarius, das in die Zeit fällt, in der Wamba die sterblichen Überreste des Hl. Antolín von Narbonne nach Palencia überführen läßt (672).

Es ist schwierig, eine rein basilikale Grundform aufzuzeigen. Fast bei allen Sakralbauten herrscht der kreuzförmige Grundriß, d. h. das lateinische Kreuz, vor sowie das Querschiff in kreuzförmiger Anlage, sei sie nun freistehend oder innerhalb eines rechteckigen Kernbaus.

Die kleine Kirche San Pedro Balsemao, in der Nähe von Lamego (Portugal), ist zu oft restauriert worden, um ihre ursprüngliche Struktur mit Genauigkeit bestimmen zu können. Es ist eine fast quadratische Anlage, der Länge nach in drei Schiffe geteilt wie eine Basilika. Die Verbindung von Hauptschiff und Seitenschiffen wird aber nur in der Mitte hergestellt – wie bei einem reinen Zentralbau – durch drei auf zwei Säulen aufliegenden Bogen. Das nach Norden eine rechteckige Apsis bildende Langhaus wird durch einen säulentragenden Triumphbogen abgeschlossen. Der Triumphbogen wurde durch zusätzliche Wölbsteine erhöht; vier wiederverwendete römische Kapitelle und zwei aus neuerer Zeit. Einige Elemente der Restaurierungsarbeiten könnten in Bezug zum cordobesischen Stil gesetzt werden, wie die Kämpfer mit großen Voluten an ihren Enden, doch erschweren die vielen Veränderungen an der ursprünglichen Anlage eine genaue Untersuchung und Bestimmung des ganzen Komplexes.

Ein großes Geheimnis ist ebenfalls noch immer die grandiose Kirche von *Egitania*, dem heutigen Idanha-a-Velha (Castel Branco, Portugal), deren Datierung in westgotische Zeit fragwürdig ist. Es ist eine großartige rechteckige Anlage mit drei durch hohe, schlanke Säulenreihen getrennten Schiffen. Das mörtellos errichtete Quadermauerwerk, die typisch westgotische Hufeisenform des trennenden auf Säulen aufruhenden Bogenwerks, sind konstruktive und ornamentale westgotische Elemente. Egita-

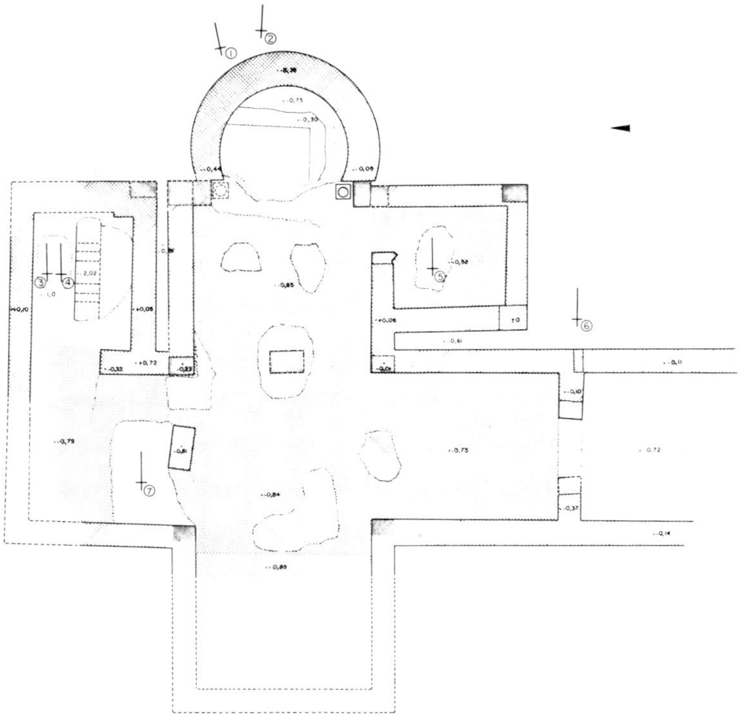

Fig. 42. Valdecebadar (Badajoz). Plan der kleinen Basilika mit Andeutung des Baptisteriums und der Gräber (nach T. Ulbert, 1973).

nia wäre - mit Ausnahme von Baños de Cerrato - die einzige typisch basilikale Anlage. Egitania war in westgotischer Zeit Bischofssitz und Münzprägestätte. Von den zahlreichen, erhaltenen Fragmenten aus römischer und christlicher Zeit ist ganz besonders die schöne Taufpiscina aus dem 6. Jh. hervorzuheben, die sich heute außerhalb der Kirche, an der Vorderfront des Gebäudes, befindet.

Die eigentliche Gruppe der kreuzförmigen Anlagen der hispanischen Architektur wirft aufgrund der zahlreichen späteren Um- und Anbauten eine Reihe von Interpretationsproblemen auf. Es handelt sich um die Kirchen San Pedro de la Mata, Toledo; Santa Comba de Bande in Orense und - auf ihre Weise - um die einzigartige Kirche San Pedro de la Nave, in Zamora.

San Pedro de la Mata in Casalgordo, nahe Orgaz - von Gómez Moreno San Pedro de Arisgotas getauft, nach dem in der Nähe von Orgaz gelegenen Ort - und Santa Comba de Bande, sind im Mittelalter zu wiederholten Malen neu errichtet worden. Deshalb gibt es verschiedene Grundrisse, bedingt durch die unterschiedliche Zuordnung bestimmter, den ersten Bauabschnitt definierender Elemente. San Pedro de la Mata wurde kürzlich mit der Kirche Santa María de Melque, ebenfalls in Toledo, verglichen. Diese Kirche wurde noch bis vor kurzem in die mozarabische, vorromanische Zeit datiert, weshalb die genannten Kirchen eher in nachwestgotische Zeit als ins 7. Jh. zu datieren sind.

San Pedro de la Mata ist eine kreuzförmige, langgestreckte Anlage mit Querschiff und herausgeschobener Rechteckapsis. Das Mittelschiff, der Apsisvorraum und die Apsis sind nicht so breit wie das Querschiff, als hätte dieses die für die Liturgie wichtigste Funktion gehabt. Die Anlage weist eine Reihe von Anbauten auf, die das Kreuz, nämlich Querschiff, Kreuzhaupt und Südseite des Gebäudes einem Rechteck einbeschreiben. Zwei weitere Anbauten in den östlichen Kreuzarmen sind genauso breit wie der Apsisvorraum. Schrankenplatten – rinnenartige Vertiefungen deuten ihre Standorte an – lassen eine Aufteilung des Kircheninneren in drei Räume vermuten. Spuren von Schranken sind am Apsiseingang, im Vorraum der Apsis dicht vor der Vierung und im westlichen Kreuzarm festzustellen. Der Altarraum war von einem Tonnengewölbe überdacht, das in einer der Türöffnungen noch teilweise erhalten ist. An der östlichen Vierungsseite markieren auffälligerweise keine Säulen den Eingang zum Presbyterium. Die Vierungspfeiler ebenso wie die Mauern sind sehr stark. In der Dekoration treten Friese mit Palmettranken und Blüten auf, die große Ähnlichkeit mit der Ornamentik von San Pedro de la Nave, San Juan de Baños oder Quintanilla de las Viñas aufweisen.

Auch Santa Comba de Bande zeigt eine Kreuzform mit späteren Anbauten, die das griechische Kreuz im Ostabschluß und am Haupteingang verlängern. In den vier Winkeln der Kreuzarme liegen kleine Räume, an der Vorderfront zwei Seitenräume. Das Gesamtbild ergibt ein großes Rechteck, aus dem nur die Apsis herausragt. Die Kreuzarme sind von Tonnengewölben aus Ziegelstein überdacht und über der Vierung erhebt sich ein Kreuzgratgewölbe aus Ziegelstein. Der Triumphbogen des Altarraums ruht auf je zwei Säulen mit ihren entsprechenden Kapitellen. Zwei der Triumphbogenkapitelle stammen aus westgotischer Zeit, die beiden anderen aus asturianischer oder vorromanischer Zeit, als die Kirche *a fundamentis* wiederaufgebaut wurde. Dieser Zeit ebenfalls einzuordnen ist der aufliegende große Kämpfer mit Strickbandleiste. Die Rekonstruktion der Kirche – und die Wiederbesiedlung dieses Gebietes – zur Zeit Alfons' II. im Jahr 872 laut dem sog. Tumbo de Zamora des Archivo Histórico Nacional de Madrid (Nationalarchiv für Geschichte in Madrid), stellt uns vor viele Fragen. Wie sah die ursprüngliche Kirchenanlage aus? In welche Zeit sind die möglichen Anbauten an die Kreuzform zu datieren, d. h. all die kleinen Räume ohne liturgische Verbindung zur Kirchenmitte, mit Ausnahme der Räume an der Vorderfront der horizontalen Kreuzarme?

Die kreuzförmige Anlage innerhalb eines rechteckigen Kernbaus, wie sie bei den erwähnten Kirchen, zumindest in ihrem heutigen Zustand zutage tritt, bestimmt die Struktur anderer Kirchenbauten. Zu den großartigsten Bauten zählen die Kirchen San Pedro de la Nave in Zamora und San Gião de Nazaré in der portugiesischen Estremadura mit ihrer besonders interessanten Raumgliederung.

Die dreischiffige mit einem Querschiff versehene Kirche San Gião de Nazaré hat einen rechteckigen, fast quadratischen Grundriß. Das südliche Seitenschiff ohne Verbindung zum Mittelschiff ist in zwei korridoartige Räume unterteilt. Auch das nördliche Seitenschiff zeigt zwei korridoartige Räume, wobei allein der westliche Raum mit dem Mittelschiff verbunden ist, der östliche mit dem Querschiff. Vom Querschiff werden in der Achse der Seitenschiffe durch zwei Säulen zwei Seitenräume abgeteilt. Mittelschiff und Querschiff sind durch eine Wand getrennt, die nur durch eine Tür und kleine, seitliche fensterartige Öffnungen mit verzierten Kämpfern und überzogenen Rundbögen durchbrochen wird. Die Apsis ist rechteckig, herausgeschoben und hat starke Seitenmauern. Die Empore über dem Osteingang ist als eventueller Anbau zu denken. Eine Empore kommt in unserer Architektur nur sehr selten vor und wird ebenfalls für die kleine Landkirche von San Pedro de Mérida gedeutet. Ihr Vorhandensein in der Kirche Els Fornells auf Menorca wird durch einen Treppenaufgang belegt. Für ihre Datierung gilt das 6. Jh. Die hispanische Architektur führt die Empore erst im Hochmittelalter ein.

Als gleichsam bestes Beispiel für eine kreuz-

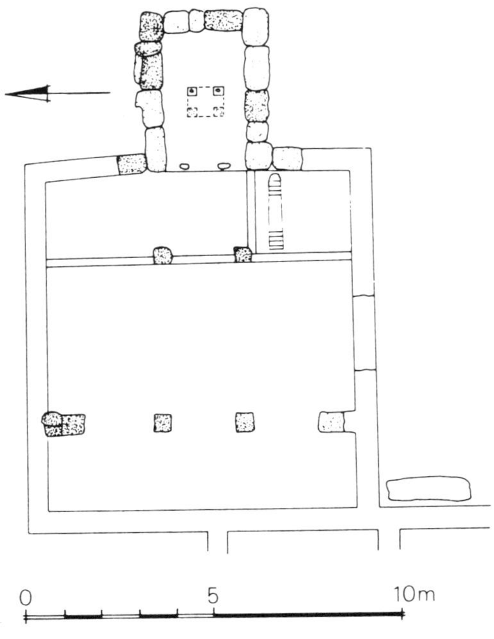

Fig. 43. San Pedro de Mérida (Badajoz). Grundriß der kleinen Kirche mit Angabe des Baptisteriums (nach M. Almagro u. A. Marcos Pus, 1958).

förmige Anlage innerhalb eines rechteckigen Kernbaus ist die Kirche San Pedro de la Nave zu nennen. Die Struktur der Kirche ist bis zur Vollkommenheit durchdacht und das Werk einer reifen Architektur und einer langen ästhetischen Erfahrung; der Liturgie untergeordnet sind all ihre Elemente. In San Pedro de la Nave findet die westgotische Architektur ihre vollkommene Harmonie. Deshalb wird diese Kirche in die 2. Hälfte des 7. Jh., genauer gegen Ende des 7. Jh. datiert.

Die rechteckige Anlage wird nur durch die nach Osten heraustretende Apsis und an den Enden der seitlichen Kreuzarme durch je einen rechteckigen Raum durchbrochen. Die innere kreuzförmige Struktur zeigt ein sich leicht nach Osten vorschiebendes Querschiff, so daß keine rein zentrale Anlage besteht. Das von Haupt- und Querschiff gebildete große Kreuz ist von außen durch seine größere Höhe erkennbar, während die Seitenschiffe und das Presbyterium niedriger sind. Die innere Struktur zeigt abgeschlossene Räume und, in Wirklichkeit, nur ein Mittelschiff mit flankierenden Räumen, die vor der Vierung durch Rundbogentüren mit dem Hauptschiff in Verbindung stehen. Die Vierung wird durch vier Eckpilaster mit ihren entsprechenden Trapezkapitellen bestimmt. Kapitelle und Kämpfer sind mit figürlichen Motiven geschmückt. Das Mittelschiff verläuft bis zum Altarraum und ist durch dreiteilige Bogenfenster und zwei Säulen von den flankierenden Räumen getrennt. Der Eingang zur Rechteckapsis wird durch einen hufeisenförmigen Triumphbogen gebildet. Er liegt auf zwei Säulen mit Trapezkapitellen und großen Kämpfern auf. Die östlich gelegenen Räume und die Querschiffsarme sind durch Tonnengewölbe aus schönen Quadern überdeckt. Über Apsis und Querschiffsarmen liegen einige Räume, die nur vom Kircheninneren aus zugänglich sind, wie in Santa Comba de Bande oder Quintanilla de las Viñas.

Die innere Ausschmückung der Kirche ist ornamentalplastischer Art. Wir unterscheiden zwei Meister oder Werkstätten. Zum einen den von uns so genannten „Meister von San Pedro de la Nave“. Ihm verdanken wir die vier Kapitelle, Basen und Kämpfer der Vierungspfeiler; einen Fries unterhalb des Tonnengewölbes sowie die kleinen Friese oberhalb der Fenster im Mittelschiff. Zum zweiten Meister gehören die Kapitelle und Kämpfer des Triumphbogens, sowie die von den Kämpfern und der dekorativen Rahmung der Apsisfenster ausgehenden Friese, die auf halber Höhe an den Apsiswänden bis zum Mittelschiff entlanglaufen.

Interessant ist das Thema der vier Kapitelle der Vierungspfeiler. Ihre Inschriften mit dem Anfang VBI lassen ein Vorbild in Handschriften vermuten, während gewisse ikonographische Details die Figurenkapitelle in dieselbe oder in eine frühere Zeit datieren. So ist zum Beispiel der Tisch, auf dem Isaak als Opfer dargebracht wird, eine *mensa altaris* mit vier frühchristlichen *stipites* und nicht ein Altar mit einem Fuß, wie sonst in der hispanisch-westgotischen Architektur üblich. Die figürlichen Darstellungen auf den zwei ersten Kapitellen sind links Daniel in der Löwengrube mit Inschrift, auf den Schmalseiten die Apostel Thomas und Philippus, rechts die Opferung Isaaks mit Inschrift und an den Schmalseiten die Apostel Paulus und Petrus. Die großen Kämpfer mit Rankenwerk, Vogeldarstellungen (Pfauen und Perlhühner) und pflanzliche Motive – wie wir sie von orientalischen, byzantinischen und sassanidischen Seidenstoffen kennen – ergänzen die ikonographischen Darstellungen. Die Kapitelle der östlichen Vierungspfeiler zeigen symmetrisch angeordnete Vögel und Pflanzenmotive. Die Datierung dieser Ornamentierungen in hispanisch-westgotische Zeit – laut einigen Forschern in die nachwestgotische Zeit der Wiederbesiedlung wie die Dekoration von Quintanilla de las Viñas, Burgos – wird außerdem durch denselben Dekor auf einem hispanisch-westgotischen Gürtelbeschläg aus dem 7. Jh. bestätigt, das in der Nekropole von La Guardia, Jaén, gefunden wurde.

Vielleicht können wir auch der Kirche Quintanilla de las Viñas in Burgos einen kreuzförmigen Grundriß zuschreiben, obwohl sie manchmal aufgrund des verlängerten Mittelschiffes und des – teilweise noch erhaltenen – Querschiffes neben dem Altarraum als basilikale Anlage gilt. Aber von dieser Kirche ist uns nur die rechteckige Apsis und ein Teil des davorgelegenen Querschiffes erhalten. Grabungen haben die Bauansätze, der ganzen aber nie gebauten Anlage, freigelegt und eine umfassende Untersuchung ermöglicht. Nach den Fundamentspuren wäre der Gesamtbau als basilikale Anlage mit drei ungleich langen Schiffen zu denken. Die Seitenschiffe wurden durch Mauern in zwei nicht weiterführende Räume abgeteilt. Vor den Schiffen lagen drei ebenfalls nicht weiterführende Räume, während sie auf der gegenüberliegenden Seite in ihrer ganzen Breite durch ein Querschiff abgegrenzt wurden, an dem sich beidseitig ein Raum anschloß.

Großartig ist die uns erhaltene plastische Ausschmückung, die sich nicht mehr *in situ* befindet. Den Eingang zur Apsis bilden zwei schmale wiederverwendete Säulen, auf denen je ein großer trapezförmiger Block mit Reliefdarstellung aufliegt. Links ist der Mond und rechts die Sonne dargestellt; beide Motive in einem von zwei Engeln gehaltenen Kreis, wie wir sie auch auf römischen Sarkophagen und später sehr zahlreich in der Bildhauerkunst des Frühmittelalters finden und sogar in der Bildhauerkunst, wie sie sich unter den Karolingern an der Adriaküste und in Venetien entwickelte. Der Kämpfer mit der Darstellung des Mondes trägt die reliefierte Inschrift † OC EXIGVVM EXIGVA OFF. DO FLAMMOLA VOTVM D *(† Oc exiquum exiqua off(ert) d(omina) Flammola votum (Deo))*; anstatt *d(omina)* kann auch *D(eo)* gelesen werden. [Die demütige Flammola bietet dieses demütige (Geschenk) Gott als Gelübde.] Flammola ist wahrscheinlich die Gemahlin von Gundesalvo Telliz, Graf von Lara, – wo sich die Kirche befindet –, der das Kloster 879 restaurieren ließ. Laut Pérez de Urbel machte die Gräfin Noma Donna im Jahr 929 eine Schenkung zu Ehren der Jungfrau *in eorum honore baselica fundata est in suburbio* (Ihr zu Ehren wurde die Kirche im Vorort errichtet). Dies ermöglichte ihm die Identifizierung der Stifterin/Kirche und die Datierung ins 10. Jh.

Zwei jetzt selbständige Kapitelle zeigen zum einen Christus, der in der rechten Hand ein Stabkreuz hält und von zwei Engeln flankiert wird, zum anderen die Büste der Jungfrau Maria. Auf drei weiteren losen, kleinen Kämpfern finden sich Darstellungen der Evangelisten.

Welcher Art hier das Gewölbe war, ist noch nicht eindeutig geklärt. Über dem Querschiff muß sich ein Tonnengewölbe mit Kuppel erhoben haben, während das Kreuzhaupt oder der

Altarraum ein Kreuzgratgewölbe mit Pendentif trug, dessen Ansatz noch erhalten ist. Die Kämpfer mit der Evangelistendarstellung waren vermutlich Teil der Gewölbekonstruktion. Den Triumphbogen umrahmt ein Fries mit pflanzlichen Motiven und Vogeldarstellungen. Die gleiche skulpturale Thematik muß in übereinanderliegenden Friesen, zwischen denen jeweils eine Schicht glatter Steinblöcke lag, das Apsisinnere und die Kirchenschiffe geschmückt haben. Horizontale Steinsetzungen, die wenige Zentimeter überstehen, sollten *in situ* behauen werden; sie sind jedoch schmucklos geblieben.

Die noch vorhandenen Außenmauern sind mit übereinanderliegenden Friesen mit Vögeln und Fruchtkörben geschmückt. Die Ornamentierung der Kirche wird in Gruppen von Elementen eingeteilt, deren Ausführung in mehreren – mindestens drei – Händen lag. Die verwendeten ornamentalen Motive sind uns von Stoffen, Elfenbeinarbeiten und anderen beweglichen Werken der Kleinkunst aus byzantinischen, persisch-sassanidischen oder afrikanischen Werkstätten bekannt.

Unter den ornamental-plastischen Bauelementen erscheinen Medaillons mit Anagrammen, deren Deutung Probleme aufwirft. Interessant ist ihre völlige Übereinstimmung mit der Art, in der Königs- oder Städtenamen auf westgotischen Münzen unter Chindasvinth, Reccesvinth, Egica und Witiza abgekürzt wurden. Ihre Deutung ist sehr umstritten, so glaubte Pérez de Urbel:

ADEFONSUS / LEGIONE / FREDENANDUS / CASTELLA zu lesen,

Gómez Moreno dagegen:

FLAINUS / DILANUS / FECERUNT.

Die Deutung dieser Anagramme ist äußerst schwierig, solange ein Rückgriff auf andere entschlüsselte Anagramme dieser Art nicht möglich ist.

F	Δ	F
A ┼ N	A ┼ N	R ┼ N
L	L	C

Weitere, weniger bedeutende Kirchen können ebenfalls der Gruppe mit kreuzförmigem Grundriß zugeordnet werden. Erwähnt sei hier die Kirche Ventas Blancas (Logroño) mit nur einem rechteckigen Raum, hervorstehender Kammer zu beiden Seiten des Presbyteriums, freistehender Rechteckapsis mit zwei Säulen am Zugang. An der Südseite schließt sich ein ähnlicher Portikus und ein Seitenschiff an. Des weiteren die Kirche Vera Cruz von Marmelar, Alto-Alentejo (Portugal) mit freistehender Rechteckapsis, an die sich zwei mit dem Querschiff verbundenen Kammern anschließen. Der Ornamentfries um den Bogen des Apsisfensters und an den Seitenwänden des Presbyteriums entlang erinnert an den Fries von San Pedro de la Nave.

Weitere typgleiche Kirchen finden sich u. a. in Amiadoso (Orense), Pedro (Soria) sowie Siero (Burgos), Guarrazar (Toledo), Tarrasa (Barcelona), Cortijo de Valdecanales (Jáen). Eine besondere Bedeutung kommt der Felskirche Cortijo de Valdecanales (Jaén) zu. Zur Einordnung und zur besseren Kenntnis dieser Kirchengruppe der hispanisch-westgotischen Architektur tragen auch kleinere Fragmente bei.

Ein gesondertes Kapitel haben wir der Bauplastik gewidmet, weshalb wir an dieser Stelle nur zwei der wichtigsten Fragen aufgreifen wollen, die sich im Zusammenhang mit der Bauplastik ergeben: Die Kontinuität im Kunstschaffen der Handwerker und Künstler in den städtischen, schöpferischen Zentren und die angebliche Bilderfeindlichkeit der hispanisch-westgotischen Kunst. Diese These ist heute nicht mehr haltbar, wie allein der Vergleich der wenigen Fragmente figürlicher Darstellung mit den erhaltenen Handschriften aus spätrömischer und westgotischer Zeit zeigt, die in den vorromanischen Schriften fortbestehen.

Neue Ansatzpunkte für die westgotische Architektur ergaben die Ausgrabungen bei Pla de Nadal, Riba-Roja (Valencia). Die noch andauernden Grabungsarbeiten legen vermutlich die große Südfassade eines Sakral- oder Profanbaus, mit Gewißheit jedoch eines privaten Gebäudes frei: ein großer Portikus mit einem rechteckigen, 17 m zu 5 m langen Vestibül in Ost-West-Ausrichtung, was eine Nord-Süd-Achse der Anlage voraussetzt. Durch je eine Tür an den Schmalseiten gelangt man in ein kleines, quadratisches Atrium mit vier Türen und einem Portikus mit vier Säulen. An das Atrium schließt südlich ein quadratischer Raum an, an dessen Südwest-, bzw. Südostseite zwei nicht weiterführende Räume anliegen wie Außentürme. Symmetrisch zum Säulenvorbau gab es vermutlich einen weiteren quadratischen Raum, wie der, der den Durchgang zu den tür- und fensterlosen Räumen oder Außentürmen ermöglicht.

Die Anlage weist keinerlei Ähnlichkeiten mit einem Sakralbau auf und erinnert, bei all den strukturellen Unterschieden, an die großen Portika oder Fassaden der spätantiken *villae*, die manchmal – wie in Pedrosa de la Vega (Palencia) – von hervorstehenden Türmen flankiert werden. Wir wissen nicht, was sich im Norden an diese große Anlage anschloß. Die Bewirtschaftung der Felder hat dies unkenntlich gemacht. Die Anlage hatte gleich den erwähnten Sakralbauten keine Fundamentierung, die jetzt eine Wiederherstellung des Gesamtgrundrisses ermöglichte. Die Untersuchungen und Grabungen sind gleichwohl weiterhin im Gange. Die reiche und klare plastische Ausschmückung legt ohne jeglichen Zweifel eine Datierung der Anlage ins 7. Jh. oder vielleicht Ende des 6. Jh. nahe.

Zivil- und Militärarchitektur

Nur wenig wissen wir über die Bauten aus westgotischer Zeit, die zum Zivil- oder Militärbauwesen gehören. Im Laufe unserer Untersuchung zitierten wir einige Textstellen, die von Bauten berichten, die auf Anordnung der westgotischen Herrscher errichtet wurden, ohne Standort und Art des Gebäudes näher zu benennen.

In diesem Zusammenhang wird stets die Stadt *Reccopolis* genannt, die Leovigild 578 zu Ehren seines Sohnes Reccared gründete. Anhand des Chronisten Johannes Biclarensis läßt sich belegen, daß Leovigild mit dieser Stadtgründung die Absicht verfolgte, sein Königtum zu stärken. Johannes Biclarensis benennt und datiert die Stadtgründung wie folgt: *anno II Tiberii Imperatoris, qvi est Leovigildi Regis annvs X* und gebraucht die römische Zeitrechnung, obwohl Leovigild mit dem Imperium gebrochen hatte.

Leovigildus rex extinctis undique tyrannis et pervasoribus Hispaniae superatis, sortitus requiem propia cum plebe resedit et civitatem in Celtiberia ex nomine filii condiditam quae Recopolis nuncupatur: quam miro opere in moenibus et suburbanis adornans privilegia populo novae urbis instituit („König Leovigild errichtete, nachdem er die Tyrannen überall vernichtet und die Usurpatoren von Hispanien besiegt hatte, vom Glück ausgezeichnet, mit seinem Volk einen Ort der Ruhe und gründete in Keltiberien eine Stadt, die er nach seinem Sohn Reccopolis nannte; für die Bewohner der neuen Stadt schuf er Sonderrechte und umgab die Stadt mit einem wunderschönen Mauerwerk und erstellte Gebäude außerhalb“).

Die Stadt, deren Kirche wir schon beschrieben haben, lag bei Zorita de los Canes, Guadalajara. Die Grabungen legten die Kirche frei und nahebei ein großes Palastgebäude, andere Kultgebäude und ein Stadtviertel von ziemlich regelmäßigem Grundriß. Die Stadt stand wie eine Akropolis auf einem Hügel und war von einer

Stadtmauer umgeben. Erhalten sind uns ein Teil der Stadtmauer und ihre rechteckigen Türme. Die Mauerzüge bestehen aus Bruchsteinen mit Kalkmörtelfüllungen, ohne Fundamentierung, aber mit einem Quadersockel aus quadratischen, schlecht behauenen, mit Kalk verbundenen Quadern, mit Ausnahme der Türme aus besser gearbeitetem Quadergestein.

In einem der freigelegten Räume am Fuß der Kirche wurde ein hochinteressanter Münzschatz von Tremissen des Königs Leovigild gefunden. Die Serie zeigt nur die ersten Prägungen des Königs und nicht die zweiten, auf deren Rückseite das Kreuz auf Stufen erscheint, wie es Kaiser Tiberius II. Constantinus 578 in Byzanz einführte. Folglich ist diese Tremissenprägung *vor* das Jahr 578 zu datieren. Die Ruinen wurden dem Zerfall preisgegeben, und die Architekturteile lassen eindeutig hispanisch-römische Elemente der Spätantike erkennen.

Die sog. „Mozarabische Chronik des Jahres 754" oder *Continuatio Hispana* berichtet von den Restaurierungs- und Verschönerungsarbeiten in Toledo unter König Wamba (Kap. 46): *Civitatem Toleti mire et eleganti labore renobat, quem et opere sculptorio versivicando pertitulans hoc in portarum epigrammata stilo ferreo in nitida lucidaque marmora patrat.*

Interessant ist die Ähnlichkeit mit der byzantinischen Inschrift auf dem Stadttor von *Cartago Nova* und die Verwendung der gleichen Adjektive *miro opere*, wie wir sie von Johannes Biclarensis in bezug auf Reccopolis kennen; über die erwähnte Chronik von Johannes Biclarensis – gleichsam eine *Laudatio* auf die Bemühungen des Königs – wissen wir weder Näheres, noch ist sie uns erhalten.

Ein in den Ost-Pyrenäen in Puig Roma (Gerona) ausgegrabenes Kastrum versetzt uns, archäologisch betrachtet, ebenfalls in die Herrschaftszeit Wambas. Es handelt sich um einen auf einem Hügel stehenden Festungsbau mit Umfassungsmauer und quadratischen Türmen. Die Mauern sind aus großen Granitblöcken mit Kalk-, Erd- und Mörtelfüllung gesetzt, wie in Zorita de los Canes. Ein Ecktor wird von zwei quadratischen Türmen flankiert. Die Struktur der Wände mit schräg liegenden Steinschichten erinnert an ein *pseudo opus spicatum*. Diese Mauertechnik findet sich im Hispanien des 4. Jhs. im Mausoleum von La Alberca (Murcia). Im Innern der Festung liegen eine Anzahl von Räumen nebeneinander, andere wiederum parallel zur Mauer. Die Anlage wird in das 7. Jh. datiert und dürfte im Zusammenhang mit den Feldzügen Wambas gegen Paulus von Septimanien gesehen werden, wie sie Julian, Erzbischof von Toledo, in der *Historia Wambae Regis* ausführlich schildert. Wir vermuten, daß ein anderer Festungsbau auf der anderen Seite der Pyrenäen, nahe Rosas, die sog. Klausuren, *nam in castrum quod vocatur clausuras...*, wahrscheinlich aus ähnlicher Zeit stammt. Die Forschungs- und Grabungsarbeiten dauern noch an.

Auch die Festungsbauten aus westgotischer Zeit lehnen sich an traditionelle, spätrömische Bauweisen an, zeigen aber gleichfalls Übernahmen aus der byzantinischen, insbesondere nordafrikanischen Militärarchitektur. Erforscht werden heute die Festungsbauten von Peñon de Ifach bis Bigastri in Murcia.

Im Zusammenhang mit den ländlichen Siedlungen sei erwähnt, daß wir von einigen Siedlungsstätten genaue Kenntnisse haben, insbesondere von Bovalar, Serós (Lérida). Die noch andauernden Grabungen ergeben für diese Anlage zwei Datierungen, nämlich etwa Mitte 6. Jh. und Anfang 8. Jh. mit der Zerstörung der Anlage. Das Fundmaterial besteht aus Münzen und anderen wichtigen, Landwirtschaft und Wirtschaft zugehörigen Objekten. Die Fundstücke spannen den Bogen zum letzten König der Westgoten im Nordosten des Reiches, zu Akhila, der neben Roderich die Herrschaft innehatte. Akhila regierte über ein großes Gebiet der Iberischen Halbinsel, das das ganze Ebrotal ab *Caesaraugusta* einnahm, und über das westgoti-

3. San Antolín (Palencia).
pta unter der Kathedrale
hufeisenförmigen Bögen
und Säulenstellung

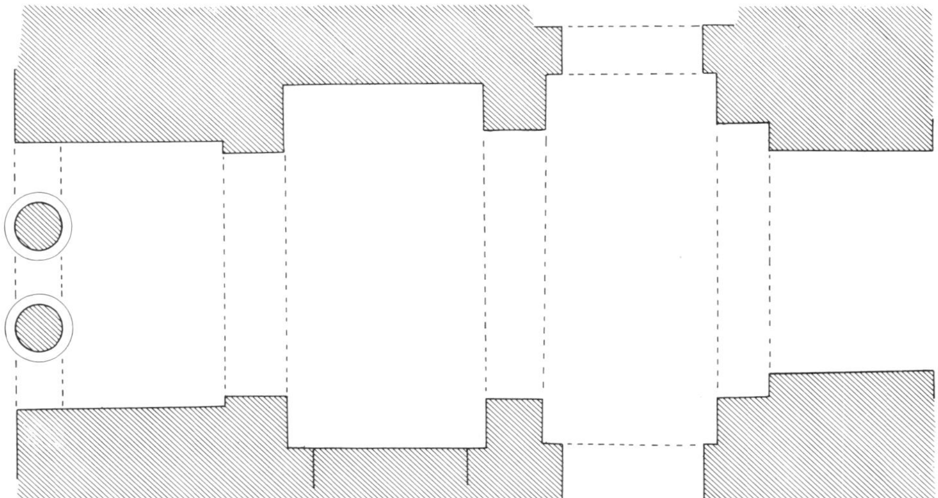

Fig. 44. San Antolín (Palencia). Grundriß der Krypta (Nach M. Gómez Moreno und E. Camps).

64. San Fructuoso de Montelios (Braga). Außenansicht des Gebäudes, mit Blendarkaden, die oben abwechselnd rund und spitz schließen

65. San Fructuoso de Montelios (Braga). Äußeres mit Blendarkaden und Grabnische des Fructuosus

66. San Fructuoso de Montelios (Braga). Außenansicht von Ost- und Nordarm sowie der Zentralkuppel, beträchtliche Restaurierungen

67. San Fructuoso de Montelios (Braga). Blick auf das Mausoleum mit dem späteren Kirchenbau

68. San Fructuoso de Montelios (Braga). Inneres der kreuzförmigen Anlage mit den Säulen, die die Bögen tragen und den Zentralraum betonen

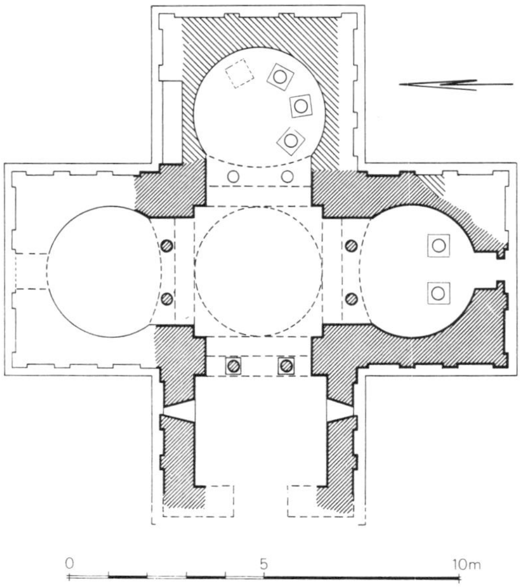

Fig. 45. San Fructuoso de Montelios (Braga). Grundriß des Mausoleums (Nach H. Schlunck und T. Hauschild, 1978)

69. San Fructuoso de Montelios (Braga). Inneres mit umlaufendem Fries und kapitellbekrönter Säule, die die kleineren Bögen abstützt

70. San Fructuoso de Montelios (Braga). Eckbildung mit dem Ansatz der großen Bögen, die die kleineren dreifachen Bögen überfangen

71. San Pedro de Balsemão (Lamego). Inneres, Bogen zwischen Schiff und Apsis, die heute ein Barockalter einnimmt

Fig. 46. San Pedro de Balsemão (Lamego). Grundriß der Kirche (Nach M. Gómez Moreno und E. Camps)

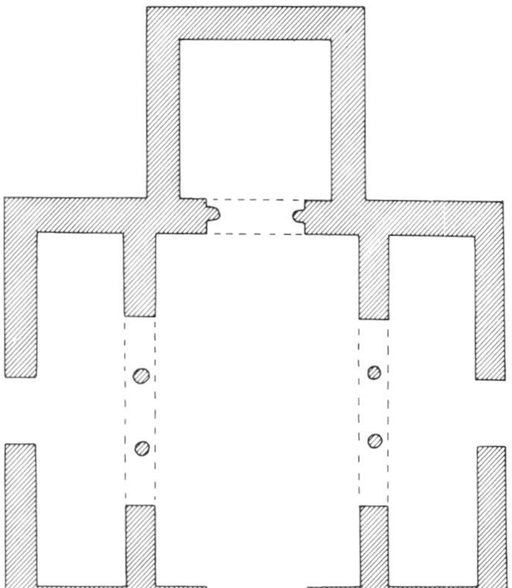

72. San Pedro de Balsemão (Lamego)
Inneres der kreuzförmigen Kirche, mi
Säulen- und Bogenstellun

73. Melque (Toledo). Außenansicht der Kirche Santa María nach ihrer Restaurierung

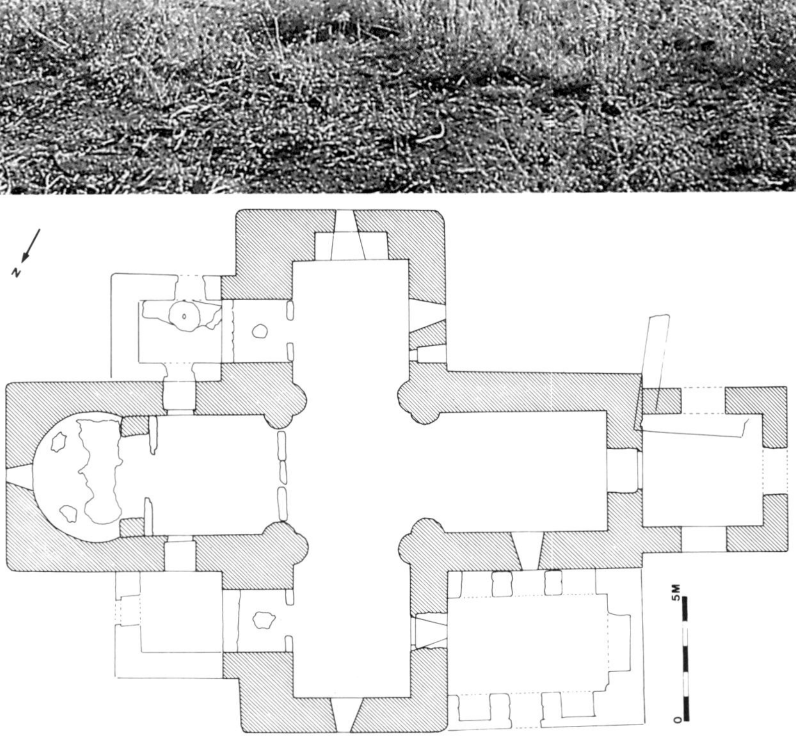

Fig. 47. Grundriß der Kirche Santa María mit Angabe der unterschiedlichen Erbauungsphasen (Nach L. Caballero, 1980)

74. Melque (Toledo). Ansatz der Bögen von Apsis und Seitenschiff

75. Melque (Toledo). Vierung mit den Bögen von Mittelschiff und Apsis

76. San Pedro de la Mata (Toledo).
Blick von Süden auf den Scheidbogen zwischen Mittelschiff und Seitenschiff

77. San Pedro de la Mata (Toledo).
Apsisbogen im Kircheninnern
78. San Pedro de la Mata (Toledo).
Außenansicht von Südwesten
79. San Pedro de la Mata (Toledo).
Blick auf die Kirche und ihre Umgebung
Fig. 48. San Pedro de la Mata (Toledo).
Grundriß (Nach L. Caballero, 1980)

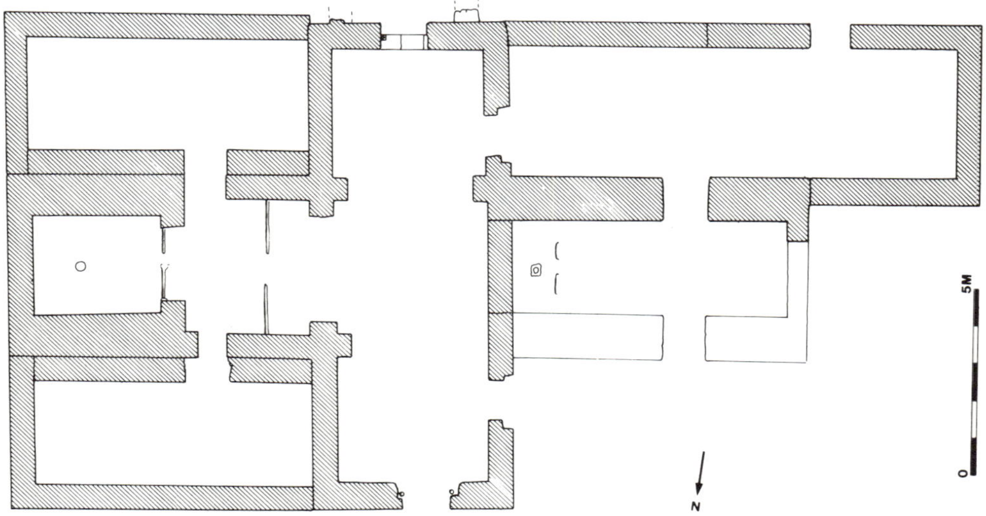
5M
0
N

80. Santa Comba de Bande (Orense). Außenansicht der Kirche mit ihrer Dächerstruktur

81. Santa Comba de Bande (Orense). Kircheninneres, Säulen und Hufeisenbogen, die den Altarraum vom Schiff abtrennen

82. Santa Comba de Bande (Orense). Außenansicht der Kirche mit Glockenaufsatz aus späterer Zeit

83. Santa Comba de Bande (Orense
Wiederverwendete Kapitelle – Träg
des Apsisbogens – mit Strickbandleis
aus mozarabischer Ze

84. Santa Comba de Bande (Orense).
Gewölbe über der Vierung mit Strickband-
leiste aus mozarabischer Zeit

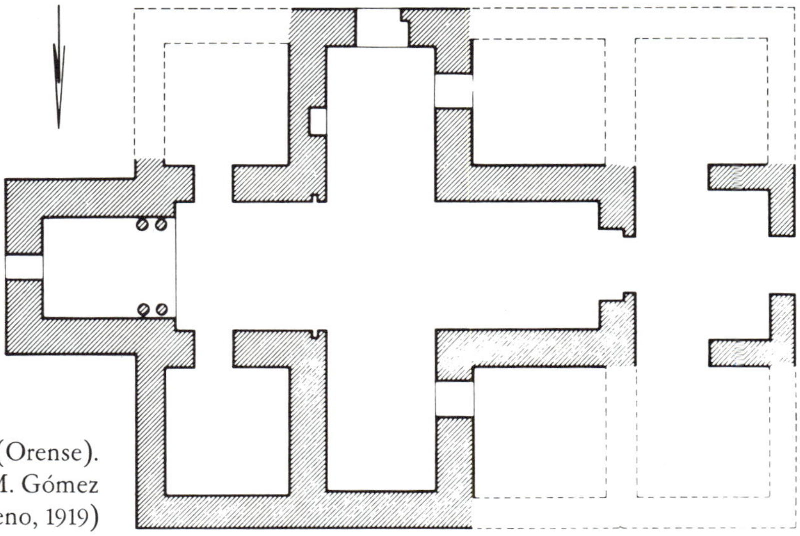

Fig. 49. Santa Comba de Bande (Orense).
Grundriß der Kirche (Nach M. Gómez
Moreno, 1919)

5. Santa Comba de Bande (Orense).
Blick in das Gewölbe aus Ziegelmauerwerk

86. San Gião de Nazaré (Nazaré). Eingangstür zur Kirche, die heute als Speicher dient

87. San Gião de Nazaré (Nazaré). Blockkapitell (Detail) des Apsisbogens mit drei gleichgestalteten Räumen

88. San Gião de Nazaré (Nazaré). Durchgang vom Mittelschiff zum Sanktuarium, daneben fensterartige Öffnung

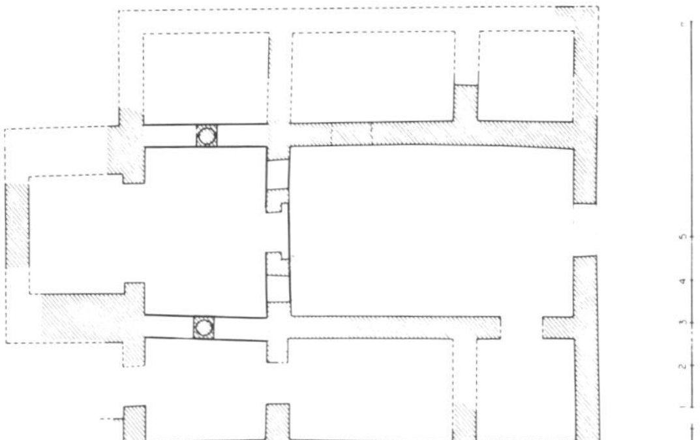

Fig. 50. San Gião de Nazaré (Nazaré). Grundriß, Aufriß und Querschnitt [?] der Kirche (Nach H. Schlunk, 1971)

89. San Pedro de la Nave (Zamora). Südwestansicht der Kirche an ihrem neuen Standort

90. San Pedro de la Nave (Zamora). Ehemaliger Standort der Kirche, heute künstlicher Stausee

91. San Pedro de la Nave (Zamora).
Südostansicht

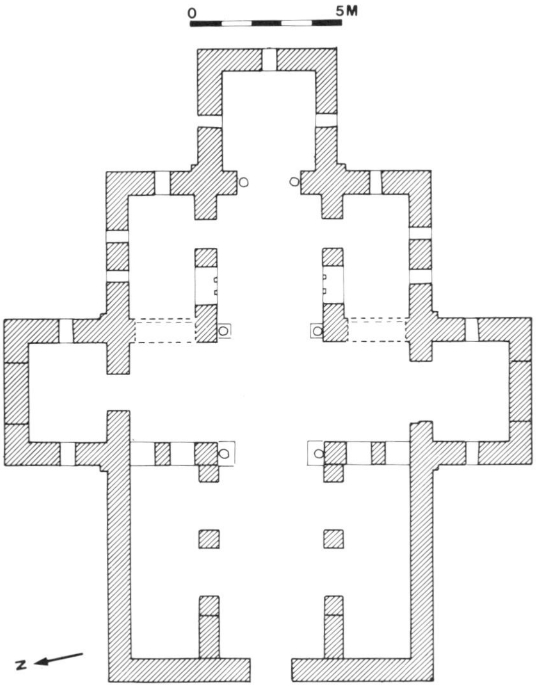

Fig. 51. San Pedro de la Nave (Zamora). Grundriß

92. San Pedro de la Nave (Zamora). Westfassade mit Haupteingang

Y RESTAURADA POR EL ARQUITECTO

4. San Pedro de la Nave (Zamora).
Mittelschiff von Westen und Apsis

3. San Pedro de la Nave (Zamora).
Nördliche Eingangsseite der Apsis und
deren Nordostecke

95. San Pedro de la Nave (Zamora). Ostfenster der Apsis, gerahmt von pflanzlichen und geometrischen Motiven
96. San Pedro de la Nave (Zamora). Apsisfries (Ausschnitt), mit stilisierter Darstellung eines Lanzenträgers

97. San Pedro de la Nave (Zamora). Kämpferkapitell in der Vierung mit der Darstellung Daniels in der Löwengrube
98. San Pedro de la Nave (Zamora). Säulenbasis in der Vierung, auf den Seiten geschmückt mit pflanzlichen Motiven, an den Ecken mit menschlichem Kopf

99. San Pedro de la Nave (Zamora). Südwestecke der Vierung, Kapitell mit der Opferung Isaaks

Folgende Se
100. San Pedro de la Nave (Zamora). Vierungskapitell mit der Opfe Isaaks, Kämpfer mit Pflanzen- und Tiermotiven in volutenartigen Ra
101. San Pedro de la Nave (Zamora). Darstellung des Apo Petrus auf einer der Schmalseiten des Isaak-Kap

LIBER

102. San Pedro de la Nave (Zamora). Vierungskapitell mit zwei gegenständig angeordneten Vögeln, auf dem Kämpfer Ranken mit Pflanzenmotiven und menschlichen Köpfen
103. San Pedro de la Nave (Zamora). Darstellung eines Apostels (?) auf einer der Kapitellschmalseiten.

Folgende Seiten:
104. San Pedro de la Nave (Zamora). Außenfenster im nördlichen Querarm
105. San Pedro de la Nave (Zamora). Vierungskapitell mit zwei geometrisch angeordneten Vögeln, auf dem Kämpfer Ranken mit Pflanzenmotiven und menschlichen Köpfen
106. San Pedro de la Nave (Zamora). Südlicher Eingang im Querschiff

109. Quintanilla de las Viñas (Burgos). Kämpfer (Ausschnitt), Darstellung der Sonne in einem von zwei Engeln gehaltenen Kreis; eigentlich Bild Christi
110. Quintanilla de las Viñas (Burgos). Kämpfer (Ausschnitt), Darstellung des Mondes in einem von zwei Engeln gehaltenen Kreis; Darstellung der Ecclesia

Vorherige Seiten:
107. Quintanilla de las Viñas (Burgos). Kirche Santa María, Schrägansicht der Apsis von Südosten
108. Quintanilla de las Viñas (Burgos). Kirche Santa María, Frontalansicht der Apsis mit ihren verschiedenen Friesbändern.

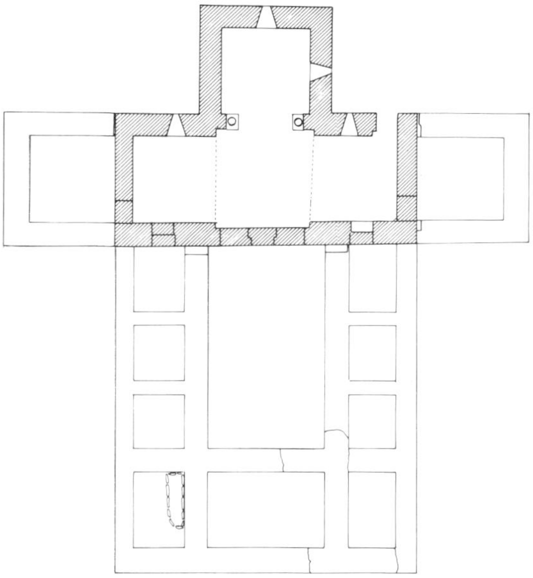

111. Quintanilla de las Viñas (Burgos). Apsisbogen im Kircheninnern mit umlaufendem Rankenfries
112. Quintanilla de las Viñas (Burgos). Fries an der Apsisaußenseite (Ausschnitt), links nicht bearbeitete Rundscheibe, rechts in Kreis einbeschriebenes kreuzförmiges Monogramm, vermutlich Hinweis auf die Stifter
Fig. 52. Quintanilla de las Viñas (Burgos). Grundriß der westgotischen Kirche Santa María mit Angabe der Reste des ursprünglichen Baus und des erhaltenen Teils der Apsis (Nach F. Iñiquez, 1953)

114. Quintanilla de las Viñas (Burgos). Kämpferkapitell (Fragment) mit Darstellung der Ecclesia oder der Jungfrau Maria, flankiert von zwei schwebenden Engeln

115/116. Quintanilla de las Viñas (Burgos). Kleine Reliefs mit zwei Aposteln

117. Quintanilla de las Viñas (Burgos), Kämpferkapitell. Christus mit Kreuz und zwei Engeln

Vorherige Seiten:
113. Quintanilla de las Viñas (Burgos). Teil des zweiten Frieses an der Apsis, in den voneinander getrennten Kreisfeldern Lebensbaum und Vogel

118. Quintanilla de las Viñas (Burgos). Unterer Rankenfries (Ausschnitt), in den Kreisfeldern Pflanzenmotive
119. Quintanilla de las Viñas (Burgos). Oberster Fries in den Kreisfeldern Vierfüßer (orientalischer Einfluß)

120. San Juan de Panjón (Vigo). Reste der alten Kirche, von der heute nur noch die Apsis steht

1. San Juan de Panjón (Vigo). Frontalansicht der Apsis

122. Cortijo de Valdecanales (Jaén). Fassade der Höhlenkirche mit in den Fels gehauener Arkaden-Architektur

Fig. 53. Cortijo de Valdecanales (Jaén). Grundriß der dreischiffigen Höhlenkirche (Nach L. de Frutos und A. Atienza)

123. (links oben) Tarrasa (Barcelona). Westfassade (Ausschnitt) von Santa María, im Vordergrund Fußboden der frühchristlichen Kirche
124. (links unten) Tarrasa (Barcelona). Santa María, Westfassade
125. (rechts oben) Tarrasa (Barcelona). San Miguel über kreuzförmigem Grundriß, moderne Restaurierungen und solche des 9. Jhs.
Fig. 54. Tarrasa (Barcelona). Grundriß des Kirchenkomplexes, im Norden San Pedro, in der Mitte San Miguel und im Süden Santa María (Nach J. Puig und Cadafalch, 1909)

126. Reccopolis (Zorita de los Canes, Guadalajara). Blick auf den späteren Kirchenbau, der über den Resten der Basilika aus westgotischer Zeit errichtet wurde
127. Reccopolis (Zorita de los Canes, Guadalajara). Blick auf einige kleinere Gebäude bei der Kirche und den sogenannten Palast
128. Reccopolis (Zorita de los Canes, Guadalajara). Teilansicht der vor kurzem entdeckten Stadtmauer auf dem Hügel, dem Standort der Stadt
Fig. 55. Reccopolis (Zorita de los Canes, Guadalajara). Grundriß der Basilika (Nach J. Cabré, 1946)

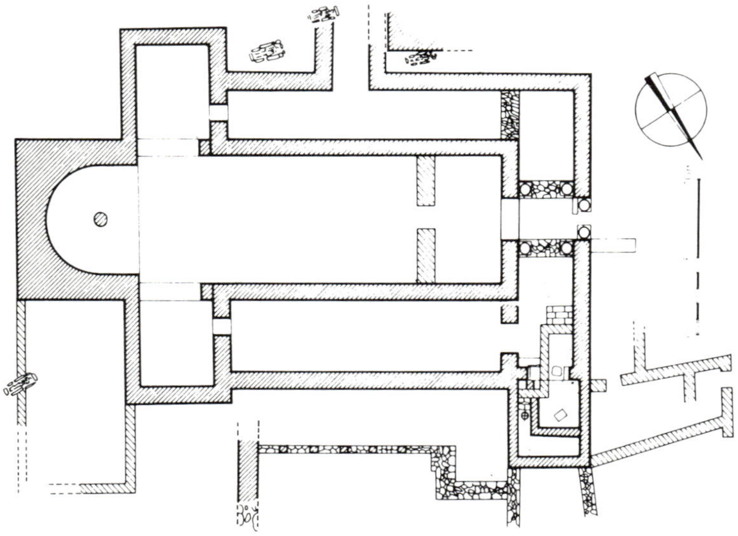

129. Pinos (Granada). Brücke aus westgotischer oder mozarabischer Zeit mit späteren Um- und Anbauten

130. Mérida (Badajoz). Römische Brücke, im Mauerwerk Restaurierungen Eurichs aus dem Jahe 483

131. Evora (Portugal). Der unter Sisibut errichtete, fünfeckige Turm, einst Teil der Stadtmauer

132. Puig Rom (Gerona). Westgotische Festung mit Umfassungsmauer und anstoßenden Hausfundamenten; zur Zeit Nachgrabungen

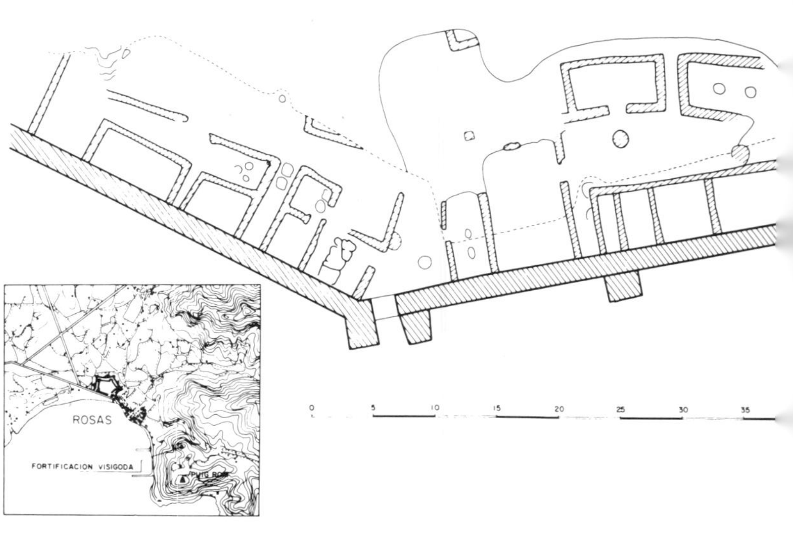

Fig. 56. Puig Rom (Gerona). Westgotische Festung. Plan der Ausgrabungen in den 40er Jahren; zur Zeit Nachgrabungen (Nach P. de Palol, 1952)

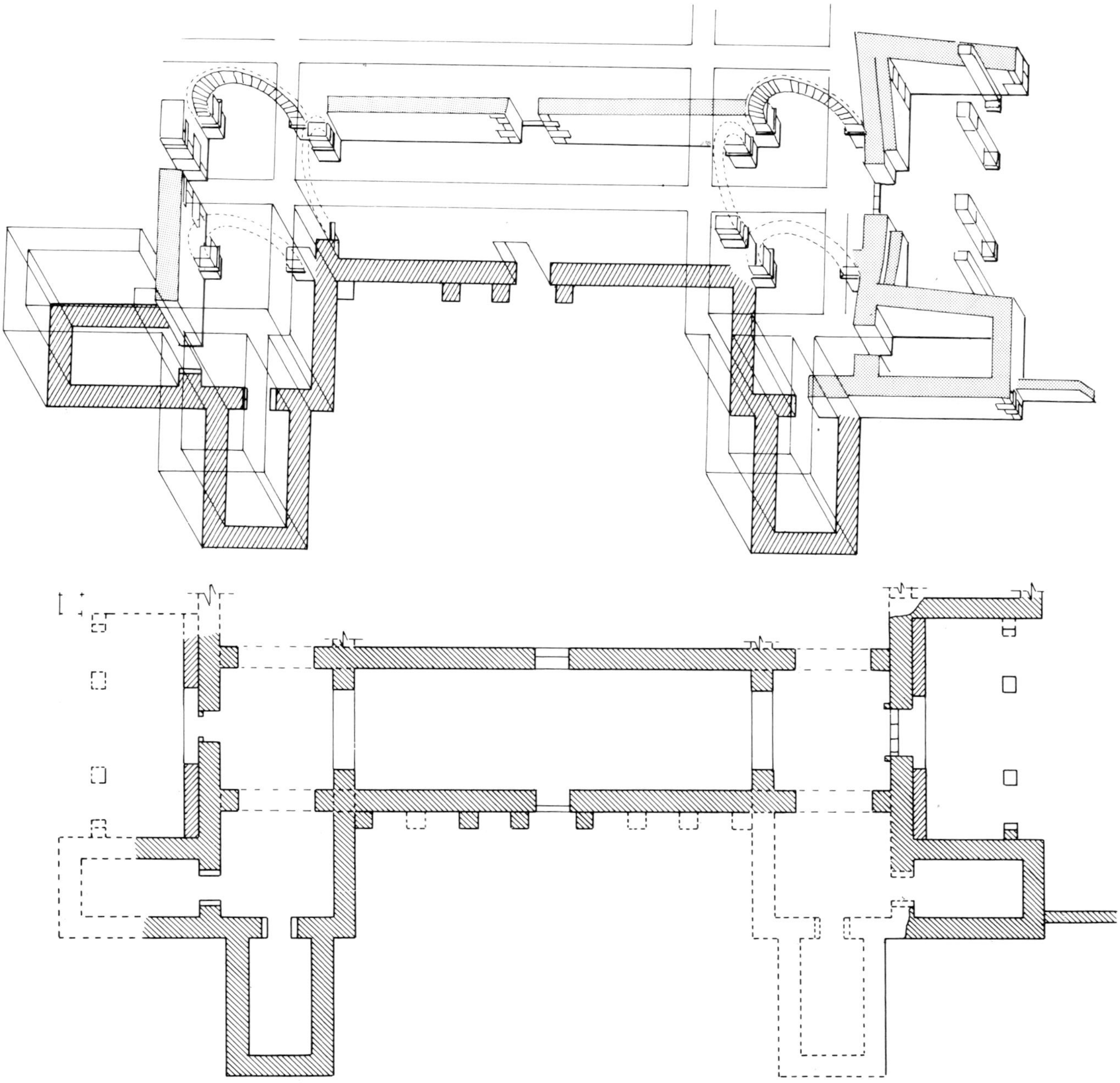

Fig. 57. Pla de Nadal (Valencia) Grundriß und Perspektivkonstruktion (nach F. J. Centelles u. E. Navarro).

sche Septimanien. Die Siedlung befindet sich neben einer von uns bereits beschriebenen Kirche mit dreiteiligem Abschluß und ist das steinerne Zeugnis der Bevölkerungsdualität und der künstlerischen und liturgischen Formen der katholischen, hispanisch-römischen Bevölkerung.

Des weiteren finden sich Siedlungskerne mit eindeutig landwirtschaftlicher Struktur im Westen, fern des damaligen Reichsterritoriums. Die Ausgrabungen konzentrieren sich gegenwärtig auf die Provinzen Salamanca und Avila. „El Cañal" in Pelayos, Salamanca, dürfte eine besonders wichtige Grabungsstätte sein.

Die ornamentale Bauplastik aus westgotischer Zeit

Außer den Verweisen in literarischen Texten, wie z. B. in dem berühmten Werk *De vita et miraculis sanctorum patrum emeritensium* auf mit Mosaikbildern an Mauerwerk und Gewölben ausgeschmückten Kirchen oder wie im *Dittochaeum* des Prudentius, Anfang des 5. Jh., wo von authentischen ikonographischen Bilderzyklen die Rede ist, die eher für Rom als für Hispanien zu denken sind, ist uns von der Ausschmückung der Bauten aus westgotischer Zeit nur die Bauplastik erhalten.

Reste westgotischer Bauplastik verteilen sich auf viele Gebiete Hispaniens, und es sind nur wenige Kirchen mit der Dekoration *in situ* erhalten. Die wichtigsten sind San Juan de Baños de Cerrato (Palencia), Santa Comba de Bande (Orense), San Fructuoso de Montelios (Portugal), San Pedro de la Mata (Toledo), San Gião de Nazaré (Portugal), die Krypta von San Antolín von Palencia, Santa María de Quintanilla de las Viñas (Burgos) und San Pedro de la Nave (Zamora).

Probleme der Chronologie

Die Identifizierung solcher Fragmente geht auf die Weihinschrift, wahrscheinlich *in situ*, in der Kirche San Juan de Baños de Cerrato zurück, die sich über dem Scheitel des Triumphbogens der Kirche befindet, die Reccesvinth 661 Johannes dem Täufer weihte. Die Übereinstimmung von Schrift und Ornamentik mit der Struktur und dem Gesamtbild der Kirche ist so vollkommen, daß wir die Widmungstafel als sicherstes Beweisstück für die umfassende Definition der Baukunst westgotischer Zeit betrachten können. Geometrische Motive oder geometrisierende Pflanzenmotive auf zwei Ebenen in Kerbschnittechnik sind Charakteristiken der hispanisch-westgotischen Kunst.

Die Identifizierung Weihinschrift-Kirche ist offenkundig, denn die Kirche ist typologisch nicht der römisch-christlichen Struktur zuzuordnen, auch wenn spätrömische Säulen und Kapitelle wiederverwendet wurden. Außerdem wurde sie im 10. Jh. zerstört, denn eine der Mauern des Seitenschiffes ruht auf anthropomorphen Sarkophagen aus der Zeit der Wiederbesiedlung unter Alfons III.

Die zeitliche Übereinstimmung von Architektur und Bauplastik ist ebenfalls unverkennbar. Der Ornamentfries, der den Altarraum und die Hochwand des Mittelschiffes ziert, ist das Beispiel einer perfekten Anpassung von Struktur und plastischer Ausschmückung. Ein zweiter Ornamentfries des gleichen Stils umrahmt das Hauptportal oder *protiron* und schmückt den Gewölbeansatz über den nicht mehr vorhandenen Seitenkapellen.

Diese Tatsache ermöglichte die Identifizierung einer großen Anzahl von Fragmenten, die

Fig. 58. Skulpturenfunde des 6. und 7. Jhs. auf der Iberischen Halbinsel

keinen uns bekannten Bauten zuzuordnen sind. Doch zeigen sie uns die weite Verbreitung der hispanisch-westgotischen Bauplastik. Die graphische Darstellung ordnet sie einem Gebiet zu, das mit der am dichtesten von den christlichen Hispanorömern besiedelten Zone identisch war und nicht mit dem Gebiet, wo die westgotischen Nekropolen liegen. Dies, sowie die unverkennbar spätrömischen Stilprägungen bestätigen unsere Annahmen vom hispanischen und römischen Ursprung der Bauplastik westgotischer Zeit. Die schöpferischen Zentren, in deren Händen die Ausschmückung der wenigen noch erhaltenen Kirchen lag, befanden sich in den großen hispanisch-römischen Kultur- und Wirtschaftszentren. Toledo hat später die Formen dieser Zentren assimiliert und eine offizielle „höfische" Kunst hervorgebracht, deren Beispiele später bis in die entferntesten Provinzen des Reiches verbreitet wurden.

Es ist nicht leicht, mit Genauigkeit den Ursprung der verschiedenen Stilformen westgotischer Zeit zu bestimmen. Ähnliche plastische Formen mit einer Tendenz zu geometrisierenden Figuren – nicht so fein gearbeitet wie in „klassischer Zeit" –, und sehr linearen Pflanzenmotiven kommen bereits in der Spätantike vor. In Hispanien finden wir sie am Ober- und Mittelebro, wie z. B. in Gastiaín (Pamplona), Casquilletes de San Juan und Gallipienzo (Navarra),

Fig. 59. Ziegel mit christlichen Symbolen aus der spätromanischen Tradition, die bis ins 7. Jh. gebräuchlich waren. Museo de Bellas Artes, Valencia.

oder in den spätrömischen *villae* im Süden, z. B. in Los Torrejones, Yecla (Murcia).

Daneben sind uns noch zum frühchristlichen, afrikanischen Typus zugehörige Kirchen erhalten, deren Ausschmückung nordafrikanischen und byzantinischen Einfluß des 6. Jh. erkennen läßt, und die die verbindenden Elemente zwischen dem Hispanisch-Christlichen und dem nachfolgenden Westgotischen sind. Erwähnt seien hier Bovalar, Serós (Lérida) oder die traditionellen Kirchen San Pedro de Alcántara (Málaga), Aljezares (Murcia) und die neuesten Funde in der Kirche Casa Herrera (Badajoz).

Für die westliche *Baetica* typische ornamentale Fragmente sind ein weiterer Beweis, daß die hispanisch-westgotischen Stilformen aus den römischen hervorgehen. Bei den Fragmenten handelt es sich um in einer Gußform hergestellte Ziegel mit Reliefdekoration aus der Guadalquivir-Ebene. Vielfältige Motive verknüpfen spätrömische profane Motive - Jagd- oder Reiterszenen - mit frühchristlichen, dem Begräbniskult zugehörigen Motiven - Darstellungen von Christogrammen, liturgischen Gefäßen oder christlichen Inschriften. Die in Kerbschnitttechnik reliefierten Darstellungen stammen unverkennbar aus westgotischer Zeit. Die Stücke dürften aus dem Gebiet von Karthago kommen und haben sich - mit anderem Sinngehalt - bis zur Zeit der Araber erhalten.

Die großen schöpferischen Zentren

Die schöpferischen vortoledanischen Zentren der westgotischen ornamentalen Bauplastik müssen in drei große geographische Gruppen eingeteilt werden: eine *levantinische Gruppe*, zu der die Fundstücke von Barcelona, Tarragona, Valencia und jene aus Segóbriga, Cabeza de Griego (Cuenca) gehören; eine *betische Gruppe* mit den Zentren Córdoba und Sevilla; eine

Gruppe mit ausgeprägtem, sehr *klassischen Charakter* in Mérida, Hauptstadt des römischen Lusitanien, verbunden mit Olisipo, dem heutigen Lissabon, und die sich längs der Atlantikküste bis nach Nordwesten erstreckt. Seit der Niederlassung des westgotischen Hofes in Toledo konvergieren die verschiedenen örtlichen Tendenzen in *Toledo*, das zum schöpferischen Brennpunkt der hispanisch-westgotischen Kunst wird. Die Ausstrahlungskraft der höfischen Kunst verbreitet die in der Hauptstadt herrschenden Moden in die verschiedenen Provinzen des Reiches, über die Levante nach Tortosa, Barcelona, Gerona und Narbonne und über den Nordwesten bis ins Innere von *Gallaecia*.

Zur levantinischen Gruppe gehören rechteckige Schrankenplatten, deren Innenfläche mit schrägverlaufenden Linien und Rhomben mit geometrisierenden Blütendarstellungen verziert ist. Wir kennen Fragmente von Altarschranken aus Elche und Valencia, letztere stammen vermutlich aus der Kirche San Vicente, San Vicente – der hl. Vincentius von Valencia –, starb unter Diokletian den Märtyrertod. Eine ähnliche Reliefplatte aus der Basilika von Segóbriga (Cuenca) und heute in Uclés stellt eine Variante in der Innendekoration dieser Kirche dar, in der außerdem Schrankenplatten frühchristlichen Typus' vorkommen. Ein Merkmal dieser Gruppe ist die Gestaltung der Innenfläche durch flache Zierlinien sowie die Beibehaltung eines ebenen Hintergrundes ohne Ornamente, im Gegensatz zum *horror vacui* der übrigen westgotischen Kunst. Es ist vor allem eine kalligraphische oder lineare Kunst. Ähnliche Reliefplatten, aus Marmor, in der Basilika von Barcelona besitzen einen weitaus „klassischeren" Charakter als die Schrankenplatten aus Valencia und sind vielleicht älter, in das 3. Viertel des 6. Jh. datierbar. In Tarragona finden sich quadratische Schrankenplatten mit Giebel, die ebenfalls in Mérida und in der Ausschmückung so umstrittener Bauten wie dem Baptisterium von Poitiers vorkommen, das bereits merowingischer Zeit angehört.

Unsere geringen Kenntnisse der betischen Gruppe beschränken sich ausschließlich auf die in der Mezquita von Córdoba erhaltenen wiederverwendeten Kapitelle, die wahrscheinlich aus der Kirche San Vicente stammen, die sich anfangs die Christen und Araber teilten. Ein großer Teil der Kapitelle ist hispanisch-spätrömischen Ursprungs. Es dominiert das korinthische Kapitell mit unverkennbar byzantinischem Einfluß des 6. Jh., wie z. B. Exemplare in Prismenform, kaum behauen und mit großen und schönen Karniesen oder „pulvini" (steinerne Polster zwischen Kapitell und dem ersten Wölbstein der Bogenwölbung). Das Karnies ist für die toledanische Plastik charakteristisch. Sowohl die Technik als auch die ornamentalen Motive entsprechen bereits den „westgotischen" Merkmalen und stellen mit den späteren Beispielen eine geschlossenere Gruppe dar als die Stücke der levantinischen Gruppe. Die plastischen Übertragungen auf Toledo sind klar zu erkennen; die zahlreichen toledanischen Kapitelle knüpfen vollkommen an die cordobesischen Kapitelle an.

Die lusitanische Gruppe umfaßt zwei sehr einheitliche Zentren, aber mit sehr unterschiedlichen Stücken. Das wichtigste Zentrum ist Mérida und folglich Lissabon ein wichtiger Handelshafen und Umschlagplatz für den westlichen und östlichen Mittelmeerraum.

Anhand von *De vita et miraculis sanctorum patrum emeritensium* wissen wir Näheres über die Aktivitäten auf dem Gebiet der Baukunst der zwei griechischen Bischöfe Fidel und Paulus und des westgotischen Bischofs Masona. Masona war trotz seiner Herkunft ein entschiedener Gegner der arianischen Kirchenpolitik Leovigilds. Ausgehend von diesem Werk dürften die ornamentalen Fragmente mit den unter den genannten drei Bischöfen errichteten oder verschönerten Bauwerken identifiziert und folglich in die Zeit vor dem III. Konzil von Toledo (589), in das 3. Viertel des 6. Jh., datiert werden. In Mérida läßt sich der römische Ursprung und die Traditionsgebundenheit der westgotischen Kunst perfekt verfolgen, z. B. an Bauelementen wie den großen Pfeilern mit eingestellten Säulen, die für die Restaurierungsarbeiten des Theaters und des Amphitheaters in konstantinischer Zeit typisch sind. Sie wurden in westgotischer Zeit wiederverwendet und sogar zu Ende bearbeitet, wie bestimmte Pfeiler der Alcazaba. Charakteristisch für die Kunst in Mérida sind die Pfeiler mit Kapitell und Basis oder die von römischem Typus mit eingestellten Säulen wie die großen Oberschwellen des römischen Theaters, die den Westgoten als Vorbild gedient haben. Die vier Kapitellseiten schmücken vielfältige Motive, darunter Kreuze, deren Arme nach außen hin breiter werden. Wir finden solche Pfeiler im Weströmischen und im Byzantinischen Reich. Die schönsten hispanischen Exemplare befinden sich in Mérida, Badajoz und im Museo Arqueológico Nacional (Nationalmuseum für Archäologie) in Madrid.

Weitere ornamental-plastische Elemente sind die durch nebeneinander gelegte quadratische Platten vergrößerten Altarschranken mit darüberliegendem Halbkreisbogen mit Jakobsmuschel oder Giebel, bisweilen abwechselnd Halbkreisbogen und Giebel. Die Innenfläche ist mit einem klassischen netzartigen Gittermuster geschmückt, in dessen Feldern Vögel angeordnet sind, wie wir es auch an ravennatischen Beispielen, z. B. dem Ambo des Bischofs Agnellus in der Kathedrale von Ravenna aus den Jahren 556–569 sehen können. Interessant sind ebenfalls die *stipites* oder Altarfüße in Form kleiner Pfeiler mit einem Siegeskreuz auf jeder Seite, dessen Kreuzarme sich nach außen hin verbreitern. Sie fanden eine spätere Nachahmung, u. a. in Bamba (Valladolid). Manchmal waren die Kreuzarme mit Edelsteineinlage geschmückt wie die Steine aus dem Schatz von Guarrazar, Pretiosen der byzantinisierenden Kunst; das Kreuzmotiv finden wir ebenfalls auf großen Altarschranken mit darüberliegendem Bogen oder Jakobsmuschel.

Die *negotiatores transmarini* oder syrische Händler brachten Seide, Elfenbein und Handschriften nach Olisipo, dem bedeutenden Handelshafen und -zentrum. Im Museo do Carmo in Lissabon befinden sich Platten, auf denen neben Ranken und anderen vegetabilen Motiven Greife oder Elefanten dargestellt sind. Es ist eine Ornamentierung in vollkommener Anlehnung an den sassanidischen Stil und ein Rückgriff auf Motive orientalischer Seidenstoffe.

Die Verbreitung der künstlerischen Tendenzen und Stile der örtlichen Werkstätten ist offensichtlich; die Stilformen aus Mérida zeigen sich gleichfalls auf den Pfeilern von Tortosa, oder auf denen im nahen Sines (Setúbal), und die Vogeldarstellungen in den Feldern des netzartigen Gittermusters, wie sie uns aus ravennatischen Beispielen bekannt sind, finden sich in nachleovigildischer Zeit auf Fragmenten von Saamasas (Lugo) wieder. Die lokalen künstlerischen Tendenzen konvergieren natürlich in der Hauptstadt des Reiches, in Toledo.

Toledo und die höfische Kunst

Seit Leovigild und besonders seit Reccared war der Hof das Zentrum einer „offiziellen“ Kunst, die in den anderen Gebieten rasch Nachahmung fand und sich in den von uns erwähnten Kirchen widerspiegelt.

In Toledo ist uns kein einziges Bauwerk dieser Zeit überkommen, wir besitzen indes zahlreiche Fragmente und schriftliche Quellen, die sich auf die zerstörten, doch vielleicht noch lokalisierbaren Bauten beziehen. Unzählige Stücke finden wir im Stadtzentrum, wo das Hospital de Santa Cruz (Patio) steht, sowie in der Umgebung von Santa Justa, Santo Tomé und in der Kirche San

Salvador sowie in der außerhalb der Stadtmauern gelegenen Kirche Cristo de la Vega, in Vega Baja, mutmaßlicher Standort der Kirche Santa Leocadia. Auf den Pilaster von San Salvador mit Darstellungen aus dem Neuen Testament werden wir später noch näher eingehen.

In Toledo finden sich zahlreiche Schrankenplatten, die stilisierter und anders als die emeritensischen sind, mit Christogramm und darüberliegendem Halbkreisbogen, sowie viele Pfeiler und große korinthische und prismenförmige Kapitelle mit schönen Karniesen. Die Vielfalt der toledanischen Formen innerhalb der bereits entwickelten Darstellungen ist groß. Die Darstellungen sind persönlicher und weniger „klassizistisch“ als die der levantinischen, und weniger byzantinisierend als die der lusitanischen Gruppe.

Die plastische Ausschmückung der erhaltenen Kirchen

Praktisch alle erhaltenen westgotischen Kirchen besitzen eine bildhauerische Ausschmückung. Da es sich jedoch um kleine Landkirchen handelt, wissen wir nicht, welch reiche Ausschmükkung die Kirchen von Toledo und anderer Städte in westgotischer Zeit besaßen.

Unter stilistischen Kriterien lassen sich vier der erhaltenen Kirchen zueinander in Beziehung setzen, nämlich die Kirchen San Juan de Baños de Cerrato (Palencia), San Fructuoso de Montelios (Braga, Portugal), Quintanilla de las Viñas (Burgos) und San Pedro de la Nave (Zamora). Die anderen Kirchen und ihr Schmuck können unter dem Gesichtspunkt der plastischen Dekoration dieser vier Kirchen betrachtet werden, wie z. B. Santa Comba de Bande, San Pedro de la Mata, die Krypta von San Antolín in Palencia.

Im Hinblick auf den klassischen Stil gilt unser Interesse ganz besonders der Märtyrerkirche San Fructuoso de Montelios in Braga. Die Ausschmückung im Kircheninneren wird von den immer noch sehr klassischen korinthischen Kapitellen der dreiteiligen Säulenarkatur bestimmt, die den Durchgang zu den drei Seitenkapellen markieren. Es sind aus Akanthusblättern gebildete Kapitellfriese, die durch Nebeneinanderreihung von Pilasterkapitellen, auf denen die Dreifachbögen ruhen, entstanden sind. Der umlaufende Ornamentfries an Mauerwerk und im Kircheninneren – mit Ausnahme von Quintanilla de las Viñas, mit dem Ornamentfries als Teil der Außendekoration – ist ein Merkmal der plastischen Ausschmückung westgotischer Zeit. In San Juan de Baños de Cerrato finden wir drei ornamental-plastische Elemente, deren Datierung durch die Weihinschrift Recesvinths aus dem Jahr 661 belegt wurde. An erster Stelle die Kapitelle, wobei ein Kapitell aus der Spätantike wiederverwendet wurde. Die anderen sind entweder diesem Kapitell nachgeahmt oder entsprechen dem cordobesischen oder toledanisch-westgotischen Vorbild. An zweiter Stelle die Schrankenplatten, die bei Grabungen neben der Kirche gefunden wurden und zur Eindeckung von Gräbern aus der Zeit Alfons' III. wiederverwendet worden waren. Einige Schrankenplatten sind über dem Bogen der Eingangshalle eingemauert, die anderen sind verloren. An dritter Stelle der Ornamentfries von ineinander verschlungenen Kreisen, die vierblättrige Blüten bilden. Er läuft, ausgehend von den Blockkapitellen unter dem Triumphbogen, an drei Wänden des Altarraums entlang. Das gleiche Motiv wiederholt sich am Hufeisenbogen des Hauptportals. Ein gleicher, reduzierter Fries läuft oberhalb der Fenster des Mittelschiffes unterhalb des Daches entlang, und umrahmt oben die über dem Triumphbogen angebrachte Weihinschrift. Der Ornamentfries, auch Friesband genannt, gehört zu den Charakteristiken der plastischen Ausschmückung aus westgotischer Zeit.

Vorherige Seiten:
133. Mérida (Badajoz), Alcazaba. Eingang zur Zisterne, flankiert von zwei westgotischen Pilastern
134. Mérida (Badajoz), Alcazaba. Ausschnitt aus dem Rankendekor eines der beiden Pilaster

135. Mérida (Badajoz), Alcazaba. Wiederverwendete Pilaster (Ausschnitt) am Eingang zur Zisterne
136. Mérida (Badajoz), Alcazaba. Oberer Teil der beiden als Türsturz wiederverwendeten Pilaster

137/138. Mérida (Badajoz), Alcazaba. Kapitell aus westgotischer Zeit mit Darstellung eines Tierkopfes auf der einen Seite, eines Greifen auf der anderen

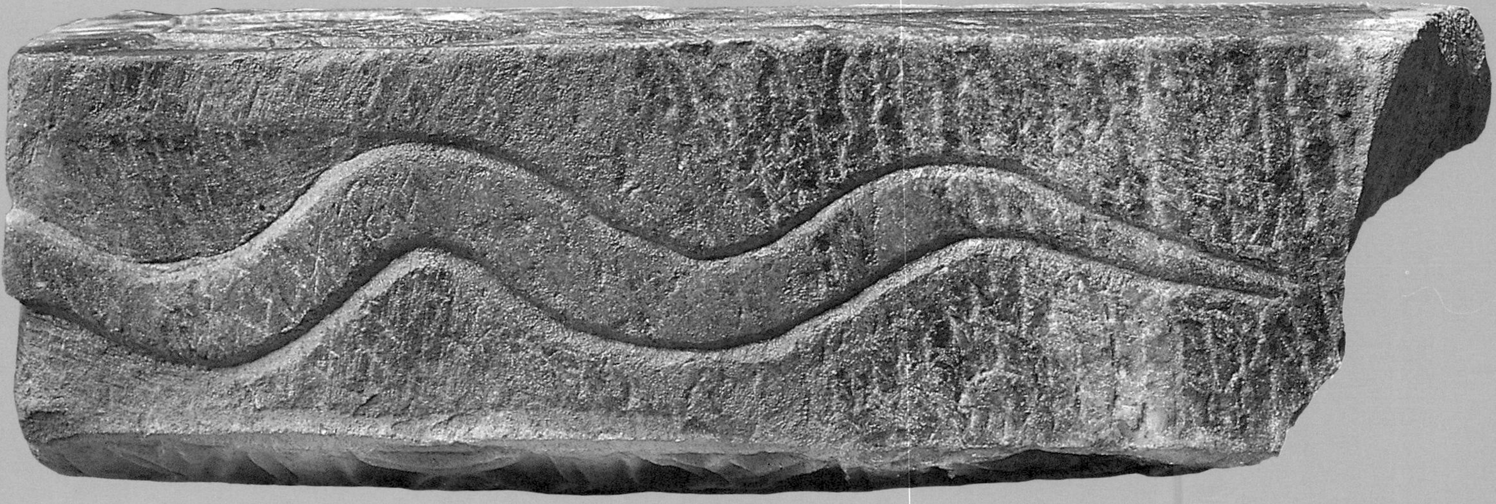

139/140. Mérida (Badajoz), Alcazaba. Fragment mit Tierdarstellung; auf der einen Seite eine Schlange, auf der anderen Fische, Vögel und Schlangen

141. Mérida (Badajoz), Alcazaba. Schranke mit Darstellung einer Muschel, getragen von einer doppelten Arkade

142 a und b. Mérida (Badajoz), Alcazaba.
Schranke, von Ravenna beeinflußt, mit
Gittermotiven und Vögeln

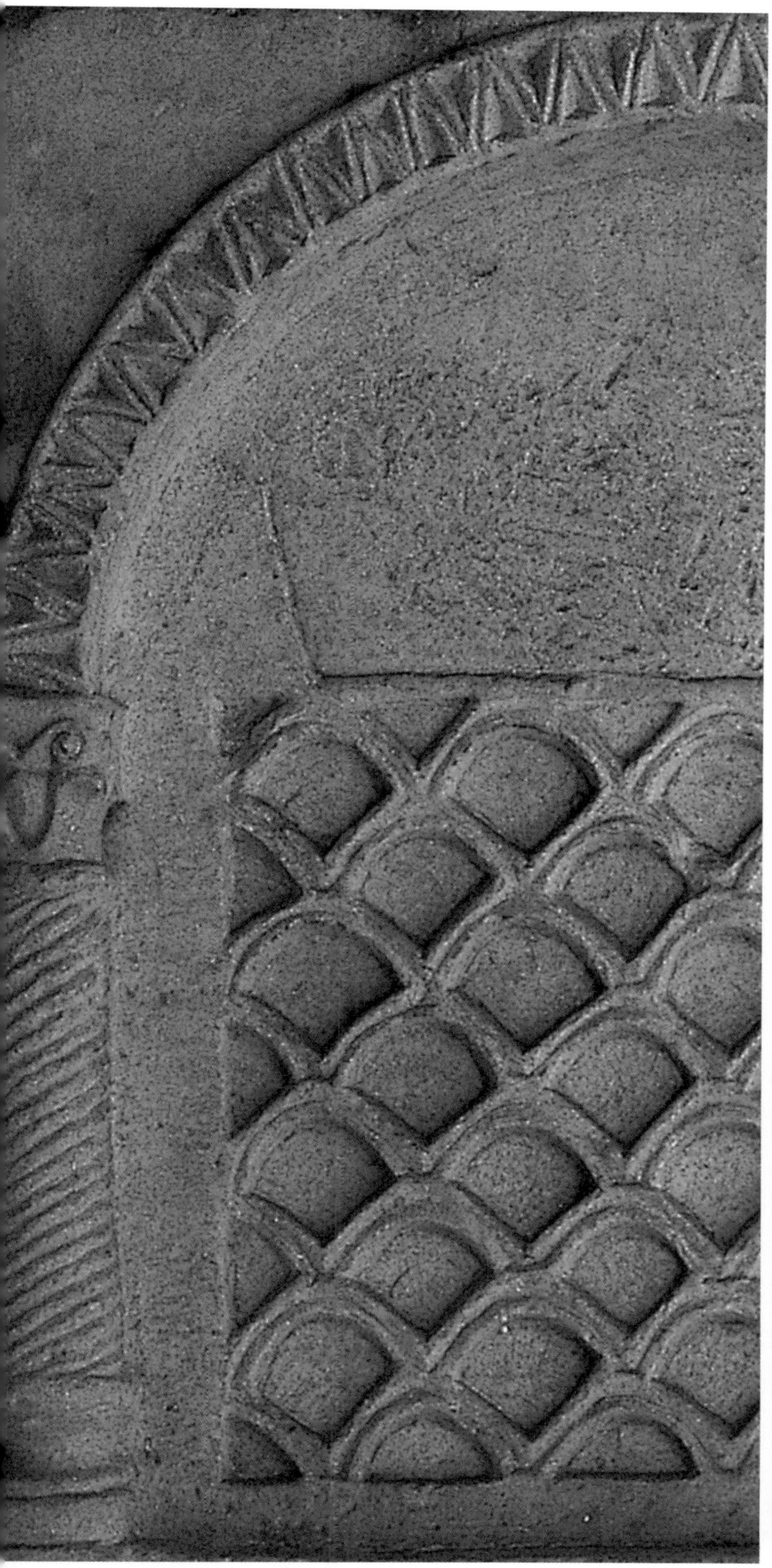

143 a und b und c. Mérida (Badajoz), Alcazaba. Schranke mit Bogenpaar und illusionistischem Gitter (Ansicht und zwei Ausschnitte)

144. Almendral, Museo Arqueológico Provincial, Badajoz. Westgotischer Pilaster

145. Almendral, Museo Arquelógico Provincial, Badajoz. Westgotischer Pilaster

146. Niebla (Huelva). Marmorrelief mit dreifachem Bogen, wahrscheinlich Teil einer westgotischen Schranke

147. Córdoba, Mezquita. Kapitell aus westgotischer Zeit, wiederverwendet um 784 im Gründungsbau von Abd al-Rahman I.

148. Córdoba, Mezquita. Kapitelle, hauptsächlich aus der Kirche San Vicente, in der Mezquita wiederverwendet.

149. Córdoba, Mezquita. Mit geometrischen Motiven geschmückte westgotische Basis heute in der Mezquita

150. Arjonilla (Jaén). Sarkophag mit geometrischen Ornamenten

151. Córdoba. Fundstück aus Córdoba, mit geometrischen Motiven, in der Mitte Kreuz zwischen Alpha und Omega

152. Córdoba. Evangelistenkapitell

153. Beja (Portugal). Kleines Giebelstück
mit Märtyrerkrone und zwei Tauben

154. Vera Cruz de Marmelar (Portugal).
Fragment aus der alten westgotischen
Kirche

155. Beja (Portugal). Fragment eines Säulenschafts mit Kraterdarstellung darüber
zwei spiegelbildlich dargestellte Tauben,
zwischen ihnen eine Schlange

Folgende Seiten:
158. Lissabon. Platte (Ausschnitt), reich verziert mit Tier- und Pflanzendarstellungen
159. Lissabon. Platte (Ausschnitt), Tierdarstellung unter muschelbekrönten Bögen, vermauert in einem Strebepfeiler der Kathedrale
160. Lissabon. Pilasterfragment, von Ranken umschlossene Greifen
161. Lissabon. Vorderansicht des Pilasterfragments

156. Beja (Portugal). Großer Pilaster mit aufliegendem Gesimsstück und geometrischen Motiven

157. Beja (Portugal). Großer Pilaster mit lotosartigem Dekor und aufliegendem Gesimsstück.

162. Tarragona. Giebelbekrönte Schrankenplatte mit vegetabilen und geometrischen Motiven.

163. Toledo. Wiederverwendeter Pilaster an der Kirche Santa Justa.

164. Bovalar (Lérida). Baldachin des Taufbeckens der westgotischen Kirche

165. Reccopolis (Zorita de los Canes, Guadalajara). Schrankenplatte, flankiert von vogelbekrönten Pilastern

166. Quintanilla de las Viñas (Burgos). Altarstütze

167. (Provinz Valladolid). Altarstütze

168. Toledo, San Salvador,
westgotischer Pilaster (Ausschnitt).
Christus und die Samaritanerin
am Brunnen.
169. Die Heilung der Blutflüssigen

Folgende Seite:
170. Toledo, San Salvador, westgotischer
Pilaster mit neutestamentarischen
Szenen
171. Die Blindenheilung
172. Die Auferweckung des Lazarus

173/174. Toledo. Skulptierte Fragmente, vermauert in einer Häuserzeile von San Ginés

Auch die reiche Dekoration der Kirche San Pedro de la Nave weist einen umlaufenden Fries auf. Ausgehend vom Eckkämpfer des Triumphbogens über dem Eingang zum Altarraum, läuft der Fries auf halber Höhe an den Wänden des Kreuzhauptes und des Hauptschiffes entlang. Ein zweiter Fries unterhalb des Hauptschiffgewölbes ziert mit seinen Motiven die Wände. Im Kreuzhaupt finden wir beide Friese parallel verlaufend wieder, wie wir es bereits aus der Außendekoration der Kirche Quintanilla de las Viñas kennen. Die plastische Dekoration im Innern umfaßt neben den genannten Friesen figürliche Motive, die wir später näher beschreiben werden.

Die Kirche Quintanilla de las Viñas zeigt, wie bereits erwähnt, ebenfalls zwei am Mauerwerk umlaufende Friese, aber am Außenbau. Die Motive sind außerordentlich interessant und lassen an die Ausschmückung orientalischer Kirchen denken, insbesondere an Vorbilder in mittelalterlichen Kirchen Armeniens. Die Ausführung der zwei Friesbänder hat in den Händen zweier Künstler gelegen. Der untere ist sehr „klassisch“ und der obere, bestehend aus zwei parallel verlaufenden Friesen an der Stirnseite der Apsis, linearer, schematisierter und orientalischer, von sassanidischem Stil. Der obere Fries zeigt Anagramme, die bis heute noch nicht entschlüsselt sind, und die eher in Verbindung mit den Namen von Persönlichkeiten aus der Zeit der Wiederbesiedlung als mit westgotischen zu sehen sind. Noch ist diese Vermutung eine Hypothese. Der untere Fries umgibt auch den Triumphbogen. Die übrige Ausschmückung von Quintanilla de las Viñas ist figürlicher Art und wirft eine Reihe anderer Probleme auf, die wir im folgenden Abschnitt behandeln werden.

Anthropomorphe Motive in der ornamentalen westgotischen Bildhauerei

Die unverkennbare, wenngleich nicht absolute Bilderfeindlichkeit der westgotischen und frühmittelalterlichen Kunst allgemein wurde von einigen Forschern auf das Verbot des 36. Kanons des Konzils von Elvira (Granada) zurückgeführt. Ebenso müssen jedoch die hebräische Bilderfeindlichkeit des Alten Testaments, die stark schematisierenden Darstellungen in der Kunst der Spätantike, der Verfall der bildhauerischen Technik und eine gewisse späte Reaktion von Byzanz berücksichtigt werden; die Bilderfeindlichkeit mündet in den vielzitierten byzantinischen Bildersturm. Der Einfluß der arabischen Welt, die aufgrund ihres Glaubens völlig anikonisch ist, gilt gleichfalls als Grund für das Fehlen bildlicher Darstellungen im Frühmittelalter.

Dennoch gibt es in der westgotischen Bauplastik Beispiele für figürliche Darstellungen. Das gleichsam südlichste Beispiel ist das berühmte Figurenkapitell in Córdoba mit der Darstellung der vier Evangelistensymbole. Die vier Evangelisten sind als Engel, in Menschengestalt, dargestellt. Nur der Kopf wird durch ein Tier oder ein bestimmtes Symbol wiedergegeben. Das Kapitell zeigt eine der ältesten Darstellungen dieses Themas, die der arabischen Kunst eindeutig vorausgeht und die typisch westgotische Technik zeigt. Andere ornamentale figürliche Stücke sind in Toledo zu finden. Der Pilaster von San Salvador zeigt vier Reliefdekorationen von Auferstehungsszenen aus dem Neuen Testament, wahrscheinlich eine Nachahmung von Sarkophagsszenen oder Elfenbeinarbeiten. Die Ausführung in zweischichtigem Flachrelief mit stark schematisierten Details erinnert eher an lineare Beispiele, als daß sie Körperhaftigkeit suggeriert. In Las Tamujas findet sich ein westgotisches Relief mit der Darstellung eines Heiligen oder einer nicht zu identifizierenden Gestalt.

Die schönsten Beispiele jedoch finden sich in San Pedro de la Nave und in Quintanilla de las Viñas. San Pedro de la Nave hat unter dem Ansatz der Vierungskuppel vier Trapezkapitelle. Zwei zeigen Figuren, genauer Szenen aus dem Alten Testament, mit der entsprechenden Inschrift. Die Darstellung Daniels in der Löwengrube trägt die Inschrift *VBI DANIEL MISSVS EST IN LACVM LEONVM*. Die Inschrift enthält eine für biblische Handschriften typische Einleitung: *VBI*. In den Texten des Apokalypsenkommentars des Beatus, wie z. B. in der Handschrift aus Gerona, stoßen wir ebenso auf das Thema von Daniel in der Löwengrube, obgleich in diesen mozarabischen Miniaturen die Szene durch Habakuk erweitert wird, der, an den Haaren von Engeln herbeigetragen, Daniel zu essen geben soll. Wir halten die Feststellung für wichtig, daß dasselbe Thema auch im 7. Jahrhundert auf Gürtelbeschlägen burgundischen Stils erscheint. Die Schmalseiten dieses Kapitells sind mit den Figuren der Apostel Philippus und Thomas und den entsprechenden Inschriftbändern geschmückt.

Ein weiteres Figurenkapitell dieser Kirche zeigt die Opferung Isaaks mit der Beischrift: *VBI HABRAAM OBTVLIT ISAC FILIVM SVVM OLOCAVSTVM DNO* („Wo Abraham, Isaak, seinen Sohn als Brandopfer dem Herrn darbringt"). Hierbei handelt es sich um ein Beispiel frühchristlicher Traditionsverbundenheit wie archäologische Details belegen, z. B. der Altar, auf dem Isaak als Opfer dargebracht wird, mit seinen fünf typisch frühchristlichen *stipites* anstatt nur einem *stipes* und in Form des klassischen westgotischen Pfeilers, wie der Pfeiler von Bamba im Museum von Valladolid u. a. m.

Auch in Quintanilla de las Viñas finden sich wunderschöne Beispiele für figürliche Reliefs. Besonders erwähnt seien die beiden großen Kämpfer, auf denen der Triumphbogen aufliegt, mit den Darstellungen von Sonne und Mond jeweils in einem von Engeln gehaltenen Kreis, die den römischen oder christlichen *imagines clipeatae* der antiken Siegesikonographie vergleichbar sind, z. B. auf dem römischen Sarkophag von San Pedro von Huesca. Dies gilt ebenfalls insbesondere für das Frühmittelalter jenseits der Pyrenäen, von Saint-Genis les Fonts oder Sant Andreu de Sureda in Roussillon oder für den Ulricus-Altar in Toulouse wie auch für Norditalien. Als Beispiel sei hier nur der berühmte Ratchis-Altar in Cividale genannt. Gleichzeitig gibt es weitere Kämpfer mit von Engeln gehaltenen Marien- oder Christusdarstellungen, zwar nicht im Clipeus, aber im gleichen Darstellungsschema.

Bei der Frage nach der zeitlichen Einordnung dieser beiden Kirchen werden historische und künstlerische Argumente angeführt. Einige Forscher sind der Meinung, daß die Ausschmükkung des Inneren von Quintanilla de las Viñas erheblich später nach dem Bau der Kirche erfolgte und karolingischer Einfluß erkennbar wäre. Gemeinsam mit anderen Forschern halten wir an dem spezifisch Westgotischen sowohl von Quintanilla de las Viñas als auch von San Pedro de la Nave fest.

Das Ende einer Bildhauerkunst klassisch-hispanischer und christlicher Tradition geht mit einer Stilisierung einher, die den Menschen als Teil der Darstellung immer mehr verdrängt. Als Grund hierfür ist auch der Niedergang der Technik der figürlichen Darstellung anzuführen, eine Tatsache, die auch in Valpadana (Italien) und in Septimanien (Südfrankreich) sichtbar wird. Doch konnte sich in jenen beiden Gebieten die Bildhauerkunst zur Romanik hin weiterentwikkeln, was in Hispanien der Vorstoß der Araber verhinderte.

Die künstlerischen Werkstätten der westgotischen Kleinkunst und höfischen Kunst

Nekropolen und Toreutik

Wenn wir von der Präsenz der Westgoten in Hispanien sprechen, müssen wir folgende Unterscheidung machen: die Präsenz des westgotischen Heeres, das als Verbündeter Roms gegen die anderen in Hispanien eindringenden germanischen Völker vorgehen sollte und die Ansiedlung der westgotischen Zivilbevölkerung auf der Iberischen Halbinsel. Das sind zwei historische Tatsachen, die allgemein in das Ende des 5. Jh., 484 und 489, oder Anfang des 6. Jh. (507, die Schlacht bei Vouillé) datiert werden. Die Präsenz des germanischen Heeres mit seiner aristokratischen Führung einerseits und die Ansiedlung der Zivilbevölkerung andererseits stellen zwei verschiedene Formen der Okkupation oder zumindest der Anwesenheit dar. Das germanische Heer im Dienste Roms mit der germanischen Aristokratie an der Spitze ist durch seine Mobilität gekennzeichnet; es hat keine festen Niederlassungen und bedient sich der vorgefundenen römischen Stadtkultur. Man kann schon hier von einer ersten Assimilierung an das bereits bestehende Hispanisch-Römische sprechen. Das ganze 5. Jh. hindurch ist das westgotische Heer in Hispanien anwesend. Von seinen Gebrauchsgegenständen ist uns außer einigen schwer zu bestimmenden Schmuckgegenständen nichts überkommen. Raub- und Streifzüge des Heeres und mutmaßliche Plünderungen sind archäologisch nur sehr schwer nachweisbar und können allein durch literarische Quellen belegt werden. Die hispanisch-römischen Gebrauchsgegenstände landwirtschaftlicher und aristokratischer Art des 5. Jh. lassen sich indes eindeutig bestimmen.

Seit Eurich, der laut Jordanes „ganz Gallien und Hispanien sein eigen nannte“, müßte es in Hispanien konkrete gotische Siedlungsplätze gegeben haben, aber archäologische Grabungen können sie nicht nachweisen, oder erst Ende des 5. Jh. oder Anfang des 6. Jh., eine Zeitspanne, die mit den Geschichtsdaten der *Chronica Caesaraugustana* übereinstimmt.

Die geographische Lage der westgotischen Niederlassungen ist außerordentlich interessant. Nur schwer können wir uns der westgotischen Chronologie frühmittelalterlicher Texte anschließen, die die Tierra de Campos oder *campi gothorum* als germanische Siedlungsorte nennt, da wir dort keine westgotischen Gräberfelder nachweisen können. Dem gegenüber steht eine große Anzahl von Nekropolen aus dem 5. und 6. Jh. in den Gebieten von Alt- und Neu-Kastilien, das einerseits dem am wenigsten urbanisierten Gebiet der Iberischen Halbinsel entsprach und andererseits dem Gebiet, wo es die meisten landwirtschaftlichen *fundi* der Spätantike gab. Es liegt die Vermutung nahe, daß die Goten, als sie Aquitanien verließen und nach Hispanien vordrangen, sich hier ansiedelten.

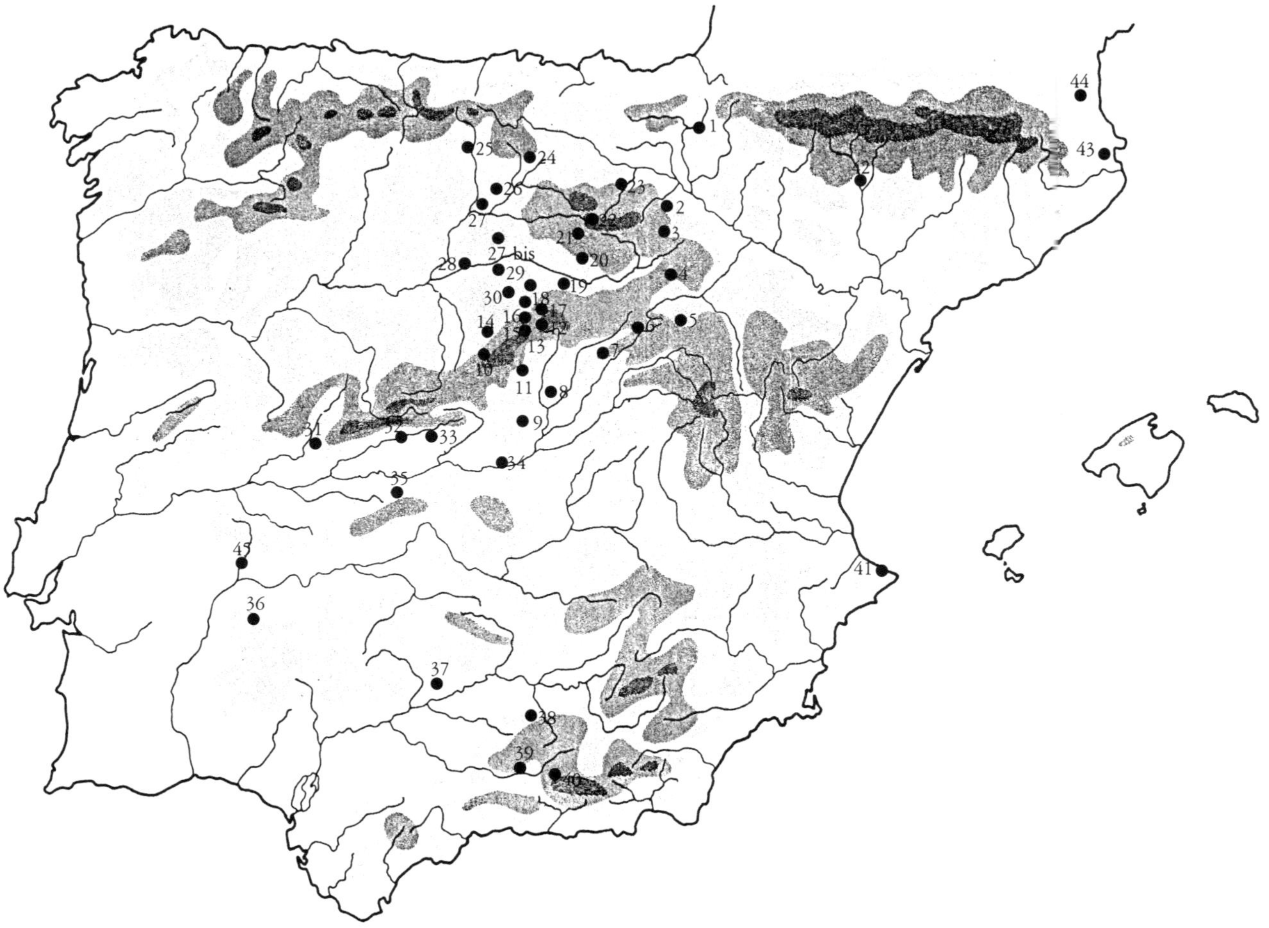

Fig. 60. Westgotische Nekropolen auf der Iberischen Halbinsel (Nach P. de Palol, 1966)

1. Pamplona; 2. Taniñe (Soria); 3. Suellacabras (Soria); 4. Deza (Soria); 5. Villel de Mesa (Guadalajara); 6. Palazuelos (Guadalajara); 7. Alarilla (Guadalajara); 8. Daganzo de Arriba (Madrid); 9. Madrid; 10. Madrona (Segovia); 11. Torrelaguna (Madrid); 12. Sebulcor (Segovia); 13. San Miguel de Noguera (Segovia); 14. Espirdo (Segovia); 15. Ventosilla y Tejadilla (Segovia); 16. Duratón (Segovia); 17. Siguero (Segovia); 18. Castiltierra (Segovia); 19. Estebanvela (Segovia); 20. Osma (Soria); 21. Hinojar del Rey (Burgos); 22. Ortigosa de Cameros (Logroñe); 23. Albelda de Iregua (Logroño); 24. Avellanosa del Páramo (Burgos); 25. Herrera de Pisguera (Palencia); 26. Padilla de Arriba (Burgos); 27. bis. Amusquillo de Esgueva (Valladolid); 28. Piña de Esgueva (Valladolid); 29. Castillo Tejeriego (Valladolid); 30. Sacramenia (Segovia); 31. Zarza de Granadilla (Cáceres); 32. Diego Alvaro (Avila); 33. Santa Maria de la Cabeza (Avila); 34. El Carpio de Tajo (Toledo); 35. Ázután (Cáceres); 36. Tierra da Barros (Badajoz); 37. Cerro Muriano (Córdoba); 38. La Guardia (Jaén); 39. Brácana (Granada); 40. Marugán (Granada); 41. Jávea (Alicante); 42. Coscojuela de Fortova, Montecillas (Huesca); 43. Ampurias (Gerona); 44. Estagel (Roussillon, Frankreich); 45. Albuquerque (Badajoz).

Es handelt sich um ein für das Westgotenreich charakteristisches soziales Phänomen; die Bevölkerung blieb vorwiegend abseits der städtischen hispano-römischen Welt und – in welchem Maße ist noch zu klären – zugleich abseits der gotischen Aristokratie, die sich in die städtische Gemeinschaft integrierte.

Westgotische Einzelfunde sowohl in den Gebieten der westgotischen Provinzen *Septimanien* und *Narbonensis* als auch in den Provinzen *Tarraconensis* und *Baetica*, wo es bislang noch keine Grabfunde gibt, widerlegen unserer Meinung nach nicht die These von der Niederlassung der Goten in Kastilien. Neufunde können zu einer neuen geographischen Erfassung des Siedlungsraumes führen, wie u. a. die Grabungen von El Carpio de Tajo (Toledo), Herrera de Pisuerga (Palencia), Castiltierra (Segovia), Estagel (Roussillon, Frankreich). Die Zahl der Gräber in den genannten Fundorten schwankt zwischen 250 und 500. Das entspräche jeweils einer ungefähren Bevölkerungszahl zwischen 600 und 1000, unter Berücksichtigung der Wiederverwendung der Gräber. Einzelfunde, manchmal aus Gräbern, manchmal unbestimmbarer Herkunft, erlauben keine verläßlichen Aussagen über die Bevölkerungszahl der Westgoten in den übrigen Gebieten der Iberischen Halbinsel. Wir stellen jedenfalls fest, daß Kastilien ein wichtiger Siedlungskern war und es weitere vereinzelte Siedlungsorte auf der ganzen Iberischen Halbinsel gab.

Die Ausgrabungen der Nekropolen in Kastilien sind noch nicht sehr fortgeschritten, denn anhand der Gräberfelder ergab sich eine Bevölkerungszahl von etwa 10 000 Westgoten, gegenüber einer angenommenen Zahl von 90 000 Westgoten, wie sie historische Bevölkerungsstatistiken nahelegen. Mit Sicherheit kann nur gesagt werden, daß die westgotische Bevölkerung gegenüber der hispanisch-römischen Bevölkerung in der Minderheit war. Die westgotischen Friedhöfe, anhand derer wir die ungefähre Bevölkerungszahl feststellen könnten, unterscheiden sich von den merowingischen Friedhöfen. Dort lassen sich häufig bis zu 1200 Gräber zählen, was einen weitaus größeren Siedlungskern als den der Westgoten voraussetzt.

In der Zeit des 5. und 6. Jh. kann von einer konstanten Besiedlung der Kastilischen Hochebene gesprochen werden, obwohl die Kontakte zu den Randgebieten sich ausschließlich auf die verschiedenen Einfälle des westgotischen Heeres beziehen, das entweder als Verbündeter Roms gegen andere germanische Völker vorging oder im eigenen Interesse das westgotische Territorium zu sichern suchte. Die territoriale, ethnische und konfessionelle Einheit im Jahr 589 mit dem berühmten III. Konzil von Toledo gab juristisch gesehen der Iberischen Halbinsel ihre territoriale und soziale Form, die sich von der vorausgegangener Jahrhunderte völlig unterschied. Im 7. Jh. kam es im Zeichen der offiziellen höfischen Kunst zu einer großen Verbreitung der Erzeugnisse der Kleinkunst. In diesem Jahrhundert verloren sich allmählich die römischen und germanischen Traditionen des 5. und 6. Jh. und durchdrangen mediterrane, vornehmlich byzantinische Einflüsse das Kunstschaffen der Westgoten. Die demographische Einheit, die auf alle Fälle bereits vor ihrer Legalisierung stattgefunden hatte, bedeutete für die Kultulr des Toledanischen Westgotenreiches einen großen Fortschritt.

Die Niederlassung der Westgoten auf der Iberischen Halbinsel und ihre demographische Integration bis zum 8. Jh. schufen die Voraussetzungen für die Kontinuität der spätrömischen künstlerischen Produktion. Viele dieser Gebrauchsgegenstände wurden von den Westgoten – sogar bereits vor der konfessionellen Einheit – wiederverwendet und kamen bei Ausgrabungen westgotischer Gräber zutage. Die Wiederverwendung von traditionsgebundenen, römischen Stücken bezeugt den Austausch innerhalb der hispanisch-römischen und westgotischen Bevölkerung und zugleich die Assimilierung der beiden Kulturen. Kontinuität und Innovation überlagern sich im 5. und 6. Jh. und bringen im 7. Jh. die charakteristische hispanisch-westgotische Kunst oder hispanische Kunst aus westgotischer Zeit hervor.

Die Beschaffenheit der Gräber oder die Begräbnisart stellt die Archäologie vor keine großen Schwierigkeiten, denn die Technik läßt sich bis in die Zeit, als sich die Goten an der Donau niedergelassen hatten, zurückverfolgen und geht in ihren Ursprüngen bis weit auf die Römer zurück. Sie hat sich über die westgotische Zeit bis hin zum Frühmittelalter erhalten.

Fast alle Gräber haben gemäß römisch-christlicher Sitte eine Ost-West-Ausrichtung und keine Nord-Süd-Ausrichtung nach germanischer Tradition. Die äußere Form des Grabes entspricht im allgemeinen ungefähr einem Parallelogramm oder einem Trapez, je nach Begräbnisart. Die einfachsten und allgemeinsten Begräbnisarten sind: die Beisetzung in schlichten Erdgräbern, deren jedes einen Leichnam barg, der in ein Leinentuch gehüllt war; die Steingräber, an den Seiten aus glatten Stein- oder Tonplatten aufgebaut, mit oder ohne Deckstein; Erdgräber mit Sarkophag oder Holzkisten (Nachweis des Sarges durch Nägelreste). Bestattungen in Sarkophagen sind sehr selten, und uns sind auf der Iberischen Halbinsel nur die Beispiele aus Arjonilla (Jaén) bekannt, die anhand ihres geometrischen Außendekors bereits ins 7. Jh. datiert werden können. Die Westgoten begruben ihre Toten mit vielen Beigaben, von Waffen bis hin zu – seltener – persönlichen Schmuckgegenständen. Doch mit der konfessionellen Einheit erfuhren die Bestattungsrituale eine Veränderung; wir finden Keramikkrüge und Gegenstände aus Glas und insgesamt auffallend wenige Beigaben.

Die Verschiedenartigkeit der Fundstücke Ende des 5. Jh. ergibt sich aus den Gegenständen, die von den Hispanorömern und jenen, die von den Westgoten verwendet wurden. Es ist sehr schwierig, mit Genauigkeit die der hispanisch-römischen Bevölkerung zugehörigen Gebrauchs- und Kultgegenstände zu bestimmen, da die überlieferten altchristlichen Formen weiterbestehen. Mit Ausnahme der Funde in den großen Nekropolen der landwirtschaftlichen *fundi* der Spätantike, wie z. B. in Pedrosa de la Vega (Palencia) oder Cabriana (Burgos-Alava), sind nur wenige Exemplare erhalten. Sie geben Hinweise auf eine – im allgemeinen – späte Christianisierung. Zu den wenigen uns erhaltenen Funden frühchristlicher Zeit gehören die Goldringe von Elche zusammen mit den Honorius-Goldmünzen. In einem Grab – wahrscheinlich einer Hispanorömerin der Oberschicht – in la Granja del Turuñuelo in Medellín (Badajoz) finden sich Goldfäden, Ringe und Ohrgehänge und eine wunderbare Goldfibel der östlichen Kunst, auf der die Anbetung der Heiligen Drei Könige dargestellt ist. Die griechische Inschrift auf der Fibel lautet: „Heilige Maria, stehe dem bei, der es trägt. Amen."

Die konfessionelle Dualität, die im Zuge der kulturellen Anleihe zwischen der einheimischen katholischen Bevölkerung und den arianischen Goten erwachsen war, spiegelt sich – obgleich beide Gruppen sich gegenseitig beeinflußt haben – auch in der Archäologie wider. Dennoch ist den Schmuckgegenständen ein Stilempfinden gemein, das wir als „germanisch" bezeichnen können und Produkt der westgotischen Werkstätten und Goldschmiedewerkstätten war, ohne dabei die Möglichkeit auszuschließen, daß dort auch hispanische Kunsthandwerker arbeiteten, die sich die römischen Techniken angeeignet hatten. Die Merkmale dieses „germanischen" Geschmacks gehen auf die Zeit zurück, als die Westgoten sich am Schwarzen Meer niedergelassen hatten und das hellenistisch-römische Kunstschaffen die primitiven gotischen Erzeugnisse veränderte, die sie im Laufe der

Wanderung auf die Iberische Halbinsel brachten. Die Hellenisierung und Romanisierung nahmen den westgotischen Schmuckgegenständen nicht ihren nicht-klassischen Charakter, brachten jedoch neue Techniken hinzu, wie z. B. die polychrome Goldschmiedekunst der Spätantike. Die westgotischen Kunsthandwerker schufen eine sehr individuelle Kunst, wie die kleinen, goldenen Gürtelbeschläge beweisen, deren Platte mit Edelsteinen eingelegt oder durch Almandine verziert ist, und deren Funde den Weg der germanischen Wanderung abstekken. Da solche Fundstücke auf der Iberischen Halbinsel sehr selten vorkommen, kann nicht verifiziert werden, ob es sich um westgotische oder suebische Stücke handelt oder einfach um ein für „barbarische" Völker typischer Schmuck. Ähnliche Stücke finden sich bei Gräberfunden von der Krim, in Südrußland, an der Donau, in Italien und Frankreich.

Innerhalb der westgotischen Toreutik des 6. Jh. finden wir unzählige, sehr charakteristische Stücke. Darunter einige Stücke mit unverkennbar römischer Traditionsgebundenheit, wie z. B. die *bullae* oder Kapseln als Amulette, wie sie bis in die ersten Jahre des 7. Jh. getragen wurden; die Ketten aus Glaspaste, Bernstein oder Edelsteinen; die Ringe und Ohrgehänge, die Gürtelhaften oder Nietköpfe; fischförmige Beschläge und Gürtelbeschläge mit rechteckiger Platte mit durchbrochen gearbeiteten geometrischen oder figürlichen Motiven. Die letztgenannten finden sich oft in der Nekropole von San Miguel del Arroyo (Valladolid), zusammen mit Messern vom Typ „simancas". Das Vorhandensein dieser Messer in verschiedenen Gräberfeldzonen führte zu der Arbeitshypothese, daß es auf der Höhe der Duero-Ebene, im Gebiet der landwirtschaftlichen Nutzfläche der aristokratischen Großgrundbesitzer der Spätantike, einen *Limes* gegeben haben könnte. Diese Hypothese wurde aber verworfen, denn ähnliche Exemplare wurden auch in anderen Gebieten fern der Duero-Ebene gefunden und sogar als ganz normale Handelsware, wie u. a. auf den Balearen. Selbstverständlich dürfen in diesem Zusammenhang nicht die militärischen oder paramilitärischen Stützpunkte in der Duero-Ebene vernachlässigt werden. Aufgrund dieser Tatsache dürfen wir jedoch nicht von einer „Subkultur" der Duero-Ebene sprechen, denn die Kultur der *villae* der Spätantike – auch wenn die zugehörigen Stücke einheitliche Merkmale aufweisen – läßt sich nicht von der städtischen Kultur trennen, ebensowenig wie das Land von der Stadt.

Weitere Schmuckgegenstände dieser Zeit sind die kompakten Platten von Gürtelbeschlägen, deren Ursprung auf römische Vorbilder zurückgeht. Ihre künstlerische Ausführung in westgotischen Werkstätten seit der Mitte des 6. Jh. war von großer Bedeutung.

Neben diesen Stücken finden sich offenkundig westgotische Arbeiten, vornehmlich mit Einfluß aus den Donaugebieten, wie die großen Blechfibeln, die gewöhnlich auf jeder Schulter zur Befestigung des Umhangs getragen wurden. Neben Gürtelbeschlägen mit ovaler Schnalle, großer, rechteckiger Platte und Adlerfibeln gehören diese Blechfibeln zum Trachtzubehör der Westgoten bei ihrem Eindringen auf die Iberische Halbinsel. Stücke derselben Gattung tauchen ebenfalls in den erwähnten ostgotischen Gräberfeldern auf. Sowohl die Fibeln als auch die sorgfältig ausgeführten Gürtelbeschläge sind nicht speziell Eigengut der Westgoten in Hispanien, sondern finden sich schon in mediterran-europäischen Fundorten auf dem von Osten kommenden Weg ihrer Wanderung im 4. und 5. Jh. Die westgotischen metallverarbeitenden Künstler stellten diese Stücke erst im 6. Jh. her. Auch die Ostgoten verwendeten diese Art von Schmuckgegenständen, weshalb einige Fachleute von der „gotischen Mode" sprechen, wenn die großen Fibeln und Gürtelbeschläge gemeinsam auftauchen. Viele Varianten haben die großen Gürtelbeschläge, deren Schnalle durch ein Scharnier an der rechteckigen Platte angebracht ist; sie wurden bis zur konfessionellen Einheit als Schmuckstück für die Frauentracht hergestellt.

Den zellverzierten Gürtelbeschlägen ähnlich sind die Rund- oder Scheibenfibeln, deren Oberfläche in der Cloisonnétechnik mit leuchtenden Farben ausgeführt ist. Die Rund- oder Scheibenfibeln sind am Hofe von Byzanz gebräuchlich und wurden sehr wahrscheinlich durch Leovigild in Hispanien eingeführt, der sich – wie bereits betont – deutlich an Modeströmungen und Geschmacksrichtungen aus dem östlichen Mittelmeerraum anlehnte. Sowohl Rundfibeln als auch Gürtelbeschläge sind auf der Iberischen Halbinsel weit verbreitet und finden sich ebenfalls in Septimanien. Sehr wahrscheinlich hat es nur einige wenige Werkstätten gegeben – vielleicht sogar nur eine einzige – die mit der Ausführung dieser Schmuckstücke betraut waren und sie dann durch den Binnenhandel verbreiteten. Diese Hypothese wird durch die Tatsache erhärtet, daß in verschiedenen Nekropolen exakt die gleichen Stücke vorkommen, wie u. a. in Estagel (Roussillon), El Carpio de Tajo (Toledo), Poveda de la Sierra (Guadalajara), Azuqueca (Guadalajara), Castiltierra (Segovia), Osma (Soria), Herrera de Pisuerga (Palencia). Dies widerlegt indes nicht die Annahme, daß ambulante Händler das Metall für eine Wiederverwendung einschmolzen.

Neben Gürtelbeschlägen treten Adlerfibeln auf, die gleichfalls die *peregrinatio gothica* abstekken. Sie spiegeln die polychrome Goldschmiedekunst wider und sind ebenfalls in Cloisonné-Technik ausgeführt, d. h. mit Zellenschmelz und Kristall- oder Steineinlage. Um die Leuchtkraft des Stückes zu unterstreichen, wurden zusätzlich Goldplättchen verwendet. Sowohl die Fibeln als auch die Gürtelbeschläge waren aus Bronze und mit einer Goldschicht überzogen; zu den prunkvollsten und außergewöhnlichsten Fibeln zählen jene aus Massivgold, vornehmlich Adlerfibeln. Weshalb diese Fibeln die Form eines Adlers haben, kann nicht eindeutig beantwortet werden. Vielleicht symbolisiert diese Form Stärke und Kraft, oder sie verkörpert eines der mächtigsten Tiere oder ist einfach die Personifikation der Macht.

Diese persönlichen Schmuckstücke von so hohem künstlerischen und materiellen Wert finden sich neben anderen weniger anspruchsvollen Stücken. Die Blechfibeln werden im Laufe des 6. Jh. durch Fibeln ersetzt, die in einem Stück aus Bronze gegossen werden, und zu Beginn des 6. Jh. kaum Verzierungen aufweisen, in der 2. Hälfte des 6. Jh. jedoch vollständig verziert sind. Die geometrischen Motive – wahrscheinlich in Anlehnung an die römische Mosaikkunst – entwickeln sich zu schematisierten Pflanzenmotiven, die in gewisser Weise ebenfalls in der römischen Mosaikkunst und in orientalischen Ornamenten verwurzelt sind. Figürliche Darstellungen oder Motive kommen nicht vor. Wir begegnen ihnen erst im 7. Jh. mit wenigen Beispielen.

Im 6. Jh. tauchen ebenfalls bronzene – manchmal vergoldete – Ohrringe mit Granat- oder glasverziertem polyedrischem Endknopf auf. Diese für die Spätantike typischen Exemplare finden sich in vielen römischen Reichsprovinzen, vornehmlich aber in den Donaugebieten, weshalb sie aus einer germanischen Werkstatt im Osten stammen dürften. Auf der Iberischen Halbinsel kommen sie in den Fundorten von Daganzo de Arriba (Madrid), El Carpio de Tajo (Toledo), Guarrazar (Toledo), Huete (Cuenca) und Zaragoza vor.

Unsere Untersuchung der Schmuckgegenstände der 1. und 2. Hälfte des 6. Jh. dürfen wir nicht abschließen, ohne die schildförmigen Gürtelhaften zu erwähnen, deren Herkunft aus Mitteleuropa anzunehmen ist. Diese Gürtelhaften sind im ganzen Westen, vor allem im nördlichen Gallien und in Mitteleuropa, weitverbreitet.

Vorherige Seite:
175. Castiltierra (Segovia). Kette aus Grab 161

176. Castiltierra (Segovia). Große Bogenfibeln, Platten mit Ritzverzierung

177. Castiltierra (Segovia). Bronzenes Fibelpaar

Folgende Seiten:
178. Herrera de Pisuerga (Palencia). Bronzenes Fünfknopffibelpaar aus Grab 2
179. Azuqueca (Guadalajara). Fibelpaar aus Grab 8

180. Madrid, Stadt. Gürtelschnalle mit rechteckigem Beschlag mit aufgelegtem, tropfenförmigen Zellendekor

181. Castiltierra (Segovia). Gürtelschnalle mit rechteckigem, geritzten Beschlag

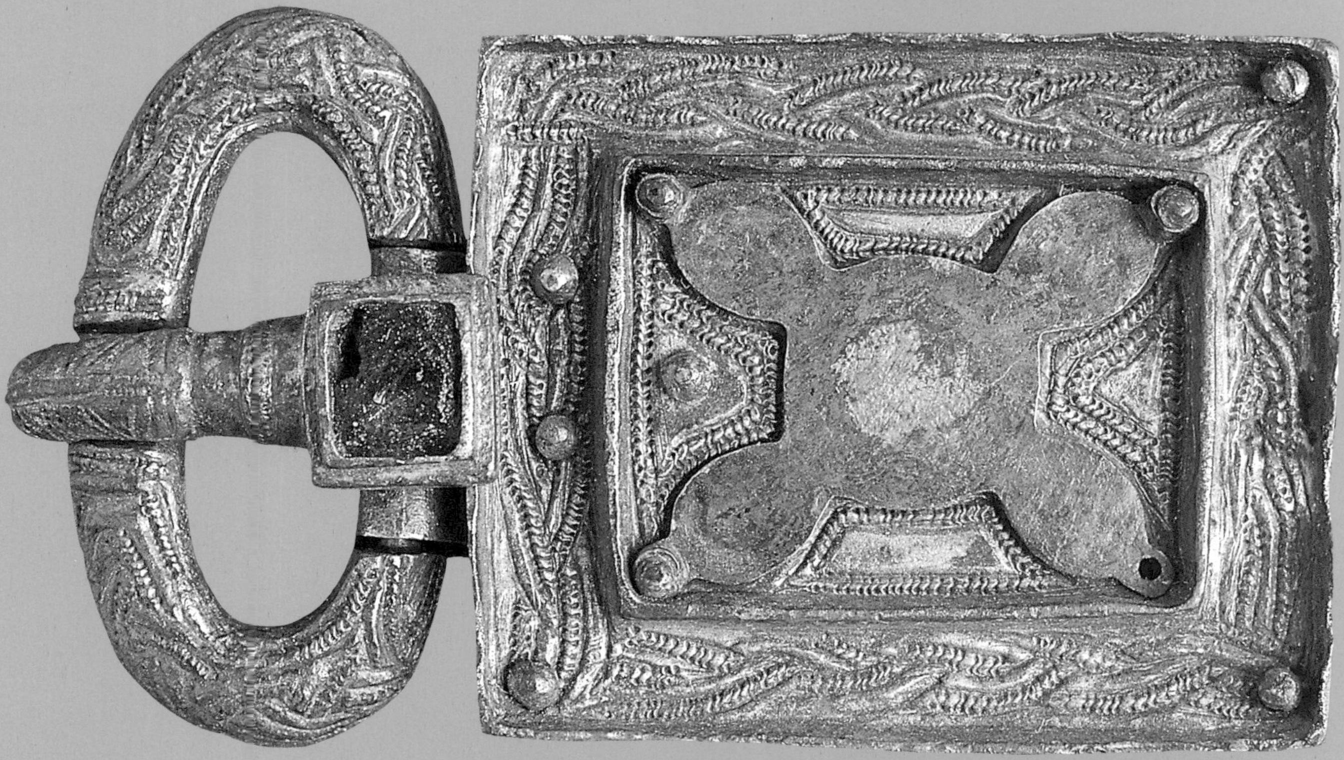

182. Tiermes (Soria). Gürtelschnalle mit rechteckigem Beschlag, Dekor getrieben und punziert

183. El Carpio de Tajo (Toledo). Gürtelschnalle mit rechteckigem Beschlag, aus Grab 119

Folgende Seiten:
184. Poveda de la Sierra (Guadalajara). Gürtelschnalle mit rechteckigem Beschlag mit Zellenschmelz
185. Azuqueca (Guadalajara). Gürtelschnalle mit rechteckigem Beschlag mit Zellenschmelz, aus Grab 8
186. Azuqueca (Guadalajara). Rechteckige Beschlagplatte einer Gürtelschnalle mit Zellenschmelz.
187. Azuqueca (Guadalajara). Scheibenfibel mit mehrfarbigem Zellenschmelz, aus Grab 8

188. Castiltierra (Segovia). Gürtelschnalle, ohne Dorn, mit gestreckt zungenförmigem, unverzierten Beschlag

189. Provenienz unbekannt. Gürtelschnalle, ohne Dorn, zungenförmiger Beschlag mit umlaufendem Dekorband

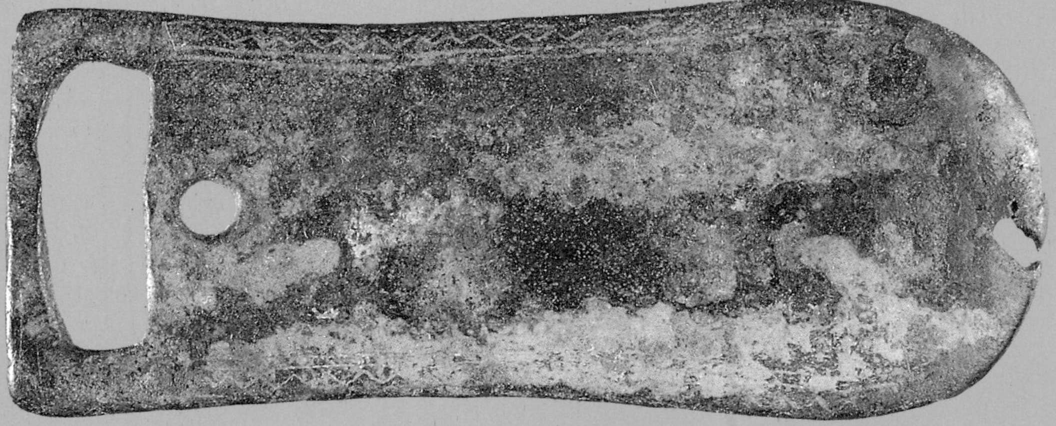

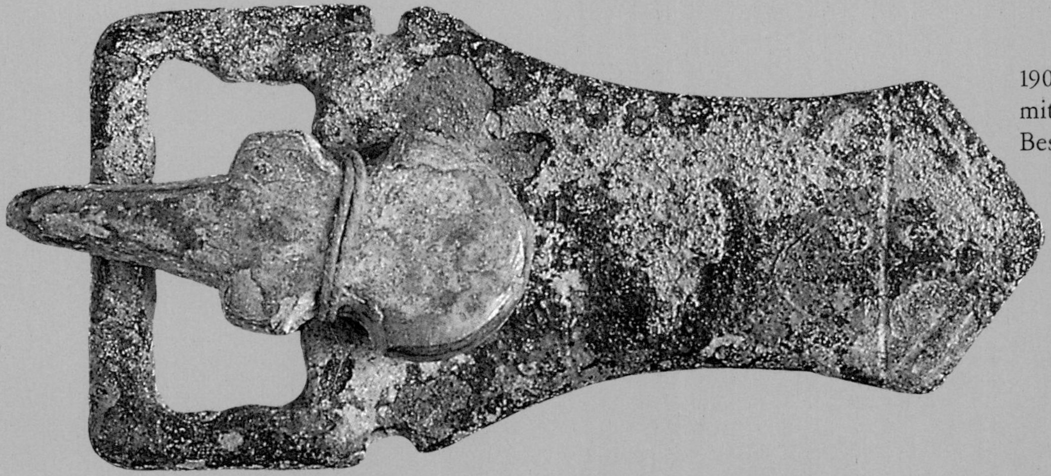

190. Castiltierra (Segovia). Gürtelschnalle mit zungenförmigem, unverzierten Beschlag und schildförmigem Dornaufsatz

191. Castiltierra (Segovia). Bronzegürtelschnalle mit durchbrochenem Beschlag mit Kerbrand und schildförmigem Dornaufsatz

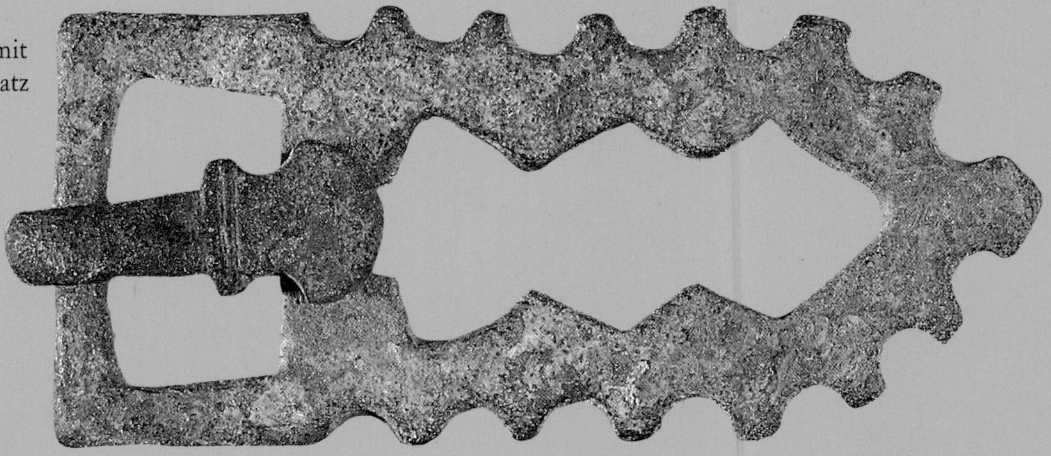

192. Deza (Soria). Adlerfibeln aus Bronzeblech mit Ritzverzierung und Zelleinlage, aus Grab 6

Folgende Seiten:
193. Adlerfibeln mit mehrfarbigem Zellenschmelz
194. Provenienz unbekannt. Gürtelschnalle mit durchbrochenem Beschlag und Greifendarstellung
195. Provenienz unbekannt. Bronzene Gürtelschnalle mit durchbrochenem Beschlag, Tierstilverzierung.
196. Provenienz unbekannt. Bronzene Gürtelschnalle, durchbrochener Beschlag mit Darstellung zweier aus einem Brunnen trinkender Tiere

197. Provinz Granada. Lyraförmiger Gürtelbeschlag

198. Provenienz unbekannt. Lyraförmiger Gürtelbeschlag

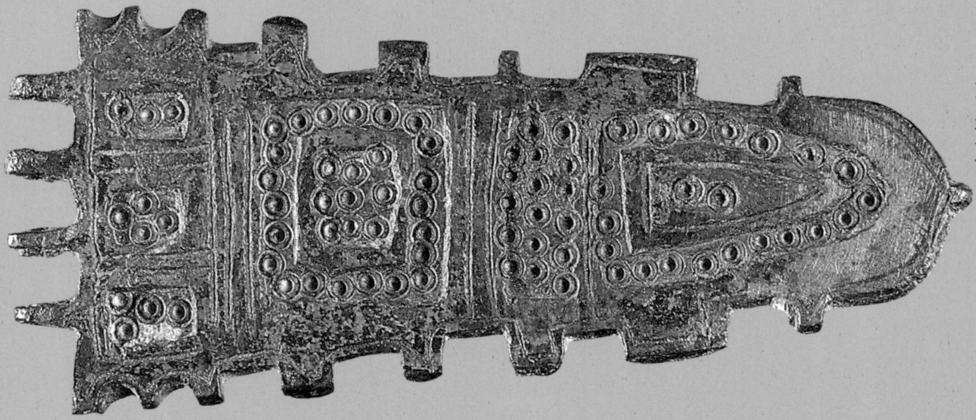

199. Provenienz unbekannt. Gürtelbeschlag mit Feldereinteilung und konzentrischen Kreisen

200. Provinz León. Gürtelschnalle, lyraförmiger Beschlag mit Darstellung eines Vierfüßers und einer Schlange

201. Puente Genil (Córdoba). Goldenes Ohrgehängepaar (Aufsicht) mit Zellwerk und Steineinlage
202. Rückenansicht eines goldenen Ohrgehängepaares mit getriebenem geometrischen Motiven

Folgende Seiten:

203. Granja de Turuñuelo, Medellín (Badajoz). Goldgetriebene Scheibenfibel mit Epiphanieszene und griechischer Inschrift
204. Granja de Turuñuelo, Medellín (Badajoz). Rückseite der Scheibenfibel

205. Provinz Jaén. Goldenes Ohrgehängepaar mit Zellwerk und Steineinlage
206. Daganzo de Arriba (Madrid). Goldenes Ohrringpaar mit filigranverzierten Kugeln
207. Provenienz unbekannt. Goldenes Ohrringpaar mit einfachem Ring und kugelförmiger Verdickung

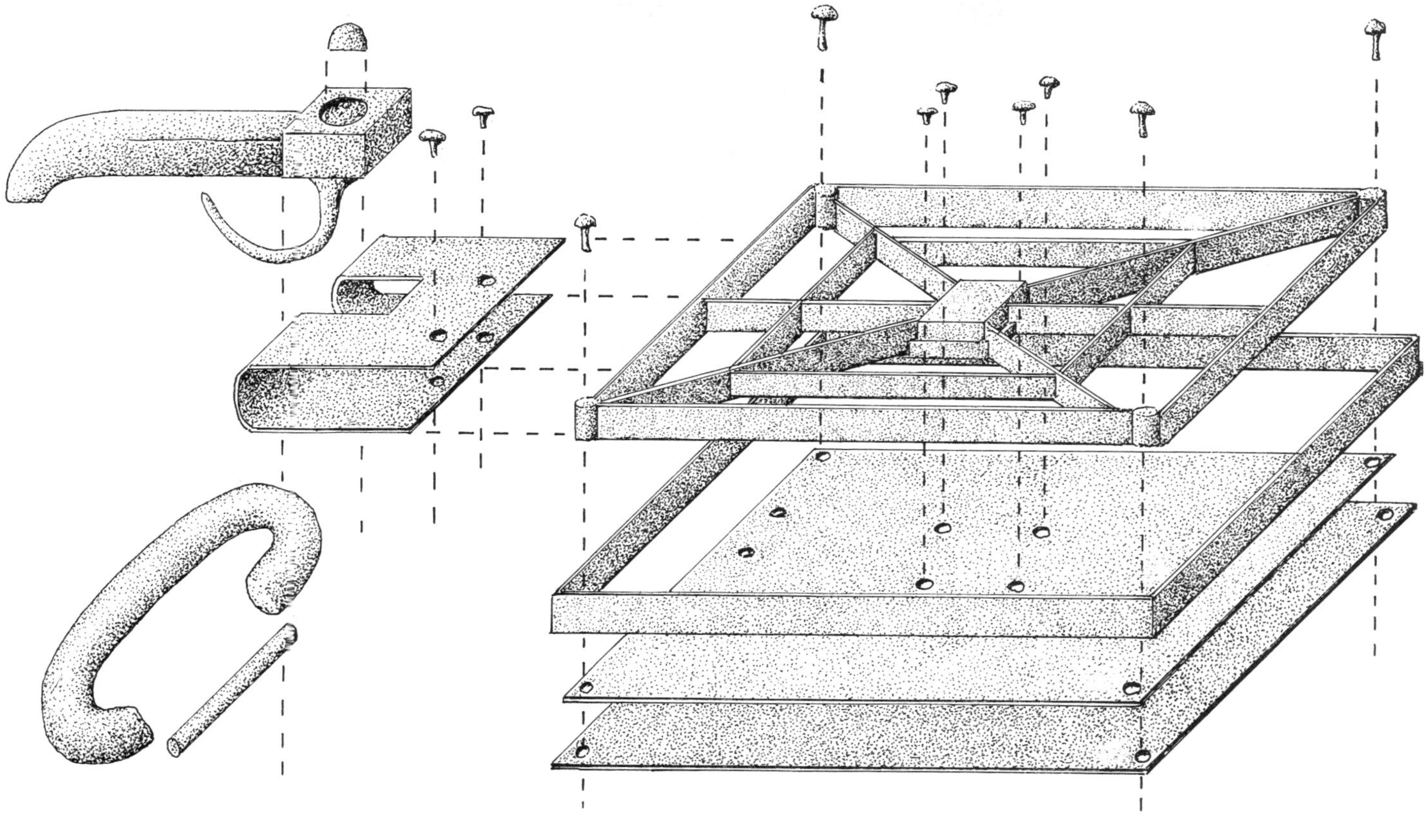

Fig. 61. Zusammensetzung einer Gürtelschließe (nach G. Ripoll, 1984).

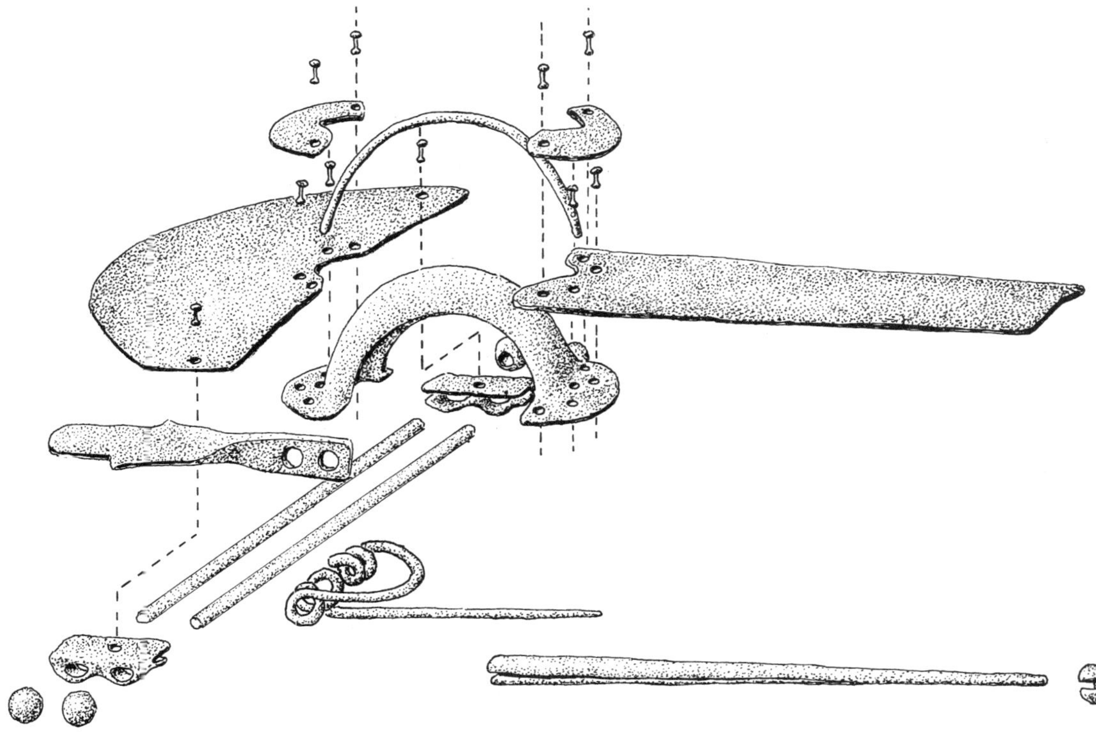

Fig. 62. Beispiel einer Bogenfibel in Trilaminartechnik (nach R. Luvas u. V. Vinas, 1977).

Fachleute vertreten die Meinung, daß diese Stücke nicht allein, sondern zusammen mit Gürtelbeschlägen durch den Handel vertrieben wurden. Die in Hispanien gefundenen Exemplare treten immer gemeinsam mit Grabbeigaben der 1. Hälfte des 6. Jh. auf.

Wir stellen fest, daß wir über die mobile Kunst der Toreutik des 5. und vornehmlich des 6. Jh. Kenntnisse besitzen, obwohl es sich um eine höchst problematische Epoche handelt: die Epoche der Niederlassung der Westgoten in Hispanien. Nach dem III. Konzil von Toledo im Jahr 589 entfällt die ganze Toreutik und wird durch andere Stücke ersetzt. Diese Tatsache erklärt sich aus der Übernahme hispanisch-römischer Traditionen, denen sich die westgotischen Gebrauchsgegenstände des 6. Jh. nicht gut anpassen konnten. Auf die Romanisierung und Germanisierung in der ersten Epoche der Präsenz der Westgoten in Hispanien folgte ein unverkennbar lateinischer und byzantinischer Einfluß, der darauf zurückzuführen sein könnte, daß zur Zeit Leovigilds das Bedürfnis nach einer von Byzanz unabhängigen höfischen Prunk- und Prachtentfaltung mit dem Ziel aufkam, das königliche Ansehen zu steigern und hervorzuheben.

Die Schaffung einer toledanischen, höfischen Kunst durch Leovigild hätte erneut zu einer Romanisierung führen können, wie am Hofe Athaulfs oder Theoderichs. Die Romanisierung setzt sich aber in der Toreutik erst im 7. Jh. durch und bringt erneut eine Kunst hervor, die wir hispanisch-westgotisch nennen. Das traditionell Römische und die neuen orientalisch-byzantinischen Einflüße sind dabei unverkennbar.

Die Toreutik des 7. Jh. umfaßt drei große, homogene Gruppen: die Goldschmiedekunst, die höfische Kunst und die Gürtelbeschläge. Alle drei Gruppen zeugen vom Einfluß des Mittelmeerhandels auf das Kunstschaffen der Goten. Im Rahmen unserer Analyse der politischen Geschichte Hispaniens erwähnten wir die große Anzahl Kolonien orientalischer Händler, die mit Ravenna und Sizilien regen Handel betrieben, die ihrerseits wiederum mit byzantinischen Werkstätten in Kontakt standen. Die auf die Iberische Halbinsel kommenden Erzeugnisse gaben lokalen Werkstätten die Möglichkeit zu Nachahmungen, die zwar in der Qualität nicht den Originalen gleichkamen, jedoch einen ausgeprägten Eigencharakter besaßen. Neben dem mediterranen Einfluß weisen einige Stücke unverkennbar burgundische Merkmale auf, wie sie durch Gürtelbeschläge mit figürlichen Darstellungen belegt sind.

Betrachten wir zuerst die kompletten, durchbrochenen Gürtelbeschläge, die auf die römischen zungenförmigen, kompakten Beschläge mit gelegentlich stark schematisiertem geometrischen Dekor zurückgehen. Beschläge dieses Typs finden wir sowohl in den Gräberfeldern der Kastilischen Hochebene als auch an der Mittelmeerküste. Durch die sogenannte à-jour-Technik entstehen gekrümmte geometrische Formen oder symmetrisch angeordnete Hufeisenbögen. Es sind ausschließlich hispanische Erzeugnisse einer lokalen Werkstatt, die sie in Serie hergestellt haben muß, da sich in mehreren Nekropolen genau die gleichen Exemplare finden. Obwohl wir die durchbrochen gearbeiteten Stücke zur Toreutik des 7. Jh. zählen, ist an eine frühere Datierung, vielleicht in die 2. Hälfte des 6. Jh., ebenfalls zu denken.

Charakteristisch für das 7. Jh. sind die leierförmigen Gürtelbeschläge mit kompakter Platte, Zellwerkdekor oder bewegbarer Ornamentierung. Die stets mehr stilisierten oder vereinfachten vegetabilen oder figürlichen Motive belegen beispielhaft die Verbreitung einer orientalisch-byzantinischen Mode im ganzen Mittelmeerraum. Das leierförmige Schema hat viele Varianten. Sehr zahlreich sind die Beschläge mit der Darstellung von „Monstren“, deren eingerollter Körper in einen Schnabelkopf übergeht. Die originären Exemplare geben die byzantinischen leierförmigen, d. h. schildförmigen Beschläge wieder wie die Gürtelbeschläge aus Trapezunt, Griechenland, Ravenna, Sizilien, Sardinien oder Nordafrika. Sie bestanden aus Edelmetallen wie Gold und Silber. In Hispanien wurden sie aus getriebener Gußbronze nachgeahmt. Diese leierförmigen Beschlägplatten waren – wie kein anderes Trachtzubehör nach 598 – auf der ganzen Iberischen Halbinsel weit verbreitet, von Kantabrien bis ins südliche Baetica, vom Landesinneren bis zu den Küstenregionen. Neben den herrschenden mediterranen und mitteleuropäischen Einflüssen dürfen wir nicht die in diesen Stücken deutlich vorhandene hispanische Tendenz verkennen. Die Gürtelbeschläge aus dem südlichen Gallien kamen sehr wahrscheinlich aus hispanisch-westgotischen Werkstätten und auf dem Handelsweg in dieses Gebiet, wie bereits in der 2. Hälfte des 6. Jh. die Gürtelbeschläge mit rechteckiger, zellverzierter Platte. Besondere Erwähnung verdienen die leierförmigen Beschläge mit der plastischen Darstellung der Fabel des Physiologus von der Schlange und dem Krokodil, wie die Exemplare von Santiesteban (Jaén), von der Nekropole von San Fructuoso (Tarragona), Yecla (Burgos) und andere ähnliche, aber nicht identische Stücke; es handelt sich anscheinend um eine falsche Interpretation im Falle von Uxama (Soria), Cueva de Suano (Kantabrien) und aus der Provinz León.

Eine Gruppe leierförmiger Beschlägplatten unterscheidet sich ganz wesentlich von den bis jetzt genannten. Es sind damaszierte Arbeiten nach burgundischer und merowingischer Art mit geometrischen, pflanzlichen oder figürlichen Motiven. Diese Technik war bei den Burgundern und Merowingern bereits sehr fortgeschritten. Sie kommen nicht sehr zahlreich, jedoch auf der ganzen Iberischen Halbinsel vor, u. a. in Los Goros (Hueto de Arriba, Alava), Daganzo de Arriba (Madrid), Loja (Granada), Nueva Carteya (Córdoba), Alto de Yecla (Silos, Burgos) und sind nicht vor der 2. Hälfte des 7. Jh. anzusetzen.

Neben diesen Exemplaren erscheinen im 7. Jh. burgundische Gürtelbeschläge mit ausschließlich figürlichen Motiven in à-jour-Technik oder getrieben. Ein Beispiel hierfür ist das Exemplar aus Olius (Lérida) mit der Anbetung der Heiligen Drei Könige. Als Themen finden wir symmetrisch angeordnete Greifen, zwischen ihnen ein Baum; den Kampf eines Mannes mit einem Löwen, vielleicht eine Samson-Darstellung in Parallele zu einer möglichen Daniel-Darstellung; Pferd und Reiter in unterschiedlicher Beziehung zueinander. Diese für die spätrömische Welt typischen Motive wurden von burgundischen Werkstätten aufgegriffen und später auf die Iberische Halbinsel übertragen. Die Darstellung von symmetrisch angeordneten Greifen oder Löwen, dazwischen der Lebensbaum, ist ebenfalls ein von orientalischen Werkstätten überkommenes Motiv.

Die westgotischen Kunsthandwerker beherrschten die Metallverarbeitung vortrefflich, wie auch die Ostgoten, auf deren Kunstfertigkeit wir bereits im Zusammenhang mit ihrer Niederlassung am Schwarzen Meer hingewiesen haben, wo sie die Techniken anderer Völker kennenlernten. Die Goten brachten ihre im Laufe der Wanderung erworbenen Kenntnisse der Metallverarbeitung nach Hispanien, wo sie sie mit großer Geschicklichkeit anwandten. Es besteht kein Zweifel daran, daß es ortsgebundene Werkstätten gab, was jedoch die Existenz ambulanter Werkstätten nicht ausschließt, die Metalle umschmolzen und in beweglichen Gußformen neue Stücke schufen. Die westgotische Toreutik legte großen Wert auf das Ostentative und vergrößerte den geringen Materialwert der Stücke durch Vergoldung und einen Steinschliff, der die visuelle Wirkung erhöhte.

Der ausgeprägte Eigencharakter der westgotischen Kunst zeigt eine der Klassik abgewandte

Tendenz und ist von verschiedenen Einflüssen durchdrungen, die als Höhepunkt die hispanisch-westgotische Kunst hervorbringen. Sie besitzt ihrerseits sehr spezifische Merkmale, die jeden Vergleich mit anderen europäischen oder mediterranen Kunstrichtungen des 7. Jh. ausschließen.

Dieser Kunst war keine Kontinuität beschieden, denn der Zerfall des Westgotenreiches und das Eindringen völlig neuer und fremder Kunstformen auf der Iberischen Halbinsel erschwerte die Übertragung der hispanisch-westgotischen Kunst auf andere Kulturen.

Die Goldschmiedekunst am Hofe von Toledo

Den Beleg für die vielfältige Aktivität der königlichen Werkstätten und für die Bedeutung der höfischen Kunst erbringen die Schätze von Guarrazar (Toledo) und Torredonjimeno (Jaén). Ihre künstlerische Ausführung verbindet römische und byzantinische Thematik.

Im September 1943 kamen die berühmten Votivkronen von Guarrazar ins Archäologische Museum nach Madrid zurück. Das war das Ende einer langen, unglücklichen Wanderschaft. Die Votivkronen, die seit dem Tag ihrer Entdeckung im Jahr 1858 von zahlreichen Forschern erwähnt wurden, waren das Thema vieler nicht nur wissenschaftlicher, sondern auch politischer Polemiken. Fünf Kronen, drei Kreuze und zwei Kreuzarme eines Prozessionskreuzes waren über lange Zeit im Musée de Cluny, in Paris und in der Armería (Zeughaus) des Palacio Real, in Madrid, wo sie 1921 geraubt wurden. Durch ein Abkommen zwischen der französischen und der spanischen Regierung kehrten sie in den Prado zurück. Daraufhin erschienen in der bekannten französischen Zeitung „Le Monde" zahlreiche Artikel, die die Rückkehr der „Kronen von Guarrazar" und der „Dame von Elche" in das Land forderten, das sie einst erworben hatte:

XVIII. Der Verlust der Nationalmuseen: Die „Dame von Elche" und die westgotischen Votivkronen

von René-Jean, „Le Monde", 16. 08. 1945

„In dem Augenblick, in dem der Louvre mit Stolz und zurecht auf die zahlreichen seine Sammlungen bereichernden Erwerbungen zwischen 1940 und 1945 hinweist, muß bedauerlicherweise auch daran erinnert werden, daß, um dem spanischen Diktator eine Freude zu bereiten, die Sammlungen der Nationalmuseen das Opfer eines schweren Anschlags geworden sind. Die Deutschen respektierten bekanntlich die Schätze unserer Nationalmuseen. Vergessen wir aber nicht, daß sowohl im Musée des Invalides als auch im Musée de la Guerre zahlreiche Plünderungen und Zerstörungen durchgeführt worden sind. Ganz zu schweigen von den Privatsammlungen.
Vichy hat nun genau das getan, was die Deutschen nicht getan haben. Der einzige Verlust, der dem Louvre und dem Musée de Cluny in der Vergangenheit zugefügt worden ist, geht auf Anfang 1941 zurück. Damals forderte General Franco die Rückkehr der ‚Dame von Elche' und der Votivkronen der westgotischen Könige in Spanien nach Madrid. (...)
(...) Dieses einzigartige Kunstwerk, das der Traum vieler Künstler war, wurde zu unserem Unglück Spanien übergeben, wie ebenfalls die Goldkronen, die von einem französischen Offizier entdeckt und von Toledo nach Frankreich gebracht worden waren; auch sie einzigartig und ohne ihresgleichen. Das Musée de Cluny beklagt seinen Verlust bitterlich. Und die *Maria* von Murillo, die mit ihrer süßen Engelsschar das religiöse Gefühl zahlreicher Louvrebesucher widerspiegelte; ein berühmtes Gemälde, das die Bewunderung von Théophile Gautier auf sich zog.
Das war keine Schenkung von Vichy, das war ein abgemachtes Tauschgeschäft. Frankreich erhielt als Gegenleistung einen Wandbehang aus der ersten künstlerischen Phase Goyas, das Portrait der Infantin Marianne von Österreich von Velázquez, die Replik eines Bildes derselben Prinzessin, das sich im Prado befindet, und ein Portrait von El Greco. Und so groß ist das künstlerische Ansehen dieser drei Meister, so groß die Priorität, die wir bedenkenlos der Malerei zugestehen, daß die öffentliche Meinung kaum eine Reaktion zeigte und ohne Nachdenken zustimmte. Erst viel später erschien diese Pille bitter. Aber was soll man dann dagegen sagen oder tun?
Die ‚Revue des Beaux Arts de France', das glanzvolle offizielle Organ, überprüfte den Austausch nur in bezug auf die erhaltenen Gemälde; der ‚Dame von Elche' widmete es nur wenige, konfuse Zeilen. Merkwürdigerweise schwieg die ‚Académie des Inscriptions' und hüllt sich noch heute in Schweigen; merkwürdigerweise gab es keinen Protest – zumindest keinen von offizieller Seite – halb-

amtlich soll sie jedoch ihre Mißbilligung zum Ausdruck gebracht haben. Die Archäologie unseres Landes jedoch wird schwer geschädigt; die Wissenschaft wird durch diese Unterschlagung unmittelbar betroffen.

Es ist mehr als nur eine Nebensache. Es geht um ein Prinzip. Wenn wir dieser Abtretung eine Legitimität zusprechen, gibt es überhaupt keinen Grund, warum die ‚Venus von Milo' nicht nach Griechenland zurückkehren sollte, die Gemälde von Veronese nicht nach Italien und warum Rembrandt weiterhin unser Gast sein soll. Und außerdem, mit welchem Recht darf der Louvre ein Kunstwerk verschenken, das ihm selbst zum Geschenk gemacht worden ist? Es ist ein Verrat an der Moral, ein Vertrauensmißbrauch. Schreiten wir auf diesem Weg fort, so öffnen wir dubiosen Geschäften Tor und Tür. Die Kunst darf nicht im Dienst der Politik stehen, aber die Politik im Dienst der Kunst. Der Schluß aus alle dem ist, den Tauschhandel von 1941 zu überprüfen: Die ‚Dame von Elche' und die Votivkronen der westgotischen Könige müssen in den Louvre und nach Cluny zurückkehren."

XIX. Die „Dame von Elche" und die Unantastbarkeit der Nationalen Kunstsammlungen

von René-Jean, „Le Monde", 12. 09. 1945

„Die Übergabe der ‚Dame von Elche' an Franco durch die Regierung von Vichy läßt die Wogen der Emotion hochschlagen, wie uns die Leserbriefe an ‚Le Monde' täglich beweisen. Der Tausch findet Gegner – und einige Befürworter. Die Befürworter, ihrer Unterlegenheit bewußt, setzen gegenwärtig das Gerücht in Umlauf, daß die Statue eine Fälschung sei. Wäre dem so, dann gäbe es nur einen Grund mehr, diesen beklagenswerten Tausch rückgängig zu machen. Denn zu der Schande, die den französischen Archäologen zugefügt wurde, zu dem Schimpf, der dem Gedächtnis des Stifters Noël Bardac angetan wurde, käme nun eine weitere Schamlosigkeit, fast ein Betrug, was Frankreich, nach Licht und Grandeur strebend, nicht tolerieren dürfte. Der Tauschhandel muß auf alle Fälle und in jeder Hinsicht rückgängig gemacht werden. Seine Unrechtmäßigkeit ist offenkundig.

Nationaler Kunstbesitz ist genauso unantastbar wie der territoriale Bestand. Wie keine Regierung es wagen dürfte, gesetzwidrig einen Teil französischen Grundes und Bodens zu veräußern, so darf keine Regierung über unsere Kunstschätze ohne gesetzliche Legitimation verfügen.

Es gibt einen Präzedenzfall, der beweist, wie sehr diese Regel immer respektiert worden ist. Anläßlich der Reise nach Paris der russischen Herrscher im Jahr 1900 besuchten der Zar und die Zarin auch Versailles. Ihr Interesse galt vor allem einer Vitrine mit Erinnerungsstücken von Marie-Antoinette. Die Kaiserin, die ebenfalls ein tragisches Ende erfahren sollte, äußerte den Wunsch, die Stücke berühren zu dürfen. Ergriffen nahm sie ein Stück nach dem anderen in die Hand. Anscheinend sah sie durch die Stücke hindurch ihr eigenes Schicksal. Da sie ein Schmuckstück ganz besonders bewunderte, gab ihr der Präsident Félix Fauvre zu verstehen, daß sie es Frankreich zu Ehren doch behalten möge. Große Erregung unter den anwesenden Staatsbeamten. Henry Roujon, der damalige Direktor der Beaux Arts, eilte zu seinem Minister. Sie erklärten einstimmig, daß niemand das Recht habe, den Nationalen Kunstsammlungen irgendein Stück zu entziehen. Man setzte die kaiserliche Familie davon in Kenntnis, und die Schenkung wurde rückgängig gemacht. Möge die IV. Republik sich ein Beispiel an der III. Republik nehmen!

Es handelt sich doch in erster Linie darum: Die Unantastbarkeit der Nationalen Sammlungen darf nicht in Frage gestellt werden. Es dennoch zu tun, würde bedeuten, dem Mißbrauch der Kunst Vorschub zu leisten. Ist es bekannt, daß Göring bei den Verhandlungen um den berühmten Basler Altar, in dessen Besitz er kommen wollte, gegenüber Jaujard, der die Verhandlungen diplomatisch geschickt in die Länge zog, als Argument anführte: ‚Sie haben Spanien das gegeben, was spanisch ist; Sie können Deutschland nicht das verweigern, was deutsch ist.' Sich auf die ‚Dame von Elche' berufend, könnte jede andere Regierung, in der Absicht, die Geste von Vichy wiederholt zu sehen, ungehindert über ‚La Solana' von Goya verfügen, dieses Juwel von Kunstwerk, das Dank der Großzügigkeit von Carlos de Beistegui in unseren Louvre kam. Diesen Akt der Speichelleckerei, der den Louvre seiner Iberischen Abteilung beraubt hat – denn die ‚Dame von Elche' ist nicht alleine gegangen, gleich einer Königin hat sie ihren Hof mit sich genommen –, als legal gelten zu lassen, würde bedeuten, das Vertrauen der Kunstliebhaber grausam zu zerstören. Dem Louvre ist nicht eine Schenkung gemacht worden, die später als Tauschgeschäft dienen sollte, sondern die als Bereicherung seiner Sammlungen vorgesehen war. Der Vertrauensmißbrauch und die Zweckentfremdung sind eine grobe Beleidigung gegenüber dem Stifter. Es ist außerdem ein Präzedenzfall, bei dem Mißtrauen mehr als angebracht ist. (...)

(...) Soll auch die Tatsache ignoriert werden, daß die westgotischen Votivkronen, die man zusammen mit den anderen Kunstschätzen an Spanien abtrat, nach ihrer Entdeckung von diesem Land verschmäht werden? Es ist ja nur eine unbedeutende Nebensache. Behalten wir das für uns! Behalten wir auch für uns die Übergabe der 55 000 Objekte aus dem Archiv von Simancas an den Diktator...

Ihretwegen und der übrigen Kunstwerke wegen, der Goldkronen im Musée de Cluny, der ‚Unbefleckten Empfängnis' von Murillo, der ‚Dame von Elche' wegen, muß das Prinzip der Unantastbarkeit unserer Nationalen Kunst- und Archäologischen Sammlungen vehement zum Ausdruck gebracht werden. Der Krieg, der jetzt endet, hat den geistigen Wert dieser Kunstschätze zum Vorschein gebracht. Der Respekt, mit dem die kriegführenden Mächte sie bewundert haben, diktiert uns unsere Pflicht: Wir alle müssen diese Sammlungen schützen und lieben, ihre Vergrößerung erwirken und sorgsam über sie wachen!"

Am unteren Rand des Kronreifs hängen an kleinen Ketten aus Goldplättchen geschnittene Zierbuchstaben mit Granatinkrustrationen. Die Zierbuchstaben geben den Namen des Königs an, der die Krone geweiht hat: *† SU(IN)T(H)IL(A)NUS REX OFFERET*. Diese Votivkrone König Suinthilas (621–631) wurde aus der Armería des Palacio Real in Madrid gestohlen.

Die Votivkrone Reccesvinths mit den Anhängern und den einzelnen Buchstaben der Worte: *† RECCESVINTHUS REX OFFERET* ist die prunkvollste Krone (653–672). Sie besteht aus zwei Reifen, die miteinander durch Scharniere verbunden sind. Jeder Reif ist aus zwei übereinandergelegten Goldplatten zusammengesetzt, die innere ist einfach und glatt, die äußere reich mit einem fein punzierten Zellwerk, das mit Almandinen und Granaten gefüllt ist, verziert. Die Mitte des Kronreifs ist mit blauen Saphiren und Perlen besetzt und an seinen Rändern ziehen sich schmale Bänder mit Kreisornamenten hin, die durch Viertelkreise nochmals unterteilt sind und stilisierte Blüten bilden. Die Krone hängt an vier Ketten, deren Glieder Birnenblättern ähneln. Die Ketten laufen in einer sich nach unten öffnenden und in einer sich nach oben öffnenden lilienförmigen Blüte zusammen. Ein aus Bergkristall geschnittenes Kompositkapitell sowie eine Kugel dienen dazu, den Golddraht, der die Krone hält, zu verdecken. Unterhalb der Buchstaben hängt ein Kreuz aus Gold mit Steineinlage. An der Rückseite war eine Spange angebracht, weshalb vermutet werden darf, daß das Kreuz ursprünglich als Pektorale gedient hat.

Eine weitere aus der Armería geraubte Krone ist der Votivkrone Reccesvinths sehr ähnlich. Sie besteht aus zwei mit Edelsteinen besetzten Reifen mit Zierbuchstaben und Ketten zum Aufhängen, deren Glieder birnenblattförmig sind.

Die Votivkrone 4980 aus dem Musée de Cluny besteht aus zwei Reifen. Jeder Reif ist mit erhaben eingelegten Steinen verziert. Das Hängekreuz trägt eine schwer zu deutende Inschrift: *IN Dn/I/NOM/INE/OFFERET/SONNICA/SCE/MA/RIE/INS/ORBA/CES*; „Sonnica bringt der Heiligen Maria von Sorbaces diese Opfergabe dar"; sowohl die Person Sonnica als auch der Ort Sorbaces sind uns unbekannt.

Eine andere dem Schatz von Guarrazar zugehörige Krone besteht aus einem Reif mit geometrischem Dekor und trägt die Inschrift: *OFFERET MUNUSCULUM SCO STEFANO THEODOSIUS ABBAS*. Es ist die mit Perlen und Saphiren besetzte Opfergabe eines Abtes namens Theodosius. Ein einzelnes, wahrscheinlich nicht mit einer Krone dargebotenes Kreuz trägt ebenfalls eine Inschrift: *IN NOMINE DNI IN NOMINE SCI OFFERET LUCETIUS E*. An den Kreuzarmen hängen, wie es bei den Votivgaben dieser Schätze üblich ist, Edelsteine.

Anders gestaltet als die genannten Kronen und Kreuze ist eine weitere, ebenfalls dem Schatz von Guarrazar zugehörige Krone. Es ist eine Gliederkrone aus einem balustradenartigen Netz, dessen Eckpunkte durch Cabochons gebildet und verbunden werden. Die Krone hängt an vier miteinander verhakten Ketten. Ein Hängekreuz mit Steineinlage ergänzt die einzigartige, originelle künstlerische Ausführung.

Die kostbare Sammlung bezeugt die große künstlerische Phantasie und das Höchstmaß an technischem Können der Goldschmiedekünstler, die es verstanden, sowohl die typisch römische, als auch die orientalisch-byzantinische Technik und Thematik der Goldschmiedekunst und Toreutik zu nutzen und zu verändern. Die

Fig. 63. Guarrazar. Eine der Votivkronen aus dem Schatz von Guarrazar. 2. Hälfte des 7. Jahrhunderts. Museo Arqueológico Nacional, Madrid.

großartige Pracht dieser Exemplare hispanisch-westgotischer höfischer Goldschmiedekunst, die in die 1. und 2. Hälfte des 7. Jh. datierbar sind, verrät engste Verwandtschaft mit byzantinischen Tendenzen. Die in getriebenen Zellen eingelegten Edelsteine lassen sofort an die ornamentalen Techniken italischer Stücke denken. Das bedeutendste Exemplar hierzu ist der Einband des auf ca. das Jahr 600 datierbaren Evangelienbuchs, das Papst Gregor der Große der Königin Theodelinde zum Geschenk machte. Ein anderes in der Zellwerktechnik vergleichbares Stück ist das nach *Sancta Sanctorum* benannte Gemmenkreuz, das eine Zeitlang im Vatikanischen Museum aufbewahrt wurde. Es ist nicht bekannt, wo es sich heute befindet.

Der Schatz von Torredonjimeño ist mit jeweils verschiedenen Stücken auf drei Museen verteilt; auf das Archäologische Nationalmuseum zu Madrid, sowie auf die Archäologischen

Museen von Barcelona und Córdoba. Die Kronen gingen verloren; erhalten sind die Hängekreuze und Zierbuchstaben. Seine Auffindung im Jahr 1926 und die völlige Unkenntnis seines tatsächlichen Wertes führten zu seiner systematischen Zerstückelung. Stilistische und technische Merkmale stellen ihn in Beziehung zu dem Schatz von Guarrazar und belegen anschaulich den byzantinischen Einfluß in der letzten Phase der hispanisch-westgotischen höfischen Kunst. Drei weitere Kreuze gleichen Stils fanden sich in Villafáfila (Zamora). Bei ihnen handelt es sich wahrscheinlich nicht um Opfergaben, sondern um Heilssymbole, denn sie waren anscheinend an die Tracht angenäht.

Aus den literarischen Quellen dieser Zeit erhalten wir Kenntnis von der Sitte, den Monarchen der Nachbarstaaten - sei es zum Gedenken an historische Ereignisse oder als Vermählungsgeschenk - wie auch dem Papst - Schätze darzubringen. Durch die *Historia Francorum* (X, 21) des Gregor von Tours ist uns bekannt, daß der fränkische König Childeberth aus der Hand Reccareds ein kostbares Schwert als Geschenk empfing, *gladiumque mirable, cuius capulum ex gemmis Hispanis auroque dispositum erat* („ein wunderbares Schwert, dessen Griff mit Edelsteinen aus Hispanien und Gold besetzt war"). Zwischen 606-607 sollte die Hochzeit der Tochter Witterichs mit Theoderich, dem Sohn des fränkischen Königs Childeberth von Orleans, stattfinden. Sie wurde vereitelt: *expoliatam a thinsauris Spaniam retransmisit* („er schickte sie ihrer Mitgift beraubt nach Hispanien zurück") (Fredeg. *Chron.* 30-31), aber der dargebrachte Schatz nicht zurückgegeben, auch findet der Kronschatz der Westgoten in den historischen Quellentexten oft Erwähnung sowie eine Beschreibung, die ihn als Symbol der Königswürde denken läßt. Andere Stellen wiederholen, wie die fränkischen Könige danach trachteten, in den Besitz dieses Kronschatzes zu kommen und wie Theoderich während seiner Vormundschaft für seinen Enkel Amalarich sich dieses Schatzes annahm. Dessen Rückgabe durch Athalarich unterstreicht die Unabhängigkeit des Westgotenreiches, wie Procopius von Caesarea in seinem Werk *Bellum Gothicum* (12.146) berichtet.

Wir sind der Meinung, daß die Schätze von Guarrazar und Torredonjimeno den Nachweis für das tatsächliche Vorhandensein einer höfischen Kunst und königlicher Werkstätten erbringen und uns einige der zugehörigen Stücke vor Augen führen. Dazu zählt die von Reccared dem Heiligen Felix, Märtyrer von Gerona, dargebrachte Krone. Julian, Bischof von Toledo, berichtet uns hierzu in seinen *Historia Wambae Regis*, wie der König diese Krone, nachdem der gottlose *Paulus* von Septimanien es gewagt hatte, sie auf sein Haupt zu setzen, dem Märtyrer zurückgibt: (...) *factum est ut vasa argentea quamplurima de thesauris dominicis rapta et „coronam illam auream" quam divae memoriae Recaredus Princeps ad corpus beatissimi Felicis ubtulerat, quam idem Paulus insano capiti suo imponere ausus est* („und es geschah, daß die silberne Vase und ziemlich viel von dem Kronschatz geraubt [wurde] und ‚jene goldene Krone', die der Fürst Reccared, seligen Angedenkens, dem Körper des Heiligen Felix dargebracht hatte; diese wagte derselbe Paulus seinem frevelhaften Haupt aufzusetzen").

Der toledanische Kronschatz ist uns ebenfalls aus arabischen Chroniken der Einnahme von Toledo bekannt und von Al-Makkari, Ben-Kartabús, Ben-Koteyba. Obwohl die Beschreibungen sehr wertvoll sind, ist es schwierig zu unterscheiden, was Phantasie und was eigentlich wahr ist. Eine genaue, detaillierte Untersuchung des Stücks, aus denen der Kronschatz bestanden haben dürfte, könnte uns die technischen und künstlerischen Tendenzen der Goldschmiedekunst am Hofe von Toledo aufzeigen, wo, wie wir wissen, Stücke aus byzantinischen Werkstätten Verwendung fanden, wie das herrliche Pektoralkreuz an der Krone Reccesvinths.

208. Schatz von Guarrazar (Toledo). Gitterkrone mit mehrgliedrigen Anhängern und Steineinlage, Teil des Schatzes

Vorherige Seiten:
209. Schatz von Guarrazar (Toledo). Goldblattkreuzpaar mit Zellwerk und Steineinlage, Teil des Schatzes
210 a und b. Schatz von Guarrazar (Toledo). Querbalken eines Prozessionskreuzes aus Gold mit Steineinlage
211. Schatz von Guarrazar (Toledo). Goldblattkreuzpaar mit Zellwerk und Steineinlage, Teil des Schatzes.

212. Bovalar (Lérida). Liturgische Bronzekanne, in der Basilika gefunden

213. Bovalar (Lérida). Bronzener Dreifuß-weihrauchkessel mit vogelförmigem Knauf, aus der Basilika

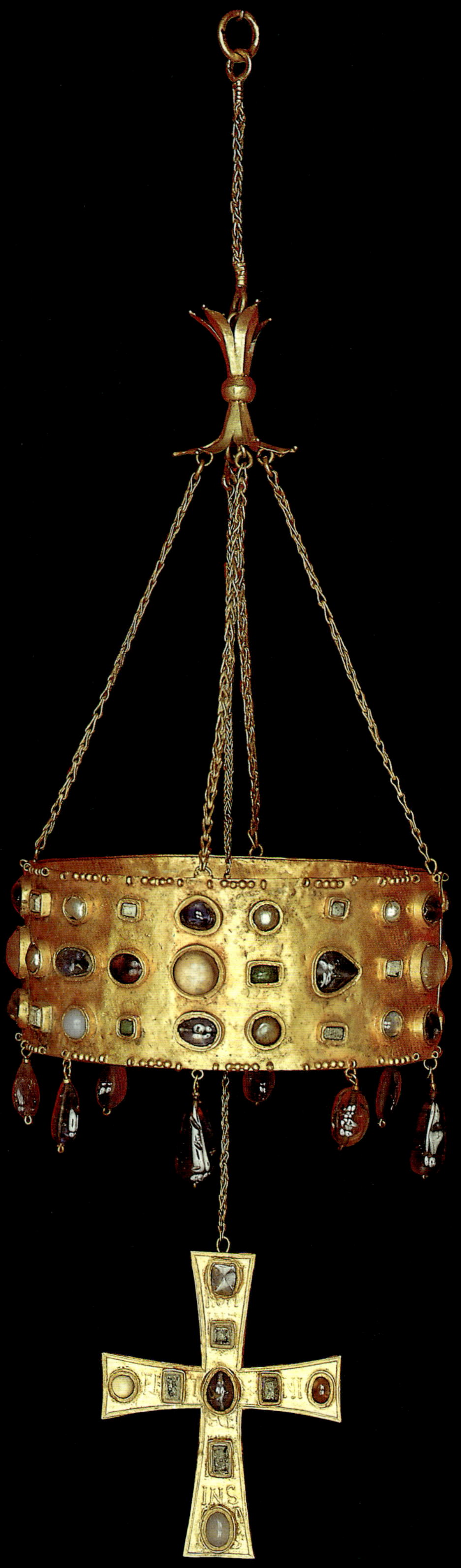

REX

Vorherige Seiten:
214. Schatz von Guarrazar (Toledo). Sonnica-Votivkrone aus Gold mit Steineinlage und herabhängendem Goldblattkreuz mit Inschrift
215. Schatz von Guarrazar (Toledo). Votivkrone aus Gold mit Steineinlage, herabhängendes Kreuz in byzantinischem Stil, ausgestanzte Buchstaben mit dem Namen Reccesvinth (653-672)

216. Schatz von Guarrazar (Toledo). Goldblattkreuz mit Steineinlage

Der Mittelmeerhandel mit Metallen

Epigraphische Texte spätrömischer und westgotischer Zeit liefern uns Informationen über die Präsenz von vermutlich orientalischen Händlern im römischen Hispanien. Ihre Niederlassungen befanden sich in so wichtigen Städten wie *Tarraco* (Tarragona) oder *Dertosa* (Tortosa) im Osten der Provinz *Tarraconensis*, im Handelszentrum *Emerita Augusta* (Mérida) oder in Küstenstädten wie *Olisipo* (Lissabon) in Lusitanien. Wir wissen von Zwischenstationen dieser Händler auf den Balearen, z. B. in der Basilika im Hafen von Fornells (Menorca), wo die Wände des Baptisteriums lateinische und griechische Graffiti tragen.

In der Literatur und vor allem in der westgotischen Gesetzgebung werden wiederholt die sog. *negotiatores transmarini* erwähnt, deren Handelsgeschäfte genauen gesetzlichen Bestimmungen unterlagen. Die historische Forschung von den Arbeiten Bréhiers bis hin zu den neuesten Veröffentlichungen hat die *negotiatores transmarini* zum Gegenstand ihrer Untersuchungen gemacht. Dieses Interesse läßt sich durch die Tatsache erklären, daß der rege Mittelmeerhandel – ohne weiteres mit dem des Römischen Imperiums in seinen glanzvollen Epochen vergleichbar – wichtige Kenntnisse über die hispanisch-westgotische Gesellschaft liefert. Bei der Untersuchung der hispanisch-westgotischen materiellen Kultur, angefangen bei der Architektur bis hin zur Kleinkunst, wie Trachtzubehör oder liturgische Geräte, sind die von orientalischen Händlern eingeführten Erzeugnisse von großer Bedeutung und ein Beweis für die Handelsbeziehungen des Westgotenreiches zu Handwerksstätten und Wirtschaftszentren des ganzen Mittelmeerraums sowie für die künstlerische Einflußnahme spätrömischer Strömungen aus Afrika oder oströmischen oder byzantinischen Ursprungs.

In *De vita et miraculis sanctorum patrum emeritensium* finden wertvolle orientalische Erzeugnisse Erwähnung, wie u. a. die Seide, die hauptsächlich aus Byzanz eingeführt wurde. Diese Produkte waren gleichsam die Vorlage für die ornamental-plastischen Motive der Werkstätten von *Olisipo* und an der heutigen portugiesischen Atlantikküste. Weitere archäologische Zeugnisse des Mittelmeerhandels finden wir u. a. in Bronzedepots oder gestrandeten Schiffsladungen, wie z. B. im bekannten Marzamemi an der Südostküste Siziliens. Zur Ladung des Schiffes, die für Sizilien oder andere westliche Mittelmeerhäfen bestimmt war, zählten liturgische Stücke aus Marmor, wie Ambo, Altarschranken, Kapitelle und Säulen. Der Marmor kam von östlichen Marmorsteinbrüchen.

Im westgotischen Hispanien finden sich zwei Beispiele für diesen Mittelmeerhandel, dessen Schwerpunkt die Ein- und Ausfuhr von Metallen war. Wahrscheinlich brachten Metallwarenhändler auf die Iberische Halbinsel Bronzegegenstände, die aus orientalischen Werkstätten in Syrien oder Palästina oder vom koptischen Nil stammten. Sie erwarben ihrerseits unbrauchbar gewordene Metallgegenstände und sicherten somit den orientalischen Werkstätten in Zeiten des Rohstoffmangels das benötigte Rohmaterial. Im Depotfund von Collet de Sant Antoni de Calonge, in Gerona, heute im dortigen Museum, finden sich neben gegossenen Platten und anderen klassischen, nicht mehr benutzten Stücken zwei Bronzegefäße koptischen Ursprungs, die für die eucharistische Liturgie bestimmt waren: eine Kanne und eine Patene mit ringförmigem, durchbrochen gearbeiteten Fuß. Das zweite Beispiel ist die gestrandete Schiffsladung am Kap Fabaritx im Norden von Menorca. Obwohl die Ladung stark geplündert wurde, konnten gegossene Platten, eine große Anzahl ornamentaler Fragmente aus Bronze und eine Reihe neuer, aus orientalischen Werkstätten stammenden, für Christen bestimmte Objekte sichergestellt werden. Dazu zählen die Füße mehrerer Leuchter. Einer dieser Leuchter hat eine griechische Inschrift:

ΤΕΡΕΝΤΙΟΙ ΜΑΣΙΜΟΣ ΚΑΙ ΚΑΣΤΟΣ ΚΟΙΝΤΟΥ ΤΟΥ ΑΙΘΙΒΗ ΛΟΥ ΗΛΙΟΠΟΛΕΙΤΑΙ ΗΡΓ ΑΣΑΝΟ [Ο]

(Maximos und Kastos Terentios, Söhne des Quintos Aithibelos, Bürger von Heliopolis, machten ihn). Die erwähnte Ladung bestand des weiteren aus liturgischem Gerät für jüdische Gemeinden auf Menorca, die wahrscheinlich damals dort beheimatet waren. Dazu zählt eine Menora, ein siebenarmiger Leuchter. Bemerkenswert ist die Feststellung, daß das gleiche liturgische Gefäß, wie wir es im Depotfund von Calonge (Gerona) vorfinden, in den Basiliken von Son Peretó (Mallorca) und in Bovalar (Lérida) verwendet wird. Dies beweist die Ausweitung der Handelsbeziehungen über die Balearen in das hispanische Westgotenreich.

Es ist ebenfalls bekannt, daß es einen Handel mit Gold gab, das geprägt oder in Barrenform gegossen wurde. Das Vorhandensein der höfischen offiziellen *pondera* aus Konstantinopel oder Alexandria, die bekannten *exagia* zur genauen Gewichtskontrolle des zum Kauf oder Verkauf angebotenen Goldes, sind ein Beleg für den Handel mit Gold und für die orientalischen gesetzlichen Bestimmungen über Gewicht und Wert des Goldes. In der Festung von Puig Rom (Gerona), in der Nekropole von Duratón (Soria), in der Provinz Salamanca u. a. m. finden sich Gewichtsstücke *(exagia)* orientalischer Herkunft, vielleicht aus Alexandria oder Byzanz – mit dem Münzzeichen des Kaisers. In der Alcazaba von Málaga kommen z. B. wiederum ältere vielleicht aus spätkonstantinischer Zeit stammende *exagia* vor, die fast kugelförmig das Münzzeichen des griechischen Unzensystems tragen.

Den hispanisch-westgotischen Münzprägungen lag der *solidus aureus*, der konstantinische Goldsolidus, zugrunde, nämlich eine Goldmünze im Wert von 1,72 Pfund Gold. In den späteren Münzprägungen, selbst in den arabischen, bestand das Münzwesen des Imperiums als Grundlage weiter.

Weitere bedeutsame liturgische Geräte sind die von der hispanisch-westgotischen Kirche verwendeten Bronzegefäße, insbesondere die eucharistischen Räuchergefäße, Kannen und Patenen. Tatsächlich kennen wir nur wenige Räuchergefäße, ihre Einzigartigkeit verdient jedoch unsere Aufmerksamkeit. Das Exemplar von Aubenya (Mallorca) aus einer byzantinischen Werkstatt Siziliens zeigt eine griechische Inschrift. Es ist eine Räucherpfanne in Halbkugelform mit drei Ösen für Ketten zum Aufhängen des Gefäßes, einem hohen, kegelstumpfförmigen Fuß und einem Zierband mit schwer zu deutender griechischer Inschrift:

ʽΩ Θεος ὀ πρ(οσ)δεξάμενος τὸ Θνμίαμα τοῦ ἁγίον Ζαχαρίον, πρόσδὲξοι τοῦτο

(O Gott, der Du den Weihrauch des Heiligen Zacharias empfängst, nimm auch diesen an).

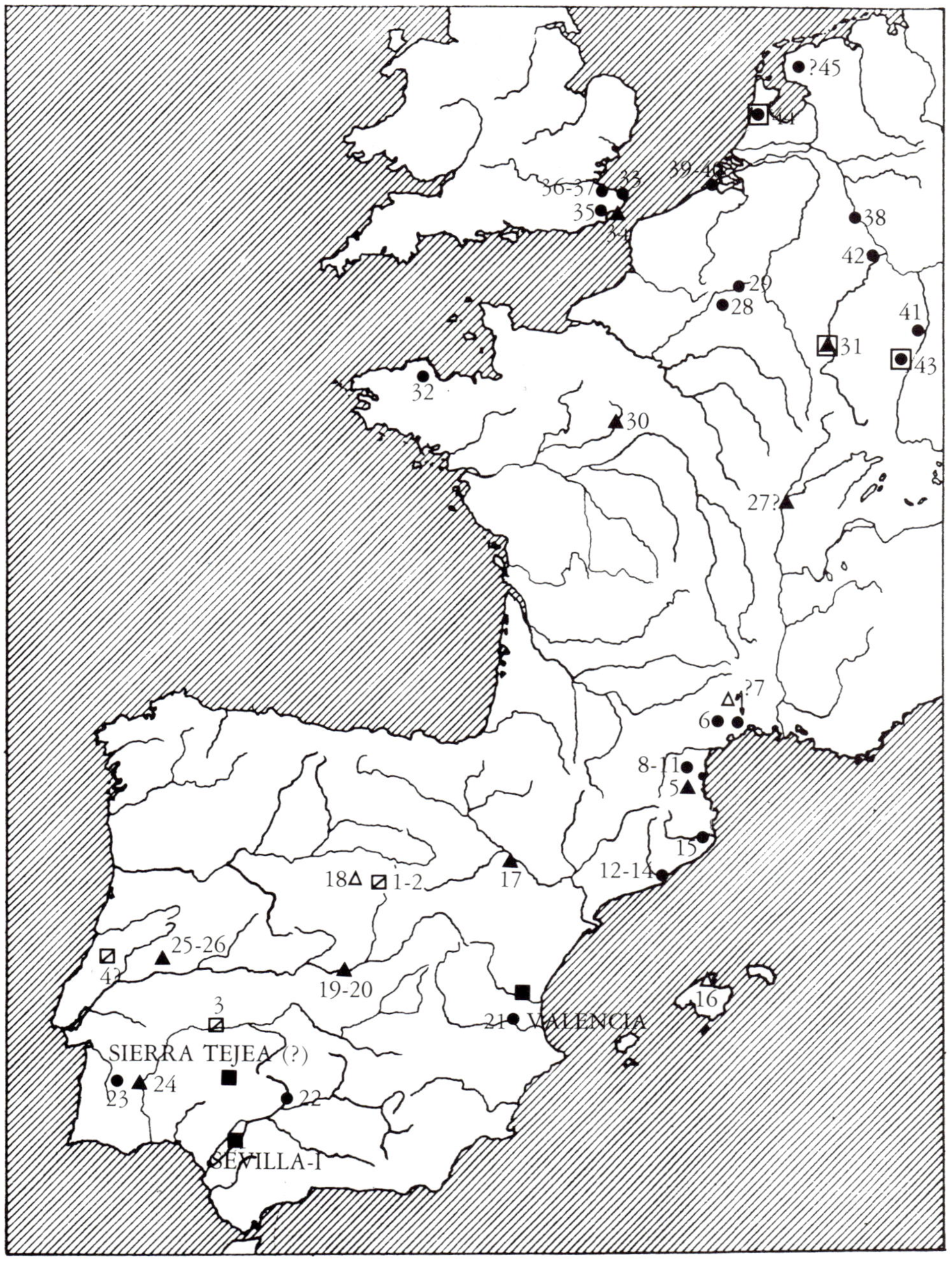

Fig. 64. Funde westgotischer Münzen der Zeit vor 575 n. Chr. (Nach X. Barral i Altet, 1974)

- ● Tremissen mit dem Namen Justinus I. (?) oder Justinians
- ▲ Tremissen mit dem Namen Justinus II. und undeutlichen Legenden
- □ Tremissen aus nicht westgotischen Schatzfunden
- ⊠ Solidi
- ■ westgotische Münzfunde
- △ Tremissen mit dem Namen des Anastasius

1. 2. Duratón (Segovia); 3. Mérida (Badajoz); 4. Portugal; 5. Fontjoncouse (Aude); 6. Montpellier; 7. Umgebung von Montpellier; 8. 9. 10. 11. Tourouzelle (Aude); 12. 13. 14 Barcelona; 15. Gerona; 16. Pollensa (Mallorca); 17. Zaragoza; 18. Duratón (Segovia); 19. 20. Toledo; 21. Valencia; 22. Córdoba; 23. 24. Beja; 25. 26. Castelo Branco (Portugal); 27. Charney-les-Chalon (Saône-et-Loire); 28. Famars (Nord); 29. Harmignies (Hainaut, Belgien); 30. Lumeau (Eure-et-Loire); 31. Monneren (Mosel); 32. Saint-Quay-Portrieux (Côtes-du-Nord); 33. Canterbury (Kent); 34. Dover (Kent); 35. Gitton Town (Kent); 36. 37. Kent; 38. Köln; 39. 40. Domburg (Niederlande); 41. Landau; 42. Mülhofen bei Koblenz; 43. Munningen bei Nördlingen; 44. Velsen (Niederlande, Nordholland); 45. Weijnaldum (Niederlande)

Die Schauseiten anderer Räuchergefäße in Prismenform sind mit konzentrischen Kreisen verziert, so z. B. das Gefäß von Lladó (Gerona), oder glattbelassen wie das Gefäß aus Ouenca im Archäologischen Nationalmuseum. Ihre Provenienz dürfte mit größter Wahrscheinlichkeit der koptische Nil sein. Ein einzigartiges Räuchergefäß findet sich in der Basilika von Bovalar in Lérida. Der zylindrische Räucherkasten ruht auf drei mit Klauen besetzten Füßen. Christogramme und Fruchtkörbe schmücken den durchbrochen gearbeiteten Deckel, den eine einem Pinienzapfen ähnelnde Kugel krönt, auf der eine Taube sitzt. Vergleichbare Exemplare gibt es nur wenige und an den verschiedensten Orten, z. B. in Crikvine (Dalmatien), oder in Volubilis (Marokko), weshalb sich ihre Herkunft nur schwerlich bestimmen läßt. Fast eine gleiche Form hat ein Räuchergefäß im Reiss-Museum in Mannheim, das aus dem italienischen Kunsthandel stammt.

Es ist uns nicht bekannt, ob die hispanisch-westgotischen *officinae* außer Kannen und Patenen, die manchmal für nichteucharistische Rituale verwendet wurden, auch Räuchergefäße herstellten.

Unter den Sammlungen der spanischen Museen gibt es viele und unterschiedliche Bronzekannen und Patenen, die häufig auf ihre eucharistische Funktion hindeutende Inschriften tragen, wie z. B. eine Patene mit dem Text der Antiphone der *fractio panis* in der mozarabischen Messe. Auch finden sich persönliche Formulierungen, die dem Besitzer das ewige Leben verheißen. Die Inschriften sind in hispanisch-westgotischen epigraphischen Formen, vor allem der des 7. Jh., perfekt ausgeführt. Eine Untersuchung der Stücke zeigt auf, welche koptischen oder ostmediterranen Ursprungs sind, wie u. a. die erwähnten im Kircheninneren gefundenen Räuchergefäße von Son Peretó (Mallorca) und Bovalar (Lérida). Die Funde dieser nach Spanien eingeführten orientalischen Gefäße stecken gleichsam einen vom mittleren Ebro bis nach León führenden römischen Weg ab. Sie dienten den hispanischen Werkstätten als Vorlage.

Das Vorkommen liturgischer Geräte koptischen oder östlichen Ursprungs im westgotischen Hispanien ist von großem Interesse. N. Åberg, und später J. Werner zeichnen den Weg dieser Stücke aus dem Orient nach. Die Handelswege führten von Italien über die Alpen zu den Nekropolen in Baden-Württemberg und weiter rheinabwärts bis nach Kent. Örtliche Werkstätten reproduzierten die eingeführten liturgischen Geräte mit anderen Techniken. In Italien, wo in den lombardischen Nekropolen von Nocera Umbra und Castel Trosino koptische Stücke auftauchen, gab es wahrscheinlich zwei große Werkstätten. Die erste läßt sich anhand der zugehörigen Stücke an der Adriaküste, vielleicht in Umbrien vermuten, worauf wir an anderer Stelle hingewiesen haben. Die zweite, die anhand der zugehörigen sehr verschiedenartigen Exemplare von größerer Bedeutung ist, befand sich den neuesten Forschungsergebnissen zufolge auf Sardinien.

In den hispanischen Werkstätten wurden die eingeführten Stücke mit einer anderen Herstellungstechnik nachgeahmt und abgewandelt: Die Oberfläche wurde verziert – die Oberfläche der eingeführten Stücke ist dagegen glattbelassen – und mit Inschriften versehen, die auf die Funktion der Gefäße hindeuten. Es dürfte zahlreiche, unterschiedliche Stücke geben, obwohl wir über keine konkreten Ausgrabungsfunde verfügen. Eine Ausnahme ist das Fundstück aus einem Grab im Kircheninneren von Quintanilla de las Viñas.

Die hispanischen Patenen sind eine getreue Nachahmung der römischen Opferpatenen. Sie wurden – wie in der christlichen Meßliturgie – gemeinsam mit der Kanne oder dem *simpulum* benutzt, wie sie manchmal auf den Schmalseiten der römischen Opferaltäre dargestellt sind.

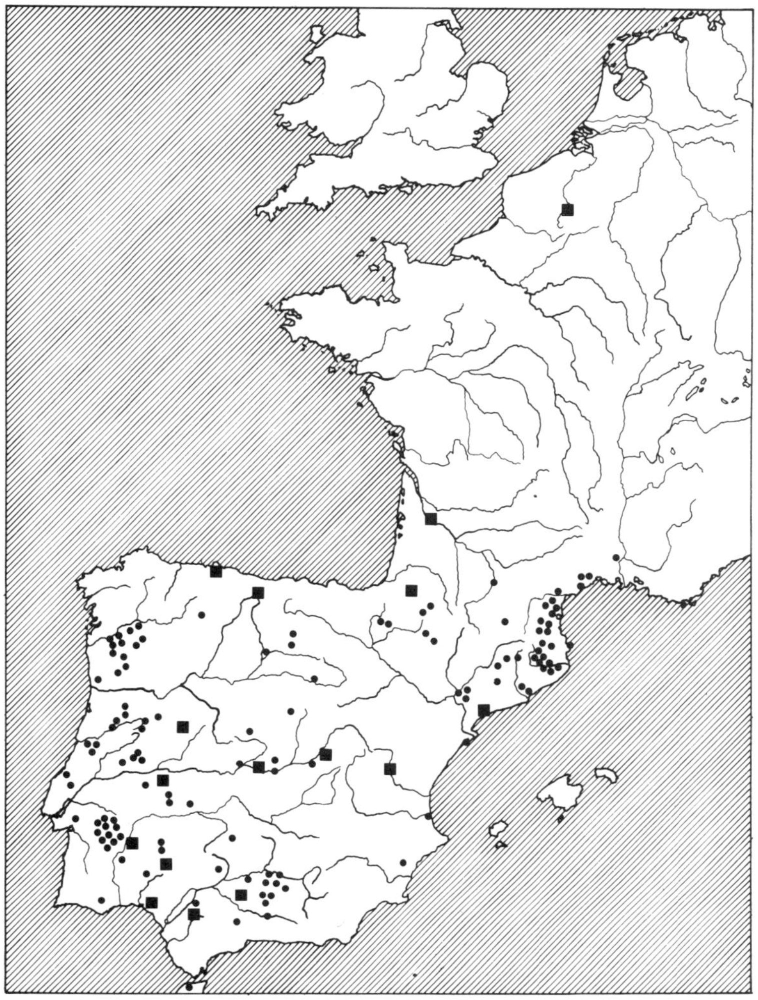

Fig. 65. Übersichtskarte westgotischer Münzfunde aus den Jahren 575–713 n. Chr. mit den Hauptfundorten (nach C. Barral i Altet, 1974).

● Vereinzelte westgotische Münzen
■ Schatzfunde westgotischer Münzen

Die liturgischen Geräte werden in die 2. Hälfte des 7. Jh. datiert und sind ein weiterer Beweis für die Blüte des hispanischen Westgotenreiches, besonders unter Chindasvinth und Reccesvinth. Die Glanzzeit des Toledanischen Hofes und die von ihm geschaffenen architektonischen, künstlerischen und literarischen Werke deuten darauf hin, daß die westgotische Monarchie in Hispanien Anerkennung und Bestätigung fand. Die katholische Kirche versuchte über die Toledanischen Konzile die gesellschaftliche Einheit und soziopolitische Stabilität zu erwirken. Aber innere Streitigkeiten und Machtkämpfe der Herrschenden schwächten die Monarchie in einer Zeit, in der zudem Mißernten, Epidemien und die Pest das Land heimsuchten. Diese Faktoren sowie die Präsenz der Araber verhinderten die endgültige Konsolidierung und das Fortbestehen der westgotischen Monarchie.

Inwieweit läßt sich der rege Mittelmeerhandel, wie ihn literarische und juristische Quellen sowie die Archäologie belegen, auch durch die Münzprägung erschließen? Was war Sinn und Zweck der westgotischen Münzprägungen? Die Untersuchungen der Münzprägungen der westgotischen Könige galten vornehmlich der Typologie der Münzen oder der Tatsache, wie die Monarchen durch die Münzprägungen ihr königliches Ansehen zu steigern suchten. Wir dürfen hierbei nicht außer acht lassen, daß die Münzprägungen auf das Münzregal des Königs zurückzuführen und folglich Ausdruck seiner tatsächlichen unabhängigen Macht sind. Deshalb überrascht es nicht, daß Leovigild, der Erneuerer des Westgotenreiches, als erster König seinen Namen auf die Münzen setzt, wenn auch im Rahmen des Münzwesens des Imperiums, das mit dem konstantinischen Goldsolidus als Grundlage für die mediterrane Wirtschaft bestimmend war. Bis Majorianus (457–461) ahmten die Typen die Gepräge der weströmischen Kaiser nach und trugen den Namen des Kaisers als umlaufende Legende. Dann folgten Prägungen mit dem Namen der oströmischer Kaiser – Leon I., Anastasius und Justinus. Die Ausführungen, die an der Solidus-währung festhielten, zeigten auf der Vorderseite das Brustbild des Herrschers, auf der Rückseite die Victoria oder an Stelle der Victoria ein Kreuz auf Stufen. Münzserien verschiedener Typen wurden bis zum letzten Westgotenkönig Akhila geprägt, in *Narbo, Gerunda, Tarraco* und *Caesaraugusta*, den Münzprägestätten seines Ostreiches. Chindasvinth und Reccesvinth, Egica und Witiza setzten auf die Rückseite den Prägeort als Anagramm. Ein aus dem *Liber Iudiciorum* in den Codex des Leovigild übernommenen Gesetz – eine *antiqua* – bestimmte gemäß der Definition Isidors in seinen Etymologien Münzgewicht und Münzfuß.

Wir kennen zahlreiche Prägestätten, wie z. B. in *Gallaecia*, das Leovigild von den Sueben zurückgewann, in den wichtigen hispanorömischen Städten sowie in kaum städtischen und politisch bedeutungslosen Gebieten, was die Frage nach dem Zweck der Emissionen aufwirft. Das geringe Vorhandensein von Münzen und die Annahme der Fachleute, daß es sich hierbei hauptsächlich um Münzsammlungen und Münzschätze handelt, unterstreicht diese Frage. Auch ließen die Monarchen auf ihre Siege Münzen schlagen, so Leovigild nach der Einnahme Córdobas oder Rosas (Gerona) oder verwendeten sie als Sold oder einfach als Prägemuster einer Münzsammlung. All diese Verwendungsmöglichkeiten haben in gewisser Weise den Wert der Münzen als Handelsmünzen geschmälert. Die wenigen Münzfunde – sofern es nicht weitere bisher unauffindbare Münzschätze und Münzsammlungen gibt – ließen vermuten, daß, wie in Zeiten des bargeldlosen Warenaustauschs, vornehmlich ein Tauschhandel betrieben wurde. Andererseits sprechen wiederum Münzfunde, die bei den letzten Grabungen in Bovalar zu Tage traten, für eine Verwendung der Münzen als Zahlungsmittel im Warenaustausch, wie z. B. die Prägungen von Egica, Witiza und Akhila. Auch wird in dem vielzitierten und diskutierten Text *De fisco Barcinonensis* vom 4. November 592, unter der Herrschaft Reccareds, ausdrücklich erwähnt, daß mit barer Münze bezahlt werde, womit das bekannte *ad aes* noch rechtskräftig und das Geld in Umlauf ist.

Außerhalb des Westgotenreichs können nur wenige Münzfunde und diese fast ausschließlich in Gallien verzeichnet werden, wie die graphischen Darstellungen belegen (siehe Karte). Demzufolge wäre der Geldverkehr im Mittelmeerraum, wo andererseits ein reger Handel durch Quellentexte sowie durch die Archäologie belegt ist, praktisch unbekannt gewesen, oder aber noch zu wenig erforscht.

Die Untersuchungen in diesem Bereich dauern noch an und dürften wertvolle Ergebnisse bringen.

Quellen und Bibliographie

Abkürzungen

AEArq.	Archivo Español de Arqueología (Madrid)
BJ	Bonner Jahrbücher des Rheinischen Landesmuseums in Bonn
B.R.A.H.	Boletín de la Real Academia de la Historia (Madrid)
BSAA	Boletín del Seminario de Arte y Arqueología (Valladolid)
CSEL	*Corpus scriptorum ecclesiasticorum Latinorum*
E.A.E.	Excavaciones Arqueológicas en España (Madrid)
JRGZM	Jahrbuch des Römisch-Germanischen Zentralmuseums (Mainz)
MEFRA	Mélanges de l'Ecole Française de Rome-Antiquité (Rom)
M.G.H	*Monumenta Germaniae Historica* - *Auct. ant.* = *Auctores antiquissimi* - *Chron. min.* = *Chronica minora* - *Epist.* = *Epistolae* - *Script rer. Merov.* = *Scriptores rerum Merovingicarum*
MM	*Madrider Mitteilungen*
MMAP	Memorias de los Museos Arqueológicos Provinciales
NAH	Noticiario Arqueológico Hispánico (Madrid)
P.L.	*Patrología Latina*
T.P.	Trabajos de Prehistoria (Madrid)

Quellen

Actas de los concilios, en *Concilios visigóticos e hispanorromanos,* Hrsg. J. Vives, Barcelona, 1963.

Agathiae Myrinaei, *Historiarum Libri Quinque,* in *Corpus Fontium Historiae Byzantinae,* Hrsg. R. Keydell, 2 Bde., Berlin, 1967.

Agnello, *Liber Pontificalis Ecclesiae Ravennatis,* Hrsg. Duchesne, Paris 1983.

Anonymi Valesiani pars posterior, Hrsg. Th. Mommsen, M.G.H. *Auct. ant. (chron. min. 1),* Berlin, 1892.

Boethius, *De consolatione philosophiae,* Hrsg. G. Weinberger, *in C.S.E.L.,* Bd. 67, Wien, 1934.

Braulio, *Epistolae,* Hrsg. J. P. Migne, in *P.L.,* t. 80, c. 649–700; Hrsg. J. Madoz, Madrid, 1941; Hrsg. L. Riesco Terrero, *Epistolario de San Braulio,* Sevilla 1975.

Braulio, *Vita Sancti Aemiliani,* Hrsg. J. P. Migne, in *P.L.* Bd. 80, c. 699–714; Hrsg. L. Vázquez de Parga. Madrid, 1943.

Cassiodorus, *Chronica,* Hrsg. Th. Mommsen, in *M.G.H. Auct. ant. Bd. 11 (chron. min. 2),* Berlin, 1894, S. 111–161.

Cassiodorus, *Variae,* Hrsg. Th. Mommsen, in *M.G.H., Auct. ant., Bd. 12,* Berlin, 1894, S. 1–385.

Chronicae Caesaraugustanae reliquiae, Hrsg. Th. Mommsen, in *M.G.H. Auct. ant. Bd. 11 (chron. min. 2),* Berlin, 1894, S. 221–223.

Codex Theodosianus, Hrsg. Th. Mommsen, *Theodosiani libri XVI cum constitutionibus Sirmondianis et leges novellae ad Theodosianum pertinentes,* Berlin, 1954.

Continuatio Hispana, Hrsg. J. Gil, *Corpus scriptorum mozarabicorum,* I, Madrid, 1973, S. 15–54.

De vita et miraculis sanctorum patrum emeritensium, Hrsg. J. N. Garvin, Washington, 1946.

Ennodi, *Panegyricus dictus regi Theodorico,* Hrsg. W. Hartel, in *C.S.E.L.,* Bd. 6, Wien, 1882, S. 261–286.

Ennodi, *Vita beati Epiphani,* Hrsg. W. Hartel, in *C.S.E.L.,* Bd. 6, Wien, 1882, S. 331–383.

Epistolae Wisigothicae, Hrsg. W. Gundlach, in *M.G.H. Epist.* 6 Bd. 3, 1890, S. 658–690; Hrsg. J. Gil, *Miscellanea wisigothica,* Sevilla, 1972.

Eugenius, *Carmina,* Hrsg. Fr. Vollmer, in *M.G.H. Auct. ant., Bd. 14,* Berlin, 1905, S. 229–282.

Excerpta Valesiana, Hrsg., J. Moreau, Leipzig, 1961.

Fontes Hispaniae Antiquae, Bd. IX, Barcelona, 1947.

Fredegarius (Pseudo), *Chronicae,* Hrsg. J. P. Migne, in *P.L.,* Bd. 71, c. 605–698.

Fructuosus, *Regulae,* Hrsg. J. Campos u. I. Roca, *Santos Padres Españoles,* II, Madrid, 1971, S. 127–211.
Gregorius Magnus, *Epistolae,* Hrsg. P. Ewald u. L.M. Hartmann, in *M.G.H. Epistolae,* I–II, Berlin 1887–1891.
Gregorius Turonensis, *Historia Francorum,* Hrsg. R. Buchner, Berlin, 1955, 2 Bde.; Hrsg. R. Latouche, „Les Belles Lettres", Paris, 1963, 2 Bde.
Gregorius Turonensis, *Libri Miraculorum,* Hrsg. J.P. Migne, in *P.L.,* Bd. 71, c. 705–828.
Gregorius Turonensis, *De Miraculis Sancti Martini,* Hrsg. J.P. Migne, in *P.L.,* Bd. 71, c. 911–1010.
Hidatius, *Continuatio chronicorum Hyeronimianorum,* Hrsg. Th. Mommsen, in *M.G.H. Auct. ant.,* Bd. 11 *(chron. min. 2),* Berlin, 1894, S. 1–36; Hrsg. A. Tranoy, „Sources chrétiennes" Paris, 1974, 2 Bde.
Hildefonsus, *De viris illustribus,* Hrsg. J.P. Migne, in *P.L.,* Bd. *96, c. 195–206;* Hrsg. C. Codoñer, Salamanca, 1972.
Inscripciones cristianas de la España romana y visigoda, Hrsg. J. Vives, Barcelona, 1969.
Inscriptionum Hispaniae Christianae, (Supplementum), Hrsg. E. Hübner, Berlin, 1869 u. 1892.
Isidorus Hispalensis, *Chronica,* Hrsg. Th. Mommsen, in *M.G.H. Auct. ant.,* Bd. 11 *(chron. min. 2),* Berlin, 1894, S. 420–481.
Isidorus Hispalensis, *Etymologiarum sive Originum Libri XX,* Hrsg. W. M. Lindsay, Oxford, 1911, 2 Bde.
Isidorus Hispalensis, *Historia Gothorum, Vandalorum et Suevorum,* Hrsg. Th. Mommsen, in *M.G.H. Auct. ant.* Bd. 11 *(chron. min. 2),* Berlin, 1894, S. 242–303.
Isidorus Hispalensis, *De Viris illustribus,* Hrsg. J. P. Migne, in *P.L.,* Bd. 83, c. 1081–1106; Hrsg. C. Codoñer, Salamanca, 1964 (1972).
Iohannes Biclarensis, *Chronica,* Hrsg. Th. Mommsen, in *M.G.H. Auct. ant.* Bd. 11 *(chron. min. 2),* Berlin 1894, S. 211–220; Hrsg. J. Campos, Madrid, 1960.
Iulianus Toletanus, *Historia Wambae regis,* Hrsg. W. Levison, in *M.G.H. Script. rer. Merov.* Bd. 5, Berlin 1910, S. 494.
Jordanes, *Getica,* Hrsg. Th. Mommsen, in *M.G.H. Auct. ant.,* Bd. 5, 1, Berlin, 1882, S. 53–138.
Lactancius, *De mortibus persecutorum,* Hrsg. J. Moreau, „Sources chrétiennes", Paris, 1954.
Laterculus regum Visigothorum, Hrsg. Th. Mommsen, in *M.G.H. Auct. ant.* Bd. 13, Berlin 1898, S. 461
Laterculus Veronensis, Hrsg. O. Seek, Frankfurt a.M., 1963.
Leges Nationum Germanicarum, I. – Leges Visigothorum, Hrsg. K. Zeumer, in *M.G.H. Leg. sect.,* 1, Berlin, 1902, S. 35–456.
Martinus Bracarensis, *Opera omnia,* Hrsg. W. Barlow, New Haven, 1950.
Notitia Dignitatum, Hrsg. O. Seek, Frankfurt a.M., 1953.
Orosius, *Historiarum adversus paganos libri VII,* Hrsg. W. Zangmeister, in *C.S.E.L.* Bd. 5, Wien, 1882.
Procopius Caesariensis, *Bella gothicum et vandalicum,* Hrsg. J. Haury, *Opera omnia,* Leipzig, 1905, 2 Bde.
Salvianus, *De gubernatione Dei,* Hrsg. F. Pauly, in *C.S.E.L..* Bd. 8, Wien, 1883; Hrsg. G. Lagarrigue, „Sources Chrétiennes", Paris, 1975.
Sidonius Apollinaris, *Carmina et Epistolae,* Hrsg. A. Loyen, „Les Belles Lettres", Paris 1960–1970, 3 Bde.
Sisebutus, *Epistolae,* Hrsg. J. P. Migne, in *P.L.,* Bd. 80, c. 362–378.
Sisebutus, *Vita Sancti Desiderii,* Hrsg. J. P. Migne, in *P.L.,* Bd. 80, c. 377–384.
Victor (de Vita), *Historia persecutionis Vandalicae,* Hrsg. K. Halm, in *M.G.H. Auct. ant.* Bd. 3,1, Berlin 1879, S. 1–58.
Vita sancti Fructouosi, Hrsg. M.C. Díaz y Díaz, Braga, 1974.

Bibliographie

Abadal, R. d': *A propos du legs visigothique en Espagne,* „Caratteri del secolo VII in Occidente", Spoleto, 1958, S. 542–585.
Abadal i Viñals, R. d': *El paso de Septimania del dominio godo al franco a través de la invasión sarracena,* „Cuadernos de Historia de España" (Buenos Aires), XIX, 1953, S. 5–54.
Abadal, R. de: *Del Reino de Tolosa al Reino de Toledo,* Madrid, 1960.
Abadal I Viñals, R. d': *Dels visigots als catalans,* Barcelona, 1969/70.
Aberg, N.: *Die Franken und Westgoten in der Völkerwanderungszeit,* Uppsala, 1922.
Abert, N.: *Die Goten und Longobarden in Italien,* Uppsala, 1923.
Acquart, J. A.,: *Le Nord de la France de Théodose à Charles Martel,* Lille, 1983.
Adhemar, J.: *Influences antiques dans l'art du moyen âge français,* London, 1939.
Ainaud de Lasarte, J.: *Los templos visigótico-románicos de Tarrasa,* Barcelona, 1976.
Almagro Basch, M.: *Los fragmentos del tesoro de Torredonjimeno conservados en el Museo Arqueológico de Barcelona,* „MMAP", 1946, Bd. VII, Madrid, 1947, S. 64–75, X–XVIII.
Almagro Basch, M.: *Materiales visigodos del Museo Arqueológico de Barcelona,* „MMAP", 1947, Bd. VIII, Madrid, 1948, S. 56–75, XII–XXIV.
Almagro Basch, M.: *Fíbulas de arco visigodas del Museo de Barcelona,* „MMAP", 1948–1949, Bd. IX–X, S. 32–47, VI–XV.
Almagro Basch, M.: *La necrópolis hispano visigoda de Segóbriga, Saelices (Cuenca),* „E.A.E.", Bd. 84, Madrid, 1975, 135 págs., 51 figs. y XXXV láminas.
Almagro Basch, M.: *Materiales visigodos (M. Arq. Barcelona),* „MMAP", 1950/51, Bd. XI–XIII, Madrid, 1953.
Almagro Basch, M.: *Segóbriga, I, E.A.E.* 123, 1983.
Almagro Basch, M.: *Segóbriga,* II, E.A.E., 127, 1984.

Almagro Basch, M.: *Guía de Mérida,* Guías de ciudades monumentales, Madrid, 1965, 101 + XLVIII S., 9 Abb.
Almagro M., Marcos Pous, A.: *Excavaciones de ruinas de época visigoda en la aldea de San Pedro de Mérida,* Badajoz, 1958.
Almagro, M. Palol, P. de: *Los restos arqueológicos paleocristianos y altomedievales de Ampurias,* „Revista de Gerona", VIII, 1962 (Nr. 20), S. 27-41.
Almeida, D. F. de: *Torre de Palma, a basilica paleocristiâ e visigoda.* „AEArq." Bd. 45-47, 1968, S. 329-398.
Almeida, F. de; Borges García, Ed.: *Igreja visigofica de São - Gião (Estremadura-Portugal),* „Actas del IX Congreso Nacional de Arqueología, Valladolid, 1965", Zaragoza, 1966, S. 460-462.
Almeida, F. de, Martins de Matos, J. C.: *Notes sur quelques monuments paléochretiens de Portugal,* „VIII Congr. Intern. de Arq. Cristiana, Barcelona, 1969", Vatikan.
Alpago Novello, A. u.a.m. *Gli armeni,* Mailand, 1986.
Alvarez Martínez, J. M.: *El puente romano de Mérida,* Monografías Emeritenses, I, Badajoz, 1983.
Amador de los Rios, J.: *Discurso sobre los efectos de la concordia entre la Iglesia y el Estado en la época de la España Goda,* Discurso en la Real Academia de la Historia, Madrid, 1858.
Amador de los Rios, J.: *El arte latino-bizantino en España y las coronas visigodas de Guarrazar,* Madrid, 1861.
Ambert, M. u.a.m. *Les étangs à l'époque médiévale,* Ausst. Kat., Musée Archéologique de Lattes, 1986.
Ament, H.: *Le cimetière franc, de Rübenach (RFA, Rheinland-Pfalz, ville de Coblence). Exemple de méthode chronologique,* in „Problèmes de chronologie relative et absolue concernant les cimitières mérovingiens d'entre Loire et Rhin, Paris, 1973", 1978, S. 173-186.
Ament, H.: *Chronologische Untersuchungen auf fränkischen Gräberfeldern der jüngeren Merowingerzeit im Rheinland,* „Bericht der Römisch-Germanischen Kommission", 57, 1976, S. 285-336.
Ament, H.: *Zur archäologischen Periodisierung der Merowingerzeit,* „Germania", 55, 1977, S. 134-140.
Ament, H.: *Der Rhein und die Ethnogenese der Germanen,* „Praehistorische Zeitschrift", 59, 1984, S. 37-47.
Amiet, R.: *La liturgie dans la diocèse d'Elne du VIIe au XVIe S., 1ere partie: la liturgie wisigothique,* „Les Cahiers de Saint-Michel-de-Cuxa", Nr. 9, 1978, S. 73-100.
Angela, C. d', Giuntella, A. M., Pani Ermini, L., Salvatore, M.,: *L'archeologia romana e altomedievale nell'oristanese,* „Atti del Convegno di Cuglieri, 1984-Mediterraneo tardo antico e medievale. Scavi e ricerche", Nr. 3, Tarent, 1986.
Annibaldi, G., Werner, J.: *Ostgotische Grabfunde aus Acquasanta, Prov. Ascoli Piceno (Marche),* „Germania", 41, 1963, S. 365.
Ansoleaga, F. de: *El cementerio franco de Pamplona,* Pamplona, 1914.
Antico Gallina, M *Materiale goto e longobardo nei musei di Tortona ed Alessandria,* „Riv. dell'Istituto Nazionale d'Archeologia e Storia dell'Arte" (Roma), S. III, Bd. III, 1980. S. 136-146.
Antolin, G.: *Códices visigóticos de El Escorial,* „B.R.A.H.", Nr. 86, 1925, S. 605-638.
Arce, J.: *El último siglo de la España romana: 284-409,* Madrid, 1982.
Aries, Ph.: *L'homme devant la mort,* Paris, 1977.
Arnal, J., Riquet, R.: *Le cimitière wisigothique des Pinèdes à Saint-Mathieu de Tréviers (Hérault),* „Gallia", XVII, 1959, S. 161-177.
Arnal, J., Milhau, G.: *Le tumulus wisigothique du Camp des armes á St.-Maurice-de-Navacelles (Hérault),* „Gallia", XXII, 1964, S. 248-252.
Arrhenius, B.: *Merowingian garnet jewellery, emergence and social implications,* Stockholm, 1985.
Arslan, E. A.: Le monete di ostrogoti, longobardi e vandali. Catalogo delle civiche raccolte numismatiche di Milano, Mailand 1978.
Assia, Ottone D': *Die völkerwanderungszeitlichen Gräberfelder von Nocera Umbra,* „Probleme der Völkerwanderungszeit im Karpatenbecken, 13-16, XII, 1976", Novi Sad, 1978, S. 83-90.
Bal'll, A.: *La economía y los habitantes no hispánicos del Levante español durante el Imperio Romano,* „Archivo de Prehistoria Levantina", 5, 1954, S. 266 ff.
Balmelle, C. u.a.m.: *Le décor géométrique de la mosaïque romaine. Répertoire graphique et descriptif des compositions linéaires et isotropes,* Paris, 1985.
Banks, Ph.: *The roman inheritance and topographical transitions in Early Medieval Barcelona,* in T.F.C. Blagg, R. F. J. Jones, S. J. Keay (Hrsg.), *Papers in Iberian Archaeology,* II, B.A.R. Intern, series, Nr. 193, 1984, S. 600-634.
Baran, V. D.: *Zur Frage nach dem Ursprung der Černjachovkultur,* „Schriften zur Ur- und Frühgeschichte", Bd. 30, Archäologie als Geschichtswissenschaft, Studien und Untersuchungen, (Otto-Festschrift), Berlin, 1977, S. 256-264.
Baratte, F., u.a.m.: *L'Abbé Cochet archéologue,* Rouen, 1975.
Barbero de Aguilera, A.: *El pensamiento político visigodo,* „Hispania", 30, 1970, S. 250-261.
Barbero, A., Vigil, M.: *La organización social de los cántabros y sus transformaciones en relación con los orígenes de la Reconquista,* „Hispania Antiqua", I, 1971, S. 197-232.
Barbero, A., Vigil, M.: *Sobre los orígenes sociales de la reconquista,* Barcelona, Ariel, 1974 (1979).
Barcelo, M.: *El rei Akhila i els fills de Wititza,* „Miscellania Barcinonensia", Nr. 49, 1978, S. 59-77.
Barloy, A., u.a.m.*La Normandie Souterraine. L'Abbé Cochet et l'Archéologie au XIXeme siècle,* Rouen, 1975.
Barral i Altet, X.: *La basilique paleochretienne et visigothique de Sant Cugat dell Vallés. Dossier archéologique et essai d'interpreta-*

tion, „Mélanges de l'Ecole Française de Rome, Antiquité", LXXXVI, S. 891-928.

Barral i Altet, X.: *La circulation des monnaies suèves et visigothiques. Contribution à l'histoire économique du royaume visigot,* „Beihefte der Francia", Bd. 4, Zürich u. München, 1976.

Barral i Altet, X.,(Hsrg.): *Europa, siglos III-X,* Historia Universal Salvat, Bd. II, Barcelona, 1981.

Barrière-Flavy, M. C.: *Études sur les sépultures barbares du Midi et de l'Ouest de la France. Industrie wisigothique,* Toulouse-Paris, 1983.

Barrière-Flavy, H. C.: *Les arts industriels des peuples barbares de la Gaule du VIe au VIIIe siècle,* Paris, 1901.

Baum, J.: *La sculpture figurale en Europe à l'époque mérovingienne,* Paris, 1937.

Bartolini, E.: *I barbari. Testi dei secoli IV-XI, scelti tradotti e commentati,* Mailand, 1982.

Bellanger, G., Seillier, C.: *Répertoire des cimitières mérovingiens du Pas-de-Calais,* „Bulletin de la Commission Départementale d'Histoire et d'Archéologie du Pas-de Calais", Arras, 1982.

Beltrán, A.: *Notas para el estudio de los bizantinos en Cartagena,* „III Congreso Arqueológico del S.E. español, Murcia, 1947", Cartagena, 1948, S. 294 ff.

Beltrán, A.: *Las monedas suevas y godas en relación con las romanas y bizantinas,* „III Congreso Arqueológico del S.E. español, Murcia, 1947", Cartagena, 1948, S. 321-334.

Belli, Barsali, I.: *Problemi altomedievali, Rapporti tra la morfologia dell'incorniciatura scultorica e la tecnica dell'oreficeria,* „Studi in onore di Giusta Nicco Fasola", I, Mailand, 1965, S. 19-28.

Bendala Galán, M., Veguerela, I.: *Baptisterio paleocristiano y visigodo en los Reales Alcáres de Sevilla,* „NAH", 10, 1980, S. 335-375.

Benoit, F.: *Les reliques des Saint Césaire, Archevêque d'Arles,* „Cahiers Archéologiques", 1, 1945, S. 51-62.

Benoit, F.: *Topographie monastique d'Arles au VIe siècle,* „Etudes mérovingiennes, Poitiers, 1952", Paris, 1953, S. 13-17.

Berenguer, M.: *El templo de Santa Cristina de Lena (Asturias); sus posibilidades como construcción visigoda,* „Boletín del Instituto de Estudios Asturianos", XXXVIII, 1984 (Nr. 112), S. 733-753.

Berghaus, P.: *Die frühmittelalterliche Numismatik als Quelle der Wirtschaftsgeschichte,* „Geschichtswissenschaft und Archäologie, Vorträge und Forschungen", XXII, Sigmaringen, 1979, S. 411-429.

Bermond Montanari, G.: *La zona archeologica di Palazzolo,* „XXX Corso di Cultura sull'arte Ravenate e Bizantina, Seminario Giustinianeo", Ravenna, 1983, S. 17-21.

Bierbrauer, V.: *Das westgotische Fibelpaar von Villafontana,* in O. von Hessen, *I ritrovamenti barbarici nelle collezione civiche veronesi del Museo di Castelvecchio,* Verona, 1968, S. 75-80.

Bierbrauer, V.: *Ostgotische und ostgotenzeitliche Grabfunde von Tortona, Prov. Alessandria,* „Bolletino della Società Pavese di Storio Patria", 22/23, 1970/71, S. 3-30.

Bierbrauer, V.: *Zu den Vorkommen ostgotischer Bügelfibeln in Raetia II,* „Bayerische Vorgeschichtsblätter", XXXVI, 1971, S. 131-165.

Bierbrauer, V.: *Die ostgotischen Funde von Domagnano, Republik San Marino (Italien),* „Germania", 51, 1973, S. 499-523.

Bierbrauer, V.: *Die ostgotischen Grab- und Schatzfunde in Italien,* „Biblioteca degli Studi Medievali", Centro Italiano di Studi sull'Alto Medioevo, Spoleto, 1975.

Bierbrauer, V.: *Frühgeschichtliche Akkulturationsprozesse in den Germanischen Staaten am Mittelmeer (Westgoten, Ostgoten, Longobarden) aus der Sicht des Archäologen,* „Atti del 6° Congresso Internazionale di Studi sull'alto Medioevo, Milano, 1978", Spoleto, 1980, S. 89-105

Bierbrauer, V.: *Reperti alemanni del primo periodo ostrogoto provenienti dall'Italia Settentrionale,* „I longobardi e la Lombardía", Mailand, 1978, S. 241-260.

Biro, M.: *Roman villas in Pannonia,* „Acta Archaelogica Hungarica", XXVI, 1974, S. 23-57.

Blanco Freijeiro, A.: *Historia de Sevilla. La ciudad antigua,* Sevilla, 1979.

Blázquez, J. M.: *Estructura económica y social de Hispania durante la anarquía militar y el Bajo Imperio,* Madrid, 1964.

Blázquez, J. M.: *Historia social y económica de la España romana. Siglos III-V,* Madrid, 1975.

Blázquez, J. M.: *Rechazo y asimilación de la cultura romana en Hispania (siglos IV y V), „Ve Congrès Intern. d'Etudes Classiques:* Assimilation et resistance à la culture grecoromaine dans le Monde ancien, Madrid, 1974", Bukarest-Paris, 1976, S. 63-89.

Böhme, A.: *Metallfunde,* in Schönberger, U. A., *Kastell Oberstimm. Die Grabungen 1968-1971,* „Limesforschungen" (Berlin), 18, 1978, S. 164-290.

Böhme, H. W.: *Zum Beginn des germanischen Tierstils auf dem Kontinent,* „Studien zur vor- und frühgeschichtlichen Archäologie. Festschrift für J. Werner", 1974, S. 295- 308.

Böhme, H. W.: *Germanische Grabfunde des 4.-5. Jahrhunderts zwischen unterer Elbe und Loire,* München, 1974.

Böhme, H. W.: *Tombes germaniques des IVe et Ve siècles en Gaule du Nord. Chronologie, distribution interpretation,* „Problèmes de chronologie relative et absolue concernant les cimitières mérovingiens d'entre Loire et Rhin, Paris 1973", Paris, 1978, S. 21-38.

Böhner, K.: *Childeric von Tournai,* „Reallexikon der Germanischen Alterumskunde" (Berlin-New York), Bd. 4,19, S. 440-460.

Böhner, K.: *Die fränkischen Altertümer des Trierer Landes,* „Germanische Denkmäler der Völkerwanderungszeit", 1, 1958.

Böhner, K.: *La chronologie des antiquités funéraires d'époque mérovingienne en Austrasie,* in „Problèmes de chronologie relative et absolue concernant les cimitières mérovingiens d'entre Loire et Rhin, Paris, 1973", Paris, 1978, S. 7.

Böhner, K., u. a. m.: *Les relations entre l'empire romain tardif, l'empire franc et ses voisins,* „XIe Congrès de l'Union Internationale des Sciences Préhistoriques et Protohistoriques, Nice, 1976", S. 296.

Bolta, L.: *Rifnik - provinzialrömische Siedlung und Gräberfeld,* in „Probleme der Völkerwanderungszeit im Karpatenbecken, 13-16, XII, 1976", Novi Sad, 1978, S. 49-58.

Boña, I.: *Langobarden in Ungarn,* „Archeološcki Vestnik" (Ljubljana), 21-22. 1970-1971, S. 45-72.

Bóna, I.: *Neue Langobardenfunde in Ungarn,* in „Probleme der Völkerwanderungszeit im Karpatenbecken, 13-16, XII, 1976", Novi Sad, 1978, S. 109-116.

Borges, J. L.: *Literaturas germánicas medievales,* Madrid, 1978, (1982).

Bosch Gimpera, P., Serra Ráfols, J.: *Scavi a Sant Cugat del Vallés (Catalogna). Dal castrum romano al monastero attuale,* „Rendiconti. Pontificia Accademia Romana di Archeologia", XXXVII, 1964-1965, S. 307-323.

Boüard, M. de: *Manual de Arqueología medieval. De la prospección a la historia* (Übers. aus *Manuel d'Archéologie médievale. De la fouille à l'histoire,* Paris, 1975), Barcelona, Teide- Base, 1977; mit Anhang von Manuel Riu, *Arqueología medieval en España,* S. 375-490).

Boube, J.: *Eléments de ceinturon wisigothiques et byzantins trouvés au Maroc,* „Bulletin d'Archéologie Marocaine", XV, 1983-1984, S. 281-296.

Bouffard, P.: *Nécropoles burgondes de la Suisse. Les garnitures de ceinture.* „Cahiers de Préhistoire et d'Archéologie" (Genf) Bd. I, 1945.

Bovini, G.: *L'antica abside e la cripta di Sant'Apollinare Nuovo in Ravenna,* „Arte del Primo Millennio", Turin, 1953, S. 118-121.

Bovini, G.: *Ravenna, ses mosaïques, ses monuments,* Ravenna, 1980.

Brandenburg, H.: *Rilievi scultorei constantinopolitani dal IV al VI secolo,* „XXVI Corso di Cultura sull'arte Ravennate e Bizantina", Ravenna, 1979, S. 13-27.

Brandon, S. G. F.: *A Dictionary of comparative religion,* London, Weidenfeld & Nicholson, 1970 (1971).

Breiher, L.: *Les colonies d'Orientaux en Occident au commencement du moyen-âge,* V-VIIIe *siècle,* „Byzantinische Zeitschrift", 12, 1903, S. 1-39.

Brezzi, P.: *La chiesa e la conversione dei barbari,* „La fine dell'-Impero romano d'Occidente", Rom, 1978, S. 85- 102.

Brozzi, M.: *I goti nella Venezia Orientale. (Testimonianze toponomastiche e archeologiche),* „Aquileia Nostra"), 34, 1963, S. 135-147.

Bruce-Mitford, R. L. S.: *The Sutton Hoo Ship Burial,* London, British Museum Publications, 1947, (u. 1979).

Bruce-Mitford, R. L. S.: *Le matériel archéologique de la tombe royale de Sutton Hoo (Grande-Bretagne, Suffolk): dernier bilan des recherches.* In „Problèmes de chronologie relative et absolue concernant les cimitières mérovingiens d'entre Loire et Rhin, Paris, 1973", Paris, 1978. S. 13-20.

Brulet, R. L. S. u. a. m.: *Archéologie du quartier Saint-Brice à Tournai,* Tournai, 1986.

Budriesi, R.: *Ravenna e il Montefeltro: le sculture. Note di cultura tardoantica,* „XXXI Corso di Cultura sull'arte Ravennate e Bizantina", Ravenna, 1984, S. 77-107.

Burckhardt, J.: *Die Zeit Konstantins d. Gr.* Bern, 1950.

Burgarella, F. u. a. m. : *L'Europa barbara e feudale,* „Storia d'Italia e d'Europa", Mailand 1978 (1981).

Burnand, Y.: *Chronologie et tracé de l'enceinte „wisigothique" de la Cité de Carcassonne,* „Mélanges d'Archéologie et d'Histoire Medievales en l'honneur du Doyen Michel de Boüard" (= „Mémoires et documents de l'École des Chartes", XXVII), Genf-Paris, 1982, S. 29-39.

Caballero Zoreda, L.: *La necrópolis tardorromana de Fuentespreadas (Zamora). Un asentamiento en el valle del Duero,* „E. A. E.", Nr. 80, 1974.

Caballero Zoreda, L.: *La „forma de herradura", hasta el siglo VIII y los arcos de herradura de la Iglesia visigoda de Sta. M^a.* de Melque, „AEArq.", 50-51, 1977-1978, S. 323-364.

Caballero, Zoreda, L., Arribas Chapado, F.: *Alconétar en la vía romana de la Plata, Garrovillas (Cáceres),* „E. A. E.", Nr. 70, Madrid, 1970.

Caballero, Zoreda, L., Latorre Macarrón, J. I.: *La iglesia y el monasterio de Santa María de Melque (Toledo). Arqueología y arquitectura. San Pedro de la Mata (Toledo) y Santa Comba de Bande (Orense),* „E. A. E.", Nr. 109, 1980.

Caballero, Zoreda, L., Ulbert, Thilo: *La basílica paleocristiana de Casa Herrera en las cercanías de Mérida (Badajoz),* „E. A. E.", Nr. 89, 1975.

Caballero Zoreda, L.: *Algunas observaciones sobre arquitectura española de „época de transicón" (Cabeza de Griego y visigoda),* „Innovatión y continuidad en la España visigótica", Toledo, 1981, S. 69-103.

Caballero Zoreda, L.: *Hacia una propuesta tipológica de los elementos de la arquitectura de culto cristiano de época visigoda. („Nuevas iglesias de El Gatillo y El Trampal",* „II Congreso de Arqueología Medieval Española", Madrid, 1987, Bd. I, S. 61.

Cabré Aguiló, J.: *El tesorillo visigodo de trientes de las excavaciones del Plan Nacional de 1944/45, en Zorita de los Canes (Guadalajara),* „Inform. y Mem. de la Comisaría Gral. de Excavaciones Arqueológicas", 1946.

Cabrol, F., Leclercq, H.: *Dictionnaire d'Archéologie chrétienne et de Liturgie,* 15 Bde., Paris, 1924-1953.

Caillet, J.-P.: *L'antiquité classique, le haut moyen âge et Byzance au musée de Cluny,* Paris, 1985.

Cairou, R.: *Narbonne: vingt siècles de fortifications,* „Bulletin de la Comission Archéologique de Narbonne", 38, 1976 (1978), S. 1-63.
Camps, Cazorla, E.: *El visigotismo de Quintanilla de las Viñas,* „BSAA", Bd. 6, fasc. 22-24, 1939-1940, S. 125-134.
Camps, Cazorla, E.: *El visigotismo de San Pedro de la Nave,* „BSAA", Bd. 7, fasc. 25-27, 1940-1941, S. 73-80.
Camps, Cazorla, E.: *El arte hispano-visigodo,* in R. Menéndez Pidal, *Historia de España,* Bd. III, *España visigoda,* Madrid, 1963, S. 491-666.
Capelle, Torsten, Vieck, Hayo: *Modell der Merowinger- und Wikingerzeit,* „Frühmittelalter-Studien. Jahrbuch des Instituts für Frühmittelalterforschung der Universität Münster", Bd. 5, 1971, S. 42-100.
Carrie, J. M.: *Les distributions alimentaires dans les cités de l'empire romain tardif,* „MEFRA", 87, 1975, S. 995-1101.
Casartelli Novelli, S.: *Segno salutis e segno „iconico" dalla „invenzione" costantiniana ai codici astratti del primo altomedioevo,* „Segni e riti nella chiesa altomedievale occidentale, Settimane di Studi del Centro Italiano di Studi sull'alto medioevo, Spoleto, 1985", 1987, S. 105-172.
Castro, A.: *La realidad histórica de España,* Mexico, 1954.
Cavallo, G.; Falkenhausen, V. von; Farioli, R.; Gigante, M.; Pace, V..; Panvini, F.: *I bizantini in Italia,* Mailand, 1982.
Cecchelli, C.: *L'arianesimo e le chiese ariane d'Italia,* „Le chiese nei regni dell'Europa occidentale e i loro rapporti con Roma fino all'800, Settimane di Studi del Centro Italiano di Studi sull'alto medioevo, Spoleto, 1959", Spoleto, 1960, Bd. II, S. 743-774.
Cerrillo Martín de Cáceres, E.: *Los relieves de época visigoda decorados con grandes crismones, „Zephyrus",* 25, 1974, S. 439.
Cerrillo Martín de Cáceres, E.: *La basílica de época visigoda de Ibahernando,* Cáceres, 1983.
Chastagnol, A.: *Les Bas-Empire,* Paris, 1969.
Chastagnol, A.: *Le repli sur Arles des services administratifs gaulois l'an 407 de notre ére,* „Revue historique", Nr. 505, 1973, S. 23-40.
Chastagnol, A.: *La fin du Monde Antique. De Stilicon à Justinien (Ve siècle et début VI),* Paris, Nouvelles Editions Latines, 1976.
Chaves, J. M.ª y. R.: *Acuñaciones previsigodas y visigodas en Hispania desde Honorio a Achila II,* Madrid 1984.
Chevalier, M., u. a. m.: *La nécropole mérovingienne de la Verrérie à Velars-sur-Ouche (Côte-d'Or),* „Revue Archéologique de l'Est et du Centre-Est", XXXV, 1984, S. 319-356.
Chevalier, R.: *Les voies romaines,* Paris, 1972.
Chevalier, R., Clos-Arceduc, A., Soyer, J.: *Essai de reconstitution du réseau routier gallo-romain: caractères et méthode,* „Revue Archéologique", Bd. I, 1962, S. 1-49.
Chirol, E., u. a. m.: *Centenaire de l'Abbé Cochet, 1975,* „Actes du Colloque International d'Archéologie, Rouen , juillet 1975", Rouen 1978.
Christlein, R.: *Besitzabstufungen zur Merowingerzeit im Spiegel reicher Grabfunde aus West- und Süddeutschland, „JRGZM",* 20, 1973, S. 147-182.
Christlein, R.: *Die Alamannen,* Stuttgart, 1979.
Claude, D.: *Geschichte der Westgoten,* Stuttgart, 1970.
Claude, D.: *Adel, Kirche und Königtum im Westgotenreich,* „Vorträge und Forschungen" (Sigmaringen), 8, 1971.
Claude, D.: *Gentile und territoriale Staatsideen im Westgotenreich, „Frühmittelalterliche Studien. Jahrbuch des Instituts für Frühmittelalterforschung der Universität Münster"* (Berlin-New York), Bd. 6, 1972, S. 1-38.
Cochet, M. l'Abbé: *La Normandie souterraine oú ńotices sur des cimitières romains et des cimitières francs explorés en Normandie,* 1854 (Neudruck: Brionne, 1970).
Cochet, M. l'Abbe: *Sépultures gauloises, romaines, franques et normandes faisant suite à „la normandie souterraine",* 1856 (?) (Neudruck), Brionne, 1970.
Colardelle, M.: *Sépulture et traditions funéraires du Ve au VIIIe siècle ap. J.-C. dans les campagnes des Alpes françaises du Nord (Drôme, Isère, Savoie, Haute-Savoie).* „Sociéte'Alpine de Documentation et de Recherche en Archéologie Historique", Grenoble, 1983.
Colardelle, M., u. a. m.: *Des burgondes à Bayard. Mille ans de moyen âge,* Grenoble-Paris, 1981-1984.
Cornide, J.: *Noticia de las antigüedades de Cabeza de Griego reconacidas de orden de la Real Academia de la Historia,* „Memorias de la Real Academia de la Historia", R. III, Madrid, 1799.
Cortesi, G.: *I principali edifici sacri ravennati in funzione sepolcrale nei secc. V e VI,* „XXIX Corso di cultura sull'arte Ravennate e Bizantina", Ravenna, 1982, S. 63-107.
Corzo Sánchez, R.: *Génesis y función del arco de herradura,* „Al-Andalus", 43, 1978, S. 125-142.
Corzo Sánchez, R.: *San Pedro de la Nave. Estudio histórico y arqueologico de la iglesia visigoda,* Zamora, 1986.
Crozet, R.: *Les premières représentations anthropo-zoomorphiques des évangelistes (VIe-XIe siècles),* „Etudes mérovingiennes, Poitiers, 1952", Paris, 1953, S. 53-63.
Csallány, D.: *Der awarische Gürtel,* „Acta Archaeologica Hungarica", XIII, 1961, S. 445-480.
Csallány, D.: *Die ersten Spuren von byzantinischen Befestigungsplättchen an Gürtelschnallen und ihre Bedeutung für das Fundmaterial der Gepiden,* „Szegedi Városi Múzeum Kiadványai", II/4, 1943, S. 9-21.
Csallány, D.: *Les monuments de l'industrie byzantine des métaux,* „Acta Antiqua der ungarischen Akademie der Wissenschaften", 2, 1954, S. 311-348.
Csallány, D.: *Archäologische Denkmäler der Gepiden im Mitteldonaubecken (454-568),* „Archaeologia Hungarica", n. s., 38, 1961.
Dauzat, A. u. a. m.: *Les invasions barbares et le peuplement de*

l'Europe, „Secondes Journées de Synthèse historique", Paris, 1953.
Decaens, J., u. a. m.: *Un nouveau cimetière du haut moyen âge en Normandie, Hérouvilette (Calvados),* „Archéologie Medievale", (Caen), I, 1971, S. 1-123.
Degani, M.: *Il tesoro romano barbarico di Reggio Emilia,* Florenz, 1959.
Deichmann, F. W.: *Rom, Ravenna, Konstantinopel, Naher Osten. Gesammelte Studien zur spätantiken Architektur, Kunst und Geschichte,* Wiesbaden, 1982.
Deichmann, F. W.: *Ravenna. Geschichte und Monumente,* Baden-Baden, 1969.
Deichmann, F. W.: *La corte dei re Goti a Ravenna,* „XXVII Corso di cultura sull arte Ravennate e Bizantina", Ravenna, 1980, S. 41-53.
Dekan, J.: *Herkunft und Ethnizität der gegossenen Bronzeindustrie des VIII. Jahrhunderts,* „Slovenska Archeologia", XX, 1972, S. 317-452.
Demougeot, E.: *La formation de l'Europe et les invasions barbares,* 2 Bde., Paris, 1969.
Demougeot, E.: *Constantin et la Dacie,* in „Crise et redressement dans les provinces européennes de l'empire (milieu du IIIe-milieu du IVe siècle ap. J.-C.). Actes du Colloque de Strasbourg (XII-1981)", Université des Sciences Humaines de Strasbourg, „Contributions et travaux de l'Institut d'Histoire Romaine", III, 1983, S. 91- 112.
Demougeot, E.: *L'évolution politique de Galla Placidia,* „Gerion", 3, Madrid, 1985, S. 183-210.
Delogu, P., Guillou, A. Ortalli, G.: *Longobardi e Bizantini,* „Storia d'Italia", Turin, 1980.
Delogu, P.: *I Barbari in Italia,* „Archeo, Dossier", 12, Novara, 1985.
Diaz y Diaz, M. C.: *La cultura de la España visigótica del sieglo VII,* in „Caratteri del secolo VII in Occidente", Spoleto, 1958, S. 813-844.
Diaz y Diaz, M. C.: *Los documentos hispano-visigodos sobre pizarra,* „Studi Medievali", 3. Serie, Bd. VII, Spoleto, 1966, S. 75-107.
Diaz y Diaz, M. C.: *Penetración cultural latina en Hispania en los siglos VI-VII,* „Ve Congrès Int. d'Etudes Classiques: Assimilation et resistance à la culture greco-romaine dans le Monde Ancien, Madrid, 1974", Paris-Bukarest, 1976, S. 109-115.
Diesner, H.J.: *König Wamba und der westgotische Frühfeudalismus,* „Jahrbuch der Österreich-Byzantinistik", 18, 1969, S. 7-35.
Diesner, H. J.: *Isidor von Sevilla und das westgotische Spanien,* Berlin, 1977, (Abhandlungen der Sächsischen Akademie der Wissenschaften zu Leipzig, Philologisch-historische Klasse, Bd. 67, Fasc. 3).
Diesner, H.J.: *Bandas de criminales, bandidos y usurpadores en la España visigoda,* „Hispania Antiqua", VIII, 1978, S. 129-142.
Diesner, H.J.: *Politik und Ideologie im Westgotenreich von Toledo: Chindasvint,* Berlin, 1979, (Sitzungsberichte der Sächsischen Akademie der Wissenschaft zu Leipzig, Philolog.-hist. Kl., Bd. 121, Fasc. 2).
Diez Gonzalez, F.-A., Rodríguez Fernández, J., Roa Rico, F., Viñayo Gonzalez, A.: *San Fructuoso y su tiempo (Estudios de divulgación sobre el creador de la Tebaida Leonesa y Patriarca del monacato español, publicados con motivo del XIII centenario de su muerte, año 665),* León, 1966.
Dolinescu-Ferche, S.: *La culture „Ipotesti-Ciurel-Cîndesti" V^{e}-VIIe siècles). La situation en Valachie,* „Dacia", n.s., XXVIII, 1984, S. 117-147.
Domínguez del Val, V.: *Leandro de Sevilla y la lucha contra el arrianismo,* Madrid, 1981.
Domínguez Monedero, A. J.: *Los ejércitos regulares tardorromanos en la Península Ibérica y el problema del pretendido „limes hispanus",* „Revista de Guimarâes", XCIII, 1984, S. 3-30.
Dumas, F.: *La tombe de Childéric, père de Clovis,* „Guides de la Bibliothèque Nationale", Paris, 1982.
Dumézil, G.: *Les dieux des Germains,* Paris, 1959.
Durliat, M.: *Un groupe de sculptures wisigothiques à Narbonne,* „Etudes mérovingiennes, Poitiers, 1952", Paris, 1953, S. 93-101.
Duval, N.: *Que savons-nous de palais de Théodoric á Ravenne?* „MEFRA", LXXII, 1960, S. 369-371.
Duval, N.: *Les églises africaines a deux absides. Recherches archéologiques sur la liturgie chrétienne en Afrique du Nord,* 2 Bde. Paris, 1973.
Duval, N.: *Plastique chrétienne de Tunisie et d'Algérie,* „Bulletin Archéologique du Comité des Travaux Historiques et Scientifiques", n. s., 8, 1972 (1975), S. 53-146.
Duval, N.: *La mosaïque du „palatium" de S. Apollinaire le Neuf représente-t-elle une façade ou un édifice aplani?,* „XXV Corso di Cultura sull'arte Ravennate e Bizantina", Ravenna, 1978, S. 93-122.
Duval, N.: *Comment reconnaître un palais impérial ou royal? Ravenne et Piazza Armerina,* „Félix Ravenna", 1, CXV, Ravenna, 1978, S. 29-62.
Duval, N., Fontaine, J.: *Un fructueux échange entre archéologues et patristiciens, le colloque de Montserrat (2-5 novembre 1978),* "Revue des Etudes Augustiniennes", XXV, 1979, S. 261- 290.
Duval, N., Popović, V. (Hrsg.): *Caričim Grad I. Les basiliques B et J de Caričin Grad. Le Trésor de Hajdučka Vodenica,* Collection de l'Ecole Française de Rome, 75, Belgrad-Rom, 1984.
Dyggve, E.: *Ravennatium Palatium Sacrum. La basilica per cerimonie. Studi sull'architettura dei palazzi della tarda antichità,* Kopenhagen, 1941.
Dyggve, E.: *Visione(?) del re dei goti,* „Studi in onore di Ari-

stide Calderini e Roberto Paribeni, Vol. III, Studi di Archaeologia e di storia dell'Arte Antica", Mailand-Varese, 1956, S. 765–773.

Dyggve, E.: *Intorno al alcuni mosaici di Ravenna,* „Studi di storia dell'arte in onore di Mario Salmi", I, Roma, 1961, S. 125–129.

Elbern, V. H.: *Neue Aspekte frühmittelalterlicher Skulptur in Gallien,* „Kolloquium über Spätantike und Frühmittelalterliche Skulptur, II", Heidelberg-Mainz, 1970, S. 13–24.

Ensslin, W.: *Theoderich der Große,* München, 1959.

Farioli, R.: *Pavimenti musivi di Ravenna Paleocristiana, Ravenna, 1976.*

Farioli, R.: Rilievi ravennati del VI secolo: gli altari di Argenta e di Pomposa, „Félix Ravenna", CXXV–CXXVI, 1983, S. 157–174.

Fasoli, G.: *Le città siciliane tra vandali, goti e bizantini,* „Felix Ravenna". 4. Serie, Fasc. 1/2, 1980, S. 95–110.

Fernández de la Mora, I.: *Un importante ajuar visigodo,* „Pyrene", 10, 1974, S. 195–201.

Fernández Galiano, D.: *Excavaciones en la necrópolis hispano-visigoda del Camino de los Afligidos (Alcala de Henares),* „NAH", 4, 1976, S. 5–91.

Fernández Galiano, M. u. a. m.: *La caída del imperio romano de Occidente en el año 476,* „Cuadernos de la Fundación Pastor" (Madrid), 1980.

Fernández Godín, S., Pérez de Barradas, J.: *Excavaciones en la necrópolis visigoda de Daganzo de Arriba (Madrid),* „Memorias de la Junta Sup. de Excav. y Antigüedades", Nr. 114, Madrid, 1931.

Ferrandis, J.: *Artes decorativas visigodas,* in: R. Menéndez Pidal (Hrsg.), Historia de España, Bd. III, *España visigoda (414–711 de J. C.),* Madrid, 1940, S. 611–666.

Fernández Gómez, F.: *La necrópolis tardarromana y visigoda de „Las Huertas" en Pedrera (Sevilla),* „NAH", 19, 1984, S. 273.

Feugère, M.: *Les fibules en Gaule méridionale de la conquete à la fin du Ve s. ap. J. C.,* „Revue Archéologique de Narbonnaise", Suppl. 12, Paris, 1985.

Février, P.-A.: *Le développement urbain en Provence des origines romaines à la fin du Ve siècle,* Paris 1964.

Février, P.-A.: *Problèmes de l'habitat du Midi méditerranéen à la fin de l'Antiquité et dans le Haut Moyen-Age,* in K. Böhner (Hrsg.), *Les relations entre l'empire romain tardif, l'empire franc et ses voisins* (IXe Congrès de l'U.I.S.P.P., Nizza, 1976), S. 145–182.

Fingerling, G.: *Eine Schnalle mediterraner Form aus dem Reihengräberfeld Güttingen, Ldkrs. Konstanz,* „Badische Fundberichte", 23, 1967, S. 159–184.

Fillitz, H.: *Das Mittelalter, I,* „Propyläen Kunstgeschichte", Bd. 5, Berlin, 1969.

Fixot, M., Proust, J.: *Un site du haut moyen âge provençal, Saint Laurent de Pelissane,* „Archéologie médievale", Bd. I, 1971, S. 189–239.

Fleury, M.: *Paris du Bas Empire au début du XIIIe siècle,* in *Paris, croissance d'une capitale,* Paris, 19[illegible]1, S. 73–96.

Fleury, M.: *L'origine du décor des sarcophages de plâtre mérovingiens de la region parisienne,* in „Problèmes de chronologie relative et absolue concernant les cimetières mérovingiens d'entre Loire et Rhin, Paris, 1973", Paris 1978, S. 111–130.

Fleury, M., France-Lanord, A., u. a. m.: *Bijoux et parures d'Aregonde,* „Dossier de l'Archéologie", Nr. 32, 1979.

Fontaine, J.: *Isidore de Séville et la culture classique dans l'Espagne wisigothique,* Paris, 1959.

Fontaine, J.: *Isidore de Séville. Traité de la nature,* Bordeaux, 1960.

Fontaine, J.: *Isidore de Séville, auteur ascétique, les énigmes du Synonyma,* Studi Medievali, Bd. 6, 1965, S. 169–195.

Fontaine, J.: *Conversion et culture chez les wisigoths d'Espagne,* „Settimane di Studio… Spoleto", Bd. XIV, 1966, S. 87–147.

Fontaine, J.: *Iconographie et spiritualité dans la sculpture chrétienne d'Espagne du IVe au VIIe siècle,* „Revue d'Histoire de la Spiritualité", 50, 1974, S. 285–318.

Fontaine, J.: *Chronique d'histoire et de littérature hispaniques (paléochrétiennes et visigotiques) (1972–1976),* „Revue des études Augustiniennes" (Paris), 22, 1976, S. 412–435.

Fontaine, J.: *Romanité et hispanité dans la litterature hispanoromaine des IVe et Ve siècles,* FIEC (Kongress Bukarest), 1976, S. 301–322.

Fontaine, J.: *El prerrománico,* Madrid, 1978.

Fontaine, J.: *Etudes su la poésie latine tardive d'Ausone à Prudence. (Recueil de travaux),* Col. d'Etudes Anciennes, Paris, 1980.

Fontaine, J.: *King Sisebut's Vita Desiderii and the Political Function of Visigothic Hagiography,* in *Visigothic Spain: New approaches,* Oxford, 1980, S. 93–130.

Francisco Fabian, J., u. a. m.: *Los poblados hispano-visigodos de „Cañal", Pelayos (Salamanca). Consideraciones sobre el poblamiento entre los siglos V y VIII en el SE. de la provincia de Salamanca,* „I Congreso de Arqueología Medieval Española, Huesca, 1985", Zaragoza, 1987, S. [illegible]87–202.

Francovich, G. de: *Osservazioni sull'altare di Ratchis a Cividale e sui rapporti fra Occidente e Oriente nei secoli VII e VIII d. C.,* „Scritti di storia dell'arte in onore di Mario Salmi", I, Rom, 1961, S. 173–236.

Fremesdorf, F.: *Goldschmuck der Völkerwanderungszeit. Ausstellung der Sammlung Diergardt,* Köln, Römisch-Germanisches Museum, 1953.

Frézouls, Ed.: *Deux politiques de Rome face aux barbares d'après Ammien Marcellin,* „Crise et redressement dans les provinces européennes de l'empire (milieu du IIIe-milieu du IVe siècle ap. J.-C.). Actes du Colloque de Strasbourg (XII, 1981)", Contributions et travaux de l'Institut d'Histoire Romaine, III, Straßburg, 1983, S. 175–197.

Frugoni, C.: *Ancore una proposta per i mosaici di S. Apollinare Nuovo,* „XXX Corso di Cultura sull'arte Ravennate e Bizantina, Seminario Giustinianeo“, Ravenna, 1983, S. 285-288.

Gaberscek, C., *Note sull'altare di Ratchis,* „Memorie Storische Forogiuliesi“, LIII, Udine, 1973, S. 53-72.

Gaddoni, W.: *Il mausoleo di Teodorico,* Imola, 1987.

Gaillard de Semainville, H.: *Les cimetières mérovingiens de la Côte chalonnaise et de la Côte maconnaise,* „Revue Archéol. de l'Est et du Centre-Est“, Suppl., Dijon, 1980.

Galli, E.: *Nuovi materiali barbarici dell'Italia Centrale,* „Memorie Pontificia Accademia Romana di Archaeologia“, 6, 1943.

Gamillscheg, E.: *Historia lingüística de los visigodos,* „Revista de Filología Española“, XIX, 1932.

García y Bellido, A.: *Sarcófagos visigodos de Arjonilla,* „XII Congreso Nacional de Arqueología, Jaén, 1971“, Zaragoza, 1973, S. 787-788.

García Gallo, A.: *Nacionalidad y territorialidad del derecho en la época visigoda,* „Anales de Historia del Derecho Español“, 13, 1936-1941, S. 168-264.

García Gallo, A.: *Notas sobre el reparto de tierras entre visigodos y romanos,* „Hispania“, 4-5, 1941, S. 40-63.

García Gorriz, M. O.: *La basílica visigótica de San Juan de Baños y el arte visigodo,* Palencia, 1961.

Garcia, Guinea, M. A., González Echegaray, J., Madariaga de la Campa, B.: *El Castellar, Villajimena (Palencia),* „E. A. E.“, Nr. 22.

García, Iglesias, L.: *Aspectos económico-sociales de la Mérida visigótica,* „Revista de Estudios Extremeños“, XXX, 1974, S. 321-362.

García, Iglesias, L.: *El intermedio ostrogodo en Hispania (507-549 d. C.),* „Hispania Antiqua“, V, 1975, S. 89-120.

García, Iglesias, L.: *Los judíos en la España Antigua,* Madrid, 1978.

García, Moreno, L. A.: *Algunos aspectos fiscales de la Península Ibércica durante el siglo VI,* „Hispania Antiqua“, 1, 1971, S. 233-256.

García Moreno, L. A.: *Colonias de comerciantes orientales en la Península Ibérica, siglos V-VII,* „Habis“ (Sevilla), 3, 1972, S. 127-154.

García Moreno, L. A.: *Estudios sobre la organización administrativa del reino visigodo de Toledo,* Instituto Nacional de Estudios Juridicos, Madrid, 1974.

García Moreno, L. A.: *Prosopografía del reino visigodo de Toledo,* Salamanca, Universidad, 1974 („Acta Salamanticensia“, 1977).

García Moreno, L. A.: *El fin del reino visigodo de Toledo, decadencia y catástrofe, una contribución a su crítica,* Madrid, Universidad Autónoma, 1974.

García Moreno, L. A.: *Mérida y el reino visigodo de Toledo, decadencia y catástrofe, una contribución a su crítica,* Madrid, Universidad Autónoma, 1974.

García Moreno, L. A.: *Mérida y el reino visigodo de Tolosa (418-507),* „Homenaje a Saenz de Buruaga“, Badajoz, 1982, S. 227-240.

García Moreno, L. A.: *El término „sors“ y relacionados en el „liber ludicium“. De nuevo el problema de la división de las tierras entre godos y provinciales,* „Anuario de Historia del Derecho Español“, 1983, S. 137-175.

García Rodríguez, C.: *El culto de los santos en la España romana y visigoda,* Madrid, 1966.

Gerevich, L., (Hrsg.): *Les questions fondamentales du peuplement du Bassin des Carpathes du VIIIe au Xe siècle,* „Actas del coloquio de la Unión Internationale Archéologique Slave, Szeged, 1971“, Budapest, 1972.

Gibert, R.: *El reino visigodo y el particularismo español,* „Cuadernos del Instituto Jurídico Español“, 5, „studios visigóticos“, 1, CSIC, Rom, 1956, S. 15-47.

Gil, I. (Hrsg.): *Miscellanea wisigothica,* Anales de la Universidad Hispalense, Serie de Filosofía y Letras, Nr. 15, Sevilla, 1972.

Gil. J.: *Judíos y cristianos en la Hispania del siglo VII,* „Hispania Sacra“, 30, 1977 (1980) Nr. 59/60, S. 9-102.

Gjuzelev, V., u. a. m.: *La Bulgarie médiévale. Art et civilisation,* Paris, 1980.

Glazema, P.: *Kunst en schoonheid vit de vroege Middeleeuwen,* Nimwegen-Amersfoort, 1950.

Godoy, C. y Vilella, J.: *De la Fides gothica a la Ortodoxia nicena: inicio de la teología política visigótica,* in „Los visigodos, historia y civilización“, Antigüedad y Christianismo, III, universidad de Murcia, 1986 (1987), S. 117-144.

Goffart, W.: *Barbarians and romans. AD 418-584. The techniques of accommodation,* Princeton University Press, New Jersey, 1980.

Gómez, Moreno, M.: *Excursión a través del arco de herradura,* Madrid, 1906.

Gómez, Moreno, M.: *Iglesias mozárabes,* Madrid, 1919.

Gómez, Moreno, M.: *Exploraciones en Sta. Comba de Bande,* „Boletín de la Comisión de Monumentos de Orense“, Bd. 14, 1943-1944, S. 47-49.

Gómez, Moreno, M.: *Documentación goda en pizarra,* Madrid, Academia de la Historia, 1966.

González Blanco, A., (Hrsg.): *Del Conventus Carthaginensis a la Chora de Tudmir. Perspectiva de la historia de Murcia entre los siglos III-VIII,* „Antigüedad y Christianismo, Monografías históricas sobre la antigüedad tardía“, II, Universidad de Murcia, 1985.

González Echegaray, J.: *El monacato de la España nórdica en su confrontación con el paganismo (siglos VI-VIII),* „Semana de Historia del Monacato cántabro-astur-leonés, Monasterio de San Pelayo, 1982“, S. 35-36.

González Salas, S.: *El Castro de Yecla, en Sto. Domingo de Silos*

(Burgos), Informes y Memorias de la Comisaria General de Excavaciones Arqueológicas, Nr. 7, Madrid, 1945.

Görres, Fr.: *Die byzantinischen Besitzungen an der Küste des spanisch-westgotischen Reiches,* „Byzantinische Zeitschrift“, 16, 1907, S. 515-538.

Götze, A.: *Gotische Schnallen,* Berlin, 1907.

Goubert, P.: *Byzance et l'Espagne wisigothique (554-711),* „Revue d'Etudes Byzantines“, 2, 1944, S. 5-76.

Goubert, P.: L'administration de l'Espagne Byzantine., I et II, „Revue des Etudes Byzantines“, 3, 1945, S. 127-142, 4, 1946, S. 71-133.

Grabar, A.: *L'âge d'or de Justinien,* Paris, 1966.

Grabar, A.: *Essai sur l'art des lombards en Italie,* „La civilità dei longobardi in Europa, Atti del convegno internazionale, Accademia dei Lincei, Roma, 1971“, Rom, 1978, S. 25- 44.

Grabar, A.: *Les voies de la création en iconographie chrétienne.* Antiquité et Moyen Age, Paris, 1979.

Graf Oxenstierna, E. C. G.: *Die Urheimat der Goten,* Leipzig-Stockholm, 1948.

Greene, K.: *Gothic material culture,* in: (I. Hodder, Hrsg.): *Archaeology as long-term history,* Cambridge, 1987, S. 117- 142.

Grosse, R.: *Las fuentes de época visigoda y bizantinas,* Fontes Hispaniae Antiquae, Bd. IX, Barcelona, 1947.

Guidoni Guidi, G.: *Ritrovamenti negli scavi di Classe: oggetti in metallo,* „XXX Corso di Cultura sull'arte Ravennate e Bizantina, Seminario Giustiniareo“, Ravenna, 1983, S. 321-331.

Guillou, A.: *Ravenna e Giustiniano. L'immaginario e la realtà,* „XXX Corso di Cultura sull'arte Ravennate e Bizantina, Seminario Giustinianeo“, Ravenna, 1983, S. 333-343.

Gurt, J. M.: u. a. m.: *L'arqueologia a Catalunya, avui,* Barcelona, 1983 (Ausst. Kat.).

Hamann-Mac Lean, R.: *Merowingisch oder Frühromanisch? Zur Stilbestimmung der frühmittelalterlichen primitiven Steinskulptur und zur Geschichte des Grabmals im frühen Mittelalter,* „J.R.G.Z.M“, 4, 1957, S. 161-199.

Haseloff, G.: *Die Germanische Tierornamentik der Völkerwanderungszeit. Studien zu Salin's Stil I,* New York-Berlin, 1981, 3 Bde.

Haseloff, G.: *I principi mediterrani dell'arte barbarica,* „Il passaggio dell'Antichitá al Medioevo in Occidente, Settimane di Studi del Centro Italiano di Studi sull'Alto Medioevo“, Spoleto, 1962, S. 476-496.

Haudricourt, A.: *Influênces téchniques de l'Extrême-Orient par la voie des steppes,* „Les invasions barbares et le peuplement de l'Europe, Secondes Journées de Synthèse Historique“, Paris, 1953, S. 55-58.

Hauschild, T.: *Westgotische Quaderbauten des 7. Jahrhunderts auf der Iberischen Halbinsel,* „MM“, 13, 1972, S. 270-286.

Haussig, H. W.: *L'esarcato bizantino di Ravenna nella lotta con i longobardi nell'Italia centrale gli ultimi due decenni del VI secolo, sulla base di una fonte finora sconosciuta della prima metà del VII secolo,* „XXXI Corso di Cultura sull'arte Ravennate e Bizantina“, Ravenna, 1984, S. 137-189.

Hawthorne,J. G., Smith, C. S.: *On Divers Arts. The Treatise of Theophilus.* Translated from the medieval latin with introduction and notes by..., Chicago, 1963.

Hessen, O. von: *I ritrovamenti barbarici nelle collezioni civiche veronesi del Museo di Castelvecchio;* mit Anhang von V. Bierbrauer u. L. Lorrain, Verona, 1968.

Hillgarth,J. N.: *La conversión de los visigodos: notas crítas,* „Analecta Sacra Tarraconensia“, XXXIV, 1961, S. 21-46.

Hillgarth,J. N.: *Historiography in visigothic Spain,* „XVII Settimana di Studio del Centro Italiano di Studi sull'Alto Medioevo“, Spoleto, 1970, S. 261-311.

Hoppe, J.-M.: *Eléments pour une étude de l'esthétique de l'époque visigothique,* „Annales d'Histoire de l'Art et d'Archéologie,“ VII, 1985, S. 47-72.

Hübener, W.: *Zur chronologischen Gliederung des Gräberfeldes von San Pedro de Alcantara, Vega del mar (Málaga),* „MM“, 6, 1965, S. 195-214.

Hübener, W.: *Zur Chronologie der westgotenzeitlichen Grabfunde in Spanien,* „MM“, 11, 1970, S. 187-211.

Hübener, W.: *Problemas de las necrópolis visigodas españolas desde el punto de vista centroeuropeo,* in „Miscelánea Arqueológica. XXV aniversario de los Cursos Internacionales de Prehistoria y Arqueología en Ampurias (1947-1971)“, Barcelona, 1974, S. 361-378.

Hübener, W. u. a. m.: *Die Goldblattkreuze des frühen Mittelalters,* Bühl-Baden, 1975.

Hubert,J., Porcher, V., Volbach, W. F.: *L'Europe des invasions barbares,* Paris, 1967.

Iñiguez Almech, F.: *Algunos problemas de las viejas iglesias españolas,* „Cuadernos de Trabajo de la Escuela Española de Historia y Arqueología“ (Rom), 7, 1953, S. 78-89.

Izquierdo Benito, R.: *Ensayo de una sistematización tipológica de la cerámica de necrópolis de época visigoda,* „Revista de Arch., Bibl. y Museos“, 80, 1977, S. 838-865.

James, E.: *The Merowingian Archaeology of South-West Gaul,* British Archaeological Reports, 22, Oxford, 1977.

James, E.: *Visigothic Spain: New approaches,* Oxford, 1980.

Jiménez Gárnica, A. M.ª.: *Los primeros establecimientos permanentes de visigodos en España,* „Hispania“, Nr. 152, 1982, S. 485-503.

Jiménez Gárnica, A. M.: *Orígenes y desarrollo del Reino visigodo de Tolosa (a. 418-507),* Valladolid, 1983.

Jiménez Gárnica, A. M.: *El origen de la legislación civil visigoda sobre la prohibición de matrimonios entre romanos y godos: un problema de fundamento religioso,* „Anuario de Historia del Derecho Español“, Madrid, 1985, S. 735-747.

Joffroy, R.: *Le cimetière de Lavoye, nécropole mérovingienne,* Paris, 1974.

Juan, Navarro, F., y Centelles, F. X.: *El yacimiento de época visigoda del Pla de Nadal (Riba-Roja de Turia, Camp de Turia; Valencia),* „I Congreso de Arqueología Medieval Española, Huesca, 1985", Zaragoza, 1987, S. 25-39.

Kaltofen, A.: *Studien zur Chronologie der Völkerwanderungszeit im südöstlichen Mitteleuropa,* BAR International Series, Nr. 191, 1984.

Kasanski, M.: *Deux riches tombes de l'époque des grandes Invasions au Nord de la Gaule: Airan et Pauan,* „Archéologie Medievale", XII, 1982, S. 17-33.

Kasanski, M.: *A propos de quelques types de fibules ansées de l'époque des grandes invasions trouvées en Gaule,* „Archéologie Medievale", XIV, 1984, S. 7-27.

Kasanski, M.: *Contribution à l'étude des migrations des goths à la fin du IVe s. et au Ve s.: le temoignage de l'archéologie,* „Association Française d'Archéologie Mérovingienne, Bulletin de Liaison", 9, 1985, S. 5-9.

Keay, S.J.: *Decline or continuity? The coastal economy of the Conventus Tarraconensis from the fourth Century until the Late sixth Century,* in *Papers in Iberia Archaelogy,* BAR Intern. series, Nr. 193, 1984, S. 552-577.

King, P. D.: *Law and society in the visigothic Kingdom,* Cambridge University Press, 1972. (Cambridge Studies in Medieval Life and Thought).

Kiss, A.: *Ein Versuch die Funde und das Siedlungsgebiet der Ostgoten in Pannonien zwischen 456-471 zu bestimmen,* „Acta Archaeol. Academiae Scient. Hungaricae", 31, 1979, S. 329-339.

Koch, R.: *Waffenförmiger Anhänger aus merowingerzeitlichen Frauengräbern,* „JRGZM", 17, 1979, S. 285-293.

Koch, U.: *Die fränkischen Gräberfelder von Bargen und Berghausen in Nordbaden;* Landesdenkmalamt Baden-Württemberg. Forschungen und Berichte zur Vor- und Frühgeschichte in Baden-Württemberg, Bd. 12 (Stuttgart, 1982).

Koenig, G. G.: *Die Westgoten,* „Propyläen-Kunstgeschichte", Suppl. zu Bd. IV, *Kunst der Völkerwanderungszeit* (H. Roth, Hrsg.), Berlin, 1979 S. 140-152.

Koenig, G. G.: *Archäologische Zeugnisse westgotischer Präsenz im 5. Jahrhundert* „MM", 21, 1980, S. 220-247.

Koenig, G. G.: *Wandalische Grabfunde des 5. und 6. Jhs.,* „MM", 22, 1981, S. 299-360.

Korošec, P.: *The Problems Concerning the Times of the Great Migrations in the East Alpine Region,* in „Probleme der Völkerwanderungszeit im Karpatenbecken, 13-16/XII/1976". Novi Sad, 1978, S. 75-82.

Kovačević, J.: *Esquisse d'une étude sur les rapports entre la population de l'Empire et les „barbares" au IVe-VIe s. (la valeur de quelques sources écrites),* in „Probleme der Völkerwanderungszeit im Karpatenbecken, 13-16/XII/1976", Novi Sad, 1978, S. 9-32.

Kubitschek, W.: *Grabfunde in Untersiebenbrunn (auf dem Marchfeld),* „Jahrbuch für Altertumskunde", 5, 1911, S 32-74.

Kühn, H.: *Die großen Adlerfibeln der Völkerwanderungszeit,* „IPEK", 1939-1940, S. 126-144.

Kühn, H.: *Die Danielschnallen der Völkerwanderungszeit,* „IPEK", 15/16, 1941/42, S. 140-169.

Kühn, H.: *Die Christusschnallen der Völkerwanderungszeit,* „IPEK", 1970, 1975.

Lacarra, J. M.: *Panorama de la historia urbana de la península ibéricia desde el siglo al X,* Spoleto, 1959.

Lafaurie, J.: *Les trouvailles de monnaies visigots en Gaule,* „94e Congrès National de Sociétés Savantes, Archéologie, Pau, 1969", S. 111-128.

Lagona, S.: *La Sicilia tardo-antica e bizantina,* „Felix Ravena", 4. S., fasc. 1/2, 1980, S. 111-130.

Lantier, R.: *Le cimetière wisigothique d'Estagel (Hautes-Pyrénées),* „Gallia", 1, 1943, S. 153-188; 7, 1949, S. 55-80.

Lantier, R.: *El cementerio de Estagel y los cementerios visigodos de Galia y España,* „Crónica del IV Congresso Arqueológico del S.E. español, Alcoy, 1948", Cartagena, 1949, S. 520-526.

Lantier, R.: *Le cimetière wisigothique d'Estagel (Pyrénées-Orientales),* „Musées de France", 2, 1950, S. 46-48.

Larrieu, M.: u.a.m.: *La nécropole mérovingienne de La Turraque, Beaucaire-sur-Baîse (Gers.),* Toulouse 1985.

Lasteyrie, F. de: *Déscription du trésor de Guarazar acompagnée de recherches sur toutes les questions archéologiques qui s'y ratachent,* Paris, 1860.

Lavers, M.: *I cibori di Aquileia e di Grado,* „Antichità Altoadriatiche, Atti del III Congresso Nazionale di Archeologia Cristiana", Vol. VI, Triest, 1974, S. 119-165.

Lemerle, P.: *Invasions et migrations dans les Balkans depuis la fin de l'époque romaine jusqu'au VIIIe siècle,* in *Essais sur le monde byzantin,* Variorum reprints, London, 1980, S. 265-307.

Lewis, A. R.: *Naval power and trade in the Mediterranean a. d. 500-1100,* Princeton, 1951.

Lipinski, A.: *La corona di Agilulfo „Gratia dei Rex totius Italiae",* „Atti del V Congresso Nazionale di Archeologia Christina, 1979", Viella-Roma, 1982, Vol. II, S. 407-421.

Lorren, C.: *Fibules et plaques-boucles en Normandie. Contribution à l'étude du peuplement, des échanges et des influences de la fin du Ve au début du VIIIe siècle.* Thèse de 3e Cycle preparée sous la direction de M. le Doyen de Boüard, 2 Bde., Centre de Recherches Archéologiques Médiévales, Caen, 1976.

Lozinski, J. u. P.: *The Treasure of Guarrazar,* „Actas del XXIII Congreso Internacional de Historia del Arte", Granada, 1973, Bd. I, S. 379-392.

Lucas, M. R., Viñas, V.: *Tecnología de la fibula trilaminar de la necrópolis visigoda de Aguilafuente (Segovia),* „Trabajos de Prehistoria", 34, 1977, S. 389-404.

Maier, F.-G.: *Die Verwandlung der Mittelmeerwelt,* „Fischer

Weltgeschichte" (Frankfurt a. M.), 9, 1968 (1982).
Mango, C.: *Storia dell'arte,* „La civiltà bizantina dal IV al IX secolo. Aspetti e problemi" Universitá degli Studi di Bari, Centro di Studi Bizantini, Corsi di Studi, I, 1976, Bari, 1977, S. 286–350.
Mangas, J., Sayas, J. J., García Moreno, L. A., u. a. m.: *Textos y documentos de Historia Antigua, Media y Moderna hasta el siglo XVII,* Madrid, 1984.
Mangas, J., Solana, J. M.: *Historia de Castilla y León. 2, Romanización y germanización de la Meseta Norte,* Valladolid, 1985.
Marrou, H.-I.: *Le dogme de la resurrection des corps et la théologie des valeurs humaines selon l'enseignement de Saint Augustin,* „Revue des Etudes Augustiniennes", 12, 1966, S. 112–136. Übers. v.: *The Resurrection and St. Augustine Theology of human Values,* Villanova University Press, 1966. Siehe auch: H. I. Marrou, *Patristique et humanisme,* „Patristica Sorbonensia" (Paris), 9, 1976, S. 429–455.
Marrou, H.-I.: *L'arianisme comme phénomene alexandrin,* in *Patristique et Humanisme,* „Patristica Sorbonensia" (Paris), 9, 1976, S. 321–330.
Marshall, F. H.: *Catalogue of the jewellery, Greek, Etruscan and Roman in the Departments of Antiquities, British Museum,* The Trustees of the British Museum, Oxford, 1969.
Martin, M.: *Bemerkungen zu den frühmittelalterlichen Gürtelbeschlägen der Westschweiz,* „Zeitschrift für Schweizerische Archäologie und Kunstgeschichte", 1971.
Martínez Santa-Olalla, J.: *Excavaciones en la necrópolis visigoda de Herrera de Pisuerga (Palencia),* „Memorias de la Junta Sup. de Excavaciones", Nr. 125, 1932 (1933).
Martínez Santa-Olalla, J.: *El cementerio visigodo de Madrid (capital),* „Anuario de Prehistoria Madrileña", IV-V-VI, 1933–1935 (1936), S. 167–174.
Martínez Santa-Olalla, J.: *Notas para un ensayo de sistematización de la arqueología visigoda en España,* „AEArte y Arq," 29, 1934, S. 139–176.
Martínez Santa-Olalla, J.: *Westgotische Adlerfibeln aus Spanien,* „Germania", 20, 1936, S. 47–52.
Marušić, B.: *Nekropole VII. i VIII. Stoljeća u Istri (Die Nekropolen des VII. und VIII. Jh. in Istrien),* „Archeološki Vestnik" (Ljubljana), 18, 1967, S. 333–341.
Mateu y Llopis, F.: *Las monedas visigodas del Museo Arqueológico Nacional,* Madrid, 1936.
Mateu y Llopis, F.: *El arte monetario visigodo. Las monedas como monumentos (Un ensayo de interpretación),* „AEArq.", 18, 1945, S. 34–58.
Mateu y Llopis, F.: *La moneda bizantina en España,* „III Congreso Arqueológico del S. F. español, Murcia, 1947", Cartagena, 1948, S. 310–320.
Mateu y Llopis, F.: *En torno a los tremisses de Leovigildo y Recaredo (572–568–601),* „BSAA", XLVII, 1981, S. 141–152.
Mc Kenna, S.: *Paganism and Pagan Survivals in Spain up to the Fall of the Visigothic Kingdom,* „Studies in Medieval History", n. s. I, Washington, 1938.
Melucco Vaccaro, A.: *I Longobardi in Italia. Materiali e problemi,* Mailand, 1982.
Menéndez Pidal, R. (Hrsg.): *Historia de España, III, España visigoda (414–711 de J. C.),* Madrid, 1940.
Menéndez Pidal, R.: *Los godos y la epopeya española, „chansons de geste" y baladas nórdicas,* Madrid, 1956 (1969).
Menéndez Pidal, R.: *Toponimia prerrománicia hispánica,* Madrid, 1968.
Mengarelli, R.: *La necropoli barbarica di Castel Trosino,* „Monumenti Antichi, Accademia dei Lincei", XII, 1902, S. 148–379.
Menghin, W.: *Gotische und langobardische Funde aus Italien,* Germanisches Nationalmuseum, Nürnberg, 1983.
Menghin, W.: *Das Schwert im Frühen Mittelalter,* Germanisches Nationalmuseum Nürnberg, Stuttgart, 1983.
Meslin, M.: *Les ariens d'Occident, 335–430,* „Patristica Sorbonensia", 8, Paris, 1967.
Messina, A.: *La cosidetta „scarsella" del mausoleo di Teodorico,* „Félix Ravenna", CXVII, 1979, S. 29–38.
Mezquiriz de Catalán, M. A.: *Necrópolis visigoda de Pamplona,* „Príncipe de Viana", XXVI Nr. 98/99, 1965, S. 107.
Miles, G. C.: *The Coinage of the Visigoths of Spain,* New York, 1952.
Miletić, N.: *Reflets des grandes invasions en Bosnie-Herzégovine,* in „Probleme der Völkerwanderungszeit im Karpatenbecken, 13–16/XII/1976", Novi Sad, 1978, S. 97–108.
Molinero Pérez, A.: *Aportaciones de las excavaciones y hallazgos casuales (1941–1959) al Museuo Arqueológico de Segovia,* „E.A.E.", Nr. 72, 1971.
Molinero Pérez, A.: *La necrópolis visigoda de Duratón (Segovia). Excavaciones del Plan Nacional de 1942 y 1943,* Acta Arqueologica Hispanica, 4, 1948.
Molinero Pérez, A.: *La necrópolis visigoda de Duratón (Segovia). Materiales de tipo bizantino,* „Crónica del IV Congr. Arqueol. del S. E. español, Elche, 1948", Cartagena, 1949, S. 495–505.
Moosbrugger-Leu, R.: *Die frühmittelalterlichen Gürtelbeschläge der Schweiz,* Monographien zur Ur- und Frühgeschichte der Schweiz, 1967.
Moosbrugger-Leu, R.: *Die Schweiz zur Merowingerzeit. Handbuch der Schweiz zur Römer- und Merowingerzeit ,* Basel, 1971.
Moreau, F.: *La Collection Caranda. Album des principaux objets recueillis dans les sépultures de Caranda, 3* Bde., St. Quentin, 1877–1894.
Mosse, F.: *Manuel de langue gothique,* Paris, 1956.
Musset, L.: *Las invasiones. Las oleadas germánicas,* Barcelona, 1967.
Navascues, J. M. de: *La dedicación de San Juan de Baños,* Palencia, 1961.

Neuffer-Müller, Ch.: *Ein Reihengräberfriedhof in Sontheim an der Brenz (Kreis Heidenheim),* Veröffentlichungen des Staatlichen Amtes für Denkmalpflege Stuttgart, Reihe A, Heft 11, Stuttgart, 1966.
Noll, R.: *Katalog der Antikensammlung, I. Vom Altertum zum Mittelalter.* Kunsthistorisches Museum (Wien), 8, 1974.
Olmo Enciso, L.: *Restos defensivos de la ciudad visigoda de Recópolis,* „Homenaje al Prof. Martín Almagro Basch", Bd. IV, Madrid, 1983, S. 67-74.
Ordax, S. A.: *La basílica hispanovisigoda de Alcuescar (Cáceres),* „Norba" (Cáceres), II, 1981, S. 7-22.
Ordax, S. A.: *Arte hispanovisigodo en Extremadura,* Institución Cultural „El Brocense", Cáceres, 1982.
Ordax, S. A. y Abasolo, J. A.: *La ermita de Santa María Quintanilla de las Viñas (Burgos),* Burgos, 1982.
Orlandis, J.: *Communications et échanges entre Espagne wisigothique et France mérovingienne,* „Annales de la Faculté de Droit" (Toulouse), 18, 1970, S. 253-262.
Orlandis, J.: *La iglesia en la España visigótica y medieval,* Pamplona, 1976.
Orlandis, J.: *Historia de España. La España visigótica,* Madrid, Ed. Gredos, 1977.
Ors, A. d': *La territorialidad del derecho de los visigodos,* „Cuadernos del Instituto Jurídico Español, 5, Estudios visigóticos", I, CSIC, Delegación en Roma, 1956, S. 91-150.
Ors, A. d': *El código de Eurico,* Rom-Madrid, 1970.
Orsi, P.: *Sicilia Bizantina,* I. Rom, 1962.
Ortego, T.: *La ermita hispano-visigoda de la Virgen del Val, en Pedro (Soria),* „AEArq.", 31, 1958, S. 222-230.
Ostrogosky, G.: *Histoire de l'Etat byzantin,* Paris, 1956.
Palanque, J. R.: *Les évêchés du Languedoc oriental à l'époque wisigothique (462-725),* „Bulletin de Litterature Ecclesiastique", 73, 1972, S. 159-165.
Palol, P. de: *El depósito de bronces del Collet de Sant Antoni de Calonge, en el Museo Arqueológico Provincial de Gerona,* „MMAP", IX-X, 1948.
Palol, P. de: *Ponderales y exagia romanobizantinos en España,* „Ampurias", XI, 1949, S. 127-150.
Palol, P. de: *Bronces hispanovisigodos de origen mediterráneo. I, Jarritos y páteras litúrgicos,* Barcelona, CSIC, 1950 (52).
Palol, P. de: *Fíbulas y broches de cinturón de la época visigoda en Cataluña,* „AEArq", XXIII, 1950, S. 73-98.
Palol, P. de: *Nuevos bronces visigodos en el Sur de Francia,* „Crónica del VI Congreso Arqueológico del S. E. español, Alcoy, 1950", Cartagena, 1951, S. 248-256.
Palol, P. de: *Castro hispano-visigodo de Puig-Rom. Campañas de 1946 y 1947,* „Informes y Memorias" Nr. 27, 1952.
Palol, P. de: *Tarraco hispanovisigoda,* Tarragona, Real Soc. Arqueol. Tarraconense, 1953.
Palol, P. de: *Esencia del arte hispánico de época visigoda: romanismo y germanismo,* „Settimane di studio del Centro Italiano di Studi Sull'alto Medioevo", III *(I goti in Occidente, problemi),* Spoleto, 1956.
Palol, P. de: *Bronces con decoración damasquinada en época visigoda,* „V Congreso Nacional de Arqueología. Zaragoza, 1957", Zaragoza, 1959, S. 292-305.
Palol, P. de: *Los objetos visigodos de la cueva de Los Goros (Hueto de Arriba, Alava),* „Boletín de la Institución Sancho el Sabio" (Alava), II, 1957, S. 73-84.
Palol, P. de: *Las excavaciones de San Miguel del Arroyo. Un conjunto de necrópolis tardorromanas en el valle del Duero,* „BSAA", XXIV, 1958.
Palol, P. de: *Placas en cerámica, decoradas paleocristinas y visigodas,* „Scritti di storia dell'arte in onore di Mario Salmi", I, Roma, 1961, S. 131-153.
Palol, P. de: *Altares hispánicos del siglo V al VIII. Observaciones cronologicas,* „Beiträge zur Kunstgeschichte und Archäologie des Frühmittelalters. Akten zum VII. Internationalen Kongreß für Frühmittelalterforschung, 1958", Graz-Köln, 1962, S. 100-103.
Palol, P. de: *Cuchillos hispanorromanos del siglo IV de J. C.,* „BSAA", XXX, 1964, S. 67-102.
Palol, P. de: *Excavaciones en la necrópolis de San Juan de Baños (Palencia),* „E.A.A.", Nr. 32, 1964.
Palol, P. de: *Demografía Arqueología Hispánicas. Siglos IV-VIII. Ensayo de cartografía,* „BSAA", 32, 1966, S. 5-67.
Palol, P. de: *Arqueología cristiana de la España romana, siglos IV-VI.* Madrid-Valladolid, 1967.
Palol, P. de: *Arte hispánico de la época visigoda,* Barcelona, 1968.
Palol, P. de: *Castilla la Vieja entre el Imperio romano y el reino visigodo,* Valladolid, 1970.
Palol, P. de: *Romanos en la Meseta: el Bajo imperio y la aristocracia agrícola,* „Symposium de Arqueología Romana en Segovia", Barcelona, 1977, S. 297-308.
Palol, P. de, Cortes, J.: *La villa romana de La Olmeda (Pedrosa de la Vega, Palencia): Excavaciones de 1969 y 1970,* „Acta Arqueologica Hispanica", 7, Madrid, 1974.
Palol, P. de, Hirmer, M.: *L'Art en Espagne du Royaume Wisigoth à la fin de l'époque Romane,* Paris, Flammarion, 1967.
Palol, P. de: *L'Art cristià fins els àrabs,* „Lambard, estudis d'art medieval", I, 1977-1981, Barcelona, 1985, S. 17-34.
Palol, P. de: *Catalunya i Balears en temps paleocristians i visigots. Les noves descobertes arqueològiques i literaries,* „Memoria de l'Institut de Prehistoria i Arqueologia", Universitat de Barcelona, 1981.
Palol, P. de: *Guía de Clunia,* Valladolid, 1982.
Palol, P. de: *La iglesia hispanovisigoda de San Juan de Baños de cerrato,* Palencia, 1986.
Palol, P. de: *Las excavaciones del conjunto de* „El Bovalar" *y el reino Akhila,* en „Los visigodos, historia y civilización", Antigüedad y Cristianismo, III, Universidad de Murcia, 1986 (1987), S. 513-525.
Palol, P. de: *Catalunya del mon antic al medieval,* „Etudes rou-

sillonnaises offertes à Pierre Ponsich", Perpignan, 1987, S. 139-145.

Palol, P. de: *El jaciment d'epoca visigotica de Bovalar,* Barcelona, Generalitat de Catalunya, 1989.

Pani Ermini, L., y Marinone, M.: *Catalogo dei materiali paleocristiani e alto medioevali. Museo Archeologico Nazionale di Cagliari,* Rom, 1981.

Paredi, A. u. a. m.: *Il Tesoro del Duomo di Monza,* Mailand, 1966.

Parente, F.: *La controversia tra ebrei e cristiani in Francia e in Spagna dal VI al IX secolo,* „Settimane di Studio del Centro Italiano di Studi sull'Alto Medioevo", 26, *Gli Ebrei nell'Alto Medioevo,* Bd. 1, Spoleto, 1978 (1980), S. 529-654.

Pasqui, A. y Paribeni, R.: *La necropoli barbarica di Nocera Umbra,* „Monumenti Antichi, Accademia del Lincei", XXV, 1919, S. 137-352.

Pavan, G.: *Appunti per il mausoleo di Teoderico,* „Felix Ravenna", CXIII-CXIV, 1977, S. 243-255.

Pepe, G., *Il medioevo barbarico d'Italia,* Turin, 1941 (1968).

Pérez de Barradas, J.: *Excavaciones en la necrópolis de Vega del Mar (San Pedro de Alcántara),* Memorias de la Junta Superior de Excavaciones y Antigüedades, Nr. 128, 1934.

Pérez de Barradas, J.: *Necrópolis visigoda de Daganzo de Arriba, Madrid,* „Homenagem a Martin Sarmento", Guimarâes, 1933, S. 277-280.

Pérez Martin, M. J.: *Una tumba hispano-visigoda excepcional hallada en Turuñuelo, Medellín (Badajoz).* „T.P.", IV, 1961, 40 págs., 4 figs. y XIV láms.

Pérez Sánchez, D.: *El ejército y el pueblo visigodo desde su instalación en el Imperio hasta el Reino visigodo de Tolosa,* „Studia Historica", Salamanca, Bd. II-III, 1984-1985, S. 249.

Périn, P.: *Quelques éléments de chronologie relative et absolue concernant les cimetières mérovingiens du Nord de la Champagne,* in „Problèmes de chronologie relative et absolue concernant les cimetières mérovingiens d'entre Loire et Rhin, Paris, 1973", Paris, 1978, S. 157-172.

Périn, P., u. a. m.: *Problèmes de chronologie relative et absolue concernant les cimetières mérovingiens d'entre Loire et Rhin,* „Actes du IIe Colloque archéologique de la IVe section de l'Ecole Pratique des Hautes Etudes, Paris, 1973", Paris, 1978.

Périn, P.: *La datation des tombes mérovingiennes. Historique, Méthodes, Applications,* Centre de Recherches d'Histoire et de Philologie de la VIe section de l'Ecole Pratique des Hautes Etudes, „Hautes Etudes Médiévales et Modernes", 39, Genf, 1980.

Périn, P., Ferrer, L.-C. (Hrsg.): *La Neustrie. Les pays au nord de la Loire de Dagobert à Charles le Chauve (VIIe- IXe siècles),* Rouen-Paris, 1985.

Périn, P.: *Collections Mérovingiennes,* Catalogues d'Art et d'Histoire du Musée Carnavalet, II, Paris, 1985.

Périn, P. y Ferrer, L. Ch.: *Les Francs,* 2 Bde., Paris 1987.

Peroni, A.: *Oreficerie e metalli lavorati tardoantichi e altomedievali del territorio di Pavia,* Spoleto, 1967.

Petrequin, A. M. u. a. m.: *Le site funéraire de Soyria à Clairvaux-les-Lacs (Jura), II: le cimetière mérovingien,* „Revue Archéol. de l'Est et du Centre-Est", 31, 1980, S. 157-230.

Pietri, Ch.: *Aristocratie et société clericale dans l'Italie chrétienne au temps d'Odoacre et de Théodoric,* „MEFRA", 93, 1981, S. 417-467.

Pirling, R.: *Das römisch-fränkische Gräberfeld von Krefeld-Gellep,* „Germanische Denkmäler der Völkerwanderungszeit", Ser.B. 2, Berlin, 1966.

Pirline, R.: *Chronologie du cimetière de Krefeld-Gellep (RFA, Nordrheinland-Westfalen),* in „Problèmes de chronologie relative et absolue concernant les cimetières mérovingiens d'entre Loire et Rhin, Paris, 1973", Paris, 1978, S. 59-68.

Pita, R., Palol, P. de: *La basílica de Bobalá y su mobiliario litúrgico,* „Actas del VIII Congr. Intern. de Arqueología Cristina, Barcelona, 1969", Barcelona-Rom, 1972, Bd. 1, S. 383-401.

Piton, D., Schuler, D.: *La nécropole de Nouvion-en Ponthieu (Somme), IVe-VIIe siècle. Rapport préliminaire,* „Cahiers Archéologiques de Picardie", 8, 1981, S. 217-284.

Protomártir Vaquero, S.: *El poema de Eulalia de Mérida de Aurelio Prudencio (Peristhephanon III),* „Revista de Estudios Extremeños", XL, 1984, S. 371-386.

Puertas, R.: *Terminología arqueológica en los concilios hispanoromanos y visigodos,* „Actas de la 1ª Reunión Nacional de Arqueología Paleocristiana, Viktoria, 1966", S. 199-221.

Puertas, R.: *Notas sobre la iglesia de Cabeza del Griego, Cuenca, „BSAA", XXXIII, 1967, S. 1-32.*

Puertas Tricas, R.: Iglesias hispánicas (siglos IV al VIII). Testimonios literarios, Madrid, 1975.

Puig i Cadafalch, J.: *L'art wisigothique et ses survivances,* Paris, 1961.

Raddatz, K.: *Studien zu Recopolis 1. Die archäologischen Befunde,* „Madrider Mitteilungen", 5, 1965, S. 213-233.

Raynaud, C.: *La nécropole des Horts (VIe-VIIe s.). Fouille de sauvetage urgent,* „Archéologie Gallo-Romaine et Médievale à Lunel-Viel (Hérault)", Montpellier, 1985.

Reimer, H.: *Soziale Schichten im Westgotenreich von Toulouse und Toledo. Einige Bemerkungen zu den westgotischen Freien,* „Ethnografische-Archäologische Zeitschrift", 25, 1984, S. 479-488.

Reinhart, W.: *Historia general del reino hispánico de los suevos,* Seminario de Historia primitiva del Hombre, monografías I, Madrid, 1952.

Renner, D.: *Die durchbrochenen Zierscheiben der Merowingerzeit,* Römisch-Germanisches Zentralmuseum, Bonn-Mainz, 1970.

Revuelta Tubino, M.: *Museo de los Concilios de Toledo y de la*

cultura visigoda, Madrid, 1979.
Reydellet, M.: *Les intentions idéologiques et politiques dans la* „Chronique" d'Isidore de Séville, „MEFRA", 82, 1970, S. 363–400.
Riché, P., Maitre, P. le: *Les invasions barbares,* Paris, 1953 (1983).
Riché, P.: *Education et culture dans l'Occident barbare, VIe–VIIIe siècles,* Patristica Sorbonensia, 4, Paris, 1962.
Riché, P. u. Tate, G.: *Textes et documents d'Histoire du Moyen Age, V^e–Xe siècles,* Paris, 1972.
Righini, V.: *Felix Roma-Felix Ravenna. I bolli laterizi di Teodorico e l'attività edilizia teodoriciana in Ravenna,* „XXXII Corso di Cultura sull'arte Ravennate e Bizantina", Ravenna, 1985, S. 371–398.
Ripoll, López, G.: *La necrópolis visigoda de El Carpio de Tajo (Toledo),* „Revista de Arqueología", 29, 1983, S. 52–63.
Ripoll, G.: *Entrevista con el Prof. Pedro de Palol,* „Revista de Arqueología", 31, 1983, S. 42–47.
Ripoll, G.: *Los visigodos y su tiempo,* Leganés, 1984.
Ripoll, G.: *La necrópolis visigoda de El Carpio de Tajo (Toledo),* „E.A.E.", Nr. 142, 1985.
Ripoll, G.: *Bronces romanos, visigodos y medievales en el M.A.N.,* „Boletín del Museo Arqueológico Nacional", IV, 1986 (Madrid, 1987), S. 55–82.
Ripoll, G.: *Reflexiones sobre arqueología funeraria, artesanos y produción artística de la Hispania visigoda,* „XXXIV Corso di Cultura sull'arte Ravennate e Bizantina", Seminario Internazionale di Studi su „Archeologia e Arte nella Spagna tardoromana, visigota e mozarabica", Ravenna, 1987, S. 343–373.
Riu, M., u. a. m. *Necròpolis i sepultures medievals de Catalunya,* anexo 1 de „Acta Medievalia", Barcelona, 1982.
Riu i Riu, M.: *Algns costums funeraris de l'Edat Mitjana a Catalunya,* Discurs de recepció a la Reial Acadèmia de Bones Lletres de Barcelona, Barcelona, 1983.
Rivera Reicio, J. F. *Los concilios de Toledo del siglo VII y la antigua liturgia hispana,* Toledo, Museo de los Concilios, 1972.
Rollan Ortiz, J. F.: *La basílica de Recesvinto, San Juan Bautista de Baños de Cerrato,* Palencia, 1970.
Romani, A. M.: *La scultura pavese nel quadro dell'arte preromanica di Lombardia,* „Atti del 4° Congreso Internazionale di Studi sull'Alto Medioevo", Spoleto, 1969, S. 231– 271.
Ross, M. Ch. (Hrsg.) *Early Christian and Byzantine Art.* Walters Art Gallery – The Baltimore Museum of Art, Baltimore, 1947.
Ross, Marvin, C.: *Jewellry, enamels and art of the migration period, Catalogue of the Byzantine and Early Mediaeval Antiquities in the Dumbarton Oaks Collection,* Bd. 2, Washington, D. C., 1965.
Roth, H., u. a. m.: *Kunst der Völkerwanderungszeit,* Propyläen Kunstgeschichte, Suppl. Bd. IV, Frankfurt-Berlin-Wien, 1979.
Rouche, M.: *L'Aquitanie des wisigoths aux Arabes, 418–781. Naissance d'une région,* Editions de l'Ecole d'Hautes Etudes en Sciences Sociales, Paris, 1979.
Rouche, M.: *Les relations transpyrénéennes du Ve au VIIIe siècle,* „Les communications dans la Péninsule Ibérique au Moyen Age", Paris, 1981, S. 13–20.
Rouquette, D.: *Les parures wisigothiques de Marsillan (Hérault),* „Revue Archéologique de Narbonnaise", II, 1964, S. 197–205.
Ruggini, L.: *Ebrei e orientali nell'Italia settentrionale fra il IV e il VI secolo D.C.,* „Studia et documenta historae et iuris", Rom, 1959, S. 186–308.
Saitta, B.: *Un momento di disgregazione nel regno visigoto di Spagna: la rivolta di Ermenegildo,* „Quaderni Catanesi di Studi Classici e Medievali", I, Catania, 1979, S. 81–134.
Sales Montserrat, A. M.: *Estudios sobre e latín hispánico. La Crónica Mozárabe de 754,* Diss., Barcelona, 1977.
Salin, E., France-Lanord, A.: *Traditions et art mérovingiens,* „Gallia", IV, 1946, S. 199–288.
Salin, E., France-Lanord, A.: *Sur le trésor barbare de Pouan (Aube),* „Gallia", XIV, 1956, S. 65–75.
Salin, E.: *La civilisation mérovingienne d'après les sépultures, les textes et le laboratoire. I: Les idées et les faits,* Paris, 1950.
Salin, E.: *La civilisation mérovingienne d'après les sépultures, les textes et le laboratoire. II: Les sépultures,* Paris, 1952.
Salin, E.: *La civilisation mérovingienne d'après les sépultures, les textes et le laboratoire. 3e partie: les téchniques,* Paris, 1957.
Sanabria Escudero, M.: *La medicina emeritense en las épocas romana y visigoda,* „Revista de Estudios Extremeños", XX, 1964, S. 53–84.
Sánchez Albornoz, C.: *La caballería visigoda,* „Wirtschaft und Kultur. Festschrift zum 70. Geburtstag von Alfons Dopsch", Leipzig, 1938, S. 92–108.
Sánchez Albornoz, C.: *El aula regia y las asambleas políticas de los godos,* „Cuadernos de Historia de España, V, 1946, S. 5–110."
Sánchez-Albornoz, C.: *El „Stipendium" hispano-godo y los orígenes del beneficio prefeudal,* Buenos Aires, 1947.
Sánchez Albornoz, C.: *Tradición y derecho visigodos en León y Castilla,* „Homenaje a R. Menéndez Pidal", Cuadernos de Historia de España" (Buenos Aires), 1959, S. 244–265.
Sánchez Albornoz, C.: *Pervivencia y crisis de la tradición jurídica romana en la España goda,* „Il passaggio dall'Antichità al Medioevo in Occidente, Settimane di Studio del Centro Italiano di Studi sull'Alto Medioevo, Spoleto, 1961", Spoleto, 1962.
Sánchez Albornoz, C.: *Ruina y extinción del municipio romano en España e instituciones que le reemplazan,* Estudios Visigodos, Rom, 1971, S. 11–147.

Sánchez Albornoz, C.: *El gobierno de las ciudades en España del siglo V al X,* „Le citta nell alto medioevo in Occidente", Settimane di studio del Centro italiano di Studi sull'alto medioevo, XXI, Spoleto, 1973 (1974), S. 359–415.

Sánchez Alonso, B.: *Historia de la historiografía española,* 2 Bde., Madrid, CSIC, 1944 u. 1947.

Sánchez Salor, E.: *Mérida, metrópolis religiosa en época visigótica,* „Hispania Antiqua", V, 1975, S. 135–150.

Sayas, J. J.: *La conciencia de la decadencia y caída del imperio por parte de los romanos,* in „La caída del Imperio Romano de Occidente en el año 476", Cuadernos de la „Fundación Pastor", Nr. 24, Madrid, 1980, S. 41-66.

Sayas, J. J.: *Consideraciones históricas sobre Vasconia en época bajoimperial,* „La Formación de Alava". 650 Aniversario del Pacto de Arriago (1332-1982), Congreso de Estudios Históricos, Álava, 1982, S. 481-510.

Sayas, J. J.: García Moreno, L. A.: *Romanismo y germanismo. El despertar de los pueblos germánicos (siglos IX–V).* Barcelona, 1982.

Schlunk, H.: *La basílica de Alcalá de los Gazules,* „AEArq.", XVIII, 1945, S. 75–82.

Schlunk, H.: *Relaciones entre la Península Ibérica y Bizancio durante la época visigoda,* „AEArq." XVIII, 1945, S. 177- 204.

Schlunk, H.: *Esculturas visigodas de Segóbriga,* „AEArq." XVIII, 1945, S. 305–319.

Schlunk, H.: *Observaciones en torno al problema de la miniatura visigoda,* „Archivo Español de Arte", Nr. 71, 1945, S. 241.

Schlunk, H.: *Arte visigodo,* in *Ars Hispaniae,* Madrid, 1947, S. 227-323.

Schlunk, H.: *Byzantinische Bauplastik aus Spanien,* „Madrider Mitteilungen", V, 1964, S. 234–254.

Schlunk, H.: *Estudios iconográficos en la Iglesia de San Pedro de la Nave,* „AEArq.", 43, 1970, S. 245–267.

Schlunk, H.: *Beiträge zur kunstgeschichtlichen Stellung Toledos im 7. Jahrhundert,* „Madrider Mitteilungen", 11, 1970, S. 160- 186.

Schlunk, H.: *La iglesia de San Giâo, cerca de Nazaré. Contribución al estudio de la influencia de la liturgía en la arquitectura de las iglesias prerrománicas de la Península ibérica,* „Actas del II Congr. Nacional de Arqueología, Coimbra", 1971, S. 509–528.

Schlunk, H., Hauschild, T.: *Die Denkmäler der frühchristlichen und westgotischen Zeit,* in *Hispania Antiqua,* Mainz, 1978.

Schmidt, L.: *Die Ostgermanen,* München 1969.

Serrano Ramos, E., u. a. m. *Memorias de las excavaciones del yacimiento arqueológico de „El Tesorillo" (Teba, Málaga),* „NAH", 26, 1985, S. 119–162.

Searrano, E. u. Atencia, R.: *La necrópolis de época visigoda de „El Tesorillo" (Teba, Málaga),* „I Congreso de Arqueología Medieval Española, Huesca, 1985", Zaragoza, 1987, S. 279–295.

Servat, E.: *Exemple d'exogamie dans la nécropole de Vicq (Yvelines),* Association Française d'Archéologie Mérovingienne, „Bulletin de Liaison", 1, 1979, S. 40–44.

Simonetti, M.: *La crisi ariana e l'inizio delle riflezione teologica in Spagna,* „Hispania Romana, Accademia dei Lincei", Rom, 1974, S. 127–147.

Sirat, J.: *La nècropole de Maule (France, Yvelines): essai de chronologie,* in „Problèmes de chronologie relative et absolue concernant les cimetières mérovingiens d'entre Loire et Rhin, Paris, 1973", 1978, S. 105–110.

Slabe, M.: *Dravlje. Grobišče iz časov preseljevanja ljudsrev, (Dravlje. Necropoli dall'epoca delle migrazioni dei popoli),* „Situla" (Ljubljana), 16, 1975, S. 99–157.

Slabe, M.: *Kultura sled iz obdobja preseljeranja Ljustev v Ljubljana. (Belt buckle of the migration period from Ljubliana),* „Archeološki Vestnik" (Ljubljana), 29, 1978, S. 425–431.

Slabe, M.: *Okrašenju predmetov iz grobišča v Dravljah-Ljubljana. (Über das Ornamentieren der Gegenstände aus der Nekropole in Dravlje-Ljubljana),* „Archeolški Vestnik", 30, 1979, S. 441–451.

Sotomayor, M., u. a. m.: *Historia de la Iglesia en España. La Iglesia en la España romana y visigoda (siglos I–VIII),* Madrid, BAC, 1973.

Sotomayor, M.: *Penetración de la iglesia en los medios rurales de la España tardorromana y visigoda,* „Cristianizzazione e organizzazione ecclestiastica delle campagne nell'alto medioevo: espansione e resistenze. Settimane di Studi del Centro Italiano di Studi sull'Alto Medioevo, Spoleto, 1980", Spoleto, 1982, S. 639–683.

Stroheker, K. Fr.: *Das spanische Westgotenreich und Byzanz,* „BJ", 163, S. 252–274.

Stroheker, K. Fr.: *Leowigild,* „Germanentum und Spätantike", Zürich, 1965.

Sturmann Ciccone, C.: *Reperti longobardi e del periodo longobardo della provincia di Reggio Emilia,* Cataloghi dei Civici Musei di Reggio Emilia, Nr. 3, Reggio Emilia, 1977.

Szekeres, L.: *Necropolis from the Avar Period at Bačka Topola,* in „Probleme der Völkerwanderungszeit im Karpatenbecken, 13-16/XII/1976", Novi Sad, 1978, S. 157-162.

Taffanel, J. u. O.: *Le cimetière à inhumanitions de la Cout à Mailhac (Aude).* „Bulletin de la Société d'Etudes Scientifiques de l'Aude", 60, 1959, S. 3–37.

Tagliaferri, A.: *Le diverse fasi dell'economia longobarda con particolare reguardo al commercio internationale* „Problemi delle civilità e dell'economia longobarda, Scritti in memoria di Gian Piero Bognetti" (Bibliotheca della Rivista Economia e Storia, 12), Mailand, 1964, S. 228-288.

Teillet, S.: *Des Goths à la Nation Gothique. Les origines de l'idée de nation en Occident du Ve au VIIe siècle,* Paris, 1984.

Teja Casuso, R.: *Invasiones de godos en Asia Menor antes y después de Adrianópolis (375–382),* „Hispania Antiqua", 1, 1971, S. 168–177.

Teja Casuso, R. *Sobre la actitud de la población urbana en Occidente ante las invasiones bárbaras,* „Hispania Antiqua", VI, 1976, S. 7-18.

Tejral, J.: *Mähren im 5. Jahrhundert. Die Stellung des Grabes XXXII aus Smolín im Rahmen der donauländischen Entwicklung zu Beginn der Völkerwanderungszeit,* Prag, 1973.

Tessier, G.: *La conversion de Clovis et la christianisation des francs,* „Studi Medievali", XIV, Spoleto, 1967, S. 149-189.

Thompson, E. A.: *The Settlement of the Barbarians in Southern Gaul,* „Journal of Roman Studies" (London), XLVI, 1956, S. 65-75.

Thompson, E. A.: *The visigoths in the time of Ulfila,* Oxford, 1966.

Thompson, E. A.: *The goths in Spain,* Oxford, 1969.

Tomasini, W. J.: *The Barbaric Tremessis in Spain and Southern France, from Anastasius to Leovigild,* „Numismatic Notes and Monographs", 152, New York, 1964.

Ulbert, T.: *El Germo. Kirche und Profanbau aus dem frühen 7. Jahrhundert,* „Madrider Mitteilungen", 9, 1968, S. 329-398.

Ulbert, T.: *Skulptur in Spanien (6.-8. Jh.),* „Kolloquium über Spätantike und Mittelalterliche Skulptur", II, Heidelberg-Mainz 1970, S. 25-34.

Ulbert, T.: *Die westgotenzeitliche Kirche von Valdecebadar bei Olivenza (Prov. Badajoz),* „Madrider Mitteilungen", 14, 1973, S. 202-216.

Ulbert, T.: *Frühchristliche Basiliken mit Doppalapsiden auf der Iberischen Halbinsel,* Deutsches Archäologisches Institut. Archäologische Forschungen, 5, Berlin, 1978.

Vallet, F.: *Le mobilier de la nécropole mérovingienne de Jaulzy (Oise),* „Revue Archéologique de l'Oise", Nr. 10, 1977, S. 35-41.

Vázquez de Parga, L.: *La división de Wamba.* Madrid, CSIC, 1943.

Vázquez de Parga, L.: *Recópolis,* „Madrider Mitteilungen", 8, 1967, S. 259-280.

Vázquez de Parga, L.: *San Hermenegildo ante las fuentes históricas,* Madrid, 1973.

Viale, V.: *Recenti ritrovamenti archeologici a Vercelli e nel Vercellese. Il Tesoro di Desana,* „Bolletino Storico-Bibliografico Subalpino", 43, 1941 (1942), S. 144-166.

Vigil, M. u. Barbero, A.: *Sucesión al trono y evolución social en el reino visigodo,* „Hispania Antiqua", IV, 1974, S. 370-394.

Viana, A.: *Suevos e visigodos no Baixo Alentejo,* „Bracara Augusta", IX-X, 1958-1959 (1961), S. 5-16.

Villalón, M. C.: *Mérida visigoda. La escultura arquitectónica y litúrgica,* Badajoz, 1985.

Vinski, Z.: *Arheološki spomeneci velike seobe naroda u Srijemu. (Die archäologischen Denkmäler der Völkerwanderungszeit in Syrmien),* „Situla" (Ljubljana), 2, 1957, S. 3-54.

Vinski, Z.: *O nazašina 6. i 7. stoljeća u Jugoslaviji s posebnim obzirom na arheološku ostavštinu iz vremena prvog Kaganata (Zu den Funden des 6. u. 7. Jh. in Jugoslawien mit besonderer Berücksichtigung der archäologischen Hinterlassenschaft aus der Zeit des ersten awarischen Khaganates),* „Opuscula Archaeologica" (Zagreb), III, 1958, S. 3-57.

Vinski, Z.: *Archäologische Spuren ostgotischer Anwesenheit im heutigen Bereich Jugoslawiens,* in: „Probleme der Völkerwanderungszeit im Karpatenbecken, 13-16/XII/1976", Novi Sad, 1978, S. 33-48.

Vismara, G., Orlandis, J., u. a. m.: *Estudios visigóticos I,* „Cuadernos del Instituto Jurídico Español" (Rom-Madrid), 5, 1956.

Vives, J.: *Concilios visigóticos e hispano-romanos,* Barcelona-Madrid, CSIC, 1963.

Vives, J.: *Inscripciones cristianas de la España romana y visigoda,* Monumenta Hispania Sacra, II, Barcelona, 1969.

Vives, J.: *Inscripciones latinas de la España romana. Anthologie mit 6800 Texten,* Barcelona, 1970.

Volbach, F. W.: *Elfenbeinarbeiten der Spätantike und des frühen Mittelalters,* Mainz, 1952.

Volbach, F. W., Hirmer, M.: *Frühchristliche Kunst. Die Kunst der Spätantike in West- und Ostrom,* Mainz, 1958.

Volbach, F. W.: *Oreficeria ravennate e bizantina,* „Felix Ravenna", CXXIII-CXXIV, 1982, S. 7-31.

Ward-Perkins, J. B.: *The Sculpture of Visigothic France,* „Archaeologia or Miscellaneous Tracts relating to Antiquity", Society of Antiquaries of London, Nr. 87, 1938, S. 79-128.

Weitzmann, K.: *Age of spirituality. Late Antique and Early Christian Art, third to seventh century,* The Metropolitan Museum of Art, New York, 1977-1978, Princeton University Press, 1979.

Werner, J.: *Die Ausgrabung des westgotischen Gräberfeldes von Castiltierra (Prov. Segovia) im Jahre 1941,* „Forschungen und Fortschritte", 18, 1942, S. 108-109.

Werner, J.: *Zur Entstehung der Reihengräberzivilisation;* „Archaeologia Geographica" (Hamburg), 1, 1950/1951, S. 23-32.

Werner, J.: *Das alamanische Gräberfeld von Bülach,* Basel, 1953.

Werner, J.: *Beiträge zur Archäologie des Attila-Reiches,* 1956.

Werner, J.: *Eine ostgotische Prunkschnalle von Köln/Severinstor (Studien zur Sammlung Diergardt II),* „Kölner Jahrbuch für Vor- und Frühgeschichte", 2, 1956, S. 55-61.

Werner, J.: *Katalog der Sammlung Diergardt. Völkerwanderungszeitlicher Schmuck. Band 1. Die Fibeln,* Berlin, 1961.

Werner, J.: *Zu den Knochenschnallen und den Reliquiarschnallen des 6. Jhs.,* in J. Werner, *Die Ausgrabungen in St. Ulrich und Afra in Augsburg 1961-1968,* 1977, S. 275-351.

Werner, J.: *Fernhandel und Naturalwirtschaft im östlichen Merowingerreich nach archäologischen und numismatischen Zeugnissen,* „42. Bericht RGK", 1962, S. 307-346.

Werner, J.: *Der Schatzfund von Vrap in Albanien. Beiträge zur Archäologie der Awarenzeit im Mittleren Donauraum,* „Studien zur Archäologie der Awaren“, 2, Wien, 1986.

Werner, K. F., u. a. m.: *Childeric-Clovis, rois des Francs 482-1983. De Tournai à Paris, naissance d'une nation,* (Ausst. Kat.), Tournai, 1983.

Wissowa, G., u. a. m.: *Pauly, Real-Encyclopädie der klassischen Altertumswissenschaft,* Spalte 1813-1828, Stuttgart-München, 1894-1978.

Wolff, P.: *Histoire de Toulouse,* Toulouse 1958.

Wolfram, H.: *Geschichte der Goten,* München, 1980.

Wroth, W.: *Imperial Byzantine Coins in the British Museum I,* London, 1908.

Wroth, W.: *Western and provincial byzantine coins of the vandals ostrogoths and lombards,* British Museum, London, 1911.

Yarza, J., Guardia, M., Vicens, T.: *Arte Medieval, I, Alta Edad Media y Bizancio,* Fuentes y documetos para la Historia del Arte, II, Barcelona, 1982.

Young, B.: *Paganisme, christianisation e rites funéraires mérovingiens,* „Archéologie Médievale“ (Caen), VII, 1977, S. 5-81.

Zamorano Herrera, I.: *Caracteres del arte visigodo de Toledo,* „Anales Toledanos“ (Toledo), X, 1974, S. 3-149.

Zeillier, J.: *Etude sur l'arianisme en Italie à l'époque ostrogothique et à l'epoque lombarde,* „Mélanges de L'Ecole Française de Rome“, Rom, 1905, S. 127-146.

Zeiss, H.: *Die Grabfunde aus dem spanischen Westgotenreich,* Berlin-Leipzig, 1934.

Zeittafel

	HISPANIEN	GALLIEN	ITALIEN	BYZANZ	KULTURGESCHICHTE
					324 - Wulfila, arianischer Bischof, übersetzt die Bibel in die gotische Sprache 325 - Konzil von Nicäa verurteilt Arianismus
			374-397 Ambrosius, Bischof von Mailand		
					375 - Hunnen erreichen Südrußland
				376 - Niederlassung der Goten an der Donaugrenze Erneuerung des Föderatenstatus unter Valens 378 - Schlacht bei Adrianopel Tod des Valens	
			380 - Edikt des Theodosius: Christentum als Staatsreligion		
					381 - Konzil von Konstantinopel
	386 - Hinrichtung des Priscillianus				
			395-423 - Honorius		
400					400 - Hieronymus übersetzt die Bibel in die lateinische Sprache
			401 - erster Einfall Alarichs in Italien 404-476 - Ravenna, Hauptstadt des Weströmischen Reichs		
		406 - Rheinübergang der Sueben, Vandalen und Alanen		406 - Niederlassung der Goten in Illyrien unter Arcadius 408-450 - Theodosius II.	
	409 - Vandalen, Sueben und Alanen in Hispanien				
			410 - Alarich in Rom		410 - Augustinus, *Excidio Urbis Romanae*
	411 - Die Invasoren Hispaniens werden als Föderaten anerkannt				
		413 - Westgoten in Aquitanien (Athaulf)			
	414 - Vermählung Athauls mit Galla Placidia in Narbonne 415 - Westgoten gegen Sueben und Vandalen				
		418-507 - Das Tolosanische Westgotenreich, gegründet von Wallia 418-451 - Herrschaft Theoderichs I.			
			423 - Tod des Honorius 423-455 - Valentinian III.		
	428 - Einnahme Sevillas und Cartagenas durch die Vandalen				

	HISPANIEN	GALLIEN	ITALIEN	BYZANZ	KULTURGESCHICHTE
	429 - Die Vandalen setzen nach Nordafrika über				429 - Einfall der Vandalen in Afrika 430 - Tod des Augustinus
		436 - Zerstörung des Burgunderreichs am Mittelrhein			
					439 - Eroberung Karthagos
			440-461 - Papst Leo I.		
		443 - Ansiedlung der Burgunder an Saône und Rhône zum Schutz der Alpenpässe			
				447 - Attila überquert die Donau	
450				450-457 - Marcian	450 - Bau des Mausoleums der Galla Placidia in Ravenna
		451 - Einfall Attilas in beide Gallien Schlacht auf den Katalaunischen Feldern			451 - Konzil von Chalcedon
			452 - Attila in Italien		
		451-453 - Herrschaft Thurismunds, Einfälle nach Hispanien 453-466 - Herrschaft Theoderichs II.	453 - Tod Attilas 455 - Eroberung Roms durch die Vandalen (Geiserich)		
	456 - Sieg der Westgoten über die Sueben bei Astorga				
		466-484 - Herrschaft Eurichs			
	468 - Krieg zwischen Sueben und Westgoten				
					470-480 - *Codex Euricianus,* erstes germ., in lat. Sprache verfaßtes Gesetzgebungswerk der Westgoten
			473 - Theoderich der Große, König der Ostgoten		
				474-491 - Zenon	
	475 - Eurich dringt nach Hispanien vor	475 - Eurich bricht den 418 mit dem Imperium vereinbarten *foedus*			
			476 - Absetzung des Romulus Augustulus durch Odoaker. Ende des Weströmischen Reichs		
					478 - Katholikenverfolgung der Vandalen in Afrika 479 - Tod Geiserichs
		481 - Chlodvig I., König der Franken	481 - Odoaker besetzt Dalmatien		
	484 - Alarich II. herrscht in Hispanien außer in Galicien und im nördlichen Baskenland	484-507 - Alarich II., König der Westgoten 486 - Die Franken beginnen mit der Eroberung Nordgalliens			
					488 - Tod des Sidonius Apollinaris
			489 - Zenon weist den Ostgoten Italien zu		
				491-517 - Anastasius I.	
		493 - Chlodvig I. vermählt sich mit der katholischen Prinzessin Chlotilde	493 - Theoderich nimmt Ravenna ein und ermordet Odoaker		

	HISPANIEN	GALLIEN	ITALIEN	BYZANZ	KULTURGESCHICHTE
		494 - Chlodvig südlich der Loire			494 - Papst Gelasius betont den Primat des Papstes
	496 - Einfall der Westgoten von Gallien nach Hispanien				
500		500 - Bekehrung Chlodvigs			
					503-534 - Caesarius, Bischof von Arles
		506 - Alarich II. schafft das Gesetzbuch *Lex Romana Visigothorum*			506 - *Breviarium Alaricianum*
	507 - Gesalech, König der Westgoten; Hauptstadt ist Narbonne	507 - Alarichs Niederlage gegen Chlodvig in der Schlacht von Vouillé Untergang des Tolosanischen Reichs			
	509-531 - Niederlassung der Westgoten in Hispanien, Septimanien bleibt westgotisch				
		510 - Die Belagerung von Arles durch Franken und Burgunder wird aufgehoben			
	511 - Gesalech wird von Ibba aus Hispanien vertrieben	511 - Tod Chlodvigs	511 - „Ostgotisches Interregnum" Vormundschaft Theoderichs für Amalarich		
		511-558 - Herrschaft Childeberts I.			
	516 - Konzil von Gerona	516 - Übertritt der Burgunder zum katholischen Glauben			516 - *Lex Burgundionum*
				518-527 - Justinus I.	
			520 - Bau des Grabmals des Theoderich		
	524 - Konzil von Lérida		524 - Hinrichtung des Boëthius unter Theoderich		
	526-531 - Herrschaft Amalarichs		526 - Tod Theoderichs Italien von Unruhen bedroht. Herrschaft Amalasunthas		
	527 - II. Konzil von Toledo			527-565 - Justinian	
					529 - Entstehung des abendländischen Mönchtums 529 - *Codex Justinianus*
		530 - Thüringen unter fränkischem Protektorat			
	531-548 - Theudis, König der Westgoten 531 - Hauptstadt des Westgotenreichs ist Barcelona, später Mérida				
				533-534 - Byzantinische Rückeroberung Nordafrikas unter dem Feldherrn Belisar	
		534 - Eroberung des Burgunderreichs durch die Franken			534 - Abfassung der Benediktinerregel
		536-537 - Die Franken in der Provence		536 - Beginn der Rückeroberung Italiens durch die Byzantiner unter dem Feldherrn Belisar	
					538-594 - Gregor von Tours

	HISPANIEN	GALLIEN	ITALIEN	BYZANZ	KULTURGESCHICHTE
			539 - Die Franken in Italien 540 - Die Byzantiner errichten das Exarchat von Ravenna		
	541-542 - Feldzug Childeberts I. in Hispanien, Eroberung Pamplonas und Belagerung Zaragozas			541 - Einfall der Perser in die Ostprovinzen des Reiches	
					543 - Tod des Caesarius, Bischof von Arles
			546 - Eroberung Roms durch Totila, König der Ostgoten		
	549 - Agila, König der Westgoten				
550	550 - Aufstand in Córdoba		550 - Einnahme Roms durch Belisar, Rückeroberung Roms durch Tótila		
	552 - Athanagild schlägt Agila mit byzantinischer Waffenhilfe				552 - Einführung der Seidenraupe in Konstantinopel
			553 - Franken und Alamannen in Norditalien		
	554 - Toledo, Hauptstadt des Westgotenreichs 555 - Athanagild, König der Westgoten	555 - Bayern unter fränkischem Protektorat			
			557 - Agnellus, Bischof von Ravenna		
		558 - Tod Childeberts I.			
	560 - Bekehrung der Sueben Bis 627 sind die Balearen, das Küstengebiet von Valencia über Córdoba bis Málaga byzantinische Besitzungen				
			561 - Letzte Erhebung der Ostgoten		
				565-578 - Justinus II.	
	567 - Liuva übernimmt die Herrschaft 568 - Tod Liuvas 568-586 - Leovigild, König der Westgoten	567 - Chilperich I. vermählt sich mit Fredegunde	568 - Einfall der Langobarden in Norditalien unter Alboin		
		569 - Einnahme der westgotischen Stadt Arles durch Sigibert I.			
					570 - Geburt Mohammeds
	572 - Rückeroberung von Córdoba und Málaga unter Leovigild		572 - Die Langobarden erobern Pavía		
					573 - Gregor von Tours wird Bischof von Tours
			574-584 - Interregnum der Langobarden		
					576 - Gregor von Tours, *Historia Francorum*
		578-579 - Einfall der Bretonen ins Rheingebiet und in das Gebiet um Nantes		578-582 - Tiberius I. Constantinus	578 - Leovigild gründet Reccopolis
	579 - Hermenegild tritt zum katholischen Glauben über				579 - Übertritt Hermenegilds zum katholischen Glauben unter Leander, Bischof von Sevilla 580 - Zerstörung von Monte Cassino

	HISPANIEN	GALLIEN	ITALIEN	BYZANZ	KULTURGESCHICHTE
				582-602 - Maurikius	
	583 - Aufhebung des Verbots von Mischehen		583 - Tod Cassiodors		
		584 - Die Franken in Italien	584 - Das Exarchat von Ravenna beginnt den Kampf gegen die Langobarden		
	585 - Einverleibung des Suebenreichs 586-601 - Reccared 587 - Bekehrung Reccareds	587 - Niederlassung der Vasconen in Aquitanien			
	589 - III. Konzil von Toledo Das westgotische Volk tritt zum katholischen Glauben über				
			590-604 - Papst Gregor I., der Große 590-616 - Agilulf, König der Langobarden 593 - Belagerung Roms durch die Langobarden		
600		597 - Tod der Königin Fredegunde 600 - Ende der fränkischen Expansion unter den Merowingern			
	601-603 - Liuva II.				
				602-610 - Phokas	
			607 - Übertritt Agilulfs zum Katholizismus		
				610-641 - Heraklios I.	610 - Offenbarungserlebnis Mohammeds
	612-621 - Sisebut, König der Westgoten 613 - Zwangsbekehrungen der Juden unter Sisebut				
				617 - Belagerung Konstantinopels durch die Slawen Eroberung Ägyptens durch die Perser	
	621 - Svinthila				621 - Isidor von Sevilla, *Historia de regibus Gothorum, Vandalorum et Suevorum* 622 - Hedschra
			626 - Pavia, Hauptstadt des Langobardenreichs	626 - Belagerung Konstantinopels durch die Avaren und Araber	
	628 - Vertreibung der Byzantiner aus dem Süden der Iberischen Halbinsel unter Svinthila		628-652 - Rothari, König der Langobarden		
			628 - Tod der Königin Theudelinde, Gemahlin Agilulfs		
		629-639 - Dagobert I.			
					630 - Rückkehr Mohammeds nach Mekka 632 - Tod Mohammeds
	633 - IV. Konzil von Toledo: Formulierung der politischen Idee Isidors				
					635 - Eroberung Syriens durch die Araber 636 - Tod Isidors von Sevilla
			640 - Einnahme von Genf durch die Langobarden		

	HISPANIEN	GALLIEN	ITALIEN	BYZANZ	KULTURGESCHICHTE
				641-668 – Konstans II.	641 – Eroberung Persiens und Ägyptens durch die Araber
	642-653 – Chindasvinth, König der Westgoten Erster Codex mit territorialer Geltung				
					643 – *Edictus Rothari* 646 – Eugenius von Toledo, Erzbischof
650	649-672 – Reccesvinth Entwicklung der höfischen Kunst: Schatz von Guarrazar				
			653 – Die Langobarden treten zum Katholizismus über		653 – VIII. Konzil von Toledo
	654 – Reccesvinth erläßt *Liber Iudiciorum*				
					660 – Bau von San Fructuoso de Montelios
				668-685 – Konstantinus IV. 670 – Die Araber in Thrakien	670 – Bau der Krypta von San Antolin in der Kathedrale von Palencia
	672 – die erste, bekannte Königsweihe, Wamba				
				673 – Die Araber belagern Konstantinopel zu Lande und zu Wasser	
		675 – Mord an Childerich II. 680 – Pippin II., der Mittlere, *Mayordomus* von Austrasien			
	681 – Ervig übernimmt die Herrschaft 683 – XIII. Konzil von Toledo: Institutionalisierung der Vorherrschaft des Adels und der Feudalisierung des Staates				
				685-695 – Justinian II.	
	687 – Egica, König der Westgoten				
		695 – Pippin unterwirft die Friesen		695-698 – Leontios	
				697 – Die Araber erobern Karthago, die letzte byzantinische Festung in Nordafrika 698-705 – Tiberius II.	
700	700-710 – Witiza 710 – Bürgerkrieg Herrschaft Roderichs in Toledo 711-713(?) – Herrschaft Akhilas im Westen der Tarraconense und in Septimanien Teilung des Westgotenreichs				
					730 – Beginn des Ikonoklasmus
		732 – Einnahme von Poitiers durch die Araber			

Register der Orts- und Personennamen

(Abbildungsnummern und Figuren sind kursiv gesetzt)

Colleen Batey:

Weltatlas der alten Kulturen – Die Wikinger

240 Seiten, Format 23,5 x 30,0 cm, gebunden
Best.-Nr. 357 996
ISBN 3-86047-789-7
Sonderausgabe nur DM 19,95

Paul G. Bahn:

Gräber, Särge und Mumien

216 Seiten, Format 22,8 x 28,0 cm, gebunden
Best.-Nr. 346 916
ISBN 3-86047-912-1
Sonderausgabe nur DM 29,90

Juliette Wood:

Lebenswelt der Kelten

144 Seiten, Format 25,4 x 25,4 cm, gebunden
Best.-Nr. 787 069
ISBN 3-8289-0720-2
Sonderausgabe nur DM 19,90

Timothy Caughten:

Lebenswelt der Maya

144 Seiten, Format 25,4 x 25,4 cm, gebunden
Best.-Nr. 787 077
ISBN 3-8289-0719-9
Sonderausgabe nur DM 19,90